中国社会科学院
老年科研基金资助

中国社会科学院老学者文库

血与泪的文学证言
抗战文学“慰安妇”题材作品汇编

李存光　编

中国社会科学出版社

图书在版编目(CIP)数据

血与泪的文学证言:抗战文学“慰安妇”题材作品汇编/李存光编.
—北京:中国社会科学出版社,2024.1
(中国社会科学院老学者文库)
ISBN 978-7-5227-2735-6

Ⅰ.①血… Ⅱ.①李… Ⅲ.①中国文学—当代文学—作品综合集
Ⅳ.①I217.1

中国国家版本馆CIP数据核字(2023)第215740号

出 版 人 赵剑英
选题策划 郭晓鸿
责任编辑 慈明亮
责任校对 李 莉
责任印制 戴 宽

出 版 中国社会科学出版社
社 址 北京鼓楼西大街甲158号
邮 编 100720
网 址 http://www.csspw.cn
发 行 部 010-84083685
门 市 部 010-84029450
经 销 新华书店及其他书店

印 刷 北京君升印刷有限公司
装 订 廊坊市广阳区广增装订厂
版 次 2024年1月第1版
印 次 2024年1月第1次印刷

开 本 710×1000 1/16
印 张 29.75
插 页 2
字 数 405千字
定 价 169.00元

编 辑 说 明

一、本书分为五个单元：小说，诗歌，纪实（含报告文学、特写、通讯），戏剧，资料。前四个单元选收 1938—1945 年中文报纸、杂志、书籍中以侵华日军中的中、韩、日籍“慰安妇”为题材或主要内容的各体裁文学作品（含长篇小说中的相关章节），后附 1946 年后表现韩国“慰安妇”滞留上海境遇的通讯纪实。各单元内的篇目均依发表时间先后为序。为保留作品的真实历史原貌，所收作品均据初刊或初版文字录入。

二、需要特别说明的是，发表于抗战胜利后的长篇小说《粉墨筝琶》和《一寸山河一寸血》，前者包含揭露日寇罪行、表彰抗日锄奸内容，后者是一部描写“军事喋血，配合特务奋勇牺牲，以及全国人民的种种痛苦忍受”的抗战小说，书中反映的七七事变前冀东日伪政权就抢掠妇女充当营妓的事实，更别具意义，故节录二书相关部分并列入正文。1946—1949 年表现遗留上海的韩国“慰安妇”挣扎于生存线的作品，揭示了日军罪孽在战后的恶果，可视为“慰安妇”在战争期间所受苦难的延续，特选录 6 篇附列。

三、为了便于读者了解各篇作品的发表及流播情况，编者编撰了“1938—1949年‘慰安妇’题材作品系年目录索引”和“‘慰安妇’题材文学作品评介目录索引（1938—2019）”两份索引，可供需要进一步研究的读者参考。

四、编者对收入本书的作品，在文字和格式上做了以下技术性处理：

原文中的繁体字、异体字均改作简化字。原文明显的文字和标点误植，由编者订正，不另加说明。不尽符合现行语法规范的字词和语句，一般不予改动。原文疑似错字后加［ ］号标出拟改文字，缺字用（ ）标出拟补的字，个别无法辨识的文字用□表示。小说、诗歌和纪实作品已有分段、空格的按原刊格式，个别明显不当的略有调整。剧本的基本格式和对话的人物称谓按原刊。原文注释均改为脚注。本书编者增加的注释后署“本书编者注”。

目　录

诗　歌

纪　实

戏　剧

附　1946 年后表现韩国“慰安妇”滞留上海境遇的作品

资　料

序

王学振

一

第二次世界大战期间，日军实施了罪恶的慰安妇制度。所谓“慰安妇”，“是指因日本政府或军队之命令，被强迫为日本军人提供性服务、充当性奴隶的妇女”；“慰安妇制度”则“是‘二战’时期日本政府强迫各国妇女充当日军士兵的性奴隶，并有计划地为日军配备性奴隶的制度，是日本法西斯违反人道主义、违反两性伦理、违反战争常规的制度化了的、无可辩驳的政府犯罪行为”①。在慰安妇制度下，来自中国、朝鲜、日本等国家和地区的数十万妇女成为牺牲品。

1991 年 12 月，日本政府曾着手调查“慰安妇问题”，并于 1993 年 8 月 4 日由时任内阁官房长官的河野洋平宣布了调查结果（“河野谈话”），对其予以承认：“此次调查结果显示，当时很长一段时期内，很大范围的区域设置有慰安所，存在大量慰安妇。慰安所根据当时军方的要求而设置营运，原日本军队直接或间接参与了慰安所的设置、管理以及慰安妇的运送。在征募慰安妇方

① 苏智良、姚霏：《将还原历史、披露现实、献策未来一肩担起——苏智良教授访谈录》，《甘肃社会科学》2011 年第 5 期。

面，主要由应军队要求的业界承担，在这种情况下，存在许多哄骗、强制等违反本人意愿的事例，而且，也确实存在当局直接参与的事例。此外，慰安所内的生活处在强制状态下，非常痛苦。”①

然而，随着近些年日本右翼势力的抬头，慰安妇制度这一无可辩驳的历史事实却被有意歪曲，日本的一些官方人士不断发表谬论，否认政府的介入，否认其强制性，企图推翻“河野谈话”。1994 年 12 月 22 日，日本首相村山富市表示“‘从军慰安妇’政策没有违背国际法，根据警察厅的调查，没有相关资料”②。1996 年 6 月 5 日，自民党议员奥野诚亮声称“‘慰安妇’是商业交易，没有强征，是自己愿意参加的，与国家（军队）无关”③。2007 年 3 月 1 日，针对美国众议院通过谴责日本战时推行性奴隶制度的决议，日本首相安倍晋三在日本国会说：“当时没有证明（‘谈话’）定义的强制性的证据，这是事实。没有旧日本军强征、管理从军‘慰安妇’的证据。”5 日又说：“美国议会的决议案不基于事实。虽然得到通过，但我不会谢罪。从狭义看，没有证明强制性的根据。也没有能证明那些的证词。也许不会有从军‘慰安妇’自己愿意走那条路，的确有业者在中间强征的情况。可是，没有官员冲进屋子里、把人带走的那种强征性。”④ 2014 年 2 月 28 日，日本内阁官房长官菅义伟在国会众议院预算委员会上宣布安倍政府决定设立一个重新调查“二战”慰安妇问题的政府团队，“来研究 1993 年前内阁官房长官河野洋平承认日军‘二战’期间强征朝

① 『慰安婦関係調査結果発表に関する河野内閣官房長官談話』，日本外务省官方网站，1993 年 8 月 4 日，http://www.mofa.go.jp/mofaj/area/taisen/kono.html。

② 韩国慰安妇问题对策协议会：《不可擦掉的历史，日军“慰安妇”》（中文版），首尔：韩国慰安妇问题对策协议会，2007 年，第 68 页。

③ 韩国慰安妇问题对策协议会：《不可擦掉的历史，日军“慰安妇”》（中文版），第 69 页。

④ 兰台：《安倍晋三为何敢屡次否认强征“慰安妇”史实?》，凤凰网，2014 年 6 月 26 日，http://news.ifeng.com/history/shijieshi/special/anbeifourenweianfu/#pageTop。

鲜慰安妇问题发表的'河野谈话'"①。6月20日，日本政府向国会提交了关于"河野谈话"的调查报告，声称"'河野谈话'的内容和措辞当年曾受到韩国政府干预"②。12月21日，日本内阁官房长官菅义伟在参议院内阁委员会会议上，"对于1993年时任内阁官房长官河野洋平承认慰安妇问题表示了强烈的不满，认为河野的'承认发言'是'慰安妇'问题的根源，必须予以否定"，他说："我们否定这一发言。作为政府，为了恢复日本的名誉和信赖，将会尽力（向国际社会）阐述立场。"③ 2016年2月16日，在联合国消除对妇女歧视委员会对日审查会议上，日本外务省外务审议官杉山晋辅就"慰安妇"问题做了说明，坚称"政府发现的资料中没有能证明军队或政府部门进行强征的证据"④。

由于日本右翼势力的冥顽不化，"慰安妇"问题不时掀起波澜，因此这一问题不再只是"二战"遗留的一个历史问题，同时也成为影响国际关系的一个重大现实问题，既关乎历史，亦关乎现实和未来。在右翼势力极力否认征召"慰安妇"是政府和军队行为、具有强制性的情况下，对"慰安妇"问题进行深入研究，还原其历史面貌，就不仅具有学术意义，而且具有很强的现实意义了。

二

文学是社会生活的反映，20世纪30—40年代产生的"慰安妇"题材的文学作品，出自"慰安妇"的同时代人之手，是对

① 《安倍政权决定重新调查"慰安妇"问题》，中国日报网，2014年2月28日，http://world.chinadaily.com.cn/2014-02/28/content_17313730.htm。

② 冯武勇：《"河野谈话"调查折射安倍们缺德》，《新华社每日电讯》2014年6月21日第3版。

③ 《日本首次公开否认慰安妇问题遭国际谴责》，中国江苏网，2015年12月28日，http://news2.jschina.com.cn/system/2015/12/28/027489447.shtml。

④ 《日高官否认日军强征慰安妇　将向国际社会宣传》，中国社会科学网，2016年2月17日，http://www.cssn.cn/gj/gj_gjzl/gj_sdgc/201602/t20160217_2870041.shtml。

“慰安妇”生活的真实记录，从另一侧面还原了“慰安妇”的历史，提供了“慰安妇”血泪的文学证言。相较于档案、口述等文献材料，这些作品可能更为生动、更为丰富，因此是兼具艺术价值与文献价值的。

抗战期间以及在战争刚刚结束的几年内，有一批“慰安妇”题材的作品问世，其类型较为丰富。小说方面，有布德的《第三百零三个》、舒群的《血的短曲之八》、碧野的《花子的哀怨》、草明的《受辱者》、无名氏的《棕色的故事》、谢冰莹的《梅子姑娘》、丁玲的《我在霞村的时候》《新的信念》、柳青的《被侮辱了的女人》等，长篇小说《春雷》（陈瘦竹）、《粉墨筝琶》（刘云若）也对“慰安妇”的生活有所涉及；诗歌方面，新诗有沙雁的《当营妓》，旧体诗有王季思的《朝鲜少女吟》、冯玉祥的《南京一少女》等；戏剧方面，有陈定编剧的中国现代第一部大型歌剧《秋子》、冷波根据谢冰莹小说改编的五幕剧《梅子姑娘》、林心平根据布德小说改编的独幕剧《第三百零三个》、王澧泉的独幕剧《慰安所》等；纪实文学方面，有章国康的《敌寇行乐所》、梅兰的《在敌人践踏下的女同胞》、翁北溟的《血债》、映光的《福山的女人》、鲍雨的《扬州的日兵在自杀》、爱媛的《“慰安所”十日记》、伯南的《一个少女被污记》、潘世征的《敌随军营妓调查》、郑燕的《高丽姑娘》等。

这些慰安妇题材的文学作品既对“慰安妇”的血泪生活进行逼真的写照，也对“慰安妇”的反抗与觉醒进行热情的礼赞。

作为日军泄欲的工具，“慰安妇”过着非人的生活，其身心遭到极度的伤害，甚至连生命也毫无保障。“慰安妇”题材的文学作品从“慰安妇”的征召、“慰安妇”的处境等方面形象地表现了“慰安妇”的血泪生活。

由于军国主义思想的麻醉，的确有个别日本妇女相信用自己的身体去“慰劳”日军是对天皇尽忠、为国家出力，因此自愿应征，成为日军的性奴隶。《梅子姑娘》中的美田子就是这种“慰安妇”的典型，当另一个“慰安妇”绢枝子抱怨她们过的不是人的生活时，美田子大声呵斥：“谁又在发牢骚了，真有点无聊！随‘皇军’做慰劳队，是何等光荣的事，难道精神上还有什么不愉快吗?”但是像美田子这样自愿应征的“慰安妇”毕竟少之又少，绝大多数“慰安妇”，特别是来自中国、朝鲜等受压迫国家的“慰安妇”，都是日军以欺骗、买卖、强征、掳掠等方式征召来的。

（1）欺骗。日军往往以慰问、招工等名义欺骗妇女，使其沦为“慰安妇”。《梅子姑娘》中的梅子就是一个受骗者：因为未婚夫藤田应征入伍开赴中国战场，梅子参加慰劳团来到中国，“目的是完全想做中国的孟姜女第二，来一次万里寻夫”，她天真地以为慰劳队只是把千人针、旗帜、罐头、手帕、慰劳袋等东西送给日本兵就算完事，没想到一下子就落入了虎口，来到汉口就被编为营妓，“供给那些野蛮的官兵发泄兽欲”。《血债》则记录了日军侵占浙西后欺骗中国良家妇女成为“慰安妇”的罪恶勾当：“由汉奸冒充沪上某某大工厂招女工，于是一辈乡间贫苦无知妇女，为生活所迫，纷纷前往应募。敌先唆使汉奸择稍有姿色者录取，旋即用轮运往上海虹口，贩售于日鲜浪人所组织之妓寮为娼，从此永陷火坑，供敌泄欲。”《春雷》中，石家镇维持会秉承日军意旨，以裕丰丝厂的名义开出高薪“招工”，那些不明就里的乡村妇女纷纷报名，维持会精挑细选了年轻貌美的女性四十名，三十名送往无锡“慰劳”城内的日军，十名关入石家祠堂供驻扎在本镇的日军宣淫。

（2）买卖。与妓院老板勾结，买卖贫苦妇女，也是日军获取“慰安妇”的一种手段。《敌随军营妓调查》写道：“敌军创立了营妓制度，于是由敌人派人在朝鲜去招收贫苦的女孩们，用钱给朝鲜衣食无着的母亲或无父母的孤女，把女孩子买了作他的养女，带到了中国来供应敌人。”该报道还具体记叙了在腾冲和“慰安妇”一同被俘的两个朝鲜老板娘买卖人口的勾当：她们一个原来和丈夫在中国东北开餐馆，一个原来在家务农，因为“这种生意好”，就各自买了十来个女孩来到腾冲为日军“慰安”。

（3）强征。日军甚至不顾廉耻，公然在中、朝、日等国强行征召“慰安妇”。《在敌人践踏下的女同胞》中，鬼子进入裴屯，抓了联保办公处主任，吓破了胆的联保主任伙同汉奸李三妞，带着鬼子强征了十八个青年妇女，送到奶奶庙供鬼子宣淫。《昆明通讯》则报道了日军强征中国妇女组织慰安所的消息：“敌寇去岁屡次犯我腾北，遭到打击后，大部敌兵都感觉厌战。敌酋无法可想，只得以强拉民间妇女供士兵娱乐来提高情绪。在腾城西华街设立娱乐部一所，由汉奸强拉我妇女同胞 14 人，凡敌兵入内取乐，每人每时收军票 5 元，战地负伤者免费。”[①]《最初的闪烁》中，市民李业仁有孕的妻子也是被强征为慰安妇。李业仁请维持会会长杨谨修帮忙解救，杨谨修让他等到日军松冈大队长在天长节（天皇的生日）召开庆祝会“宣布德政”的时候提出释放的请求。庆祝会上松冈大队长大讲“亲善，防共，保境安民”，“和气得使人们忘记了他们的炮火，刺刀，毒药与火把”，李业仁趁机提出放回他当慰安妇的妻子，但是“和气”的松冈立马咆哮了，不仅李业仁的妻子没有解救出来，李业仁本人的头也被砍了下来，“挂在南城门三天”。《粉墨筝琶》中，天津的日伪军警名义上是“征发妓女和各种卖淫妇女，分遣到各地慰劳军队”，其实连良家妇女也不放过，摆烟摊做小生意的大巧儿得罪了警察，被警察诬为“妓女”捉进了慰劳队去做慰安妇，只是因为负责征发的流氓头子冯世江贪图她的美貌，意图把她留下来自己享用，大巧儿才侥幸躲过一劫。《朝鲜少女吟》揭露日军在朝鲜半岛上强征“慰安妇”的罪行：“皇皇督府张文告，道是前方要‘慰劳’。民家有女不许婚，

① 《昆明通讯》，《新华日报》1944 年 2 月 3 日。

留待‘皇军’来征召。”东家阿妹“旧是皇妃闵氏族”，出身高贵，南邻孀妇“家有三龄遗腹子”，孤苦无依，均未能幸免。《花子的哀怨》中，朝鲜慰安妇花子的身世飘零，她被一个恶媒婆欺骗，卖给浅间山下一个日本农夫为妻，日本经济萧条，她被丈夫卖到千叶为妓，七七事变后又被日本丈夫征调到中国当随军慰安妇。《扬州的日兵在自杀》与《秋子》中的秋子以及《第三百零三个》与《慰安所》中的慧子，原本都是东京的良家妇女，有着美满的家庭，日本发动侵华战争后，她们的丈夫应征入伍，本人也被征召到中国来当“慰安妇”，秋子夫妇在慰安所重逢，羞愤难当，双双自杀。

（4）掳掠。在中国，侵华日军常常趁兵荒马乱之机掳掠妇女，使其落入“慰安”的虎口。《受辱者》中的丝厂女工梁阿开，在丝厂所在地沦陷时被日本兵捉住，编进“妇女劳军第五小队”，奸污至“半死”。《我在霞村的时候》中的贞贞因为和夏大宝的自由恋爱受阻，赌气跑到山下的天主堂去找神父请求做“姑姑”，不巧的是那天偏偏来了鬼子，结果来不及逃走，被鬼子掳掠而去。《被侮辱了的女人》中，“‘爱护村’的妇女都要慰劳皇军去”，“全村的年轻女人和大姑娘都给搜寻出来”，用卡车装起来、用枪吓唬着去充当“慰安妇”。逃难过程中曾被日军侮辱的赵宽嫂恨透了日军，反应激烈，“她不去，死也不去，衣服也撕烂了，头发也披散得不像样子，她就是不去。她给我们磕头，请求一枪了结了她”，但鬼子“抱住她，拉她，抬她……”不但赵宽嫂逃不脱“慰安妇”的命运，连不再年轻的李二妈也被掳掠而去了。《南京一少女》中的南京少女，也遭到了敌人的掳掠，只不过她用牺牲自己生命的方式避免了成为“慰安妇”的命运。

作为日军的性奴隶，“慰安妇”过着非人的生活，日军蹂躏她们的罪行令人发指，直接写进作品之中恐怕会让善良的读者难以卒读，因此“慰安妇”题材的文学作品主要是从侧面表现“慰安妇”在慰安所里遭受的苦难。如《我在霞村的时候》没有正面表现贞贞在日本军队的遭遇，但从“病得连鼻子也没有了”，“走起路来一跛一跛的”，手上带着使人“感觉刺激的烫热”等对贞贞病情的描写中，从贞贞“我的确被很多鬼子糟蹋过，到底是多少，我也记不清了”“有些是当时难受，于今想来也没有什么；有些是当时马马虎虎的过去了，回想起来却实在伤心”等看似轻描淡写的回忆中，从女干部阿桂发出的“她吃的苦真是想也想不到”“做了女人真倒霉”等一连串感叹中，读者是不难感受到贞贞在这一年多里所遭受的罪的。再如《春雷》也没有正面写日军对“慰安妇”的施暴过程，但写到村民感觉“一向都很清静”的石家祠堂“闹鬼”，时常听见“鬼哭”和“皮鞭子啪嗒啪嗒抽打的声音”，后来大关娘子趁游击队攻打石家镇之机从石家祠堂翻墙逃出，才真相大白，原来大关娘子、大福娘子、阿菱等十名女性被骗后，秘密关押在石家祠堂，沦为了日军的性奴隶，所谓“鬼哭”实际上是这群“慰安妇”在哭，皮鞭子也是结结实实地抽打在这群“慰安妇”身上。

“慰安妇”的身体遭受残暴的摧残，心灵也遭受无情的戕害，这种心灵戕害是无形的，至死难愈，“慰安妇”题材的文学作品在书写“慰安妇”身体遭受的摧残的同时，也难能可贵地表现了她们心灵遭受的戕害。《受辱者》中的梁阿开，在被日本兵掠夺了贞操和唯一值钱的一对玉耳环后重新获得自由时，首先思考的问题是“回去”还是“投水”。尽管求生的意念占了上风，梁阿开却不能直面作了五天“慰安妇”的事实，当被别人问及这五天到哪里去了时，她想到的是：“如果我把日本人对付我的龌龊情形告诉了她们，那么，以后我还能在别人跟前讲一句响亮的话吗？”于是她编造了被日本人的军马挤落水底，为老船家黄祥发所救，在他家养病得以生还的故事，被鬼子抢走的那对玉耳环，在故事中也变成了送给救命恩人的谢仪。梁阿开觉得“扯谎是一种罪孽”，可她还得忍受内心的煎熬，将这个谎继续圆下去。“有许多日子里，她很少到外面去，别人的眼光在她身上多停一刻，她就全身的神经都紧张起来，竭力避开人家的视线。”“（她）本能地坚守着自己被俘获的秘密，好像即使别人已经知道了她的秘密，她还得扯谎下去的样子。在她独自的时候，她却痛苦地追悔了。”

肉体和精神的极度痛苦使得大多数“慰安妇”非死即残。《新的信念》中十三岁的银姑，因为年幼体弱，被几个日军轮番奸淫后气若游丝，日军见其已经不堪“慰劳”，就把她扔在墙角不闻不问，此后的命运“多半是喂了狗”。《我在霞村的时候》中的贞贞虽然侥幸逃出了虎口，也落下了“不轻的病症”。《朝鲜少女吟》中朝鲜“慰安妇”们“人前强作欢颜笑，对镜临妆长自悼”，出自旧日皇妃家族的闵姓少女被折磨致死，“夜深宛转闻娇啼，清晓遗尸弃深谷”；与三岁遗腹子生离死别的崔姓寡妇则是精神错乱，虽生犹死，“仰天终日语喃喃，皮骨虽存神已死”。《被侮辱了的女人》中的赵宽嫂，原本是个年轻、漂亮、好强的女性，她喜欢孩子，也很想要个孩子，不幸她是在逃难过程中被日军奸污而怀孕生子。孩子是她疼爱的骨肉，又是她被侮辱的标记，赵宽嫂“陷进一个不能自拔的矛盾的深渊”，“有一回李二妈去她家的时候，看见她抱着孩子，挤眉弄眼，点头缩脑地逗他玩，她用自己的脸颊偎贴着他的小脸，嘴里哼出甜蜜的声音”，“而另一回，张大婶子去的时候，她说她差一点没有给吓死——赵宽嫂瞪着眼睛，上牙齿咬着下嘴唇，手里握一把剪刀，正对准那孩子的胸脯”。血浓于水的骨肉之情以及邻居张大婶、李二妈的好心劝解使得赵宽嫂在痛苦的撕裂中勉强过活，但被强征为“慰安妇”的经历雪上加霜，彻底击溃了她，从此她就疯疯癫癫、神志不清了：“自从那回慰劳过皇军以后一直到今天她总是在我们村街上，游魂一般飘来荡去，头发蓬散在肩膀上，裤脚拖在脚底下也不怕掉下来，上衣顶边的几颗纽扣也不结，袒露出粉团一般的胸脯和奶头。

人啊，完全变成另一个。她有时在当街上坐下来，给街上描写她那回慰劳皇军的情形，有时在街上学兵操跑步和走正步，要求过路人不要看不起她，她还想当女兵哩。她常常大声唱戏，唱花腔，她在那里一个人说话好像同谁骂仗一样，再不干净的话，女人们听了都要低头脸红的话，从她嘴里从从容容地说了出来……”

日军将“慰安妇”视如草芥，毫不爱惜其生命。《敌随军营妓调查》记载了日军在溃败前夕将慰安妇杀死的罪行：“敌人在十二三号的晚上，果然用惨无人道的手段，对待这些被宰割的羔羊。一个十岁左右的中国小女孩，是替妓女们打洗脸水的，她得在死亡中逃生，出来后报告，当时她们全都躲在一个大防空洞里，一天黎明的时候，忽然来了一个日本军官，用手枪逐个结束了营妓们的生命。一共十三人。小女孩吓昏过去，捡了一条性命。”“十四日上午，国军攻克腾冲最后一个据点。在一处墙缝里，发现十几具女尸，都穿和服，还有穿漂亮西服的。她们都被蒙上眼睛，死得非常整齐。这些可怜的女人，生前为敌人泄欲，最后又被判处残忍的死刑，她们犯了什么罪呢？”

非人的生活实在难以忍受，部分“慰安妇”不可避免地走向了反抗与觉醒。“慰安妇”题材的文学作品对此进行了如实的记录。

一种是本能的自发反抗，包括逃亡、自杀、杀敌等形式。

（1）逃亡。《新的信念》中那个五十七岁的老太婆被日寇抓住后，又是做苦工，又是被糟蹋，被折磨得不成人形，顽强的老人终于趁夜色逃出魔窟，爬回了自己的家门。《我在霞村的时候》中的贞贞沦入敌手后也跑回来过几次，只不过因为刺探敌军情报的工作需要又被有关方面派回去过。《春雷》中大关娘子趁游击队攻打石家镇造成的混乱，从关押“慰安妇”的石家祠堂翻墙逃出，已如前述。

（2）自杀。《昆明通讯》传递了腾冲西华街“娱乐部”中国

"慰安妇"们"不堪蹂躏，忿而自尽"的消息。《日寇暴行纪略》讲述了中国"慰安妇"的纷纷自杀："这种耻辱和痛苦，自然是受不了的，于是每天就有自杀的事情发生了。自杀的增多，是说明着'慰安者'的减少。在兽兵们看来，饭倒不妨少吃两顿，但'慰安者'却少不得一个。于是他们就用恐吓手段，禁止那些不堪蹂躏的女同胞们自杀。然而那深重的痛苦，不是恐吓所能减轻的，自杀的人，不但未因恐吓而减少，而且还一天比一天多!"[①]《在敌人践踏下的女同胞》中的女主人公也是准备在写完给爱人的最后一封信后自杀守节。《扬州的日兵在自杀》则报道了日军士兵宫毅与其妻日本"慰安妇"秋子一起自杀的事件。《秋子》《第三百零三个》与《扬州的日兵在自杀》取材于同一个事件，其结局也是日本"慰安妇"和来到慰安所寻求"慰安"的丈夫一起自杀。

（3）杀敌。《春雷》中，被传召的梅大娘以身饲虎，假意迷惑日军军官，以剪刀将其刺死。《南京一少女》中被敌寇掳掠的那个南京少女更为壮烈，她拼死抗拒，不作慰安妇，被敌寇关入禁闭室，后来寻机破门而出，三名敌寇前来阻拦，她用菜刀将三名敌寇砍死，然后举刀从容自尽。

一种是觉醒之后的自觉反抗，包括宣讲日寇暴行、搜集传递情报、参加抗日武装等形式。

（1）宣讲日寇暴行。慰安妇的经历是惨痛的，受害者一般都讳莫如深，绝口不提。《新的信念》中的陈老太婆死里逃生之后，却不惜往自己的伤口上撒盐，为了激发人们对敌人的仇恨，鼓励更多的人参加抗日队伍，她经常到周围村镇一遍一遍对大家讲述自己的受害经历，"她残酷地描写她受辱的情形，一点不顾惜自己的颜面，不顾惜自己的痛苦，也不顾人家心伤"。

---

① 《日寇暴行纪略》，国民政府军事委员会政治部 1938 年 6 月编印，转引自苏智良、姚霏、陈丽菲编著《侵华日军"慰安妇"问题研究》，中共党史出版社 2016 年版，第 230 页。

（2）搜集传递情报。《我在霞村的时候》中的慰安妇贞贞本来已经逃回来了，可是为了搜集传递情报，她又自愿地回到了火坑。苦难的经历使得这个柔弱的姑娘“心变硬”了，“硬”得足以承受敌人的摧残，“硬”得足以承担重大的使命：“只有今年秋天的时候，（病）那才厉害，人家说我肚子里面烂了，又赶了有一个消息要立刻送回来，找不到一个能代替的人，那晚上摸黑路我一个人来回走了卅里，走一步，痛一步，只想坐着不走了，要是别的不关紧要的事，我一定不走回去了，可是这不行哪，唉，又怕被鬼子认出我来，又怕误了时间，后来整整睡了一个星期，拖着又拖起身了。”

（3）参加抗日武装。《梅子姑娘》中的日本慰安妇梅子，最终成长为抗日队伍里的一名反战勇士。梅子出生于日本的下层劳动者家庭，父亲应征入伍后在中国送掉了生命，祖母也因此哭瞎眼睛。正当她幻想和未婚夫藤田过上小家庭的幸福生活时，藤田也被征调入伍开到上海作战。梅子抱着孟姜女万里寻夫的决心，随着慰劳团来到中国，得到的却是藤田战死的消息，自己也被迫成为“慰安妇”。苦难的人生历程、耳闻目睹的“皇军”的罪恶、反战人士“谁杀死你的父亲和祖母的？谁杀死你的爱人的？”的启发，使得梅子认清了日本军阀和侵略战争的罪恶，她和日军飞行员中条，利用游击队进攻的机会，主动投入中国军队，得到司令长官的接见，并被编入朝鲜义勇队，成为抗日队伍里英勇的战士。

三

中国社会科学院研究生院李存光教授，是现代文学研究界的知名学者。当我还是一名硕士研究生时，就知道李老师在巴金研究、现代回族文学研究等方面成就卓著。但是直到 2014 年 12 月张中良教授主持的上海交通大学左翼文化研究中心举办“左翼文学与历史背景”国际学术研讨会，我才有机会见到景仰已久的李老师（这也是迄今我和李老师唯一的一次见面）。我当时是海南师范大学学报编辑部的负责人，并主持着教育部高校学报首批名栏“二十世纪中国文学研究”，因此会后曾冒昧地向李老师约稿，李老师慨然应允。后来我调离学报编辑部，就没有再与李老师联系此事，但我知道李老师宝刀未老，又开拓了“中国现代文学与韩国”这一新的研究领域，主编了《“中国现代文学与韩国”资料丛书》，就像他的巴金研究、现代回族文学研究一样，李老师的“中国现代文学与韩国”研究也在学界产生了重大的影响。

今年年初，李老师突然通过邵宁宁教授（邵教授是李老师和杨义先生共同指导的博士生，也是我在海南师大的同事）联系上我，原来李老师拟将我发表于《南京师范大学文学院学报》和《中国社会科学报》的两篇文章推荐给韩国学者翻译成韩文出版，为此征求我的意见，我当然是求之不得。此后我与李老师联系频繁，李老师赠我不少珍稀资料，我受惠良多。

4 月 11 日，李老师给我发来邮件，告知我准备将搜集到的“慰安妇”作品编成一本书出版，希望我为此书提一些建议。李老师说：“上世纪 90 年代以来，国内有关抗战期间日军‘慰安妇’的书籍不少，均为历史档案的挖掘，健在幸存者的采访、口述，新的文学和影视创作，鲜有从当时的文学作品方面予以关注的。因此，我想让这本书成为既具审美性的文学读物，又具学术性的文献史料。”我拜读了李老师发来的目录，发现其中大多是学界未曾注意过的篇目，以我有限的见识来看，可谓详尽完备，无可挑剔。我提不出建议，心中充满的是对李老师的佩服和感激，佩服他史料功夫了得，感激他年过古稀，仍辛勤工作，为我们提供了这么一部珍贵的文献资料！我觉得，这部书既是回击日本右翼势力关于“慰安妇”问题的各种谬论的文学证言，又是推动抗战文学研究深入发展的一块基石。目前我们关于“慰安妇”文学的研究成果非常少，不就是因为资料难找吗？有了这么一部完备的资料集，对“慰安妇”文学的研究一定可以进一步深入；多一些和这部书一样的“基石”，抗战文学研究完全能够得到深化！

李老师在邮件中还嘱咐我为即将编就的这部书作序，我感到十分惶恐，虽然我已到知天命之年，但从未有过为别人的著作作序的经历，我一直以为作序是那些名人的事，与我这个普通人没有关系。但是，仅仅因为我比较早地关注到抗战文学中的“慰安妇”题材，李老师就屈尊纡贵，和我这个后辈交流，我又怎么能够拒绝李老师这位有着古君子之风的长者对我的抬爱呢？于是拉拉杂杂写下了上面的话并借此机会遥祝李老师身体健康。

2019 年 7 月 16 日于海口

小　　说

第三百零三个

布　德

【题记】最近有一个从扬州出来的朋友偶然谈起，说有一个日军因为妇女慰劳所里发现有他的妻子，结果和他妻子一同死了。能够勇敢地死，也许便是日本的武士道精神。可是，死，并不能阻止日本军阀的狂暴。无数的吉田呵，无数的慧子呵，起来！举起你们自己的臂膊，把日本军阀打倒吧！

这一天“征发”[①] 的成绩不佳。西湖喇嘛塔上的阳光，眼看得马上将溜走了，而吉田三太郎还只到手十八只鸡，五十多斤山芋，想着营帐里有那样多的嘴看到这寒伧的收获一准要埋怨他无能时，他要感到耻辱而他无能时他要感到耻辱而且不安。他不是不记得从怀来，涿鹿那一带北部支那的贫穷区，幸岛一还能每天抓来十三四只鸡和大担大担的葡萄，供十一个伙伴大嚼，相比之下，吉田又怎能否认自己的无能呢？因为所有留驻在扬州的伙伴们是明白的，他们的部队如今正扎在支那最繁荣的区域。他自己也不是不明白，扬州，曾经是自己怎样憧憬过来的都市，研究支那文学的叔父前年还和他谈到“十年一觉扬州梦”的诗句和支那

① 即日本军队掳掠的行为。

人的感情；扬州，曾经是一个怎样富有诗情画意的城！为什么在过去曾经那样繁华过来的都市，如今“征发”的成绩还和怀来涿鹿一样可怜呢？不是吉田无能是什么？踯躅过辕门桥时，吉田悲哀的叹息了。然而，人谁不会寻找理由来掩饰自己的无能呢？辕门桥三三两两倒着的死尸使吉田省悟，不是自己无能，实在是今日的扬州太荒凉了！运河不时载着死灭的支那人滚滚流过，瘦西湖里也满是死人，扬州的人差不多好像完全死灭，白天人可以看得见耗子在尸身上做家，扬州也实在只好算是死之城市。

戰線

第一百七十四號

第三百零三個 (一)

布德

可是，这么说却又不是的，吉田明明看见有一个人影跑过街飞进离自己不远的大屋去了，那样轻捷，那窈窕的影子，不是女人是什么呢，“一定是”，吉田心里无端起了火，像飞那样的跳近去敲那扇闭着的门。

事实的教训告诉吉田，支那女人是不会亲自开门来迎接他们的，要怎样破坏那扇门的本领，吉田可最熟悉。到支那虽然仅仅两三月的时间，却不知有多少门多少女的眼睛比警犬的眼睛还要敏捷，只那么滴溜溜一转，马上便在一架木橱下发现那个刚在街上跑过而看来年纪还不满二十的“花姑娘”了，如同抓一只鸡那么容易，吉田抓住她。这两个生长在不同的国度里的人语言是完全隔阂的，但彼此都明白彼此要做什么。看到吉田发红的眼睛，姑娘悲哀的请求了：

“老爷，饶饶我，今天老爷是第七个。……”

吉田是完全不会明白这些话的意义的。可是，就是这些话却使吉田更为恼怒，吉田的记忆顶清楚，他记得：有一次就为了答应一个支那中年妇人的请求，说是叫吉田的伙伴们每人都守个房间，她再按次到各中来，以免当众出丑，结果，除掉吉田自己，八个伙伴有七个遭了那女人阴险的害；想着这悲痛的记忆，吉田简直愤恨得难说，他要为死去的伙伴复仇。有什么话说呢？那个可怜的姑娘被推倒在地上了，第七个？谁管你一天七个八个，一切日本皇军是不会知道人道正义是什么的。

“轻些，放轻些，老爷……”姑娘起初挣扎着，哭着，但后来渐渐嘶哑了，轻了，更轻了……

不是姑娘变得驯服了，而是姑娘死了。看到这样的情形只能使吉田更加冒火，只轻轻一挥动银亮的刺刀，那姑娘隆肿的小腹上便是一个窟窿。一个窟窿算得什么？吉田叹息着：“支那姑娘白腻的皮肤，只可惜不中用。”便踢开走了。真是，戕害一个姑娘算得什么呢？就在吉田日记簿上依照他自己的统计，到昨天为止，就有两百九十七，而幸田则比他还多全部的三分之一，就把今天的数目也算进去，最多也不过三百零二。三百零二这数目还不是和他今天“征发”的成绩一样可怜？

而且，谁又能知道吉田近来苦闷的心情呢？吉田曾经是一个仁慈的人，可是战争使他离开了妻子，离开了祖国，他看见多少伙伴死在血泊里，生命真如鹅毛。血又有什么可怕呢？如今吉田是在海里经过长距离游泳过来的人了。战争使吉田变成了残酷。可是，即使是一个最残酷的人也不会完全被抹煞天性的。吉田，他怀念他的妻子慧子，怀念“浅草观音堂”红色的帐篷，蓝色的帐篷，紫色的帐篷，怀念小小的樱花的梦。慧子一定变得更为寂寞而欢喜悒郁了，凄凉的“下驮”[①]常此地敲响长阶吧？孩子也许知道如何使用语言了，但孩子怎会知道爸却在辽远的异国？想着出征时慧子握着五色纸条时苍白的面色和自己“保重自己，孩子的事情是托给你了”的赠言时，谁又能得尽吉田心中的幽怨？为什么要战争呢？知道战争又要到什么时候结束？既不被干脆的派到前方去，在扬州，游击队又出没得如同狡兔。没有眼泪是不能想下去的，他想着渡过运河时有疲极的瘦马喝着泥水，广岛断了胳膊还嚷着痛赶路……粮食的接济为了游击队的骚扰一天比一天更难，每天差不多全靠“征发”，靠“征发”能支持到几时呢？……

唉！究竟为了谁非惨苦到这样不可啊！还能再想下去什么呢？没有什么好想也没有什么时间好给吉田想了，吉田已经走近他营门了，喇嘛塔上最后一点阳光也正在飞上天去。

汲水的，烧鸡的，人全来了，大家抢着做，大家抢着吃，营地成了战场。喝着发下来的太阳牌啤酒，虽然军营里为之生色不少，但任怎么说，吉田总是忧悒的，总想早点回家去，回到慧子的身边，慧子嫩白的手臂擎着黑色的鸡尾酒杯送到自己的唇边来……

① 即日本人穿的木屐。

何等甜蜜的，苦痛的回忆呵！吉田几乎把大滴的眼泪跌进杯中去，于是，沉默在一旁的川岛带着友谊的怜惜开口了：

“又想了，何苦用苦束缚自己呢？我劝你到慰劳所走走去。”

慰劳所是新由东京遣运来供皇军取乐的妇女，现在正在绿杨旅馆住下。高兴称日本妇女劳军慰问队是比较漂亮的说法，否则，说是妓馆又怎好算错？那里面究竟有多少大和民族的女儿虽然弄不大清楚，但总之，把那些妇女分号居住那是事实，每个房间都标明号码，每个房间也都有妇女守候着寻取欢乐的皇军来。只要是皇军，无论谁，只要在进口处抽一支签，便可到签上写明号码的房中去取乐。吉田有意无意的和川岛踏上了去绿杨旅馆的路，喇嘛塔上最后一瞥阳光也早已飞上天去，剩下来是昏黑，稀散的是星光，夜。

到慰劳队所时，一进门便望得见台上矗立的签筒，四支签把他们完全分散了，属于吉田的一支写明房间号码是“十六”。

十六号蓝色的房帘静静垂着。一个日本的青年妇女吐着不胜娇媚也不知是不胜厌倦的眼色欢迎吉田进去。

房间的陈设是极其简单的，除掉床帐桌凳还有什么呢？只有一朵株藤花供在紫色的窗幔下。

只要掀起紫色的窗幔，可以完全看得清楚十五号房里一切人的动作，要不是隔着这一扇窗，十五十六两号原只好算一个房。

看到紫色的窗幔下快近凋谢的株藤花，吉田一进门就静默了，离开吉田的慧子憔悴的脸色，应该也像憔悴的花颜了。已经有一个多月不见慧子怀恋［念］的来信了，知道她们又在如何过活呢？孩子又不知怎么（样）？提到自己吗？在支那三个月来的生活是自己也怕提起的生活，想到出征时那些长旒的旗帜，还亲切如在眼前，吉田比在营里还悒郁了起来，呆站在一旁的那个青年妇女是无从知道吉田的心事的，沉默占领了整个房间。

透过紫色的窗幔风把十五号房中的笑话［语］轻轻送过来：

一个皇军的声音："你离开东京多久了？"

另一个声音轻轻而娇脆，显然是女人的："算来也快近两月。"

"在东京住在什么地方呢？"

"宫前町。"

"你没有丈夫吗？为什么丈夫肯让你出来呢？一定是他不爱你，……哈哈，可是我倒爱你……"

"丈夫三月前被征调到了支那来。"

"也没有孩子吗？你看我替你养……"

"有一个还不满一岁的孩子，可是，等我到支那还不满一个月，妈却有信来说孩子因为断乳死了。"

皇军的声音变得带有同情的惊诧了："死了？告诉你丈夫没有呢？你丈夫在……"

"起初在第五师团司令部，后来就……"

笑语再继续下去不久，女人便似乎悲伤的沉默了，皇军则还在一旁打哈哈，要女人再给他一个更长的吻，啮一下舌头。这时候，可没有人留心十六号紫色的窗幔在吉田颤抖的掌握中完全被掀开了。

对于我们最熟悉的人，我们只要听到他声音便能知道是谁，靠着各人音色的不同，我们可以闻声辨别出各人来。有那个人能够说吉田不熟悉慧子的声音呢？是曾经养过一个小孩的一对情侣呵！

从窗眼中望去那十五号房中被另一个皇军搂抱着的不是慧子是谁，那淡淡的眉毛，额下一粒淡色的朱砂痣！

吉田想不到在支那曾经奸淫了三百以上的女性，这回竟几乎奸淫到自己的妻子！有什么话说？自己在支那过的是魔鬼的生活，而军部是这样无人道的处置出征将士的家族。

在人道正义下他完全省悟来了，开始忏悔用刺刀被自己强奸过的支那妇人的不该；做个虔诚的佛教徒呵，来赎取自己如山的罪恶吧！

可是，隔壁的笑声又透过窗幔来了，有什么办法呢？窗幔又被吉田掀起的那么大。

男的声音："怕什么痛，哈哈，再来一个……"

女的似乎是哭泣的声音。

凭什么不叫吉田不有发红的眼睛呢？就在隔壁这一个房间另一个皇军正拥抱着一个女人，而这个女人就是吉田所永久怀恋［念］着的慧子。

而且，说的一切话吉田是完全听到的，孩子死了！生命是什么呢？希望是什么呢？死，一切只有是死，一切只有毁灭！

完全如同一匹脱（缰）的野马那样的，吉田用着毕生的精力突过那一扇窗户，从那个皇军手里夺回慧子来。

"吉田！是你？那张上野的留影呢？"女人起初是惊诧，过后却较为沉静了。

"照片在这儿，孩子死了！"从贴身的内衣袋里取出三月慧子在上野摄的半身照，吉田完全用流泪代替语言了，上野的樱花还鲜艳如同昨日。而和樱花一样鲜艳的慧子呢？……谁敢再想下去这可怕的生活呢？这比恶梦还要凶恶的生活……一滴一滴的眼泪滴上照片去，而这耻辱的生活是连眼泪也洗刷不尽的。

没有更多的话，吉田和慧子仅仅只有一个短时的拥抱，便一齐把头有力的撞击着墙壁。

血出来了。血几乎是喷出来的，墙壁上到处都是，桌上，床上也是；血的债是要偿还的，一切曾经用别人的血灌溉过自己的生命的人到头来也必须流血。自然那十六号房中的青年妇女对这突发的事变更要惊骇得不知如何是好，但使人感动而会落泪的，仅仅这是悲剧的本身，以后的事情谁高兴管呢？好在十五号房中的皇军如今是明白了：是战争使他的伙伴变成残酷如同魔鬼，是战争使他的伙伴妻子变成妓女，是战争使他的伙伴的儿子死了！……无数的伙伴，无数的同样悲惨的命运呵！谁发动这战争，为什么发动这战争呢？

八月四日脱稿于四川北碚

（载汉口版《大公报·战线》1938 年 8 月 23、24 日）

慰安所里

——湖州城

小　蜂

一个严冬的早晨，北风刮得很利害，阳光淡淡地射到山大幸三郎的身边。他站在一个小木屋前的岗位上，手里拿着上了刺刀的枪，眼睛不时的向四周瞭望，像什么似的又胆小又惦记着呢。——他深深地吐了一口气，整了整身子，徘徊了一二回，缓缓地又踱回岗位上，仰着头呆呆地望着蓝白的天空，嘴里不知说些什么；他的脸儿好像带了愁容，满腹的心事，自言自语地阵阵的寒风使山大幸三郎打起颤抖，把脸儿紧紧地缩在宽大的领子里。

山大幸三郎的脑海里，正幻想着——他想起了他的爱妻，美丽多情的吉丫。

他已整整的一年，不曾见过她了；一股贪欲再也不能抑止，隐藏在他的心头，他的幻想好像她的爱妻已投入他的怀里了，他俩亲热地狂吻着……忽然有笨重的脚步声踏踏地，向着山大幸三郎的岗位上走来，就将他甜蜜的幻想梦打断，他就懊丧似地，托起了长枪，无精打采地走向“川畸部队”司令部去。

“到慰安所去吧，幸三郎！”田村兴奋地说着。

“不，田村。”

“你为什么老是这样的想着，你有着爱妻吉丫，难道我就没有爱人吗？这又何必这般自闷呢，我们还是到慰安所里去消遣消遣吧。”

“……！”

“你这样的狂想着，她又不会来安慰你呢，或许我们在慰安所里也能够看见和吉丫同样的人吧。”

田村握了三郎的手，往外就拖，他也就默默地走了。

“大××皇军慰安所”里，已有幸三郎俩的影迹，他们都躺在富有弹性的沙发上，茶役们细心的赔着笑脸招待着。

“喂！把新来的姑娘叫出来让我们快乐快乐。”

田村说着又和其他人谈话了，只留下山大幸三郎无趣地看着四周，他们都何等快乐自在啊。而他只是沉闷……他沉思时，脸儿突地变了。两只眼睛狠狠地凝视着距离他二十步的一只沙发上，有着和他爱妻吉丫一模一样的女人，上部的衣服已给他同伴卸了，露出了雪白可爱的乳峰，正被玩着，吻着，然而幸三郎还不敢自认。他就离开沙发走近两步，细细地用神察着，他更变了，疯子似地冲向那边去，直把他们俩吓得直嚷。这还不是他的爱妻吉丫么？

“啊……幸……三……郎……”她已晕倒在地上。

“吉……丫吉……”幸三郎颤抖的哽咽了，抱住了他那心爱的吉丫叫着，泪滴在她的脸上，忽然他又想起了什么似放下了吉丫，不顾一切地抱着头向外乱窜。

慰安所里已闹成一片，当田村想不出幸三郎干吗疯了的，要想去拉住他，已来不及啦。

田村想回来问个究竟，他刚一转身，迎面就过来一个美而胖的女子似乎很面善的，田村，就好像在做梦着？——他的爱人秋子姑娘也在这儿。

他停住了脚步，视线集中在她的脸上。忽地那女人惊慌地叫了起来。

“田……村你……你……。”她的泪已挂满了脸上，晶珠儿粒粒地下滴。

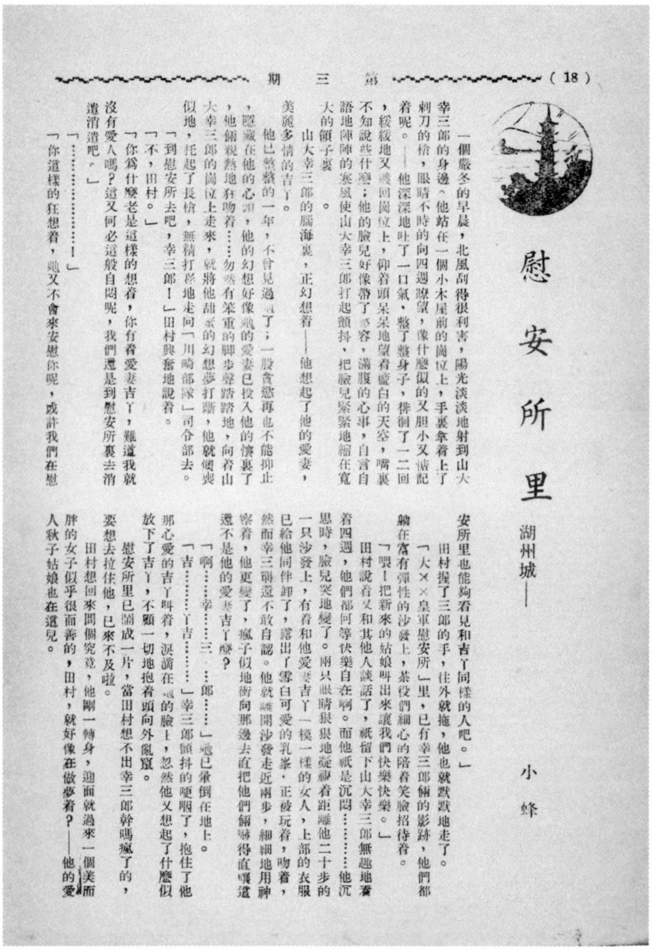

（18） 第三期

慰安所里

湖州城——

小蜂

一個嚴冬的早晨，北風刮得很利害，陽光淡淡地射到山大幸三郎的身邊。他站在一個小木屋前的崗位上，手裏拿着上了刺刀的槍，眼睛不時的向四週瞭望，像什麼似的又胆小又儆記着呢。——他深深地吐了一口氣，盤了盤身子，徘徊了一二回，緩緩地又踱回崗位上，仰着頭呆呆地望着蘆白的天空，嘴裏不知說些什麼；他的臉兒好像帶了愁容，滿腹的心事，自言自語地陣陣的寒風使山大幸三郎打起顫抖，把臉兒緊緊地縮在寬大的領子裏。

山大幸三郎的腦海裏，正幻想着——他想起了他的愛妻，美麗多情的吉丫。

他已整整的一年，不曾見過她了；一股貪慾再也不能抑止，隱藏在他的心頭，他的幻想好像她的愛妻已投入他的懷裏了，他倆親熱地狂吻着……忽然有笨重的腳步聲踏踏地，向着山大幸三郎的崗位上走來，就將他甜蜜的幻想夢打斷，他就懊喪似地，托起了長槍，無精打彩地走向「川崎部隊」司令部去。

「到慰安所去吧，幸三郎！」田村興奮地說着。

「不，田村。」

「你爲什麼老是這樣的想着，你有着愛妻吉丫，難道我就沒有愛人嗎？這又何必這般自悶呢，我們還是到慰安所裏去消遣消遣吧。」

「…………！」

「你這樣的狂想着，她又不會來安慰你呢，或許我們在慰安所里也能夠看見和吉丫同樣的人吧。」

田村握了三郎的手，往外就拖，他也就默默地走了。

「大××皇軍慰安所」里，已有幸三郎倆的影跡，他們都躺在富有彈性的沙發上，茶役們細心的陪着笑臉招待着。

「喂！把新來的姑娘叫出來讓我們快樂快樂。」

田村說着又和其他人談話了，祇留下山大幸三郎無趣地看着四週，他們都何等快樂自在啊。而他祇是沉悶…………他沉思時，臉兒突地變了。兩只眼睛狠狠地凝視着距離他二十步的一只沙發上，有着和他愛妻吉丫一模一樣的女人，上部的衣服已給他同伴卸了，露出了雪白可愛的乳峯，正被玩着，吻着，然而幸三郎還不敢自認。他就離開沙發走近兩步，細細地用神察着，他更變了，瘋子似地衝向那邊去直把他們倆嚇得直嚷道還不是他的愛妻吉丫麼？

「啊……幸……三……郎……」她已暈倒在地上。

「吉……丫吉……」幸三郎顫抖的哽咽了，抱住了他那心愛的吉丫叫着，淚滿在她的臉上，忽然他又想起了什麼似放下了吉丫，不顧一切地抱着頭向外亂竄。

慰安所里已鬧成一片，當田村想不出幸三郎幹嗎瘋了的，要想去拉住他，已來不及啦。

田村想回來問個究竟，他剛一轉身，迎面就過來一個美而胖的女子似乎很面善的，田村，就好像在做夢着？——他的愛人秋子姑娘也在這兒。

田村只是默视着，好像着魔似地回转身子拔脚就跑。

田村奔回队伍寻遍了整个的屋子，总不见幸三郎的影子，就奔向营部的后门，踏进了草屋，顿时冤气涌上心头，异常难受，抬头见山大幸三郎已先其自缢了。颈儿套在绑腿带里，挂在梁上高高地，田村再也不忍目睹，就解下绑腿带来——就仿效幸三郎的把戏；他也明白了幸三郎遭遇到同样的命运。

第二天，“川崎部队”就不见了二个皇军。

慰安所里，有着一片清晰的惨哭声，隐隐地在她们的心头浮起。但还是有不少的皇军，正向着这慰安所里，找寻他们的爱人妻子……。

修于元月元旦黄昏

（载上海《巨轮》1939 年第 1 卷第 3 期“创作”）

血的短曲之八

舒　群

这是一个人所讲的故事

她给我留下的一种感觉，是这样的。

温暖的不是异邦如意的床，而是祖国冰冷的地；死在后者的地上，比睡在前者的床上温暖。

我与她的结识，是这样的。

有一次，我们在山地击败日军以后，向附近的房屋，树林，以及一切可以隐藏敌人的地方，开始搜索行进。大约四五里以外，在一处年代久远的院墙内，我们发现了敌人。我们要求他们避免彼此流血，他们缴械以后，与我们同行；而且，我们特意说明，我们并不想用别人的生命而换得自己的光荣。但他们回答我们的，是枪声，而无一句言语。因此，一刹那间，这小的战争就便开始了。一点钟的时间，我们就得到结束；我们冲入院内，立刻恢复了往日和平时代所有的安宁。在这被血染过的院内，还有一切战争不可避免的悲惨景色；他们死的，安静地躺在地上，伤的，呻吟在自己找寻的痛苦中，活着的，送出自己的枪和弹，然后垂下头和手，好像自知已经接受了俘虏的命运。她便是其中的一个——唯一的一个女的。

不过，她没有使用过枪和弹，甚至一件小小的武器；她曾是一个无辜者；受难者。

她的年龄，很幼小，最多不过十六七岁。她的身体，很瘦弱，瘦弱得使人感觉她的生命难有几年的长久；好像初春的嫩苗，被暴风雨摧残过，在世界上难有长久的勾留了。她的脸型，她的脸色，就是她生来的不幸命运的记号。这不仅可以看出她是朝鲜人，而且可以证明她是日军之中的妓女。关于这，在我们问起她的时候，她哭了，表示默认了。

她的哭声，充塞在这阴惨的天空的下层，这秋风吹不尽荒草，落叶的院中，一声一声地传入我们的耳里的时候，使我们更感到了人类爱和憎的距离，同情和仇恨的所在。因此，我们从俘虏中把她引到一间空房里，由我负责。

我看她似乎疲倦极了，我用稻草给她铺成一个小床，要她休息一时，准备不久以后遭受长途的辛苦。她扬起眼睛，轻轻地看了我一下，她说：

“不！”

“你不疲倦吗？”

“不！”

她给我的回答，好像永远只有一个“不”字。于是，我故意问她一句：

“你痛苦吗？”

她默然了。她用手抚摸自己的胸脯，来抚摸着自己的痛苦。

“那么，你不快乐吗？”

“我生来就不知道一个人还有快乐；也许有，可不是我的，不是朝鲜人的！”

这时候，她刚刚停止的哭声，又开始；更大了；仿佛她只有一个简单的感觉，表示感觉的，就是她的哭声；仿佛她的幸福，被人用不幸换去，结果她自己余下的和加多的，都是哭声。

当我们归队的时候，我向她说：

“不要哭了，走吧。”

“走到什么地方去？”

“领你到快乐的地方去。”

“你别骗我！”

“我没有骗你。”

“什么？没有骗我？哼，世界上没有一处快乐的地方，是我的，是朝鲜人的！我知道，你别骗我！”

她说着，呜咽着，勉强地随着走了。

走了不久，我们走上一条崎岖而难行的小山路。这小山路，爬过无数的山头、河流和稀有的而且荒废了的矿场、田野，爬向一望望不尽的遥遥的远方，我们身边所望见的，不过是高空低落到山头的一片阴暗的云层，此外，便是被风吹起，吹到云层以外的尘土的黄烟。这云和烟相混的宇宙，不见一间房屋，一棵老树，甚至一个小生命的动物一刹那的寄居，或行旅，好像荒凉而寂寞的太古的时代一样。我们行进其间，的确感到孤独，而且渺小。

我们的队伍和俘虏走在前面，我和她跟随在最后边，背上背着太阳西落的余火，走向这余火所照耀的地方去。

突然，她停下了，仿佛被身边恐惧的景象引起的一种疑虑，而觉得迷茫和踌躇。她一边望着身外，一边问我：

“告诉我，我们走的是什么方向？”

我用手引她转过头来，指了一下残缺以后的太阳。她又问：

“那是西边吗？”

“是的。”

“那我们去的是东边了！”

于是，她不走了。她为了一种欲望，一种梦想的追求，她的脸色，沉入失常的神情中。这神情，是超过痛苦以上的。因此，我对她安慰，劝说继续行进，免得和队伍的距离隔开太远。但是，她说：

“不！”

“为什么？”

“不，不为什么！”

我为了避免她妄想的痛苦——幸福，我用枪迫她随我走了。

然而。她用的仇恨的眼睛向我表示，她随我走并不是幸福的，好像我引她走了和幸福相反的路子。她终于又站住了；而且，由于她的一种决心，使我的枪也失去了尊严。

她向我声明：

“我一步也不走了！”

我被她引起的一种茫然，是不可以解释的，于是，我强迫她说明停止的理由；但她只是自语着：

“越走越远了！”

“怎么越走越远了？”

“当然越走越远了！”

我指了一下我们要去的方向，我问她：

“难道那边你不愿意去吗？”

她点头，承认了。我又问她：

“你愿意往哪边去？”

她为我指着与我所指的相反的方向。我气愤了，我无情地责问她：

“你想往敌人那边去吗？”

于是，她好像受了欺辱一样，立刻又哭了，哭着向我说：

“先生，我告诉你，我的家住那边，就在那太阳下。”

这时候，她仿佛更记起了而且渴望着她的祖国、故乡、家庭，人类圣洁的感情依托的所在；她痛苦得打起自己的头来，不惜打到粉碎。

是的，一切失去的比现在的亲切，不仅是祖国，就是短短的难忘的回忆，也常有恋恋的时候；当被泛滥了的感情所磨难的那一刻，是有着一种不可抑制的想念的——虽然也知道是空虚而痛苦的。即使我安慰她，这安慰也是易于引起反感的；所以我故意地顺从了她。我向她说：

“那么你去你要去的地方吧！”

“你让我去吗？”

“让的。”

于是，她转了相反的方向，望着太阳所在的地方去了。

我站在小山路的当中，注视她的背影由迅速而变慢，渐渐地终于停止了。她去时的勇气，从她垂落了的松软的两手，已经消沉下去；从颤抖着的松软的两脚，拾得一个永远难忘的失望而已。不过，她不肯回来，仍在失望之中寻找着希望。在她停留的时候，她散垂着的长发，被风吹乱了，一时飘起，一时飘落，飘得无所依依，尤其是她仅有的一件类似西装的衫子，像她的体质一样，几乎再经不起一阵暴风的吹打。她在风中，孤独得仿佛人类再无一个她的亲人了。

我走到她的身边，要她转回归路去；她叫起来了：

“我不回去，死也不回去！”

“那你就站在这里吗？”

“也许！”

“永远站下去吗？”

“也许！”

于是，我故意地道：

“那你一个人站在这里吧，我去了。”

然后，我很自然地走开了。走了不久，我便听见她的哭声追随在我身后了。我停下，等她到来的时候，我问她：

“你怎么又回来了？”

“回不去……也只有回来……”

“那我们走吧。”

“不，你告诉我，我什么时候可以回去？”

“快了。”

“快了？只我一个人回去吗？”

“不，所有的朝鲜人——愿意回去的。”

在我们归队以后，我把她移交给另一负责人。她与我告别的时候，给我一个淡淡的微笑；笑得那样勉强，好像她生来第一次的尝试。

（载《中学生》战时半月刊 1939 年第 3 期）

新的信念*

丁　玲

一

走过几排疏疏的树林，在平原那端，静静地躺着西柳村，村外边的堤上杨柳，在冬天的劲风里，乱舞着脱了叶子的枝条，在那下边伸展的一溜粉墙，映在不化的残余的雪中，也只显出一层病态的灰白，加重了严寒肃杀的感觉。独立在村口上，亭子似的高楼，披着陈旧黧黑的衣裳，像个老人在傍晚时分，寂寞的悲悯的望着远方。

时间的确已经傍晚了，将要沉入暮霭里去的村子，却没有升起多少晚烟。

一小队一小队的乌鸦，飞过来，在村顶上打了一个圈，便投入山坡上的枣树林去了。那些已经找好了宿处的林子里的小鸟们，遭受了新来者的震撼，便瑟缩的颤声叫着了。

然而惊扰了它们的，还有那从山上走下来的一个拖着沉重脚

---

* 这篇小说1939年在《文艺战线》上初刊时和1942年印行单行本时，均题《泪眼模糊中的信念》。收入远方书店1944年版《我在霞村的时候》时，有少量字句修改，改题《新的信念》，此后各书均署此题。参见本书“资料”《1938—1949年“慰安妇”题材作品系年目录索引》。——本书编者注

步的巨大人影。他每将那只元青布的老棉鞋踏上草丛，凝在草上的薄冰，便在脚底下碎裂，吵吵的低声的嘶着。有着美丽羽毛的野鸡，惊惶地向树丛中跳去了。

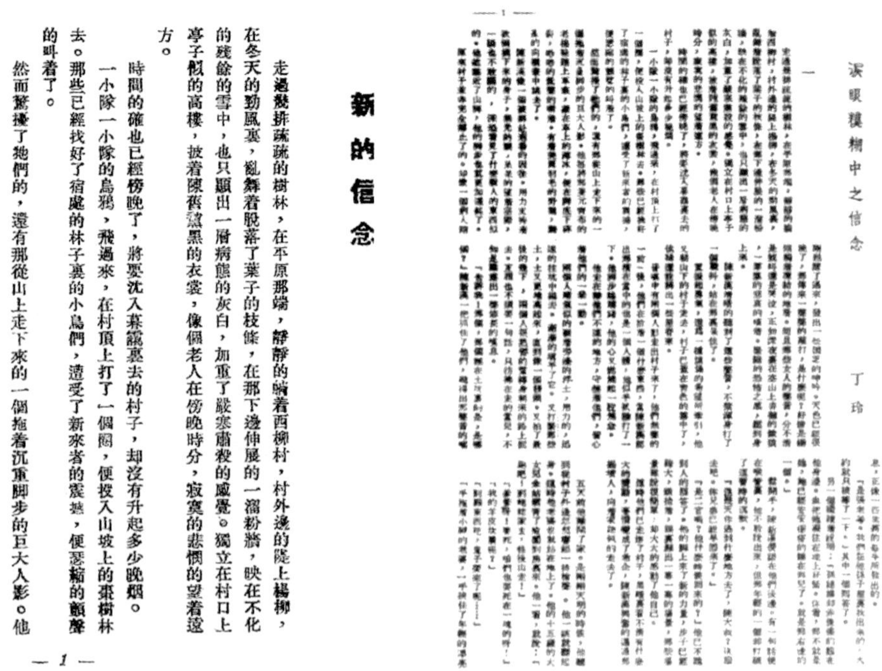

— 1 —

淚眼模糊中之信念

丁玲

一

新的信念

走過幾排疏疏的樹林，在平原那端，靜靜的躺着西柳村，村外邊的隴上楊柳，在冬天的勁風裏，亂舞着脫落了葉子的枝條，在那下邊伸展的一溜粉牆，映在不化的殘餘的雪中，也只顯出一層病態的灰白，加重了嚴寒肅殺的感覺。獨立在村口上亭子似的高樓，披着陳舊黧黑的衣裳，像個老人在傍晚時分，寂寞的悲憫的望着遠方。

時間的確也已經傍晚了，將要沉入暮靄裏去的村子，却沒有升起多少晚烟。一小隊一小隊的烏鴉，飛過來，在村頂上打了一個圈，便投入山坡上的棗樹林去。那些已經找好了宿處的林子裏的小鳥們，遭受了新來者的震撼，便惡輸的顫聲的叫着了。

然而驚擾了牠們的，還有那從山上走下來的一個拖着沉重脚步的巨大人影。他

— 1 —

陈新汉像一个被绑赴刑场的囚徒，用力支持着欲扑倒下来的身子，无光的眼，呆呆地望着空际，一瞬也不敢瞬，深恐看见什么骇人的东西似的。他越临近了山脚，他的脚步也就更加迟钝了。

原来村子并非完全静止，却像一个病人刚刚苏醒了过来，发出一些困乏的呻吟。天色已经很晚了，那传来一声声的敲打，是什么呢？好像是锄头触着冻结的地层。而且那些女人的声音，分不清是号叫还是哭泣，正如深夜在荒山上徘徊的饿狼，一群群的悲哀地嚎着。紧缩的恐怖之感，压到身上来。

陈新汉清晰地听到了这些声音，不禁浑身打了一个战抖，站在那里呆住了。

重振起勇气，还为一种烦躁的希望所牵引，他又朝山下的村

子走去，村子已盖在青色的雾中了，依稀还能辨出一些屋脊来。

昏暝中有两个人影走出村子，他们无声的一前一后，他们在抬着一个什么东西，当陈新汉认出那横在当中的也是一个人体，他似乎被谁打了一下。他脚步越踌躇，他的心又燃起一股焦急。

他走在离他们不远的地方，守候着他们，留心他们的一举一动。

两个人赌气似的铲着旁边的浮土，用力的，迅速的往坑中抛去。渐渐的填平了它。又打紧那些土，土又更堆高起来，直到像一个馒头。又拍了最后几下，两个人很熟习的踅转身朝来的路上回去，互相不需要一句话，只仿佛在走的当儿，不知是谁露出声悠长的叹息。

“告诉我那个，那个埋在土坑里的是，是哪个?”陈新汉一把抓住他们，听得出那声音的喘息，像一匹生病的母牛所发出的。

“是张老爹。我们在他孙子屋里找出来的，大约就只被摔了一下。”其中一个回答了。

另一个继续说明：“孙媳妇赤条条地躺在他身边，血把她凝在地上好紧。你看，那不就是她，她已经安安稳稳睡在那儿了。就是那右边的一个。”

松开手，陈新汉跟在他们后边。有一句话梗在喉管里，他不敢说出来，但那年轻的一个却打破了这暂时的沉默。

“这几天你逃到什么地方去了，陈大叔?快回去吧。你兄弟已经早回来了。”

“是二官吧?他什么时候回来的?”他已不听别人的回答了。他的脚上来了新的力量，步子已经跨大，头抬着，眼里显出一幕一幕的场景，那些场景虽说很简单，却大大的感动了他自己。

这时他们已走进了村子，黑暗里看不清有什么大的变动，忧惧变成了希企，陈新汉兴奋的迈过那掘坟人，向着家跑似的走去了。

五天前他离开了家。是刚刚天明的时候，他听到从村子外边忽然响起一排枪声。他一跳就翻起身。这时他老婆也就站在地上了。他的十五岁的大女儿金姑骇青了脸闯到房里来。他一看就说：“跑吧！到姥姥家去，往后山走！”

“爹爹呀！要死，咱们也要死在一块的呀！”

“我的羊皮坎肩呢！”

“别顾东西吧，鬼子要来了呢……”

一手拖着小脚的老婆，一手挟住了年轻的漂亮的女儿，实际她这时只仓皇的跑着，她的脸被煤灰和尘土涂得很难看。他们在人堆中很快就抢上山坡了，可是老婆又哭了起来。他们的二女儿和儿子不知逃出来没有，而且陈新汉还有一个五十七岁的娘。于是他摆脱了她们，让她们跟着人群跑，自己便又倒回村子来。别人都拉他：“不要转去了，逃命呀！”可是他一点也不懂得惧怕，因为他只想救出他娘来。他不断的还在涌上来的人堆中搜寻，而且叫喊。

二官媳妇抱着周岁的娃儿，踉踉跄跄也奔上来了。

“娘呢？你看见娘没有？”

“以前看见的，娘比我先走，她牵着巧姑和同官的。我们要逃到什么地方去呢？”

“到姥姥家去，快走呀！”

他仍不能跟着她跑，他还是跑了回去，村子里乱到一塌糊涂，枪弹在头上乱飞，一片喊救声，村子外面烧起来，浓的白色的烟一团团向村子里滚来。家里的确没有人，只一些鸡在院子中钻着叫来叫去。他几乎就在子弹行列中，喊叫中又逃了出来。他清清楚楚听得到马蹄的声音。他无暇去看，在他的后边，就像是天在崩，地在塌，压得有些人呼吸都来不及似的，只听到一些短促的锐叫，和打噎似的一些就停住了的声音。

一路上他谁也没有找到，看见几个同村子的人，他们交换着一些询问，互相都不能给予满意的回答。

有两个坐在山头的老媪，喊天喊娘的哭叫，走上去一看又不是他的娘。也有跑不动了的孩子，却不是他的同官。现在简直连老婆和女儿也找不到了。他以为能碰见的二官媳妇也好，连她的踪影也看不见，他歇下来又等了一会，络绎还来了不少逃难的人，在这里面仍然不会有一个他的亲属。

“来了一团人呢！……”

“庄稼人被砍了呀！……”

“这一下，咱们西柳村就这末毁了么！……。”

“我老早就说要来的呀！……”

“可不是，老少男女全部遭了殃，……”

“这……这劫数……”

杂在大家一群里，互相更感染了许多惊惶，他便又离开他们自个儿走。他到了四十里地的张家湾。这湾里只住有二三十户人家，这里从有历史以来，就僻静得很。平常就没有什么过往人的。同外边很少关系，差不多过着原始人的生活。他的老婆的父母是住在这里的。

那天的夜晚，等着了他的老婆和金姑，以后就没人来了。第二天他出去找了一天，只听见一些关于村子里的坏消息。第三天他带了两个口信给他的兄弟们。第四天回信来了，报告他们不久就会回城去的，然而别的还是什么都不知道。第五天他再出去时，到下午好消息来了，游击队克服了西柳村，已经有人开始回去了。他便也走回去看看究竟，但他怕，他不敢想着那些亲属的结局，他却又忍不住要去。他怀着鬼胎似的，不安的回去了。

现在他已经较为快乐了，他还没有看见什么不祥的事，这或许是不会有的。而那两个掘墓人也忘记告诉他：就在这天上午，他们曾经掩埋了一个叫着同官的孩子，他的唯一的独子。

二

“让我跟你们去拿吧。”金姑扎紧了束腰带，一昂头冲着她的二叔，陈佐汉。不顾她妈投过来的憎恨的眼光。

假如第二个儿子的陈佐汉，却有着他父亲的性格，果敢，严厉，当他将那两条浓眉一蹙，闭紧着嘴唇的时候，兄弟们便交换了一个眼色，静默着了。母亲便瑟缩的无声的走到厨房去，或是间壁，安心的倾听着。但他并不常常发怒。他对孩子们几乎是娇纵的惯着，这常使得女人们不高兴。

“你不要去，留在家里吧，外边又在飞雪了。”他拍了拍金姑的薄棉衣。

“不，我要去，我不要蹲在家里。”摇晃着身体，鼓着嘴，骨碌两颗眼珠，望了望她妈和婶母，便闪着希求的光，停在叔父的脸上。

叔父在笑，那意思是，“这孩子……”

“你敢去，兵荒马乱的，这样大姑娘，不要脸的东西……”变得乖僻的，难于亲近的她的妈又骂起来了。

“陪着你娘吧。”望也不望女儿一眼，陈新汉在头里出去了。

“金姑，你烧火吧，多热些水，想着，也许三叔会找得到奶奶和妹妹的。你还想要什么东西吗？”

金姑不答应，扯着头上的包头布，却走向外边去了。

“到哪里去？”她娘厉声的问。

“我去拿煤，也不许么！”金姑也大声的回答她。

叔父又笑了，但随即也做了一个不屑的面孔，环顾了一下屋内，板着脸也走出去了。

盘着脚坐在炕头的陈新汉老婆，烦躁的搜索着，她想找一个可以发泄怨气的东西，而一个新的思想忽然却在头脑中生长了。而且她坚定了她的揣想，她的心为新的愤怒啃咬着，她有一种欲咬人的欲望，但她却压抑住自己，而且缓着声音问：

“二婶子，你不是说你那天逃出来时，你还看见过奶奶带着同官和银姑么？”

偎着娃儿蜷在炕上另一头的二婶，近来已经很怕同她说，但却只得也和气的答应：“是的，我看见过的，在我要出门的时候。”

“你什么时候碰着金姑她爹的呢？”

“半路上。”

“哼！”

谈话休息了一下，她又问：

“你过去到过他们七大大家里么？”

“没有，我跟着一群人乱跑，不知怎么就跑到他那地方了，要不是七大大在外边看东看西的，唉！”二婶回忆起那时的狼狈情形，要不是遇着七大大，她将如何得了呢？

“唔，那倒太巧了啊！我说二婶，咱们是一家人，有什么话不好说。金姑她爹送你们上那儿去，也是应该的，你们何必串着骗咱呢！”

“大婶！你别这样瞎说吧，现在家弄到这样子，省点事安静点吧！”

“家弄到这样子，又没坏到你头上，你们母子不是有人送你们到没事的地方去了吗？就可怜我，啊，我的同官，我的儿，你死得好苦呀！……”于是她搓捶着炕，放任的抛着眼泪。填满了胸中的怨气，一方面在向外边流，一方面又不知从哪里加来了，咬着牙接下去又骂：

“这一屋全是鬼，没良心的，没廉耻的……”她又不断的想着一些话去侮辱二婶，她希望激起她的怒气。

二婶觉得太受委屈了，嘤嘤的在被子里哭，受了惊骇的娃儿，便也放声的哇哇的哭了。

“娘，怎么啦！”挺着一袋煤走回来的金姑，被弄得糊里糊涂。

听见了女儿的声音，却更伤心起来。她现在只有一个女儿了，她的小儿女是比金姑更可爱，她们是多么的活泼、温驯，她们从来不反抗她的。她连同官的尸体也没有看见过，只到他小坟上去过两次，她能想象那样子么？他是被……是不是像一个被宰后的小羊，一些绿的，白的，红的东西从被割开的肚子里爆出来。她每一想到这里，就感觉到肚子上难受，感觉得自己的肠子脱离开腹壁那末难忍的痛楚。

“娘！你别哭！二婶！你，你这是干吗啦？”可是她自己却止不住也哼哼唧唧的哭起来了。

雪引着黑暗，黑暗压着雪块，厚重的无底的叆叆的雪层慢慢的降了下来，风猛力的打着窗纸，从缝隙中又卷进来，房子由昏暝转入了黑暗。人的感情也由烦躁的愤懑，而转入到深沉的悲哀。哭叫已经在减低，只余一些伤疼的呻吟。二婶把由疲倦而睡去了的娃儿，轻轻的移开，自己摸摸索索的爬了起来，她意识着她们将要误事了。

金姑只要有人在房子里活动，她便也推开了忧闷，火在灶孔里毕毕剥剥的烧着，炕上陡增了一股热气，从锅里冒出的水蒸气，模糊了围绕着灶边的人影。她们又说着，交换着一些梦想了。她们开始期待着那可怜的白发的奶奶和那天真的小姑娘。

三

北风卷着无声的雪片，在无边的原野上，在远近的高岗上，肆虐的横扫过去，一点不给人以怜惜。刺骨的寒冷与吞噬人的黑暗主宰了夜的宇宙。那些被蹂躏过的土地，缺少墙垣、缺少篷盖，人们都象狗似的蜷伏着。狗更夹紧了尾巴，躲在乱砖堆里，即使看见什么影子，也只无力地阖下它的眼皮。陈新汉一家人在热的希望下，已经度过了大半个夜晚了。只有金姑还站在地下，不时的向灶里加火，和向锅里加水。她时时的问着：“二叔，你说奶奶还会回来么？”

“不会回来了！这样冷的夜晚，纵是找到了，三叔也不会让她回来的。孩子，你睡去吧。”陈佐汉靠在炕头，抽了半夜的烟了。

“你不睡，我也不睡。你看我娘睡得多好。”

“唔，她很作孽的。”

但金姑对于他的同情，并不慷慨，她又将村上新发生的一些事，噜噜苏苏的问着。她又同二叔谈到奶奶，他们都希望奶奶不会来。

可是有时从狂啸的风中似乎听到一些哭叫，一些哀号，金姑便呆住了。惊恐的望着叔父，用手势止住叔父的动作，意思就是说：“你听！”叔父也就屏住气，注意的用耳朵在看不见的远处探索。连假寐在炕上的父亲也坐起来了。可是，什么又都没有。他们就这末在微弱的油灯下，等到了天上现了鱼肚白，他们才真的肯定和希望推后了一天，不久，屋子内也同外边一样静寂了。

黯淡的白天来了，无底的黑暗的空间，慢慢的转成半透明的灰白，雪片也就从天的深处，更密更快的团团的翻飞着下来。没有鸟儿叫，没有鸡叫，也没有狗叫，雪掩盖了破乱，掩盖了褴褛，凝结在地上的牲口粪不见了，凝结在院子里的禽兽的毛骨不见了。凝结在任何土地上的人的血也被遮住了。只剩下那白墙上的黑字：“打倒蒋介石，铲除共产党！”压在那已经被洗刷得模糊了的“驱逐日本帝国主义出中国！”而那黑字也被雪水淋洗得狼藉了，像挂满着鼻涕眼泪的苦脸。

这时在原野上只有一个生物在蠕动，但不久又倒下了。雪盖在上面，如果它不再爬起来，本能的移动，是不会被人发现的。渐渐这生物移近了村子，认得出是个人形的东西。然而村子里没有一个人影，它便又倒在路旁了。直到要起来驱逐一只围绕着它的狗。它无力的摆动着它的手，挣着佝偻的腰，倾斜的，惊恐的，往一个熟悉的家里跑去。狗已经不认识这个人形的东西了。无力的却又恋恋不舍的紧随着它，一个单纯的思想把它引到陈新汉的院子里来了。然而它却瓦解了似的瘫在地上。它看见了两只黄的，有着欲望的眼睛在它上面，它没有力量推开它，也没有力量让过一边去，只呻吟了一声，便垂下那褶皱的枯了的眼皮。这时从那墙的缺口处却出现了另一条狗，“唔……唔……”的哼了两声，于是这狗便跳了过去，示威了吠了起来。而那躺在地下的生物便又呻吟了。

“爹！外边有声音呢！”骇醒了的金姑叫起来了。

“狗打架。”

“这声音怪讨厌的，我要赶它走。”

金姑便溜下了炕，拾了一块煤。她出现在门口时，两只狗都乱意的向着她吠。她将煤掷去，狗让过一边，又吠起来了。

“连只狗也不肯饶的……”她娘在被子里叽咕着。

“院子里有东西呢！二叔呀！”

金姑走到了那东西旁边，狗更露出了愤愤之声。金姑一边驱赶走拢来的狗，一边拿脚去踢那东西，它微微张开了眼哼了一声。于是，是金姑的被骇昏了的叫声，这声音已不是人的声音，像掰竹子一般。

一阵骚乱之后，这失去了知觉的东西已经换了干燥的棉衣，躺在热炕上了，拖着蓬乱的几缕头发，定定的投过来空洞的眼珠，二婶用米汤灌了她，金姑投在妈妈脚边哭泣。娃儿再也不认识每天都要抱他的，用瘪嘴吻他的奶奶了。他为一种气压所道，远远的躲在炕的一角，不敢出声。陈新汉已经去找一个熟识的医生去了。他老婆又在无节制的淌着泪，那无踪迹的女儿……她要她呢！

“娘！你还认识我们么？”隔一会后，陈新汉总要重复着这句问话。

老太婆却不能给他一个满意的答复，连一个表情也没有。

他守着她，望着那更为老去的脸，像一个烂木头，嵌着鱼一样的眼睛。一向来燃烧着他的仇恨，便更焦灼了他的心。他一个字一句的说着，是向着那木然的脸投去：“娘！你尽管安心的死去吧！你的儿子，这条命，就交给了复仇。这条命，是活在日本鬼子的血上的。我要替你，替这个村子，替山西，替中国交上我这条命。我要日本人的血，来洗干净我们的土地，来做为肥料，我要日本鬼子的血……”

像咒语似的，老太婆在炕上动了，她的嘴一缩一缩的，慢慢的，她恐怖的叫了：“日本鬼子！”她环望了她的儿媳，孙子。她说不出话，也流不出眼泪，正像一个被宰了后的鸭子，痉挛的扑着翅膀的转侧着。缩着颈项，孩子般的哭了。

“奶奶！奶奶！奶奶！”屋子里虽说仍罩满了悲戚，同时却也有了一点点温暖和希望在这屋子中生出来了一点萌芽。

四

由于一种欲生的力，老太婆的健康恢复的很快，几天之后她坐在院子里晒太阳，家里的女人们陪着她，她接下去说，

“那姑娘叫，喊，两个腿像打鼓似的，雪白的肚子直动……”

“奶奶，你别讲下去了，我怕！”金姑把脸藏在手里。

“三个鬼子就同时上去了。”她很高兴吓住了她的孙女似的。“那姑娘叫不出声音来，脸变成了紫色。嗯……嗯……像个母牛那般的哼着。生儿子也没有那末难受。她拿眼睛来望我，我就命令她：‘咬断你的舌根，用力咬。’我以为她死了好些。”

“奶奶呀！奶奶呀！”媳妇们的脸也青了。

她却满意的接下去：“她真的死了。她不是自己咬死的。她的白胖的下身睡在一摊血上，那血并不比生一个孩子少。胸脯上也有血，流到腰里去的，流到肩膀上的。他们咬掉了她的小奶头。那奶头不会比你的大呀！”她象一个巫婆似的用两个魔眼镇住在她的孙女的脸上。“小脸蛋也被咬破了。像一个被虫蚀了的苹果。她还斜着两个眼珠子望着我呢！”

老太婆变了，她不爱她的家人了么？为什么她老是骇着她们，

她们一叹息，一哭，她就生气的叫："你们哭吧，你们只有这些不值钱的尿，你们等着吧，日本鬼子还要来的呀！……"如果她看见她们脸红了，愤怒舔着她们，她就满意她所煽起的火焰。

开始，当她看见她的儿子时，她便停止了。她怕儿子们探索的眼光，而且她觉得羞耻，痛苦不能使她说下去。

她描绘了她孙女儿的死，那十三岁的姑娘，也充了慰劳品，骇得半死的被压在皇军身下，不断的叫着娘和奶奶，她只慰劳了两个便被扔在墙角了。可是她还活了一天，在她灰色的脸上，还不时看得见有眼泪，当她离开那里到敬老会去时，她已经被拖走了。那时她还没有咽完最后一口气。她说多半是喂了狗。

同官的死，她也亲眼看见的，她详细的述说，并不怕媳妇受不住那痛苦。她说同官是个好的孩子，因为他不顺从，他在刺刀下，还拼命的挣。跳着要逃走，鬼子才刺了他的，他一声也没有哭，他死得很勇敢的。

她看得太多了，她一生看见过的罪恶也没有这十天来的多。有些邻舍也跑来问长问短，她忠实的告诉他们，那些为他所关心的父母老婆儿女是怎样的牺牲在屠刀下，又是怎样的活着，受那没完的罪。

还并不爱饶舌的老太婆，在她说话所起的效果中，她感到一丝安慰，在这里她得着同情，同感，觉得她的仇恨也在别人身上生长，因此她忘了畏葸。在起首的时候，还有些唠唠叨叨，跟着便流泪了，她看着那些人的脸色。她懂了什么辞句是更能激动人的。

她把自己的耻辱也告诉别人，她在敬老会里什么事都干过，她替他们洗衣服，缝小日本旗，她挨过鞭子，每逢一说到这里，她总得勒上她的衣袖和解开她领际的衣襟，那里有一条条瘢痕。而且她还给他睡了，有一个中国老头子也睡了她，他是被逼迫的，那些日本鬼子站在周围看他们，那老头子的眼泪滴在她脸上，他咕咕的说："你别恨我吧！"

她出去了，满村子巡礼，指点着那些遭劫的地方，一群群人跟在她后边，她厉声问着："你们会忘记么！"

于是，每天她都出去了，要是街上人少，她就闯到别人家里去，指手画脚的讲，听的人总是忘记了自己要做的事，感染了她的感情，也跟着说起来了。

全村子都知道她了，尤其是孩子们，他们常常来叫她。

儿子，媳妇们便讨论这事了。

"我们家出了疯子呀！你看她饭也不想吃，头发也不弄好，她现在简直就不要登在家里了呢！"大媳妇总是要抢先说的。

"奶奶真是变了，你看她说起同官银姑来，她一点眼泪也没有，我真不懂，她现在安的什么心。"二婶用眼睛扫了一下她丈夫。她丈夫只蹙紧了眉毛，沉入在深思里。

陈新汉却回忆起头一天当老婆子在人丛中宣讲时，他走了过去听。老婆子正讲着她自己的事，他感觉他自己几乎要疯狂起来，做儿子的血，在浑身急流着，他不知道还是应该喊几句好呢，还是跑去抱着他娘好，或者还是跑开。他又像被噤住了在那里发抖，而这时，那做娘的却看见了儿子，她停止了故事的述说，呆呆的望着他，听的人也回过头来，却并没有人笑他。他感到从来没有过的伤心，他走过去，伸出了他的手，他说："我一定要为你报仇！"老太婆满脸喜悦，也伸出了自己的手，但忽然又缩了回去，像一个打败了的鸡，缩小着自己，呜咽的钻入人丛，逃跑了。这时，谁也不出一声，垂着头，被什么压着似的移动着沉重的脚走开了。他一人留在空空的街上，心里又像是空空洞洞，又像有什么东西塞着。

"我看，这一家全要疯的，"他媳妇又嗔恨的吵起来："你为什么不开腔呢，有了事，你总是那末死样活气的。"

"我说，要我说什么呢，我明白她心里痛苦。"

"谁的心里好受呢？"

陈新汉不愿再开口了，免得又弄成同老婆抬杠，他也把眼睛去看兄弟。

兄弟是同意他的意见的。他问她们，是不是应该拿一根绳捆着那个老太婆不准她出去，是不是她在外边妨害了别人，他以为只能要金姑跟随着她，免得发生什么意外。

五

当她第三个儿子回来时，这是她最小的，和最爱的儿子。陈立汉哭了，他摸着他母亲的白发，断断续续的说：

“娘，我对不起你。若是那天我在家，你是不会落在日本鬼子手里的。娘，上了队伍，就由不得自己了啊！”

“嗯，不上队伍怎么成，”她看了看她儿子，一个二十来岁的小伙子，他穿着短衣，腰里插了一杆驳壳枪，她露出了满意的颜色，“现在就是枪杆子的世界。三官，告诉我，你杀了多少日本人。”

她不需要在儿子跟前诉苦，那有什么用处呢。她倒是欢喜听那些打日本人的故事，觉得还可以有些安慰。

“你不怕听这些事么？好，让我告诉你。”

立刻一道光辉显现在陈立汉的脸上，他改变了一下站着的姿势，他开始说起来了，他们曾经攻进西柳村，这一次杀了二十几个鬼子，后来又攻东柳村，李村。三羊村是攻进去了又退出来，现在又住在里边了。他们简直记不清到底杀了多少人，他们还获得了很多战利品，枪、子弹，和一些吃的东西。他又述说他们中的一个顶有名的英雄，张大金，他个人背着一杆轻机关枪，枪上盖件棉衣，跑到城里去了一趟，因为人多，没有下手，等到出城后，遇着十几个该死的日本兵，他打了他们一个落花流水，他又讲到有一次曾经捉到一个日本兵，几个老百姓抬着他走，那日本兵真胖，不知怎末半路上又给他跑掉了，七八个在后边追也没追上。

老太婆一把这些故事装入肚，便急不可待的又去找人倾诉了，而且她更放肆起来，因为大儿子也在农民会里，他去经营种籽的事去了。队上又把二儿子调走。三官也是三天只有两夜在家睡觉，何况她一点也不怕三官，有一个夜晚，当她看见有两辆大车在院子里，她便问她的儿子道：

“这车是我们的么？”

“管什么运猪运狗的，只要是我们的我该做得主吧，我要到王家村去，明天。”

全家的人都翻起眼来看她了。

“什么，没有空，要运粮食，我不管，我要去，要去看我兄弟媳妇。”她武断的结束了这谈话。

终于，第二天，金姑跟随着她搭了运粮的车到王家村去了。

在王家村找着了好兄弟和弟媳，她宣说那残酷的事实，她又看见了眼泪。她看见了一些听了她的话后心中所起的颤抖。可是，她跟着就来抚摸那些受了伤的灵魂了。她便又把那些兴奋人鼓励人的故事，就是从她儿子处听来的那些，渲染了出来。于是人们又笑了。她便在这时劝大家都上队伍去，只要见到别人一迟疑，她就吼起来了：“你这孱头，你怕死！好！你就等着日本鬼子来宰你吧，我看见宰这样烂棉花一样的人可多呢。”

的确有许多听了她的话，便上队伍了，有时她还领了一些人回家来，把这些人交给她儿子：“拿去！这些人都是要跟你一样，他们要枪啊！”

自从王家村回来后，她变得更不能安于家，也不安于西柳树，她又带金姑到另外的一个村子去。有时没有顺便的车，她便走去。她常常向金姑喊：“你为什么不说话呢？”

金姑老早就是站在奶奶一边，她爱她，每天温习她所给予的感情。每当奶奶沉默着与她奔波着的时候，她便注视她，用一个完全了解她的眼光。而奶奶也总会将她揽入怀里，紧紧的抱着她，长长的舒吐着气。金姑又感到温暖，又感到伤心的那种幸福的心情。

实际上金姑也是她的赞助者，她与人私下谈话时，也用了她奶奶的一些语言，她腼腆的学着那些话。

对于儿子的爱，也全变了。以前，许久以前，她将他们当一个温驯的小猫，后来，她望他们快些长大，她希望他们能分担她的苦痛，那些从社会上家庭中被压抑下来的东西。儿子们长大了，一个个都像熊一样的茁实，鹰一样的矫健，他们一点也不理解她，她只能伤心的悄悄的爱着他们，唯恐失去了他们。后来，儿子们更大了，又有了负累，更变得粗暴，他们实在太不体谅母亲了，她有时恨他们，但她更需要他们的爱，她就变得更脆弱，只要他们的一举一动，他们的声、影都能使她的心变的软溶溶［融融］的。她就更怕他们了。可是现在她没有那末怕他们了，她不专心于儿子们对她的颜色了。那是成为次要的事。但，她不爱他们了么，卑视他们了么，一点也不，她更崇高的去看他们，当儿子们同她谈着日本鬼子的事的时候，她就越觉得爱他们，她非常满意她自己对于他们一生养育的辛劳。

媳妇们也渐渐减少了对她的侧目，苦痛的回忆，和未来的希企，使她们一天天接近和融洽，当只剩她们几人在一道时，她们总是拿这些做了唯一的谈话的材料。过去的一些家庭间常有的小冲突，现在也没有了，并且在差不多的思想之中建立了新的感情。一家人，倒有了未有过的亲热和体切。这是老太婆，也是大家从来没有想到过的。

六

儿子们带了一个不平常的消息回来，便是有人要来找她谈话了。这一定是老太婆的行为所引起的。年青的金姑便担心的握着奶奶的手，奶奶安慰她。

“孙女儿！不要怕。你想还有人比鬼子更凶的给我罪受么？世界上最难受的事也尝过了，就是下地狱也不怕了，还怕什么！”

大媳妇还气愤的说：“关别人什么事，难道说话也不许么！又没有说中国人不好，日本人好，真是，关他们屁事。”

但是为什么儿子也说不清，只说会里边有人找到了他，问是否他的母亲，又问了问地址，便只留下那么一个消息。他也摸不清不过他说是不会成问题的。

消息总有一点使人不安，在她一生中从来就没有过什么人来拜访。但这一夜却也并没有损害她的睡眠。她实在不大在乎这些。

第二天果真来了两个妇女，一个穿件同她一式的短衣，另一个则穿了一身军装，头发都剪了的，大约都很年青。老太婆不客气的把她们请到了屋子里。她们就先说话了。

“唉！妈妈！你虽不认识我，我可老早就认识你了。我听到了您两次演讲呢。”

“演讲”这名词她不懂，但她仍不高兴的“唔”了一声。

“我听你讲话，我真忍不住要哭，妈妈，听说你到过日本鬼子那里，你说的都是你亲眼看见的罗。”

老太婆的颜色变和气了。她想，“呵！原来是打听消息的。”

滔滔不绝的老太婆述说起来了。

她们便耐心的听了一大段。等到有了空隙才又插上去：“唉。妈妈，怎末我们就跟你一个心思呢，我们也是一天到晚都恨死了鬼子，只想多邀些人去当兵，好替中国人报仇，只是我们就没你会说话。妈妈，你加入我们的会吧。我们这会就是要讲这些道理给别人听，还做一些打日本鬼子的事……”

而老太婆却不等听完便抢着喊了她的孙女：“金姑，她们是来邀我们入会的，你说好不好呢？”但她并不要听到回答，转头又向客人说道：“我是不懂那些的。你们要我，我就入，我也不怕你们骗我，我三个儿子有两个上了游击队，一个入了农会，我再入一个会也没有什么，横竖我也吃不了什么亏。不过，我入了，我的孙女儿也得入。”

立即，她们对她表示了极大的欢迎，并且也欢迎那两个媳妇加入。

这个妇女的会，自从有了老太婆加入，组织马上扩大了，她天天在四处邀人，别人看见她也在里边，一邀便答应了。于是她们开始做很多工作。

更为高兴的老太婆，在精神与体力上都似乎年青了一些。

一天，她们要开一个大会了。是庆祝游击队三月来之胜利的。并且那天是妇女节。这一个会是聚集了好几个村子的人们的。

这天，老太婆带领着西柳村几十个妇女去开会。有些抱着孩子，有些牵着孩子，她们可不老谈孩子，她们欢喜谈自己所负担的工作。这些人大部份是缠了脚的，但因为有一大帮子人，也就不大觉得困乏。

会场虽已经到了不少的人，她的儿子们也全来了。还有许多认识的，他们老远就招呼着她。一种新的感觉稍稍使她有一阵不安，似乎是羞惭，实际还是得意。一会儿后，当她忙着别的去了的时候，便忘记了。

人慢慢的在增多，老太婆看见他们像潮水一样涌来，心又为喜悦所扰，啊！原来她们有这末多的人啊！

开会了，有人在上边演讲，老太婆注意的听。她以为那实在没有一句废话，谁能够听了这些话不被感动，忍得住不管国家事情吗？

后来他们要她上台去，她听到这样的邀请时，说不出的羞愧。但马上勇气来了，她颤巍巍的在一阵鼓掌声中走上那临时为主席台的戏台。站在高处朝底下望，只看见密密杂杂的一些人头，挤到了远处的墙根，那些脸全仰望着她，她感觉有些昏眩，她想，我该说些什么呢？她又从自己来开始了。

“我是一个被日本皇军糟蹋了的老婆子，你们看……”她勒起袖子，她听到台下传来一阵怜惜的声音，“你们就怕了么，这算得了什么……”她残酷的描写了她受辱的情形，她一头不顾惜自己的颜面，不顾惜自己的心伤，她巡回的望着那些人脸，全部是一些苦的脸呀！于是她叫着：“你们别怜惜我吧，请你们怜惜你们自己，保护你们自己，你们今天以为只有我可怜，可是要是你们自己今天不起来堵住鬼子，唉，天呀！我不要看你们同我一样受苦呀！我到底老了，就受受苦也不怎末样，死了，也就算了。可是，我看你们，你们都年青呀！你们应该过日子的呀！你们一点人道也没有享受过，难道你们是为了受罪，为了给鬼子欺侮才投生的么？……”

有千百个声音痛苦的响应她：“我们要活，我们不是为了鬼子欺侮才活着的呀！”

她负载了那千百个声音的痛楚，她感到被什么压住了似的。这时她只有一个思想，献身的思想，她愿意为了这些人的生命幸福而牺牲自己。她大叫起来了：

“我是爱你们的，像爱我的儿子一样，我愿意为你们去死；但鬼子并不是只要我一个，他还要你们，要很多很多地方，就是有一万个我，也是救不了你们的，你们只有自己救自己，你们要活，就得想法活呀……我的儿子，以前出门我也舍不得，现在可都上了游击队呀！在游击队说不定有一天会打死的，但不上就死得更快呀！只要你们活着，把鬼子赶跑，大家享福，我就死它个把儿子也上算。他虽是死了，我会记得他的，你们也会记得他的，他是为了大家呀！……”

她的话像一个流开了的泉源，她的脑子也不懂得停顿。可是她的激昂慢慢地衰弱起来，她站不稳。而且嗓子也嘶哑了，叫不出声音来。可是台下不断的鼓掌，他们要听她的说话。

人头的海随着声音的波涛而摆动着，像大海面上的巨浪，最后，老太用尽了力气还叫出了六个字：

“我们要干到底！”

于是更大的声音，像暴风雨中潮水打在岸上似的回答了她。

她倒在来扶她人的肩上，凝视着台下的热烈的骚动。她亲切的感觉了什么是伟大，她慢慢的将目光从人头上往上移，在广漠的空间，无底的蓝天上，她看见了崩溃，看见了光明，虽说眼泪已模糊了她的视线，然而这光明，确在她的信念中坚强的竖立起来了。

一九四二年七月

（初载《文艺战线》1939 年第 1 卷第 4 号“小说”，题《泪眼模糊中的信念》。文字据远方书店 1944 年版《我在霞村的时候》录入）

花子的哀怨

——一个女俘虏的遭遇

碧　野

文藝

第七百二十四期

花子的哀怨

——一個女俘虜的遭遇

碧野

黔滇道上　李霖燦

CHORUS 二章

其一

其二

一天，当我把绿色的窗幔拉开来的时候，我发现一个美丽的姿影在楼下的花丛中逍寂地漫步着。等我把惺忪的睡眼用手拭了拭，才看出那在曦茫中的是一个年青女子，她穿了一身镶了黄边的草绿粗军装，由于这种标记，我知道她是一个俘虏。

她的短发黑而卷曲，可是有点蓬松；她的眼睛是奇异的美，在长睫毛底下，闪射出秋星似的光芒，但是眼梢边却有些红肿。

也许她长夜在失眠，或为她的飘零的身世而哭泣过。……

我站在窗边，感觉到我的心有点轻跳，我恐怕被她发觉，我望了望东边天际的淡红的云，细叹了一声，把身子缩进了楼房。

我想着：少女的命运就像是东方的晨天，由白嫩而红艳起来，但当朝曦消失在太阳光中的时候，红艳的云霞也就逝灭了！……

从此，每天清早我都看见她在楼下的花丛中走着，好像她永远是带着沉伤的心事，在她的默默的步调中，是多么的凄怆呵！

一直等到那玫瑰花已经凋落了红瓣，香玲草也逐渐在秋风中萎黄了，我才由一个投诚的日本医官的介绍认识了她。

那是一个月圆的秋夜，风从荒野上送来微寒。我和投诚的日本医官，以及这个成了女俘虏的少女坐在烛影摇曳的窗边矮桌上，我以新知的资格给她斟酒，一杯又一杯，我惊异她为什么酒量这样大，照她的清瘦的体格看起来，她真有点反常。

“花子，你应该注意你的身子！”日本医官轻声劝阻。

“不要紧的，来！我的中国朋友！”她把喝干了的酒杯举到我的面前。

我知道她有着沉重的悲哀，酒会燃烧起她的狂野，于是我也照着日本医官的称呼，说：

“花子，酒会烧坏你的心。用言语来表达你的情意吧……”

“你！……”花子颓然地坐了下去，她哭了。她把身子伏在桌沿，卷发因为伤心而抖动着，好像是一朵风中的墨牡丹。她的凄伤的哭声令我的心起了一阵哀颤，突然我的眼泪滴落到酒杯里，我端起了酒杯，把掺泪的剩酒倒进了喉咙，我急急地离开了桌边。

花子是日本军营里的一个随营营妓。

她的少女的心已经灌进了多量的苦液，可悲的遭遇使她认识了人生的深层痛苦。

花子原来是高丽人，她的家在南尚庆的釜山。花子出世的时候已经没有了父亲，剩下年老的患着不可医治的失盲症的母亲。她的大哥在早年因了争取国族的自由被杀害在汉城，她的二哥是一个茁壮的渔夫，可是被对马岛的海涛卷去了，她的三哥在“九一八”的时候，被征调到中国作战，他的白骨埋在长城边。由于这家中连年的不幸，失盲的母亲因悲哀而病倒了。

就在五年前的春天，花子不过是一个十七岁的少女，她当了釜山湾里的船娘，她用一只租来的画舫招揽游客，用她的青春博取贱价的报酬……

不久后，她的母亲死去了，而同时她被釜山湾南边的绝影岛上的一个恶媒婆所骗，把她卖给了一个日本农夫，而且被硬迫着上船到日本去。

花子和着她的异国丈夫住在浅间山下的一个乡村里。她常常为她的不幸的命运而哭泣，就因为这，她的粗暴的丈夫常常在深夜里鞭打她，甚至在冬季的雪夜，把她驱逐在屋外，一直冻饿到天明！

日本国内经济崩溃的浪花，也一样扫激到这浅间山来。花子的家一天天的穷困，收获不好，租税增加，这一切都使到［得］她的丈夫对她愈加粗暴。终于她又被卖到千叶了。

千叶，是东京湾边的一个都市，这里和东京一样支度着畸形的繁荣。从此，花子在一座有名的“花院”里操着可悲的神女生涯。……

“七七”事变后，她被日本政府征调到中国当日本随营营妓，她随着日本军到过上海，到过南京，也到过徐州、广州。

是今年的初夏，花子在晋南的中条山中被中国游击队俘虏了，只隔了三天，她便被解送过黄河南岸来。

像秋后的苹果一样，我和花子一天熟似一天。

花子的生活是不很充裕的，每月，她和其他的俘虏一样，只能够在战区政治部领到七八元的生活费，鞋袜和汗衫是公家发的，不过除了五六元的伙食费以外，剩下的零花钱最多不过两元。由于她的困苦，我常常给她一点资助。

她在日本千叶的时候，有一个中国青年曾长时间的爱过她，因此她认识了不少中国字，普通文字她是看得懂的。我介绍给她一部分中国抗战鼓词和一些通俗小说。她答应她将把她的一切遭际细细的告诉我，并且希望我给她写一本书。

秋已凉了，广场上的洋槐落叶纷纷。花子住在斜对过的楼下，她只有一条由公家发下来的军毡。因为她身体的娇弱，恐怕她感染寒凉，我送给她一条从北平带出来，跟我已经有两年奔波历史的薄被。

“谢谢哪！”花子低羞地颤声地说。

为了要报答我给她的热情的关切，她赠给我一条日本绣巾。

每逢星期日，花子和她的同伴们是被允许作一次远足旅行的。

又是一个星期日。

花子是爱吃蓝柿子①的，一早我便到街上给她买了十来个蓝柿子，和一些蛋糕、花生、瓜子，放进我的干粮袋里。

我是被俘虏主管人应允跟随他们出去旅行的。同行的同伴一共有十八个人，十二个俘虏，五个护兵，我。

秋阳刚露出了醉红的圆脸，我们就向着邱［邙］山的野径进发了。

高粱收割了，遗留下深红色的枝茎，辽阔的田野呈显出火般的艳红。远山像少女的清爽的眉宇。

……花子除了仍然穿着那身滚有黄边的绿军装以外，头上还戴了一顶黑色的飘巾帽，她的眼睛永远是浮现着难灭的红晕，从

① “蓝柿子”，应为“醂柿子”，亦作“漤柿子”，有的地方也称“懒柿子”“脆柿子”，指成熟时已经脱涩或采摘后经人工脱涩的甜柿子。——本书编者注

她的打扮，眼睛，以至她的细微的动作上，都深含着一种忧郁的妩媚。

在登邙山的时候，我递给花子一支手杖。大家都精疲力竭了，才在一个谷坳边休息。

我用小刀给花子削了一个蓝柿子，她要求我分着吃。

她把一块石头滚落到谷底的涧溪里去，静静地说：

“让我的过去像石头般的滚掉吧，我需要它呵!”她用手轻轻地指着太阳。

我告诉她等到中国抗战胜利后，她就可以得到自由，得到无限的光和热。……

她说她不愿再回到日本去。我说到那时便可以随意飞翔，就好像蓝空的云雀一样；我并且说愿意伴她到高丽去走一遭，看看鸭绿江是怎样的自由地奔流，汉江是怎样的迸溅着银白的浪花，釜山湾是怎样的柔美发蓝。……

为了求得教养和保护的方便起见，花子和她的同伴们离开了这城市，被送到龙门左近的一个小村庄里去住了。

我每隔三天总要去看花子一次，每次我都带给她一点食物和一些零用品。我每次的去，总是给她多量的安慰。

一天下午，蔚蓝的辽阔的天空，飞来了三十五架太阳徽的重型轰炸机，在震撼山岳的大轰炸声中，我遥望见大野的极南边冲起了漫天的黑烟。

忽然我的心一悸痛，我预感到一种悲哀的不幸事件将呈现在我的眼前。……

我借乘了救护车，和救护员们一同驰往花子居住的小村庄。

一跳下车，我便向花子居住的农舍奔去。我的眼睛缭乱了，我只看见一片破栋残砖，一阵黑烟，一大堆烬火……

等到我清醒过来的时候，我才发现我自己被一个须发斑白的老农夫扶着，身子靠在一棵被炸断了枝干的柿子树下。

花子和着她的三个同伴躺在一片荒草地上。尸体已经给芦席盖住了，我用力睁大了眼睛，只看见花子的披散的短发，和一摊污紫的血……

我嗓子酸哽了，我发不出哭声，两行清泪流落腮边。

呵，你这武士道的刽子手！

（载香港《大公报·文艺》1939 年 10 月 27 日）

受辱者

草　明

顺德第十区的桂洲乡失陷给敌人半个月以后，忠信丝厂的女工梁阿开，突然失踪了。三天以后，桂洲乡的一个耕种人在敌人防地半公里外的山坡上发现一个没有脑袋和失去一只右臂的女尸，他凭了自己的判断，证明这是她底尸首。嫁给白麻乡的梁阿开底表姊阿福于是含住一汪眼泪，花三十块钱买了一副薄薄的棺材，喊两个件工悄悄把那无头的尸首收殓，并且就地埋葬。又过去了三天，她亲自跑到桂洲乡，在一个同族的老姊妹的家里举行梁阿开底招魂祭。

这儿是生丝的出产地，大小丝厂一共有三十二家，忠信号，是乡里唯一的装设了蒸汽发动机的工厂，能够容纳一千五百个女工；但所有的工厂在失陷前一个礼拜就全体关闭，女工们因为不愿意做顺民，十分之七八离开了她们底生活保障地，到附近马江、六步、永合等乡下去另谋生计去了，街道上显得异常萧条。

老处女梁遇好让出了她的丈把宽阔底堂屋作为同族姊妹梁阿开底临时的祭堂。堂屋当中摆设一张白木的围了一条丧家用的白布台围的灵桌，上面燃点着白蜡烛、玉香，还安放了一副小小的白木灵牌，灵牌上写着“静女梁妙开二姑之神位”。灵桌脚底有一只瓦制的灰盆，那是预备亲友们蹲下来轮流给死者火化纸钱的。

其余的家具仍和往日一样，靠在耳房那边墙边有一张竹凉床，右耳房那边摆了四把椅子和两张茶几，那上面全堆放着活人们给死者预备的纸的衣饰。参加祭礼的女人肃穆地挤做一堆坐在凉床上；阿福红着眼睛忙碌地、精神不宁地在屋子里对做法事的喃巫先生指点着，或者拿起水烟袋吸了两口但不感兴趣地转递给同伴。她是一个硕壮、粗鲁而又吝啬的农妇，年纪虽然快五十岁，但说起话来是那样响亮、直率；此外她还喜欢夸赞自己慈善，有见地。她望着老女工遇好，认真地顿着脚抱怨说：

"对住她底灵牌说句良心话，阿开这个人没有什么坏处，单单是拗性了一点。大局危险的时候，我就对她说：'阿开，你看大家都走得七七八八了，你到我们白麻来住几天吧，我家里虽然穷，但只要吃得苦头，给牛奶棚挤牛奶，或者帮庄稼人收收谷子，哪里会饿得死哩。'"

"你看她怎么回答我，她说：'我在忠信做了二十年的活，有忠信一天，我就得留在桂洲一天，我为什么要走呢？你们白麻都是耕田的，又没有丝厂，我到那边去等死么？……'现在，好了，忠信固然没有一点损毁，可是她倒遭了殃，唉，她才三十七岁呀！"阿福擤着鼻涕呜咽起来了。

这里除了阿福之外，还有七八个女人，她们都是缫丝的女工，其中五个是守着顺德不嫁的特别风俗的独身者，另外两个是年轻的女孩子月英和李三妹。老处女遇好和失踪者梁阿开同一个厂，现在她沉起脸蹲了下来给死者烧纸钱；她身段瘦长，火光照映着底长年累月给蒸气所烘干了的苍白的脸，使那上面闪耀着一种不调和的惨红的颜色。同伴的惨死讯息使她生出无限的愤慨：

"她么，死心塌地记住桂洲，记住忠信，"她用低抑的声音叹息了。"我看她底双眼快瞎了，痨病也越过越深。我曾经这样劝过她：'阿开，趁早改行吧，如果你再呆几年丝厂，我看你连骨头也剩不到一把哩。'她笑了一笑，理都不理我。其实她底心我完全明白，她做人是很有分寸的，假使她不是死得这样早，她能让自己活活饿死吗？——我看她有那样的傻劲，跑进忠信底机房，硬把机器开动的。我不怪她拗性，只怨她死得太早。”

六卷六期　中蘇文化　55

受辱者

草明

順德第十區的桂洲鄉失踪了[illegible]個月以後，忠信絲廠的女工梁阿開變[illegible]失了踪。三天以後，桂洲鄉的一個[illegible]人在以人防地牢公里外的山坡上發現一[illegible]沒有頭顱和失去一隻左臂的女屍，[illegible]了自己的判斷，證明這是她底屍首。稼[illegible]的梁阿開底表姊阿福於是含住一泡眼淚，花三十塊錢買了一付薄薄的棺材，喊[illegible]件工們悄悄把那無頭的屍首收殮並且[illegible]埋葬。又過去了三天。親自跑[illegible]桂洲鄉，在一個同族的老姊妹家裏舉行梁阿開底祝魂祭。

這兒是生絲底出產地，大小絲廠一共有三十二家，忠信號是鄉里唯一裝設了蒸汽發動機的[illegible]廠，能容納一千五百個女工；但所有的絲廠在失陷前一個[illegible]月就全部關閉；女工們因為不願意做順民，十之七八離開了她們底生產保障地，到附近馬江、六步，永合等鄉下去另謀生計，街道上顯得異常蕭條了。

老處女梁阿好讓出了她底丈把寬的堂屋作為同族姊妹梁阿開底臨時祭堂。堂屋當中擺設一張白木的，圍了一條喪禮用的白布「抬圍」的靈桌，上面燃點着白蠟燭，玉香，還安放了一村小小的白木靈牌，靈牌上面寫着[illegible]「帮女梁妙開二姑之神位」。靈桌腳底有一隻瓦製的灰盆，那是預備親友們蹲下來輪流給死者火化紙錢的；其餘的傢具仍和往日一樣，靠左耳房那邊靠邊有一張竹涼床，右耳房那邊疊了四把櫈子和兩張茶几，那上面全堆放着活人們給死者預備的紙衣飾。參加祭奠的女人[illegible]穩地擠做一堆坐在涼床上；阿福紅着眼睛忙碌地，精神不寧地在屋子裏對做法事的「喃巫先生」指點着，或者拿[illegible]水煙袋，吸了兩口但不感興趣地轉遞給同伴。她[illegible]一個碩壯，粗俗而又吝嗇的農婦，年紀雖然快五十歲，但說起話來是那樣宏亮，[illegible]事；此外她還喜歡誇讚自己慈善，有見地。她[illegible]着老女工過好，[illegible]地頓着腳抱怨說：

「對住她底靈牌說句良心話，阿開[illegible]個人沒有什麼壞處，單單是拗性了一點。大局危險的時候，我就對她說：阿開你看大家都走得七七八八了，你到我們白麻來往幾天吧，我家裏雖然窮，但只要吃得苦頭，給牛奶棚擠牛奶，或者幫莊稼人收收穀子，那裏會餓得死呢。

「你看她怎樣回答我，她說：我在忠信做了十五年的活，有忠信一天，我就得留在桂洲一天，我為什麼要走；你們白麻都是耕田的，又沒有絲廠，我到那邊去幹死麼？——現在，好了，忠信固然沒有一點損壞，可是她倒遭了殃，唉！她才三十七歲呀！——阿福揩着鼻涕嗚咽起來了。

這裏除了阿福之外，還有七八個女人，她們都是繅絲的女工，其中五個是守着[illegible]不嫁的特別風俗的獨身者，另外兩個是年輕的女孩子[illegible]。老處女梁阿好和[illegible]梁阿開同一個廠，現在她沉起臉蹲了下來給同伴燒紙錢；她身段瘦長，火光照映着[illegible]長年長月給蒸汽所烘[illegible]了的蒼白的臉，使[illegible]閃[illegible]着一種不願和她[illegible]

妇人阿福忙碌地在屋子里转了两个圈，把纸衣的数目重新数了一次，才又卷着袖子坐在凉床边缘，不宁静地摇着脚说：

“阿开底脾气我是晓得的，她哪里受得住那些畜生底羞辱？唉，不在桂洲饿死，却在容奇给杀死，如果她底鬼魂有知，一定悔恨当初没有听我底劝告，跟我回白麻去的。”她并不怎样伤心地流泪，一连擤了两把鼻涕。

灵桌上那盘檀香木散发出一股刺鼻的气息，那气息，增加了人们底肃穆的哀思。少女李三妹始终瞪着迷惑的、略带恐惧的眼睛，坐在一个角落里尽量幻想着死者被惨杀的情形，她有压抑不住的恐怖，一只小猫似的跳下地来，替灵桌上的油盏添一点油，她觉得自己需要做点琐事，筋络需要活动一下。有时候她悄悄地在年轻的同伴月英耳边说：

“你看吃子弹死得苦呢，还是斩头死得苦?”

月英不望她，忧愁地低下头，同样悄悄回答：

“我什么都不怕，顶怕被那些畜生——”

穿起了黑色道袍的喃巫先生把一切都准备好了，然后打开了那折祭文，敲起那面小小的黄铜锣，喃喃地念起来，屋子里所有的女人听见了这葬丧时才听得见的不祥的声音，大家都再也忍耐不住，呜呜地轻声哭泣起来了。

一个星期前，梁阿开在容桂公路上给日本兵捉了去，被编进“妇女劳军第五小队”里给日本兵士轮奸了，五天以后，才被释放回来。她拖着半死的身体走了四五十里路，在一个村落的一户人家里休息了一夜，并且借了一套干净的衣服穿上，朝自己的乡下跑去。这天早上，当她走到离村口还有两里路的时候，她坐在一个小码头的石级上考虑。

“现在，我完全自由了，回去吗，还是投水呢?”

初夏的晨风，依恋地绕着这阴惨的乡村回旋着，太阳慷慨地昂起了脖子尝试用自己的光和温暖去安慰并且鼓励乡里的居民。忠信号丝厂底黑色的耸立在乳白的空际的烟囱，仿佛是一个哀戚的新寡妇人，默默地愁苦地对外来人诉说着这里的不幸。从前，这儿的早晨是动的，热闹的，和勤谨的，到处都听到小孩子底哄闹，缫丝机底转动声，女工们底遣散疲劳的歌唱，和一切繁忙的脚步与呼唤；现在，除了日本军队和伪军操演时的步伐和呼喝之外，市街上异常萧条与冷落，只剩几个做小买卖的商人和小贩子罢了。

梁阿开穿过了寂寞的小街道，有意绕路避开日本军队和伪军驻扎的乡公所。那惯熟的街石、屋宇，使她精神振奋，胆量壮大了起来。邻居二伯底黑毛狗阿财远远看见了她，摇着尾巴向她走去，一声不响地嗅着她底裤管，生底喜悦在她底酸楚的、创痛的肢体里开始了新的循环。她不能自制地从牙缝里叫出一些嘘嘘的字音，并且回头招引那头黑狗，然后用比较刚才轻快一点的步伐向前走着。没有好久，她便重新在老女工遇好那所充满悲哀的哭泣的屋子里出现了。

第一个发现她的是李三妹，那女孩子惊叫了一声，转身抱住了遇好，以后无论如何也讲不出半个字音来。喃巫先生也分明认得那是她，轻轻倒退了两步。妇人阿福抬起头，擦抹着通红的眼睛，用稳重的步伐，弯起腰，绕过灵案一边走出来一边说：

“阿开，你是真人呢，还是向我们显灵，抑或那件工没有照我底吩咐，依然使你露宿荒郊，你冤魂没法子安息?”

“福表姐，你说的是什么话？我一点都不懂呵。这副灵桌是供奉哪一个的呢?”阿开正懊恼地踌躇着那桩羞辱的事情要不要告诉她们，但被这奇怪的情形惊呆了；她伸开手臂扶着门框歪斜地支持着酸痛的、沉重的身体，长形的脸有点微肿，像一只长得太老的黄瓜，黄得连一点血色都没有。话没说完，一连串地咳嗽不止。她用手拼命抓住胸部，嘴巴张张开，脸上的肌肉全部痛苦地绷紧着，仿佛在捶胸号啕的样子。

她底一点都没有改变的声音使大家恢复了镇静和自信，阿福马上走近了她，嘴里不住喃喃地说：“你是活人阿开吗?”跟着用两只又粗又大的手摸捏她底头发、她底肩膀和手指；其余胆子大的姊妹慢慢走近了她，推拥她坐到凉床上。这意外的事情使屋子里的人们忙乱得再也不能宁静下来，有人嚷着要赶快把灵桌上那些不祥的东西焚化，有人要求那呆呆地插在地上似的喃巫先生念一遍消灾除祸的符咒。阿福想起了一件事，把什么事情都丢开，用响亮的声音对大家叫着：

“我知道了，这完全是大头六骗我的，他骗了我三十多块钱，三十多块钱呵！阿六，你这没好死的骗子，我丢了三十多块钱不要紧，我恐怕你招到飞灾横祸哩！”

遇好镇静地坐在阿开对面，从头到尾把她们误听农民大头六底判断的经过告诉了阿开。她一面讲一面仔细地向她身上打量。“可是你吧，你这几天竟到什么地方去了呢？”

“大家都相信你这一回一定死在那些矮种手里了。”李三妹从一个同伴夹肢窝底下钻出了脑袋，黑而且亮的眼珠子，好奇地、关怀地转动着。

这个被污辱的女人的心痛苦地紧缩着，同伴们的亲切的慰问和关心使她底冷冻的瘦骨苏暖过来，她从她们身上得到了活力和欢喜；像一个坐满了二十年徒刑被释放出来的囚徒似的，那种庆幸和甜蜜的感觉，她深深地实际地体验到了。她用因感动而抖颤的手接过同伴们给她倒的热茶，一口喝了并嚼着一块冰糖，斜斜靠在凉床上。女人们在她跟前旋转着，叫喊着，并不急于追究地询问着她。

月英兴高采烈地举起柴刀把白木灵牌砍开两半，才发狠摔到天井里；三四个女人笑眯眯地动手把纸衣一袭一袭搬到那边去。一个矮胖的中年女人念咒似的沉吟着：

“哪一个游魂冤鬼，没衣穿的随便捡一件去穿吧。”

阿福老是擦着哭红了的眼睛，用更响亮的声音讲话，有时候粗鲁地敲同伴的肩背打趣着，哈哈大笑。老女工遇好兴奋地用扫帚把那块火砖地面扫得干干净净，最后用据说消灾的柚子叶蘸净水洒在地面上。

阿开异常疲倦地半开着眼睛，微喘着气，如果这时候她有力气，她会忍耐不住，把自己所忍受的耻辱和心中燃烧着的愤怒，从头至尾对大家说了出来。看见自己的白木灵牌在天井里被血红的火舌所卷吞，发出微细的毕剥声，她骄傲地微笑着：

“滑稽透了，活人能看自己的灵牌，看见别人在哭自己，真有意思呵……”

她又忧愁地想着：“如果我把日本人对付我的龌龊情形告诉了她们，那么，以后我还能在别人跟前讲一句响亮的话吗？”

她苦苦地忧虑着，望着福表姐底强健，顽固的脸，更感到严重的不安，面颊上那团因兴奋而浮起的红晕慢慢淡褪了。终于，自尊心激励着她，她提挈起全部精神，挺起了凹陷的胸脯站起来，动手到厨房里倒了一盆热水，用肥皂狠狠地把脸擦了一次。十五分钟以后，她一面拖住妇人阿福一面嚷着：

“好了，我底晦气已经擦掉了，福表姐，我害你害成这个样子。你也不要责怪大头六，破财挡灾，就是这个样子。来吧，大家来听听我这个蠢人的故事吧。”等大家围绕着她，把注意力集中在她身上的时候，她便开始了她底谎话。她声音是这样平静、动听，仿佛在叙述别人的事情一样，这使得她也暗暗惊服自己的激动的情绪到底被一种什么力量所镇压呢。“平常，大家说我胆子大，我真的胆子大吗？也有人批评我做事浮躁，大家说对了，我这一次竟大意到给一匹马挤进水里去，喝了一肚子水，几乎淹死。这些倒霉的事，到底是怎样来的呢？——那一天的早晨，我要到竹园去看老叶，走到浮萍桥上的时候，公路那边有五个矮种在练马，不知道他们为什么，突然扬了扬鞭子，把马赶到桥上来。人有霎时之祸福，我哪里来得及走避呢？浮萍桥是这么窄，桥面除了我之外，哪里还能容得下一匹发疯的马？日本人底心已经是黑到透的，日本马底心更黑，它毫不讲理就把我踢下水里去。我只听见桥板通通地响了几下，以后就什么都不晓得了。”她按着胸口咳了一阵，吐了两口带血丝的痰，抖擞着精神继续她底虚构的故事。

“原来一个从长乐运柴枝来卖的老船家，叫黄祥发的看见这样的情形，他悄悄钻进水里救我到他底客船上去。我醒了之后他又悄悄带我到他们底家……唉，那叫什么乡下呢？对了，叫黄茅坳，天晓得，这样的乡下只有三家人家，又都是疍家，我在那边住了几天，连狗鸡都不多见一个，寂寞得要死!”

“河水钻进我底肺家［叶］里面去了，见了鬼，我从来没有咳得这样厉害的，咳起来眼前只看见满天星斗。黄祥发底老婆，天天给我煎生草药，我在那里躺到今天，真是问心有愧，他们都是很穷的，我非立刻回家不可，亏得那位老船家送了我一程。他到长乐贩柴去了，我独个儿走了一天一夜的路，天亮了才望得见忠信那支黑烟囱。福表姐，我底命是救回来了，可是我怎么对得起你？我当初为什么不听你底话，跟你回白麻去？”她沉默了许久，想起了那对和她底贞操一道被掠夺的玉耳扣，举起手来摸摸自己的光耳朵。

大家底视线都集中在她底耳朵上。阿福赶快把自己的银质镀金的耳环除下，替阿开戴上，偏起头来笑着说：

“怪道你底脸孔这样素，原来没有戴耳环。”

“我的耳环么？”阿开也笑了，索性替这虚构的故事添上一点尾声，“送给我那活命的恩人了。我恳求了他九次，唾沫都说干了，他才勉强把那双玉耳扣收下。真是，唉。如果将来那些矮种都死光，桂洲有平靖的一天，我一定想法子给那黄老伯两口子送一份厚厚的礼物。”

听完了这个故事，妇人阿福首先虔诚地叹息着：

“观音菩萨保佑他长命百岁！可是阿开，你底惊险可真不小呵。”

老女工梁遇好点了点头，跟着批评她底同族姊妹说：

“像黄老伯两夫妻，恐怕在桂洲再也找不到第二对。你为什么不请他们到我们家里来，等我们好好接待他们一番呢？”

刚才给梁阿开底出现吓坏了的年轻的女孩子李三妹和月英，

被这新鲜的故事所吸引，一步一步地挨近梁阿开身边，琐碎地询问着，好像无论如何也不会满足的样子。

女人们对于梁阿开底生还表示了高度的欣忭，也无条件地信任了她底遇险经过，屋子里恢复了愉快的笑，与放恣的、随便的谈话。梁阿开竭力使自己坐得笔直，走起路来脚步提得很高，说话总是带着笑声，如何能装得这么像，她自己也觉得非常诧异；但是同伴们越是不怀疑她，她就越感到不安。

“如果扯谎是一种罪孽，那么，让那些千刀万剐的日本鬼子替我担当了吧。”她懊丧地想着。

第二天绝早，妇人阿福一爬起来，就劝梁阿开跟她回白麻去，但她拒绝了。她在屋子里不安地两头踱着，很烦恼的样子。

“福表姐，我怎么能再累你呢？我怎么能再累你呢？那样多的日子都度过了，那样多的苦头都吃过了，难道看着忠信快要复工的时候，自己跑到别的地方去吗？而且我还听说有人提倡要求忠信补发停工期内的工资呢？二十几天，多少钱，发一半也好，如果我不在那里，谁能替我领这笔钱……”

她固执自己的意见，终于让她底福表姐独自回白麻乡去。临走的时候，福表姐确实地把她教训了一番：

“这一回你又不走！你这石头脑袋，我又不是个骗子，你为什么总不想想我底话？你即使不到白麻去，也应该离开这危险的地方啊……阿开，你垫高枕头想一想，日本人既然抢到了我们的桂洲，哪里还肯让我们好好地过日子？即使忠信有复工的一天，他们自然把那些日本婆带来，哪里还用得着我们？阿开，你再过细想想我底话可对吗？事怕想，布怕量，这样浅白的道理难道你还不知道？给马踢进水里去，难道你还不怕？……阿开‘缫丝女’底好日子早就过去，你休再梦想了！……”

从前，她是一个执拗、自信、富于忍耐力的女工，现在变成一个衰弱、性情暴躁的病人了。每天，她总要扶病起来，到同伴家里打听忠信复工的消息。因为缺乏医药和调养，她的健康无可挽回地一天比一天不如了。

四月的中旬，忠信号丝厂由乡维持会决定，将那部五十匹马力的蒸汽发动机转售给沙头日本人经营的复兴工厂，它自己便宣告永远停业了。

※ ※ ※ ※ ※

黄昏，给日本人和中国的汉奸败类统治着底桂洲乡——这块桂花河弯曲地萦绕着它东南方，起伏不平底矮岗环抱着它的西北方的肥沃的平原，被忧郁和冷寂笼罩着。桂花河河面除了几艘被日本兵占据的民船，和两三艘因为负载过重而几乎沉没的粪艇之外，什么都看不见，水面平静得连一丝皱纹都没有。因为怕中国游击队的夜袭，八点钟就下令戒严，天色还没有黑透，街上冷清清几乎没有了行人，贴近乡公所的那几条街道，都派了双岗，一个日本兵和一个伪军——那些骄横的日本兵常常拿伪军来开心，看见他瞌睡或者有妇人走过的时候，就举起笨重的皮靴朝他的屁股上一踢，才咧开狰狞的嘴巴和掀起黑而短的髭须笑一笑。

白天，小商人、菜贩子捏着脖子把货物卖给日本人，一到了晚上，他们聚在屋子里，用许多讥讽的智慧的话语彼此交换他们底愤怒。日本军队打人们面前开过的时候，女人们总是负气地一手抓着自己的孩子拖进屋子里，店里的小伙计便用很重的鼻音在后面评论着：

“活活是一群鸭子，看他们底扁嘴巴和短腿杆呀！”

“鸭子还会下蛋，他们！他们把我们底泥土都弄龌龊，今年桃子不结果，杨梅也不开花了。”

一个叫花子因为喜欢指手画脚地当面批评那些站岗的日本兵而受过十八次以上的殴打。

人们底菜地、禾田，突然给马队踩踏成平地，人们底货物和铁器常常被乡公所没收，乡中的女人有时候无缘无故地失了踪，像这样的事情，天天都发生过。肺病患者梁阿开，每天竖起机警的耳朵胆怯地倾听这些不愉快的消息。一天中午，她从老女工梁遇好屋子里出来，忽然给西村的一个妇人廖四婶没头没脑地紧紧抓着。

“开姑，做做好事，菩萨会保佑你，什么灾难再也不会降在你身上。你告诉我吧！我底阿平活着呢还是死了？”

廖四婶是屠户廖老四底妻子，她底十六岁女儿阿平在梁阿开被俘虏前五天失了踪，最近地痞马盛对她泄漏了阿平曾和梁阿开同在一个慰劳队里的消息。廖四婶在街上等候阿开等候了三天。

“开姑，做做好事吧。我底阿平到底还活着吗？……”

“四婶你说的话我一点不懂呵。你底阿平？我到黄茅坳住了几天，乡里的什么事都不知道，是的，你底阿平……”阿开想了一想，从前在日本军营的时候，的确有许多女孩子，但没有屠户底女儿。她嘴里一方面竭力否认曾经给敌军俘虏，一方面安慰那快要发疯的母亲。

又有一天傍晚，帮助敌人收买粮食生铁的痞棍马盛像榕树上那种分泌着一股恶臭气息的甲虫掉落地面似的突然闯进阿开底屋子里。

“开姐，借两块钱给我用用吧。”那强壮的痞棍虚假地嘻嘻笑着，他没有等阿开回答，皱着两道浓黑的眉毛恐吓说：

“开姐，其实我用不着借债度日的，只要我肯做一桩生意，我一定赚很多的钱；唔，那就是说，比方我肯领廖老四夫妻去看他们底女儿阿平——如今做了山坂少尉的太太的；又比方我早几天肯把你底真实下落告诉了你底福表姐，她就不会给大头六骗去了那几十块钱——”

阿开气得几乎脑袋都要炸裂开来，她猛然弯下腰，抓起竹凳子拼命向那男人摔过去，用低扼的、颤抖的声音狠毒地骂他；最后，她懊丧地从包袱里翻出来一张五角钱的纸币，扔在马盛底脸上，使劲推了他出门外去。

在许多日子里，她很少到外面去，别人底眼光在她身上多停一刻，她就全身的神经都紧张起来，竭力避开人家的视线。有时候同伴们衷心问她道：

“你以后一回也没碰见过黄祥发伯伯么？你不打算寻寻他吗？”

“我要寻他？那倒不打紧。告诉你们，我要寻那个骑马的日本人是真的！恩德，这一辈子报不了，来生报也来得及；可是仇怨，有仇不报非君子；我梁阿开，不错，穷，得了痨病，眼睛也快瞎了，可是，谁敢说我是个没出息的人？你们说阿开是个没出息的人吗？”

她这样回答别人的时候异常激动，同时也本能地坚守着自己被俘获的秘密，好像即使别人已经知道了她的秘密，她还得扯谎下去的样子。在她独自的时候，她却痛苦地思索着。

“如果我早早跟福表姐往白麻去，怎么会遇着这样倒霉的事情？我这一辈子的羞辱，用尽桂花河的水也洗不干净。桂洲，整个死去了，自从矮种打进来以后就死掉了！”

忠信丝厂的机器被出卖给日本人，给予桂洲的女工们一个严重的打击，她们有些顿着脚怒骂那些腐败的乡绅，有些咬牙切齿地诅咒日本人，失业的恐慌紧紧占据了她们底心。老女工梁遇好曾经约了十二个工友，作为私人性质的，到乡长那里去请过一次愿，要求解除转卖机器的契约。病人阿开也勉强起来，一面喘气，一面咳嗽，跟同伴们去请愿。

结果，她们底请求被拒绝了。阿开陷于难堪的绝望里。她患着厉害的失眠症，每天晚上，老是张开燃烧着的眼睛，苦苦思索过去的一切，或者垂下了眼皮静静倾听自己连续不断的咳嗽。她每天晚上淌着可怕的盗汗……

这是一个被忧郁和冷寂笼罩的黄昏——忠信号底蒸汽发动机要移交的前一夜。肺病患者梁阿开费了许多时间从一个竹箩里翻出一瓶硝酸的水溶液——那是她一个在香港读书的侄儿玩氢气球剩下来的——好像获得宝贝似的小心地把那玻璃瓶藏在口袋里，她怀着绝望与愤恨，趁着快要消逝的残褪的夕阳，绕过许多冷静的街道，走进了那给朦胧的暮色拥抱着的忠信丝厂……忠信丝厂底大门紧紧关闭着，全厂面积足足有十四亩宽阔，三面由坚固的墙壁围住，只有西边水塘后面由一座三丈来高的假石山挡着，假石山之外另有一道竹篱笆。自从停工以后，看守机房的司机老查就从这儿出入。现在女工梁阿开乘老查底儿女在假石山脚下玩得出神的时候，轻轻闪进篱笆里，绕过那口大水塘，经过堆栈的背后，然后才走到一个工作间前面那条深而且长的通道。走了那许多路在一个患着严重的肺结核的病人是一件不容易的事，她一面闪闪躲躲地向前走，一面喘着气，同时竭力不许自己咳出一丝声音来。在走到这阴暗的几乎看不到周围的通道的时候，她疲弱得不能前进，轻轻倚靠着墙壁歇下来了——从前，她总是用忙迫的脚步，混在长蛇似的人群里，昂起脑袋打大门走进这给人群和机器马达声充满的工作房里的：现在，这儿门口挂起了几缕蛛丝，冷落得连什么声音都没有，好像这座工厂忽然掉进深蓝色的海底里似的。

无可比拟的寂寞与黄昏的迷糊底灰色气氛统治着这里的一切。

她亢奋地、战颤地抚摸着，留恋地在自己惯熟的炉灶架前面用手抚摸那些如今已铺满了尘垢和老鼠粪的木架，悄然叹了一口气。不多久，她用手按着那只藏在衣袋里的小玻璃瓶子走进了机房。

机房比甬道更阴黑，她走了进去，仅仅看见那副卧式的蒸汽机，四周被二尺左右高的栏杆围住，它仿佛是兽棚里的一头熟睡的母狮，金属的圆管子在黑暗里闪出傲慢的、可爱的光泽。这种光泽刺耀着肺病者底眼睛，使她底心房起了剧烈的悸动，她奔扑似的跨过了木栏，忘记了自己的病体，鲁莽地趋前了两步，像衰老的母亲会见久别的女儿似的，让自己倒在那杆手臂那么粗的、由合金做成的曲颈蒸汽管上面。她用没肉的面颊摩擦着那冰凉的金属体，张开两条手臂，用手指仔细地捏摸着庞大的机身。她底心脏在颤抖，她底全身在颤抖，嘴里凄然地低声呻吟着：

“他们要把你带走了呵，伙计，你知道么？——带到坏人那里。那些没良心的，那些死绝种，就是明天，唉……怎么会是明天？——见鬼，没有了你，我怎么活下去？你累我受尽多少羞辱，多少辛苦，那都是他们——可是就是明天么？……”

她抬起了头，张开充血的双眼，用手指摸索着，终于摸着了那杆发亮的活塞杆子——她又从口袋里掏出了那瓶硝酸的水溶液，拔开塞子，放在鼻子下面轻轻嗅了嗅，然后小心地把那瓶有强烈的腐蚀作用的水溶液倒在那根活塞杆上面。

轻微的嘶嘶的金属腐蚀声，好像垂死的病人最后的喘息，又好像要促醒死寂的黑夜的警觉的样子。但响了一阵，立刻又什么动静都没有了。

梁阿开觉得自己的四肢因为过分紧张而冰冷了，麻痹了，从墙根腾起了一阵一阵的阴风，透进她的枯瘦底骨头里，像要叫它们突破那层没肉的皮肤而炸裂并且风化。

她突然警觉地站起身来，企图往机房外面奔跑，但那木栏绊了她一跤，她迭［跌］倒了，并且晕厥过去了，一副骷髅似的斜斜躺在蒸汽机的旁边。

夜的无边的黑暗，越来越沉重地降落在人间。

六月六日，一九四〇于南温泉。

（载南京《中苏文化》1940年第6卷第6期）

棕色的故事

——一个陈旧的插曲

卜　宁（无名氏）

青青的花，没有名字，静静开在屋角奶白色花盆里，白色座子上浅蓝磁瓶内，姿态粗野得令人感觉到神秘的和谐，有着椰子岛上土著女郎式的强烈个性。它们会被排列在花匠的廉价品里，任风雅的顾客们任意挑选，现在却悠悠流泻出浓郁的芳香，让一缕缕红葡萄酒似地气息泛滥在这片咖啡色的小天地内。是的，咖啡色的小天地！举起眼来，作一个三百六十度的圆周形的巡廊，你可以看见天花板，墙壁，搪瓷的地，全是咖啡色的。在屋子中央，一株尚在童年的棕榈树兀立在青色大花盆里，树身缠裹着透明的彩色玻璃纸，古绿色的棕榈叶如一支支多毛巨掌，默默下垂，把这个咖啡馆装饰得宛若热带花园的一角，冲淡了座客们由咖啡带来的兴奋感觉。

靠街窗，第五号咖啡座上，年青的孤身客正右手支颐，怀着星期日的心情，来端详这些绿色的多毛巨掌。他身材短瘦，着草黄色华达呢军服，一个不是白痴的中国人，第一眼即可看出他是从岛国来的。但他缺少军人应有的雄武风度，脸上也没有一般岛国军人所具的野蛮神态，两只棕色大眼睛充满了应属于哲学家的沉思色彩。偶然，回过头来发觉远远座子上几个同国军人在搂着艺妓喁喁小语，且不时做出一两个轻薄的小动作，他的嘴角立刻浮起矛盾的苦笑，杂糅着鄙夷与渴望……

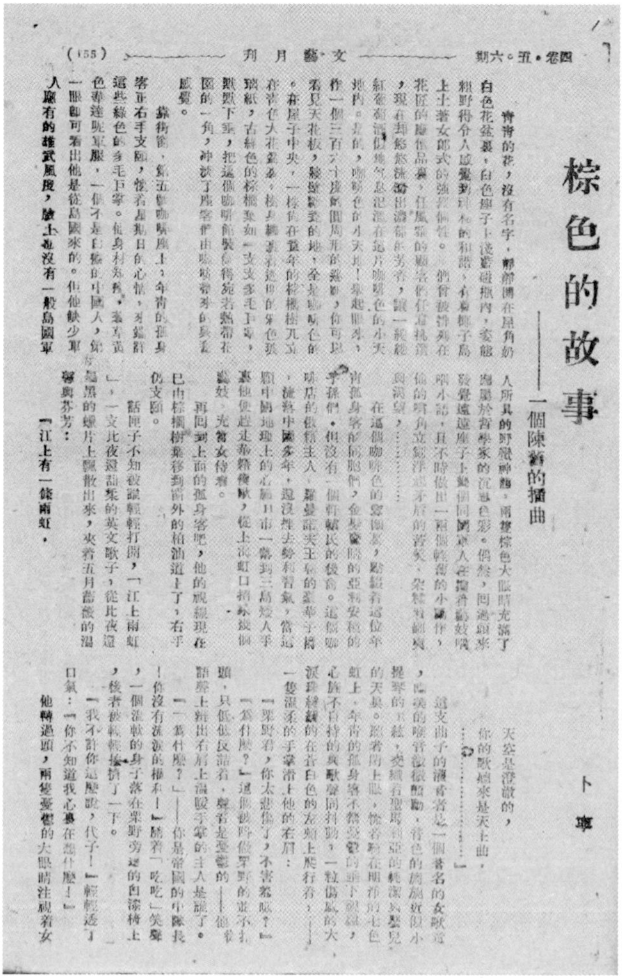

四卷•五〇六期 文藝月刊 (155)

棕色的故事

——一個陳舊的插曲

卜寧

在这个咖啡色的氛围里，点缀着这位年青孤身客的同胞们，金发蓝眼的亚利安种的子孙们。但没有一个轩辕氏的后裔。这个咖啡店的俄籍主人，罗曼诺夫王朝的豪华子爵，流落中国多年，还没挫去势利习气，当这颗中国地理上的心脏 H 市一落到三岛矮人手里他便赶走华籍仆人，从上海虹口招来几个艺妓，充当女侍者。

再回到上面的孤身客吧，他的视线现在已由棕榈树叶移到窗外的柏油道上了，右手仍支颐。

话匣子不知被谁轻轻打开，《江上雨虹》，一支比夜还甜柔的英文歌子，从比夜还墨黑的蜡片上飘散出来，夹着五月蔷薇的温馨与芬芳：

江上有一条雨虹，
天空是澄澈的，
你的歌听来是天上曲，
……

这支曲子的灌音者是一个著名的女歌童，幽美的喉音微微颤动，音色的旖旎近似小提琴的 E 弦，交织着圣玛丽亚的纯洁与婴儿的天真。听者闭上眼，恍若骑在明净的七色虹上，年青的孤身客不禁忧郁的垂下视线，心旌不自持的与歌声同抖动，一粒伤感的大泪珠缓缓的在苍白色的左颊上爬行着，——一双温柔的手掌滑上他的右肩：

"粟野君，你太悲伤了，不害羞吗？"

"为什么？"这个被叫做粟野的并不抬头，只低低反诘着，声音是忧郁的——他从语声上辨出右肩上温暖手掌的主人是谁了。

"'为什么？'——你是帝国的中队长！你没有流泪的权利！"随着"吃吃"笑声，一个温软的身子落在粟野旁边的白漆椅上，后者被轻轻挨挤了一下。

"我不许你这么说，代子！"轻轻透了口气："你不知道我心里在想什么！"

他转过头，两只忧郁的大眼睛注视着女的：一个典型的日本妇人……短短身材，涂着沫浓厚脂粉的鹅蛋脸，在浅蓝眼波中悠悠游泳的黑宝石似地大眸子，……

“在想什么？在想东京的家，家中善体贴人的慈母，温柔美丽的妻子，天真活泼的孩子，……哦！我‘不知道’！”接着是一串清脆但不含太多讽刺意味的嘲笑声。

他放下支颐的右手，摆脱右肩上的温柔手掌，伸直腰板，皱皱眉头道：“你只猜到一部分”。声音轻微得刚够代子听见：“你们女人永远只是一知半解。”

他轻轻太息。声如落叶坠地；举起琥珀色的瓷杯，让沉重的棕色液体流过他的紫唇。

“呵，‘一知半解’！你——”女的重复着听来的话，想报以猛烈的揶揄，但意识到自己的地位，乃改口笑道：“你或许是对的！”

女的叹了口气，向四周溜了一眼，靠紧男的耳根，压低嗓子，迷惘的道：

“我们这一代大和族人，连你在内恐怕也只有‘一知半解’的自由！……你比我还清楚，战争延长下去，究竟是一件可怕的事，听说，这两天我们在山西又吃了败仗……”

日声歌知于何时停止，一阵马刺声不的从门口响起来，[①] 粟野默然无语，向门口斜睨了一眼，又不屑的转头眺望窗外，窗外的柏油道上，正走过两个法兰西少女，一个浑身装束是火红色，另一个则浑身是海蓝色；高跟鞋声和着节拍的从道上迸发出来，清脆而富有韵律与弹性，像一双熟练食指在钢琴键盘上不断敲着 C 调的英文 DO 字。

“粟野君！……”杂沓的马刺声有一支向他这边响过来。

“唔！青木君！才来吗？”

青木是一个身材较粟野略高的青年军官；与粟野相同，他缺少太浓厚的军人气味；深陷的两颊上泛溢出近晚太［天］空的青

① 以上两句原文如此，首句意思不明。疑为“歌声不知于何时停止，一阵马刺声‘不的’从门口响起来。”——本书编者注

灰色，眸子里闪烁着幻梦（般）的光辉。向站起来的代子投了阴郁的一瞥，他要了杯啤酒，疲倦的坐在粟野对面。

“来了好久了？”青木眄着走向室外的代子的背影：

“我常在这儿碰见你！”

“是的，我每天总要在这里守半个下午或黄昏。”

“对咖啡有很浓厚兴趣？”

“或许是的。但我不敢说。……过去在东京时，我是最厌恶咖啡的。我是一个传统的江户儿。……但现在，我说不出理由的爱好着她，……”

“傲慢——在这个世界上，爱好咖啡的人或许是幸福的。”青木用食指轻轻敲着桌面：“可惜我有许多爱好咖啡的朋友，他们那些双会举起咖啡杯子的手，现在已变成灰烬了。来支那还不到一年哪！几年以前，咖啡对于我就是一个太大的诱惑，可是，直到现在，我才澈底了解她的存在意义——”

代子迈着轻盈的步子走过来，一双泛滥着透明液体的金色玻璃盏被放在桌上，她悒悒的走开忙着去照应其他客人。

青木擎起玻璃盏，大口呷着酒，一若满腹是熊熊火光，急待这一滴滴的透明液体去浇灭。

“近来很写了不少诗吧！”

“惭愧，都是些无聊之作！”青木放下杯子。他记起粟野是帝大哲学系的学生。“怎么，你近来很清闲，还是研究哲学吧！”

“哲学一调，是早就不弹了！……这年头研究哲学的人只有自杀！”粟野苦笑着：“倒是你们弄文学的好，随时随地赋诗解愁。……我们弄哲学的，只能封锁脑子，……如果多想，常想，想得太透澈，恐怕连在这儿喝咖啡地念头都没有了。”

“作诗的事，借用支那大诗人李太白的话是‘借酒浇愁，愁更愁’……”

青木放低声音：“……战争时代没有幸福，唯一的幸福是喝咖啡，喝咖啡……”

粟野闭上嘴巴，视线又一度从棕榈叶移到窗外，窗外的天穹是蓝的，比西班牙少女的眸子还蓝。任蓝天下，几只白色信鸽倏然掠过去，白色翅翼上明灭着一点点金光，神态飘渺得如诗人灵感的化身。这正是秋天，秋天的阳光是慵困的，仿佛夜来在地平线下还没睡得够，它现在展开金色的翅膀，把街道染成淡黄色。这条柏油道安闲的躺在×租界，有不受“歹民”搅扰的幸运，整个街面是幽静的，洁净的，连汽车滑过去都激不起什么尘土或令人耳目震眩的骚［噪］音，仿佛只是幽幽的溜走一个梦，一抹幻想，剩余下来的是一缕缕青烟，一点点空气的抖动。

三个带红缨帽的法国水手，悠然走过去，带着秋天下午特有的静谧情绪。白色海军服在阳光中流露出崇高气息，在他们面前，一只棕色大狼狗迈着高傲的步子，没戴口罩，皮绳握在主人手里。

“家里有信来吗?”青木向眺望窗外的人对视一眼。

粟野转过头，脸上闪过一道苦痛的光辉，似被毒蛇咬了一口。

“有大半年没接到家信了。”……来到支那以后，直到上月份止，我的行踪始终是不定的，……轻轻咬着下唇：“我倒希望从此被遗忘在人海里，像一叶孤舟，一片芦叶，飘，飘，飘……可是……”

青木握紧双拳，在桌上轻轻敲了一下。

“咳！战争！战争！……可怕的战争！……”声音是出于意外的低，低得半像耳语，半像叹息。“我不知道是在做梦，还是在生活！……是的，梦，噩梦，一场噩梦，近两年来的噩梦……我就生活在这个梦里，从北支到南支，从南支又到这儿，……清晨又清晨，黄昏又黄昏，日子像流水，粟野君，我不知道人们为什么老在做自己所不明白的事!”

“是的，人们老在做自己所不明白的事，……这或许就是生命的空虚吧!”

粟野赞同的点着头，向琥珀色的瓷杯投了一瞥：杯内的棕色液体只剩有一口了。他掏出夜明表，正是下午三点五十五分。他想：再坐五分钟，呷完这一口快要冷的咖啡，可以回营了。

当粟野喝完最后一口咖啡，准备算账时，门口再度响起一阵踢马刺声，夹着高跟鞋的浏［嘹］亮声音。

（世界上最平凡而又最神秘的，或许是足步声了。一个名人如能坐在大百货公司的旋转门的旁边，闭上眼睛，他会毫不费力的听到川流不息的足步声，但除了单纯的声音以外，也丝毫不能从这里面抓到什么意义，也许，从这声音里，他可以幻想到足步主人的个性是强烈的，或软弱的，以及主人的性别，……但此外，再不能得到什么了。如果他的幻想的翅膀能飞得再高一点，他可以测量足步的主人与自己的关系：是不是会影响自己的命运。带来一点什么给自己，或从自己拿去一点什么，然而，在未见到主人真面目时，这一切究竟是渺茫的，……）

有些神秘主义者爱注意琐屑但飘渺的事物，他们喜欢研究旷野上偶然飘散出来的唤人声，大而空的古老宅第里任深夜听响起的声音，大海上悠游着的一张断简残篇，在破庙里拾到的一束女人青发，门外的足步声，浓雾里面的火光，……粟野是这些神秘主义者里面的一个，当门口响起足步声时，他的头不由自主的转过去，带着下意识的神秘感觉，仿佛在探索一个谜底。

一对男女推开彩色玻璃门，臂挽臂的迈进来。男的是一个军官，从岛国来的，蓄着卓别林式的小胡子，有一双严厉的眼睛，两颊透出晚霞样的红光，短胖的躯干充满武士道的精神，女的——

粟野吃了一惊，如受电击。他疑惑自己的眸子不忠实，又睁大眼睛，特别用力对女的“端详”——更确当的是，“袭击”了一眼，似希望从这一眼里认熟这个女人的全部灵魂，也抓住一个新的命运。他这时的心境多少有点像抱住一块木片在海中游泳的人。但这一眼还未看完时，他浑身已不能自已的抖动起来。

“我这是在做梦吗?”他喃喃。

女的隐约感到有一双电炬般的眼睛在灼照她，吸引她，不由而然的向粟野扫了一眼。

“啊!”她像受了一枪，惊叫起来，两道温柔的视线胶在粟野身上，宛若金属品遇见吸铁石。

“你怎么啦!照子?”她身旁的情郎诧异的瞅着她。

“藤田君，请原谅，我不能陪你了!”她苦痛的说着，匆匆向粟野走去。

粟野站起来，紧握着她的双手，呜咽得说不出话。女的脸色惨白，泪水滋滋流泻下来。

“啊，阿哥!……”声音是秋天的叹息。

藤田愤愤的冲过来，正像［想］说两句粗鲁的话时，粟野已黯然解释道:

“这是我的妹妹……，”

“怎么?你是……?”藤田眩惑得手足无措，刹那间变成了一个迷失道路的夜行人，虽然现在正是白天，他是在一家华丽的咖啡馆里。

其他座子上的咖啡客都把诧异的目光投过来，抱着航北冰洋的心情。青木也是里面的一个。

粟野不愿惹起不必要的麻烦，教两位来客安静的坐下来，向走过来的代子要了两杯咖啡……

“唔，照子，家里还好吧!”粟野才坐下，上面的话便极自然的从嘴边滑出来，声音是抖动的。他的脑际掠过大海那边家的影子。

照子向她面前的咖啡掠过一眼，本能的呜咽起来。这杯咖啡是代子才为她端来的，银盏里还冒着一缕缕热气，氤氲着浓厚的气息。她苦痛的皱皱眉头，抽噎着述说她来支那的经过。这“经过”是简单得不能再简单了，自粟野到支那后，日本国内生活程度即一天天高涨。夏子——粟野的妻，为寻找粟野，参加索夫团，抵南京后，竟被强迫充做随营艺妓。在苦痛中，夏子寄了短短绝命书给家中，从此遂与支那的扬子江作一次永久的拥抱。忧子成病的母亲，得到这封催命书，也于五个月前一个黄昏，离开了这绝望的人间。照子迫于生计，把粟野唯一的孩子寄在友人家中，自己投入一个慰安团，作一名变相的卖笑者，踏上支那的土地，像风飓，她漫游过许多地方，……

“我没想到会在这儿遇见你，我没想到”——猛烈的抽噎打断她的话。

粟野黯然无语，静静流着泪，转首望窗外蓝天，蓝天下有几缕缕淡蓝的烟雾悠悠飘过，忧郁的烟雾呵！阳光是渐渐萎弱了，像夏季最末一朵玫瑰：凋落而憔悴，夹着残梦般的惆怅……

坐在旁边的青木与藤田，眼睛被泪水深深浸湿。

“哼！战争！罪恶的战争呵！”

坐着的四个人吃了一惊，转过头来：代子正握紧小拳头，感伤的望着他们。

※ ※ ※ ※ ※

第三天晚间，当××大队长正为粟野的失踪而焦急时，得到下面一封短信，信上只有几句简单的话：

“战争是罪恶的，蹂躏支那是罪恶的罪恶！我愿意自己的灭亡，来减轻这罪恶。我的妹妹也是如此，你们，有良心的人们，请公平的为我们想一想吧！——粟野”

信上的笔迹异常整齐，没有一笔潦草，说明执笔者当时的心境至少是极平静的。

※ ※ ※ ※ ※

此后一星期内，接连有三个人宣告失踪：这三个人的名字，是青木、代子、藤田，但他们永远没有留下什么信息。

［载《文艺月刊·战时特刊》1940 年第 4 卷第 5、6 期合刊（小说专号）“小说”］

幽　　灵

令狐青[①]

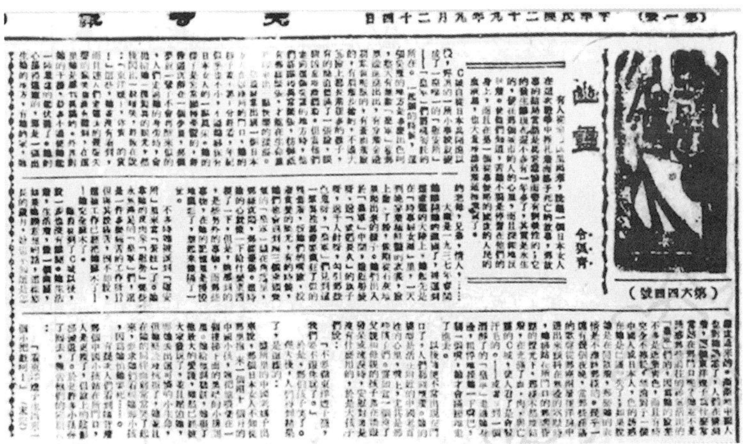

有人从沦陷区里出来，说过一个日本女人在这次战争中挣扎着而终于死亡的故事，那故事的结局当然是异常悲惨而带有刺激性的；它的发生离现在差不多有一年多了，其实是永生的，留在那个城市的人的心里，而且深深地反映着。使他们知道，苦难不独是停留在他们的身上，而且在另一个从事侵略的国度的人民的血液，也大量地渗透着这种素质了。

---

① 文艺理论家徐中玉教授曾用笔名“令狐青”，此作疑他所作。——本书编者注

C城自从日本兵开进以后，那里的一所小学校就变成了一座唯一的“慰安所”！“皇军”们灵魂寄托的所在。起头的时候，这个美丽的地方是多么出色啊，整天有无数“皇军”从那里边进进出出，有穿着金边肩章黄呢服的，有苍白着脸的，有肩着步枪的，不过大脸上都长着很多的胡子，有的简直盖满了一张脸，眼睛凶恶地。但当他们走向这个美丽的地方时，他们都显得异常紧张，仿佛只有那紧张，才能在生命里出点快乐的漾溢。

那里经常出现一个日本女在座所的门口，她的样子不十分好看，年纪似乎也不小，不过她却保有日本女人的一点风采。她的样子是常常显得忧郁的，好像沉醉在一个梦里，那个梦就一辈子不会再醒来似的。人们走过她的身旁时，会抛给她一种惊异的眼光，然后闪出一丝暗笑，好像在说：“东洋婊子，你卖 [①]的货！”这些，她并没有看到，而且连人们走远去的几声失声的窃笑也没有听到，在这里她总是感到孤独的。外界对她的干扰，最多不过使她起一阵思虑的起伏罢了。她的心荡得远远的，那是一个出生她的地方，有她的家，她的老母，兄弟，情人，……

大概是一九三七年春间，她离开她的祖国了，被运到这远远的大陆上，她起先是在“时事妇女团”里，一天到晚穿着极鲜艳的衣裳，脸上涂了粉，像刚从石灰堆里爬出来的样子。她们出入于“皇军”中间，送慰劳袋呀，送“武运长久”的旗子呀，送千人针呀，勾引那些色鬼呀，“皇军”们见到这一群异性都像要疯狂了似的兴奋着，摸她们的嘴脸，投落贪婪的眼光，有的时候，她们也会遇到两三个垂头丧气的“皇军”在角落里，那样沉闷，那样忧伤。这时她的心就像一下给什么东西梗了一下，但是，她感到的，是些另外的事物，而那些事物，在她的记忆里是慢慢地飘忽了，想起来像隔了一世。

① 此处原文空一字。——本书编者注

不多时她被派到“慰安所”里来当“营妓”了。她拿她的皮肉来“慰劳”那些永无满足的“皇军”们，这是一件多么痛苦的工作呀?!但与其说痛苦，倒不如说，这种工作已经把她麻木了——她完全麻木了。

她自到了C城以后，就一步也没有离开。她生活着，生活着，像一个幽灵，如果她愿意想的话，这样悠长的岁月，也不知道是怎样度过来的。渐渐地中国人也对她熟悉了，人们在猜测着，这个东洋嫂子为什么常常站在那门口呢？她并不是诱惑那些过往的神气活现的“皇军”们的，因为她的脸差不多是透着青色，而且有时完全不擦粉，无论对于一个中国人或日本人，色的诱惑在她是已经丧失了；如果说她是在闲散着，那么她的表情是不应该那样的。几乎一连有几个夜晚，当那些淫荡的歌声从那座两层楼洋房中透出来颤抖在无边的空际时，她却站在所门口的那盏昏黯的灯光下，那样木然地站着，在充满了血、肉与亡灵的C城，使人看了是会竖汗毛的。——或者等到一个酒醉了的“皇军”走过她身边，粗悍地摸她一下嘴巴，亲一个嘴，她才会蹒跚地走了进去。

以后她便不常出现在门口了，人们都关怀着。她的模型是活在附近的中国老百姓的心里，嘴上，尤其是那些孩子们。譬如当一个没了父亲和母亲的孩子靠在墙根发呆或流泪时，安慰对他是没有什么用的，于是对孩子们说：

“不要做东洋嫂子罢，我们要不跟你玩了。”

于是，那个小孩子笑了。

几天后，人们得到结果了，是这样的：

据所里的中国老妈子出来说，那个日本女人不知从那里抱来一个刚十个月的中国小孩，她把他喂养在一个楼梯下面的黑暗的小房间里。她给他调糕饼，她尽了她最大的爱护，虽然已经被大家发现了，并且压迫她，要她丢出这可怜的小生命，但她坚决地抗拒了，她并且在她的同伴面前常常哭了起来，要求她们看视她那小孩，因为她怕她要死……。

有几次人们看到她背着那个中国小孩站在所门口，人是更瘦了，但脸上的阴影却减退了。于是许多小孩奔了回去，报告他们的家里人：

“看东洋娘子生出来一个小把戏呵！”

大人们在一阵呵斥之后，大都在门缝后张望着，有的竟大着胆子站在门外装着闲望的神气偷偷观看。新鲜的把戏出场了，马上议论就开始了：

“我看这个小把戏是中国种，不信看他的额头有多么高。”

“听说是抱来的，这个东洋婆子倒有些善心哩。”

“善心，哼，东洋人的孽作得太多了，几百世还修不到咧！”

“……”

人们以一场愤怒的情绪结束谈论，但她的映像在中国老百姓的中间总之已不是个普通的日本男人或女人那样的了。

她曾经偷偷地跟邻近的中国人家联络起来，但最多不过两三家罢了。遇到好奇的中国老百姓特地到那两家候她，想看看她或听她说些什么事，她便默默地坐一会走了。她好像怕见那些人，她的头是低着的时候多，可是当她前面只有一两个相熟的中国人时，她却变得兴奋了，她吃力地用手势来辅助着那咿咿唔唔的说话，不足时，她会要笔写几个不整齐的字，她倾吐着她的彷徨，忧愁，苦闷，和愤怒，说她的生命是不会长久的，恐怕在战争没有结束以前她就要长眠了，她说那些“慰安所”的女人都是猪！

有一次她对一个老太太说：那些“皇军”像野兽样地抓破她的身子，咬她的肉，并且用足蹴她，她必须跪下来。说着露出膀子，上面有十几处爪和牙抓破或咬破的新痕旧创，她凄然流出两行清泪。

但中国人对她还是茫然的。她没有诉说过她的身世，不过人们都只看她并不是一个普通的日本女人，一个卖淫的日本营妓罢了。

在高爽的秋天，C城惶乱起来了，那是些无用的“皇军”们，中国老百姓是很安静而且衷心愉快的，因为中国游击队正在离城不远的地方活跃着，枪声炮声震撼了这个城市，那个日本女人也异常不安起来了，但她闲暇的时间却多了，她背着那个孩子在屋子里来回的跑，孩子哭了，她就调糕饼给他吃，然后她悄然走到中国老百姓的家里。她的脸色更加难看了，泛着死绿色的油，用生涩而缓慢的中国话说：

“这两天‘皇军’少了，他们都去打支那军了；而且他们都欢喜到你们支那女人的‘慰安所’里去玩……”她沉重地呼一口气，中国人目不转睛地看着她，“唉，‘皇军’不行啰，他们只会在我们女人跟你们身上用功夫，……我真怕啊，支那军队要是打进城来的话，唉，听说支那军队一看到日本人就要杀头的，那就死了，不过，我这样活下去也不会长远的了，我几回梦见我的爸爸站在天上向我招手，”她沉默了一会，突然喊：“这个战争打到什么时候才止呵？”她歇斯迭里的哭了起来了，于是用双手蒙着脸，急急地转身走了回去。

那回中国游击队并没有进C城，“皇军”们用卡车运了几车子的死尸和负伤者进城。

紧张已经过去，荒淫跟着到来了，皇军们又无耻的高趾阔步起来了。显得最热闹的，仍旧是那座“慰安所”（虽然那时已经有很多的了），那是一个美丽而快乐的地方呀，——对于皇军们。

在一个夜晚，差不多是一九三九年的初春罢。那是一个严寒的夜晚，天空的空气快要冻结起来了，几千颗星星仿佛不肯眨一眨眼似的向下看着。这时，枪声响了，一种金属的物件在空气里激荡出来的尖锐地呼啸钻向高空，黑夜被割裂了，全城的人从睡梦中被惊醒。

事后日本人对于这事没有声张，也没有举行搜查，但是，中国老百姓已完全知道是怎么一回事了，它被风传着：

在那一个夜晚，有一个年青的“皇军”，大概还喝了酒，他走进那座“慰安所”里的那个日本女人的房间，好像不出三分钟罢，他嘶然喊了一声，跑了出来，冲到门外去，在死样静寂的街上，他跑着，在他的后面跟了那个女人，她惊呼着，两条黑影飞快地向前逝去了，霎那间，枪响，男的倒下来了，女的喘着急迫的气跑到他的身旁，喊着，喊着他的名字，然后，她拔出握在他手里的枪“砰”的一声，她也倒下了，倒在男的身穿［边］血泊里。

人们知道那个年青的“皇军”是那个日本女人的一个本来相熟的亲人，是她兄弟呢，还是情人，则不得而知。总之，从这里看上去这事的突然发生也并不能算是奇突。

那个中国小孩也死了，被所里人拿到野外埋掉了。

一九四〇年六月二十二日夜　黄桷树

（载重庆版《大公报·战线》1940 年 9 月 24、26 日）

最初的闪烁

钱庆燕

九月的桂花，阵阵的香味沁入人们底心里，人都觉得一阵清凉，可是杨谨修却觉得老大不得劲，盘算着什么，自己也不知道，只是——莫明其妙地空虚。

他反袖着手踱在县立国民中学的礼堂上，踱来踱去，打了一个圈子又一个圈子，四周寂静，连自己刚穿的软底皮鞋吱吱喳喳的声音也听得见，看门的阿四不知游魂到那里去了，就只一个人守在这宽旷的县立国民中学中，静悄悄地，静悄悄地……

一阵微风偶然不经心从围墙那边吹了过来，吹动着大礼堂上那早前十个月贴的标语飘呀飘地，由红色而变成褐色，由青色而变成灰色的那些标语，杨谨修只轻微地看上一眼，便很快地调换了视线望着围墙上写着的那些大字，他恶意地欣赏着自己的一笔上好的颜字。

“建设东亚新秩序。”杨谨修在心里念着，眉头马上起了一重皱纹，县立国民中学里就是他，除了他，还有饭田司令官的镜框照相和标语，——标语，提起了也头痛，半边中国字，就是连自己写的也会叫人头痛呵，杨谨修不愿意多看一眼，又把眼睛转换了一个方向。

太阳旗在大礼堂上显得那么血红，杨谨修看来感到威胁了，有黄条子的青天白日旗歪斜在太阳旗的下面，显得太可怜了，杨谨修想把它摺摺好，或者放得端正一点，但当他走到讲台上的时候，脚步便又懒散下来。

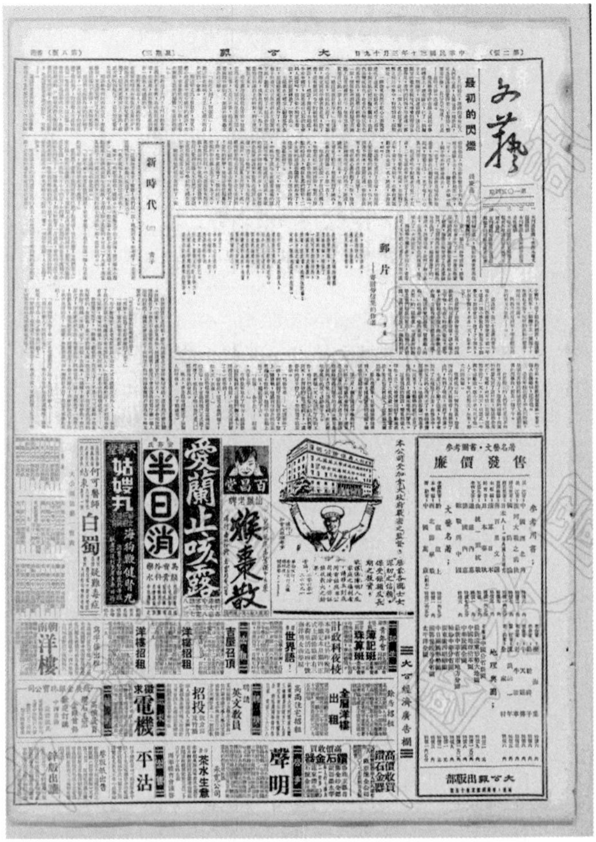
最初的閃爍
新時代
半日消
愛蘭止咳露
猴棗散
姑嫂丸
白蜀
售發價廉
大公報出版部

礼堂里冷清得使他害怕。他想走出去看看，这天气也委实太闷人，桂花香，又是桂花香，杨谨修看看围墙外面的天，围墙外面那矗立着的桂花树。

“桂花又开了，倒运底”——杨谨修在喃喃，可是自己总不明白是那么一会事。

杨谨修走出去散散步，他又不经心地看着半边中国字的标语，太阳旗，有黄条的青天白日旗，还有在围墙上写着的颜体“东亚新秩序”。

他跨出了大门，大门口的蔓草长得那么不整齐，高高低低地怪难看，荒凉着，就好像从上古直到现在一直没人来过似的。

荒野里没有人，远处的街梢亦有皇军的哨兵在来复的走着正步，阿四还没回来，准又和皇军们去胡搅了，慰安所里那个王八养的，就成天把阿四拖住了，这儿简直看不见他的人影。

杨谨修想到阿四就生气，想骂几句，可是寂寞噤住了他的嘴唇。杨谨修感到了焦燥，一万个焦燥。杨谨修在围墙外面的桂花树下踱起来，一大堆狼藉在地下的桂花（铺）满了树的脚下，附近地上大皮靴的足印一条条地印刻着，这就像一条条烙印刻在杨谨修的心坎上，像兽蹄践踏过的。但整齐得又像校园里的图案的花架，然而这样的点缀，在杨谨修看来总不顺眼，有点——。

杨谨修看着高树枝上长着累累的桂花，黄得那么调和，他把脚跟稍微颠［踮］起，但怎么也攀折不到，他用力地跳上去，但终于相差一分，一寸，一尺——总是，不够一点；个子伸不到那么高去。

“老了！”杨谨修莫明其妙地说着，等到自己听到后才暗自好笑起来，问着自己：“老了吗？”心里的回答：“没有，还……”

杨谨修的年纪实在只有二十五岁，二十五岁的年纪就老了？真是！——他不觉好笑起来，也想到了去年，前年，再前年，在学校里运动会跳高是第一名，跳远，不消说，哼哼！

杨谨修又感到了空虚，他想向人家夸耀他的跳高，跳远，但，阿四还不回来，这附近连一条狗也没有，有的只是沈静，寂寥！

现在他心里活动了一点，他决计想练练没有忘了的功夫，跳远，跳高，一米三五，一米……。他又看见了桂花，他更想到了跳高，在学校里得第一名，第一名！

他决计去试探一下自己的体力，他攀着桂花树的枝干，他用力挣扎，挣扎，终于他爬到了比较高一点的桠枝上，桠枝是那么粗壮，二十五岁的杨谨修显得年轻得多了，他憧憬着滑竿，高脚，连小孩时的木马都想到了。

他又爬上了一尺，两尺，三尺，他爬到了顶点。俯视着地面的县立国民中学，远处的太阳旗，皇军的哨兵在街梢踱着正步，一个突然的念头使杨谨修不能再在树顶上多留一刻了。他想下来，马上能飞下来最好，因为这真太危险了，万一被街梢那哨兵看见，不是又要回到胡氏宗祠的偏房里去坐他几礼拜了？意外的痉挛，使杨谨修很艰难于下降，他手里折满了一握的桂花，从树的干枝缘上落下来，落下来。落得那么狼狈，他心里感觉有点抖颤，异样的怔忡使他的脸部发热，他自己觉得走路太不自然了，否则走进那县立国民中学校的大礼堂为什么只是喘着大气。

踯躅着他把桂花放到缺了一条腿的办公桌上，浓郁的花香薰［熏］得他有些飘飘然了。

桌上一个太阳牌啤酒瓶，睡着了不知有多少天了，一厚层灰尘蒙着它的四周，杨谨修从靠背椅上站了起来，捧着空瓶穿过了西边那个腰门，走到阿四的厨房里把瓶的外部洗刷了一下，杨谨修灌了一瓶的清水，捧着出来，放到了办公桌上，在晶莹底深棕色的瓶里，他又插上了一大捧桂花。

杨谨修半瘫在靠背椅上，看着桂花，又不经心在看见了那有半边中国字，褪了颜色的标语，杨谨修又走起来，一个圈子又一个圈子，无尽地走着，吱吱的皮鞋的声音，听起来怪生疏。

阿四还没有回来，准是慰安所里的那王八养的——。

杨谨修，这二十五岁的青年，现在是××县维持会会长。前一年，还是一个小学教员，教着五十个学生。维持会长，做了才十个月，只有十个月，不多一天，也不少一天！

自从做了维持会长之后，杨谨修就把一切交付给命运，让命运去主宰他，生在这时代是命运，进中学，进师范是命运，做小学教员是命运，当维持会长自然更是命运！

杨谨修曾记得从“冒着敌人的炮火”而唱着“唯我东亚……

共存共荣”的《亲善歌》。这里面的距离是那么短促而接近！仿佛只是扭开一道门就走进了一个绝对相反的方向。他始终相信里面一定有一个人在摆布他，捉弄他。

是去年桂花谢了不久的时候，皇军从其他的县城里侵入杨谨修教书的那学校，那是一个下午。

村庄附近的人们早已走到不知什么地方去了，远处的炮声，四周的枪声包围了这村庄，杨谨修念着死亡，家乡，和可怕的厄运，这恐怖曾挨了一天，两天，但这比一年两年还难过。这小村中就只有他一人了。不，有的是野犬，还有，野犬般的皇军。

他蹉伏在每一个角落里，听着四周的沉重的皮靴杂沓，他想到了决斗，想到了牺牲，想到了俘虏。大皮靴终于闯了进来，用手枪对准了把他拖了出去，在惶急中，他把反抗的心情失去了，他的准备都抛弃了他。他驯良得像一匹羔羊，一头兔子，他颤颤的被引去见了他们的班长，那满面堆笑的家伙。

这审判似的谈话，简单到使人糊涂。第二天他便被送到了县城里，他见到了比较高级一点的皇军官佐，并且他就被送入了这所县立国民中学。

条件很简单，只要杨谨修能找到人，出来支撑这寥落的场面，杨谨修就是杨会长了。

第二天，县立国民中学的校门口已挂了一块维持会的牌子，这儿是正对着皇军司令部的地方，杨谨修依稀辨得出这儿的方向。那儿是正长街，那儿是胡氏宗祠，在瓦砾堆中仅存的就是几幢房子了。

就在这一天，他便有了他的工作，他得把逃到别处去的人们找寻回来，在狰狞的皇军监视下，一盏昏暗的豆灯光下，他抖着手写着告示。

“为布告事……”杨谨修停了一停，把眼睛望着站着的皇军，脸上一阵发热，他感到还窒息的空气压得他不能吐气，他将手指在额上抹了一抹，继续着写下去：

“皇军……各安生，……归来，共享太平……”

等待皇军取去了布告，杨谨修才颓然瞌睡在三条腿的办公桌上，睡得很香，很甜，（他五天没好睡了）直等到——“杨会长，这儿是你的毯子，和大衣，衣服……”

杨谨修揉着眼睛看着当面站着的皇军，他才意识到他已正式做了俘虏了，他自己才明白他已是□□县[①]维持会的会长。

晚上，夜是阴暗得压住了每个人的呼吸。

守着一盏细小的豆油灯，杨谨修想比较宁静一点睡一会，他看着这萧条的四壁，望着屋顶他叹了一口气，他终于攒在毯子里睡着了。

天已经大亮。

杨谨修又被另一个皇军引去见了大队长，松冈，一张宽横脸，使杨谨修一看就想到曹操或则楚霸王那些人物起来。

通译在一句一句传到杨谨修的耳朵中的，是一连串似弹花般的问话。

“你今年几岁了，家在那里，读过书吗？以前做过什么事？你今天知道我叫你来的原因吗？你做会长，你得好好地做下去，先生——”大队长沉下了脸，“先去把乡下人叫回来懂得吗？皇军并不杀人的，再，再有好的姑娘，送到慰安所去，去……”杨谨修侧着耳朵在听，一个字，一句句打动他的心头，他不住地应允着，点着头，他不知道自己应该做怎样的表情来回答那大队长。只是拘谨地对每一句问话补足一个“是”字。

大队长可乐了，把脚只是翘在桌子上蹬着，眯着眼睛笑：“干得好好地，皇军不会亏负你们支那人，你这个会长也就很快，很快就会发财！……”笑声冲破了恐怖的空气。

---

① “□□县”系原文。——本书编者注

杨谨修引着三个皇军到每一个角落里找寻着避难的人们，找寻着居民回家，走了大半天，他找到了不少被炮声吓坏了的人们，他本能的传达了松冈大队长的训话，他把每一个人的心里说活动起来，领他们走回了家里。

杨谨修找到了阿四，以前在中学里读书时的年青的校役。把阿四留在他自己的身畔，杨谨修很得意地完了这次的使命。一次次的搜求，被杨谨修唤回来的人们组织了一个市集。

杨谨修向大家宣布：

“要四个姑娘，谁愿意去，谁就有钱，而且——”他拖重了语气……“而且又救了这一城的男女老幼！”

“杨会长。”是个壮大的声音。“我们的钱也出够了！”

“我这一月就捐了七块！”又是一个声音。

“把杨会长的妈妈，姊姊先送去！……”先头那个壮汉又说了。

市集上起了扰动。杨谨修摸了摸通红的下巴，跟着皇军追赶着不礼貌的那个叫不出他名字的壮汉。但是；没有影子。白天；黑夜，总没有见那彪长的个儿。

皇军拉走了一个正长街的李业仁的老婆，杨会长只笑了笑，没有说一句帮忙话。消息传开了去，李业仁的老婆还没有下落。

有一天，荒寂的县立国民中学里忽然热闹起来。

一群小伙子被李业仁领到了县立国民中学了，国民中学里只有阿四一个，看不见杨会长，据说，杨会长被松冈大队长叫去问话，早上到现在，还没有回来。

大家在静心地等待。

在细微的豆油灯下，杨谨修侧着耳朵听李业仁滔滔的叙述着他的妻子的被抢，他眨着他有血丝的眼睛，这殷红的血丝就像会燃烧起来似的。

慢条斯理的，杨谨修截断了李业仁的话头：

“人是总归在的，还怕皇军吃了去不成？要去讨回来，自然是件要紧事，而且，也是我姓杨的应当做的——”静得连呼吸的声音也听不出，杨谨修顿了一下，把眼睛看着四周：“不过呢，天长节到了，松冈大队长正在想法庆祝，说，去说的时候似乎还太早，最好，在松冈大队长开庆祝会宣布德政的时候，亲手释放了你的老婆，这，你有面子，松冈大队长有面子，我姓杨的也沾你们的光……”

黯黯的灯光下，大家看着别人，天长节从来没有听见过的名字。办法是好，不过，天长节要什么时候？杨会长能不能担保呢？

这声音到底把杨谨修震动一下，但随即又趋平静了。杨谨修坦然地又阴暗地笑了笑：“当然的，杨某一定能保险天长节，是日本皇帝的诞日，四月二十七，合到阴历末——”杨谨修把指头算了算：“是三月二十四那一天，快了，近了，只这几天了。”

人们觉得开了心，零落地走去了，只有李业仁还呆望着，杨谨修踱着步，反袖了手打着圈子，无尽地走着“李业仁，还有甚么话说，我不是已说明白了吗？”

被问话的李业仁突地跪了下去，哭泣着，哀求着：

“杨会长，请救我一救，她肚子里已经有了儿孕……”

这意外的遭遇使杨谨修吃惊起来，他从来没看见人家跪倒自己脚下过，杨谨修开始惭愧难受，看着面前跪着的忠厚的李业仁感到惶惑，一种不知怎样的滋味逆袭着杨谨修。

直到杨谨修设誓担保天长节交出他的妻子来的时候，李业仁才磕着头爬起来，无底的黑暗吞没了这精壮汉子的背影。

天长节——

县立国民中学里的墙壁上已贴满了半个中国字的标语，虽然谁也不懂得那是说甚么的，但总知道这是天长节，松冈大队长要上台召集许多老百姓讲话，宣布他的德政。

阿四把地打扫得太干净，杨谨修很早就起来，守候着，守候着皇军来了，一个，两个，三个……老百姓也络绎地走来了，第一个来的是李业仁，杨谨修把眼睛只向四面溜，又忙着跟皇军招呼。他等待着松冈大队长。

通译来了，杨谨修把他请到了讲台上，杨谨修殷勤地，小声地问着李业仁妻子的那件事，顺便提出了李业仁跪求的办法。

通译笑了笑，没有讲什么话，松冈大队长来了。

大队长说得那么痛快，有理，亲善，防共，保境安民，他和气得使人们忘记了他们的炮火，刺刀，毒药与火把。

可是李业仁心里有着一件事，今天就会解决的事，咬着他的心，他挣扎着。忍耐着等时候。

当大家静听那通译传递着松冈大队长的训话的时候，李业仁忽然哭起来，他的声音是那么尖厉，凄清：

“大队长我要我的老婆，她已经……”

松冈大队长惊惶地和通译咕噜着，皇军们早已把枪口对准了台下的人群。由通译传达了松冈大队长的说话：

“天长节，皇军是狂欢的，而且，”通译的嘴边挂着一丝狞笑：“你的老婆，松冈大队长待她很好，不用你挂念，挂念！”末了两个字拖得特别长，声音是重浊的，重浊得几乎把每个人的心都压扁了。

“不成，杨会长担保的，他担保我天长节……”

通译沉下了脸，松冈大队长咆哮了，命令着两个皇军把李业仁拖开去。

没到下午，李业仁挟走了，人群也走了，杨谨修被松冈叫去问话处分得那么迅速，使每个人都感到惶悚，难受，忿怒。

杨会长被关起来了，李业仁的头砍了下来，挂在南城门三天。

城里，冷清清地，街上冷清清地，县（立）国民中学里，只有阿四一个人住着，阿四出去了，学校就更冷清清地了。……

只有皇军的哨兵在正长街梢来复地走着。

桂花香了，杨谨修终于从黑漆的胡氏宗祠的偏房中走出来，他又被送入了县立国民中学里。松冈大队长还叫他做杨会长，杨谨修还得去完成他的使命——找不愿意回来的老百姓们回家。

他折到了这一小捧的桂花，他嗅着似乎有些血腥，否则这香味便已变了性？他守候在缺腿的办公桌上，桌上的尘土积得那么厚厚地。

这地方委实太熟悉，但又似乎生疏得怪不舒服，他看见了那褪了颜色的半边中国字的标语，他看见了围墙上“东亚新秩序”几个字，一笔上好的颜字，有点刺心，不惬意。

杨谨修把嘴唇咬住了，他想到前一天，两天，一个月，两个月的日子，他看见了饭田司令官的照片，他把拳头挥向空中，他想有一句话须得跟阿四说：“把标语扯了，摘下旗子来，刮去了那几个围墙上的大字，打碎那饭田的——”他想：“要说得闪烁一点。”但是，阿四还没有回来，准是慰安所里那王八养的——

二九年一一月二〇日于桂林

（载香港版《大公报·文艺》1941 年 3 月 19、20 日；桂林版《大公报·文艺》1941 年 3 月 24、26 日）

我在霞村的时候

丁　玲

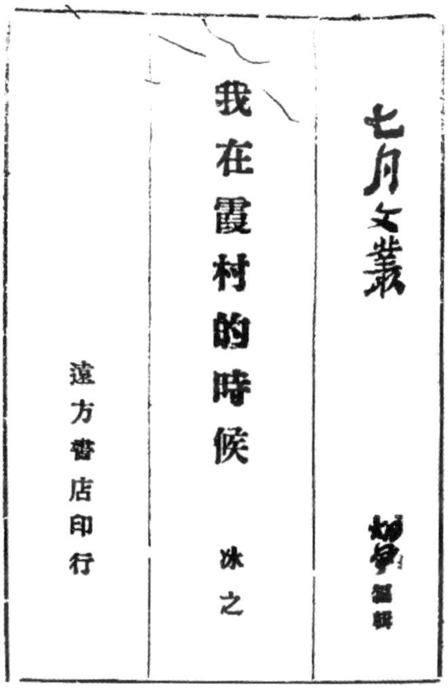

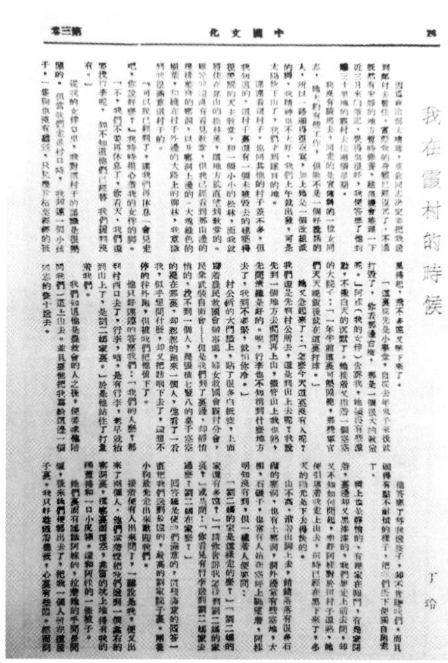

因为政治部太嘈杂，莫俞同志决定要把我送到邻村去暂住，实际我的身体已经复元了，不过既然有安静的地方暂时修［休］养，趁这机会整理一下近三月来的笔记，觉得也很好，我便答应了他到离三十里地的霞村去住两个星期。

我没有骑马去，同走的是宣传科的一位女同志，她大约有些工作，但她不是一个好说话的人，所以一路显得很寂寞，加上她是一个改组派的脚，我精神也不大好，我们上午就出发，可是太阳快下山了，我们才到达目的地。

远远看这村子，也同其他的村子差不多，但我知道的，这村子里还有一个未被毁去的建筑得很美丽的天主教堂，和一个小小的松林，而我就将住在靠山的松林里，这地方就直望到教堂的。虽说我还没有看见教堂，但我已经看到那山边的几排整齐的窑洞，以及窑洞上边的一大块绿色的树叶，和绕在村子外边的大路上的柳林，我意识到我很满意这村子的。

“可以说已经到了，让我们再休息一会儿走吧，你说好么?”我时时担心着我的女伴的脚。

“不，我们不要再休息了，你看天，我们还要找行李呢，知不知道他们已经替我们捎到没有。”

从我的女伴口里，我对这村子的认识是很热闹的。但当我们走进村口时，我却连一个小孩子，一只狗也没有碰到，只见几片枯叶轻轻的被风卷起，飞不多远又坠下来了。

“这里从先是小学堂，自从去年鬼子来后就打毁了，你看那边台阶，那是一个很大的教室呢。”阿桂（我的女伴）告诉我，她显得有些激动，不像白天的沉默了。她接着又指着一个空空的大院子：“一年半前这里可热闹呢，那些军官们天天晚饭后就在这里打球。”

她又急起来了：“怎么今天这里没有人呢？我们还是先到村公所去，还是到山上去呢？我说先到一个地方去问问再上山，尽管山上我也熟，先问清总是好的。唉，行李也不知捎到什么地方去了，我到［倒］不要紧，就怕你冷。”

村公所的大门墙上，贴了很多白纸条，上面写着农民救国会办事处，妇女救国会霞村分会，民众武装自卫会……但是我们到了里边，却静悄悄的，找不到一个人，几张横七竖八的桌子空空的摆在那里，却匆匆的跑来一个人，他看了一看我，似乎想问什么，却又把话咽下去了，还想不停的往外跑，但被我们把他留下了。

他只好连连的答应我们："我们的人么？都到村西口去了，行李，嗐，是有行李，老早就抬到山上了，是刘二妈家里。"于是他站住了打量着我们。

我们知道他是农救会的人之后，便要求他陪同我们一道上山去。并且要他把我写给这边一个同志的条子送去。

他答应了替我送条子，却不肯陪我们，而且显得有点不耐烦的样子，把我们丢下便独自跑走了。

街上也是静悄的，有几家在关门，有几家开着，里边却又黑漆漆的，我们想走上前去问，却又不知如何问起，幸好阿桂对于这村子还熟，她便引导着我走上山去，这时已经在黑下来了，冬天的阳光是下去得快的。

山不高，沿着山脚上去，错错落落有很多石砌的窑洞，也有土窑洞，洞外边常有些空地，大树，石碾子，也常有人站在空坪上眺望着，阿桂明知没有到，但一碰着人便要问：

"刘二妈的家是这样走的么？""刘二妈的家还有多远？""请你告诉我怎样到刘二妈的家里？"或是问："你看见有行李送到刘二妈家去过么？刘二妈在家么？"

回答总是使我们满意的，这些满意的回答一直把我们送到最远的，最高的刘家院子里。两只小狗最先走出来欢迎我们。

接着便有人出来问了，一听说是我，便又出来了两个人，他们掌着灯把我们送到一个靠右的窑洞里，这窑里面很空，靠窗的炕上堆得有我的铺盖卷和一口小皮箱。还有阿桂的一条被子。

她们里面有认识阿桂的，拉着她的手问长问短，后来她们便都出去了，把我一个人留在这屋子里。我只好整理着铺盖，心里有些闷。然而到我刚要躺下的时候，她们又涌进来了。有一个青年媳妇托着一缸面条，阿桂和刘二妈和另外一个小姑娘拿着碗、筷和一碟子葱同辣椒。小姑娘又捧来一盆燃得红红的火。

她们殷勤的督促着我吃面，也摸着我的两手，两臂，刘二妈和那媳妇也都坐上炕来了。她们露出一种神秘的神气又接着谈讲着她们适才所谈到的一个问题，我先还以为他们所诧异的是我，慢慢我觉到我的来住并未能使她们感觉到如何神奇的趣味，她们只热心于一点，那就是她们谈话的内容。我不愿做出太好打听的样子，所以也不问她们，但只无头无尾的听见几句，却也弄不清，尤其以刘二妈说话之中，常常要把声音压低，像怕什么人听见似的那么耳语着。阿桂已经完全不是同一道走路时的阿桂了，她仿佛满能干似的，很爱说话，而且也能听人说话的样子，她表现出很能把住别人说话的中心意思。另外两人不大说什么，不时也补充一两句，却那末聚精会神的听着，深怕遗漏去一个字似的。

忽然院子里发生了一阵嘈杂的声音，不知有多少人在同时说话，也不知道闯进了多少人来。刘二妈几人慌慌张张的都爬下炕去往外跑，我也莫明其妙的跟着跑到外边去看。这时院子里实在完全黑了，有两个纸糊的红灯笼在人丛中摇晃，我挤到人堆里去瞧，什么也看不见，他们也是无所谓的在挤着而已，他们都想说什么，都又不说，只听见一些极简单的对话，而这些对话只有更把人弄糊涂的：

“玉娃，你也来了么?”

“看见没有?”

“看见了，我有些怕。”

“怕什么，不也是人么，更标致了呢。”

我开始以为总是谁家要娶新娘子了，他们却答应我不是的，我又以为是俘虏，却还不是的。我跟着人走到中间的窑门口，却见窑里挤得满满的是人，而且烟雾沉沉的看不清，我只好又退出来。人似乎也在慢慢的退去了，院子里空旷了许多。

我不能睡去，便在灯底下又整理着小箱子，翻着那些练习簿，相片和削着几支铅笔。我显得有些疲乏，却又感觉着一种新的生活要到来以前的那种昂奋。我分配着我的时间，我要从明天起便遵守着规定下来的生活次序，这时却有一个男人嗓子在门外响起了：

“还没有睡么？××同志。”

还没有等到我的答应，这人便进来了，是一个二十岁的还文雅的乡下人。

“莫主任的信我老早就看到了，这地方还比较安静，一切事情我都交托刘二妈，你要什么尽管问她。莫主任说你要在这里住两星期，不过若是住得还好时，就多住一阵也不要紧。我就住在邻院，下边的那几个窑，有事就叫这里的人找我。”

他不肯上炕来坐，底下又没有凳子，我便也跳下炕去：

“呵，你就是马同志，我给你的一个条子收到么？请坐下来谈谈吧。”

我知道他正在这村子上负点责，是一个未毕业的初中学生。

“他们告诉我，你写了很多书，可惜我这里没有买，我都没有见到。”他望了望炕上开着口的小箱子。

我们话题一转到这里的学习情形时，他便又说：“等你休息几天后，我们一定要请你做一个报告：群众的也好，训练班的也好，总之，你一定得帮助帮助我们，我们这里最难的工作便是‘文化娱乐’。”

像这样的青年人我在前方看了很多很多，当刚刚接触他们的时候常常感到惊讶，觉得这些同自己有一个距离的青年们都实在变得很快，不过一多了，也就失去了追求了解他们的热心了。所以我便又把话拉回来。

“刚才，他们发生了什么事么？”

“刘大妈的女儿贞贞回来了。想不到她才英雄呢。”即刻我感到在他的眼睛里多了一样东西，那里面放射着愉悦的，情热的光辉。

我正要问下去时，他却又加上说明了：“她是从日本人那里回来的，她已经在那里干了一年多了。”

“呵！”我不禁也惊叫起来了。

他正安排再告诉我一些什么时，外边有人在叫他了，他只好对我说明天他一定叫贞贞来找我。而且他还提起我注意似的，说贞贞那里“材料”一定很多的。

很晚阿桂才回来睡，她躺床上老翻来覆去的睡不着，不住的唉声叹气。我虽说已经疲倦到极点了，仍希望她能告诉我一些关于今晚上的事情。

“不，××同志！我不能说，我真难受，我明天告诉你吧，呵！我们女人真作孽呀！”于是她把被蒙着头，动也不动，也再没有叹息，我不知道她什么时候才睡着的。

※　※　※　※　※

第二天一早我便到屋外去散步，不觉得就走到村子底下去了。我走进了一家杂货铺，一方面是休息，一方面买了他们很多枣子，是打算送给刘二妈家里煮稀饭吃的。我请他们派个人帮我拿枣子同我一道回去，那杂货铺老板听说我住在刘二妈家里，便眨着那双小眼睛，有趣的低声问我道：

“她那侄女儿你看见了么？听说病得连鼻子也没有了，那是给鬼子糟踏的呀，”他又掉转脸去朝站在柜台里边门口的他的老婆说：“亏她有脸回家来，真是她爹刘福生的报应。”

“那娃儿向来就风风雪雪的，你没有看见她早前就在这街上浪来浪去，她不是同夏大宝打得火热么，要不是夏大宝穷，她不老早就嫁给他了么?”那老婆子拉着衣角走了出来。

“谣言可多呢,”他转过脸来抢着又说。这次他的眼睛已不再眨动了,却做出一付正经的样子:“听说起码一百个男人总睡过,哼,还做了日本官太太,这种缺德的婆娘,是不该让她回来的。”

我忍住了气,因为不愿同他吵,就走出来了,我并没有再看他,但我感觉得他又眨着那小眼睛很得意的望着我的背影。

走到天主堂转角的地方,又听到有两个打水的妇人在谈着,一个说:

“还找过陆神父,一定要做姑姑,陆神父问她理由,她不说,只哭,知道那里边闹的什么把戏,现在呢,弄得比破鞋还不如……”

另一个便又说:“昨天他们告诉我,说走起路来一跛一跛的,唉,怎么好意思见人!”

“有人告诉我,说她手上还戴得有金戒子,是鬼子送的哪!”

“说是还到大同去过,很远的,见过一些世面,鬼子话也会说哪。”

这散步于我是不愉快的,我便走回家来了。这时阿桂已不在家,我就独自坐窑洞里读一本小册子。

我把眼睛从书上抬起来,就看见站在最里边的两个粮食篓子,那大约很有历史的吧,它的颜色同墙壁一般黑,我把一块活动的窗户纸掀开,就看见一片灰色的天,(已经不是昨天来时的天气了)和一片扫得很干净的土地,从那地的尽头上,伸出几株枯枝的树,疏疏朗朗的划在那死寂的铅色的天上。

院子里简直没有什么人走动。

我又把小箱子打开,取出纸笔来写了两封信,怎么阿桂还没回来呢?我忘记她是有工作的,而且我以为她是将与我住下去似的了。

冬天本来是很短的,但这时我却以为它比夏天的日子还长呢。

后来我看见那小姑娘出来了，于是跳下炕去到门外去招呼她，但她只望着我笑了一笑，便跑到另外一个窑洞去了。我在院子里走了两个圈，看见一个苍鹰飞入那教堂的树林子里边去了。那院墙里有很多大树。

我又在院子里踱起来，我走到靠右边的尽头处，我听见有哭泣的声音，是一个女人，而且在压抑住自己，时时都在擤鼻涕。

我努力的排遣自己，思索着这次来的目的和计划，我一定要好好休养，而且按着自己规定的时间去生活，于是我又回到房子里来了，既然不能睡，而旧笔记又是多么无聊呵！

幸好不久之后刘二妈来看我了；她一进来，那小姑娘跟着也来了，后来那媳妇也来了。她们便都坐到我的炕上，围着一个小火盆。那小姑娘便检阅着那小方炕桌上的我的用具。

“那时谁也顾不到谁，”刘二妈述说着一年半前鬼子打到霞村来的事：“咱们家住在山上好些，跑得快，村底下的人家有好些都没有跑走，也是命定下的，早不早，迟不迟，这天咱们家的贞贞却跑到天主堂里去了，后来才知道她是找那外国神父要做姑姑去的，为的也是风声不好，她爹正在替她讲亲事，是西柳村的一家米铺的小老板，年纪快三十了，填房，家道厚实，咱们都说好，就只贞贞自己不愿意，她向着她爹哭过，别的事她爹都能依她，就只这件事老头子不让，咱们老大又没儿，总企望把女儿许个好人家，谁知道贞贞却赌气跑下天主堂去了，就那一忽儿，落在火坑了哪，您说做娘老子的怎不伤心……”

“哭的是她的娘么？”

“就是她娘。”

“你的侄女儿呢？”

“侄女儿么，到底是年轻人，昨天回来哭了一场，今天又欢天喜地到会上去了，才十八岁呢。”

“听说做过日本人的太太，真的么？”

“这就又难说了，咱也摸不清，谣言自然是多得很，病是已经弄上身了，到那种地方，还保得住干净么！小老板的那头亲事，还不吹了，谁还肯要鬼子用过的女人，的的确确是有病，昨天晚上她自己也就说了。她这一跑，真变了，她说起鬼子来就像说到家常便饭似的，才十八岁呢，已经一点也不害臊了。”

“夏大宝今天还来过呢，娘！”那媳妇悄声的说着，又用着探问的眼睛望着刘二妈。

“夏大宝是谁呢？”

“是村底下磨房里的一个小伙计，早先小的时候同咱们贞贞同过一年学，两个要好得很，可是他家穷，就连咱们家也不如，他正经也不敢怎么样的，偏偏咱们贞贞痴心痴意，总要去缠着他，一弄又怪了他；要去做姑姑也还不是为了他，自从贞贞给日本鬼弄去后，他倒常来看看咱们老大两口子，起先咱们大爹一见他就气，有时骂了他，他也不说什么，骂走了第二次又来，倒是一个有良心的孩子，现在自卫队当一个小排长呢。他今天又来了，好像向咱们大妈求亲来着呢，只听见她哭，后来他也哭着走了。”

“他知不知道你侄女儿的情形呢？”

“怎会不知道，这村子里就没有人不清楚，全比咱们自己还清楚呢。”

“娘，人都说夏大宝是个傻子呢。”

“唔，这孩子总算有良心，咱是愿意这头亲事的，自从鬼子来后，谁还再是有钱的人呢。看老大两口子的口气，也是答应的，唉，要不是这孩子，谁肯来要呢，莫说有病，名声就实在够受了。”

“就是那个穿深蓝色短棉袄，带一顶古铜色翻边毡帽的。”小姑娘闪着好奇的眼光。似乎也很了解这回事。

在我记忆里出现了这样一个人影，是今天清晨，我动身出外散步的时候，我看见这末一个年青的小伙子，有着一副很精伶也很忠厚的面孔，他站在我们院子外边，却又并不打算走进来的样子，约末当我回家时，又看见他从后边的松林里走出来，我只以为是这院子里人或邻院的人，我那时并没有很注意他，现在想起来，倒觉得的确是一个短小精干很不坏的孩子。

我的休养计划是怕不能完成的了，为什么我的思绪这样的乱，我并不着急于要见什么人，但我幻想中的故事是不断的增加着。

※　※　※　※　※

阿桂现着一付很明白我的神气，望着我笑了一下便走出去了。

我也明白她的意思，于是来回在炕上忙碌了一番；觉得我们的铺、灯、火都明亮了许多，我刚把茶缸子去搁在火上的时候，果然阿桂已经又回到门口了，我听得见她后边还跟得有人。

“有客人来了，××同志!”阿桂还没有说完，便听见另外一个声音扑哧一笑“嘻……”

在房门口我握住了这并不熟识的人的手了，她的手滚烫，使我不能不略微吃惊。她跟着阿桂爬上炕去时，在她的背上，沉沉的垂着一条长辫。

这间使我感到非常沉闷的窑洞，在这新来者的眼里，却很新鲜似的，她拿着满有兴致的眼光环绕的探视着。她身子稍稍向后仰的坐在我的对面，两手分开撑住她坐的铺盖上，并不打算说什么话似的，最后便把眼光安详的落在我脸上了。阴影把她的眼睛画得很长，下巴很尖。虽是很浓厚的阴影之下的眼睛，那眼珠却被灯光和火光照得很明亮，就像两扇在夏天的野外屋宇里的洞开的窗子，是那么坦白，没有尘垢。

我也不知道如何来开始我们的谈话，怎么能不碰着她的伤口，不会损坏到她的自尊心呢？我便先从缸子里倒了一杯已经热了的茶。

“你是南方人吧？我猜你是的，你不像咱们省里的人。”倒是贞贞先说了。

“你见过很多南方人吗？”我想最好随她高兴说什么我就跟着说什么。

“不，”她摇着头，仍旧钉着我瞧，“我只看见几个，总是有些不同。我喜欢你们那里人，南方的女人都能念很多很多的书，不像咱们，我愿意跟你学，你教我好吗？”

我答应她之后忽的她又说了：“日本的女人也都会念很多很多书，那些鬼子兵都藏得有几封写得漂亮的信。有的是他们的婆姨的，有的是相好的，也有不认识的姑娘们写信给他们，还夹上一张照片，写上好些肉麻的话，真怪，怎么她们那末喜欢打仗，喜欢当兵的人，也不知道她们是不是真心，总哄得那些鬼子当宝贝似的揣在怀里。”

“听说你会说日本话是么？”

在她脸上轻微的闪露了一下羞赧的颜色，接着又很坦然的说下去，“时间太久了，跑来跑去一年多，多少就会了一点儿，懂得他们说话有很多好处。”

“你跟着他们跑了很多地方吗？”

“并不是老跟着一个队伍跑的，人家总以为我做了鬼子官太太，享富贵荣华，实际我跑回来过两次，连现在这回是第三次了，后来我是被派去的，也是没有办法，现在他们不再派我去了，听说要替我治病，也好，我也挂欠我的爹娘，回来看看他们，可是娘真没有办法，没有女儿是哭，有了女儿还是哭。”

“你一定吃了很多的苦吧。”

“她吃的苦真是想也想不到，”阿桂又做出一付难受的样子，像要哭似的，“做了女人真倒霉，贞贞，你再说点吧。”她更挤拢去，紧靠她身边。

“苦么，”贞贞像回忆着一件辽远的事一样，“现在也说不清，有些是当时难受，于今想来也没有什么，有些是当时倒也马马虎虎过去了，回想起来却实在伤心呢。一年多，日子也就过去了。这次一路回来，好些人都奇怪的望着我，就说这村子的人吧，都把我当一个外路人，也有亲热我的，也有逃避我的，再说家里几个人吧，还不都一样，谁都爱偷偷的瞧我，没有人把我当原来的贞贞看了。我变了么，想来想去，我一点也没有变，要说，也就心变硬一点罢了，人在那种地方住过，不硬一点心肠还行么，也还不是没有办法，逼得那么做的哪！”

一点点有病的象征也没有，她的脸色红润，声音清晰，不显得拘束，也不觉得粗野，她并不含一点夸张，也使人感觉不到她有过什么牢骚，或是悲凉的意味。我忍不住要问到她的病了。

“人大约总是这样，那怕到了更坏的地方，还不是只得这样，硬着头皮挺着腰肢过下去，难道死了不成？现在呢，我再也不那么想了，我说人还是得找活路，除非万不得已。所以他们说要替我治病，我想也好，治了总好些，这几天病倒不觉得什么了，路过张家驿时，住了两天，他们替我打了两次药针，又给了一些药我吃。只有今年秋天的时候，那才利害，人家说我肚子里面烂了，又赶上有一个消息要立刻送回来，找不到一个能代替的人，那晚上摸黑路我一个人来回走了卅里，走一步，痛一步，只想坐着不走了，要是别的不关紧要的事，我一定不走回去了，可是这不行哪，唉，又怕被鬼子认出我来，又怕误了时间，后来整整睡了一个星期，拖着又拖起身了。一条命要死好像也不大容易，你说是么？”

但她并没有等我的答复，却又继续说下去了。

有的时候，她也停顿下来，在这时间，她也望望我们，也许是在我们脸上找点反映，也许她只是思索着别的。看得出阿桂是比她显得更难受，阿桂大半的时候是沉默，有时也说几句话，她说的话总只为的传达出她的无限的同情，但她默着时，却更显得她为她的话所震慑住了，她的灵魂在被压抑，她踏上了她过去所受的那些苦难。

我以为那说话的人是丝毫没有意识到想博得别人的同情的，纵是别人正在为她分担了那些罪行，她似乎也没有感觉到，同时也正因为如此，就使人觉得更可同情了。如果当她说起她的这段历史的时候，并不是像现在这样，心平气和，甚至就使你以为她是在说旁人那样，那是宁肯听她哭一场，哪怕你自己也陪着她哭，都是觉得好受些的。

后来阿桂倒哭了，贞贞反来劝她，我本有许多话准备同贞贞说的，也说不出口了，我愿意保持住我的沉默，而且当她走后，我强制住自己在灯下读了一个钟头的书，连睡得那末邻近的阿桂，也不去看她一眼，或问她一句，那怕她老是翻来覆去的睡不着，一声一声的叹息着。

以后贞贞每天都来我这里闲谈，她不只说她自己，也常常很好奇的问我许多那些全不属于她的生活中的事，有时我的话说得很远，她便显得很吃力的听着，却是非常之要听的，我们也一同走到村底下去，年青的人都对她很好，自然都是那些活动份子。但像杂货店老板那一类的人，总是铁青着脸孔，冷冷的望着我们，他们嫌厌她，卑视她，而且连我也当着不是同类的人的样子看待了。尤其那一些妇女们，因为有了她才发生对自己的崇敬，才看出自己的圣洁来，因为自己没有被人强奸而骄傲了。

阿桂走了之后，我们的关系就更密切了，谁都不能缺少谁似的，一忽儿不见就会使人惊诧的，我是一个喜欢有热情的，有血肉，有快乐，有忧愁，却又是明朗的性格，而她就正是这样，我们的闲谈常常占去了我很多时间，我却总以为那些谈天，于我的学习和休养，都是非常有帮助的，可是日子一天天过去，贞贞对我并不完全坦白的事，竟被我发觉了；但我决不会对她有一丝怨恨的，而且我将永远不去触她这秘密，每个人一定有着某些最不愿告诉人的东西深埋在心中，这是与旁人毫无关系，也不会有关系于她个人的道德的。

※　※　※　※　※

已经到了我快走的那几天了，贞贞忽然显得很烦躁，并没有什么事，也不像打算要同我谈什么的，却很频繁的到我屋子中来，总是心神不宁的，坐立不是的，一会儿又走了，我知道她这几天吃得很少，甚至常常不吃东西。我问过她的病状，但我也清楚她现在所担受的烦扰，决不只是肉体上的。但我也不愿问她，看着她来，说几句毫无次序的话，有时她似乎要求我说一点什么，做出一付要听的神气，但我看得出她却在想着一些别的，那些不愿让人知道的，她是正在掩饰着这种心情，装出无所谓的样子。

有两次，我看见那显得精悍的年青（小）伙子从贞贞母亲的窑中出来，我曾把他给我的印象和贞贞一道比较，我以为我是非常的同情他，尤其当现在的贞贞被很多人糟踏过，染上了不名誉的，难医的病症的时候，他还能耐心的来看视她，向她的父母提出要求，他不嫌弃她，不怕别人笑骂，他一定想着她这时更须要他，他明白一个男子在这样的时候，去对他相好的女人所应有的气概和责任。而贞贞呢，虽说在短短的时间中，我找不出她有很多的伤感和怨恨，她从没有表现出她现在很希望有一个男子来要她，或者就只说是抚慰吧。但她应该有些温暖才好，她是受过伤的，正因为她受伤太重，所以才养成她现在的强硬，她似乎是无所求于人的样子，但我总以为如果有些爱抚，非一般同情可比的怜惜，去温暖她的灵魂，是必须的。我喜欢她能哭一次，找到一个可以哭的地方去哭一次，我是希望着我有机会吃到这家人的喜酒，至少我也愿意听到一个喜讯再离开。

“然而贞贞在想着一些什么呢？这是不会拖延好久，也不应成为问题的”。我这样想着，也就不多去思索了。

刘二妈，她的小媳妇，小姑娘也来过我房子，估计她们的目的，无非想来报告些什么，有时也说一两句。但我总不给她们说话的机会，我以为凡是属于我朋友的事，如若朋友不告诉我，我又不直接问她，却在旁人那里去打探，是有损害于我的朋友和我自己，也是有损害于我们的友谊的。

就在那天黄昏的时候，院子里又热闹起来了，人都聚集在那里走来走去，邻舍的人全来了，他们交头接耳的，有的显得悲戚，也有满感兴趣的样子，天气很冷，他们好奇的心却很热，他们在严寒底下耸着肩，弓着腰，笼着手，他们吹着气，在院子中你看我，我看你，他们在探索着很有趣的事似的。

开始我听见刘大妈的房子里有些吵闹的声音，接着刘大妈哭了。后来还有男人哭的声音，我想是贞贞的父亲吧。接着又有摔碗的声音，我忍不住分开看热闹的人冲进去了。

“你来的很好，你劝劝咱们贞贞吧。”刘二妈把我扯到里边去。

贞贞把脸收藏在一头纷乱的长发里，却望得见有两颗狰狞的眼睛从里边望着众人，我只走到她旁边便站住了。她似乎并没有感觉我的到来，或者也把我当做一个毫不足以介意的敌人之一罢了。她的样子完全变了，几乎使我不能在她的身上回想起一点点那些曾属于她的洒脱，明朗，愉快，她像一个被困的野兽，她像一个复仇的女神，她憎恨着谁呢？为什么要做出那末一付残酷的样子。

“你就这样的狠心，你全不为娘老子着想，你全不想想这一年多来我为你受的罪……”刘大妈在炕上一边捶着一边骂，她的眼泪就像雨点一样，有的打在炕上，有的落在地上，还有的就顺着脸往下流。

有好几个女人围着她，扯着她，她们不准她下炕来。我以为一个女人当失去了自尊心，一任她的性情疯狂下去的时候，真是可怕，我很想告诉她，你这样哭着是没有用的，同时我也明白在这时是无论什么话都不生效果的。

老头子显得很衰老的样子，他垂着两手，叹着气。夏大宝坐在他旁边，用无可如何的眼光望着两个老人。

“你总得说一句呀，你就不可怜可怜你的娘么？……”

“路走到尽头总要转弯的，水流到尽头也要转弯的，你就没有一点弯转么？何苦来呢？……”

一些女人们就这样劝着她。

我看出这事是不会如大家所希望的了。贞贞早已经做出不要任何人对她的可怜，也不可怜任何人。她是早已有决定，没有弯转的，要说赌气，就赌气吧。她是咬紧了牙关要和大家坚持下去的神情。

她们听了我的劝告，请贞贞到我的房子里边去休息。一切问题到晚上再谈，于是我便领着贞贞出来了，可是她并没有到我的房子中去，她向后山上跑走了。

“这娃儿心事大呢……”

“哼，瞧不起咱乡下人了……”

“这种破铜烂铁还搭臭架子，活该夏大宝倒霉……”

聚集在院子中的人们纷纷议论着，看看已经没有什么好看的了，便也散去了。

我在院子中也踌躇了一会，便决计到后山去。山上有些坟堆子。坟周围都是松树，坟前边有些断了的石碑，一个人影子也没有，连落叶的声音都没有，我从这边穿到那边，我叫着贞贞的名字，似乎有点回声，来安慰一下我的寂寞，但随即更显得万山的沉静，天边的红霞已经退尽了，四周围浮上一层寂静的烟似的轻雾。绵延在远近的山的腰边。我焦急着我要找的人，我颓然坐在一块碑上，我盘旋着一个问题：再上山去呢，还是在这里等她，而且我希望着我能分担她一些痛苦。

我看见一个影子从底下上来了。很快我便认识出就是那个小伙子。我不做声，希望他没有看见我，让他直到上面去吧。但是他却在朝我走来。

“你找到了么？我到现在还没有看见她。”我不得不向他打一个招呼。

他却走到我面前，而且就在枯草地上坐下去。他沉默着，眼望着远方。

我微微有些局促。他的确还很年青呢，他有两条细细的长眉，他的眼很大，现在却显得很为呆板，他的小小的嘴唇紧闭着，也许在从前是很有趣的，但现在只充满着烦恼，压抑住痛苦的样子，他的鼻是很忠厚的，然而却有什么用呢？

“不要难受，也许明天就好了，今天晚上我一定要劝她”。我只好安慰他。

“明天，明天，……她永远都会恨我的，我知道她恨我……”他的声音稍稍有点儿嗄，是一个沉郁的低音。

“不，她从没有向我表示过对人有什么恨。”我搜索着我的记忆，我并没有撒谎。

“她不会对你说的，她不会对任何人说的，她一定到死都不饶恕我的。”

“为什么她要恨你呢？”

“当然啰……”忽的他把脸朝着我，注视着我，“你说，我那时不过是一个穷小子，我能拐着她逃跑么？是不是我的罪？是么？”

但他并没有等到我的答复却又说下去了，几乎是自语：“是我不好，还能说是我对么，难道不是我害了她么？假如我能像她那样有胆子，她是不会……”

“她的性格我懂得，她永远都要恨我的，你说，我应该怎样，她愿意我怎样，我如何能使她快乐，我这命是不值什么的，我在她面前也还有点用处么？你能告诉我么？我简直不知我应该怎样才好，唉，这日子真难受呀！还不如让鬼子抓去……”他不断的喃喃下去。

当我邀他一道回家去的时候，他站起来同我走了几步，却又停住了，他说他听见山上有声音，我只好鼓励他上山去，我直望到他的影子没入更厚的松林中去时，才踏上回去的路，然而天色已经快要全黑了。

这天晚上我虽然睡得很迟，却没有得着什么消息，不知道他们怎么过的。

※　※　※　※　※

等不到吃早饭，我把行李都收拾好了，马同志答应今天来替我搬家，我已准备回政治部去，并且回到××去，因为敌人又要大举扫荡了。我的身体不准许我再留在这里，莫主任说无论如何要先把这些伤病员送走。我的心却有些空荡荡的，坚持着不回去么？身体又累着别人，回去么？何时再来呢？我正坐在我的铺盖上沉思着的时候，我觉得有人悄悄的走进我的窑洞。

她一耸身便跳上炕来坐在我的对面了，我看见贞贞脸上稍稍有点浮肿，我去握着那只伸在火上的手，那种特别使我感觉刺激的烫热又使我不安了，我意识到她是有着不轻的病症。

“贞贞！我要走了，我们不知何时再能相会，我希望，你能听你娘……”

“我就是来告诉你的，”她一下就打断了我的话，“我明天也要动身了。我恨不得早一天离开这家。”

“真的吗？”

“真的！”在她的脸上那种特有的明朗又显出来了。“他们叫我回××去治病。”

“啊！”我想我们也许要同道的。“你娘知道了么？”

“不，还不知道，只说治病，病好了又回来，她一定肯放我走的，在家里不是也没有好处么？”

我觉得她今天显得稀有的平静。我想起头天晚上夏大宝说的话了。我冒昧的便问她道：

“你的婚姻问题解决了么？”

“解决，不就是那末吗？”

“是听娘的话么？”我还不敢说出我对她的希望，我不愿想着那年轻人所给我的印象，我希望那年轻人有快乐的一天。

“听她们的话，我为什么要听她们的话，她们听过我的话么？”

“那末你是和她们赌气么？”

“和她们赌气？那才不值得。”

“那末，……你真的恨夏大宝么？”

她半天没有答应我，后来她说了，是更为平静的，“恨他，我也说不上，我总觉得我已经是一个有病的人了，我的确被很多鬼子糟踏过，到底是多少，我也记不清了，总之，是一个不干净的人，既然已经有了缺憾，就不想再有福气，我觉得活在不认识的人面前，忙忙碌碌的，比活在家里，比活在有亲人的地方好些。这次他们既然答应送我到××去治病，那我就想留在那里学习，听说那里是大地方，学校多，什么人都可以学习的。大家扯在一堆并不会怎样好，那就还是分开，各奔各的前程。我这样打算是为了我自己，也为了旁人，所以我并不觉得有什么对不住人的地方，也没有什么快乐的地方。别人说我年轻，见识短，脾气别扭，我也不辩，有些事也并不必要别人知道”。

我觉得非常惊诧，新的东西又在她身上表现出来了，我觉得她的确值得我研究，我当时只能说出我赞成她的打算的话。

我走的时候，她的家属全在那里，只有她到公所里去了，也再没有看见夏大宝。我心里并没有难受，我仿佛看见了她的光明的前途，明天我将又见着她的，定会见着她的，而且还有好一阵时日我们不会分开的。果然，一走出她家的门，马同志便告诉了我关于她的决定，证实了她早上告诉我的话很快便会实现了。

一九四一年一月二日

（载延安《中国文化》1941年第2卷第1期）①

① 本文录入时还参照1944年3月桂林远方书店版《我在霞村的时候》，修正了个别字词和标点。——本书编者注

梅子姑娘

谢冰莹

一

天下着毛毛雨，房子里的空气异常沉闷，绢枝子正在对着镜子涂口红，她的两道浓黑的眉毛平时都需要梅子替她描画，这几天因为梅子病了，只好自己动手。她的手很重，使的铅笔也太黑了，所以看起来有点像涂了墨似的。

“梅子样，请你看看我的化装成不成？”

绢枝子像对着异性似的那么妩媚地一笑。

“口红涂的太多，简直像一张血嘴，眉毛也太黑了。绢枝样，我劝你还是把它洗掉吧；你的皮肤很白嫩，不施脂粉还更美丽哩。”

梅子勉强地说着，又干咳了几声。

“梅子样，等下如果你能起床，还是劳你驾替我画眉，唉！为了男人，真烦死了！”

绢枝子以为说了后面两句话，会引起梅子的共鸣，却没有料到反而引起她的反感。

“为了男人吗？绢枝样，为什么一个女人非给男人玩弄不可呢？如果擦粉涂胭脂是为了天性的爱美，我并不反对；若是仅仅为了使男人高兴，我觉得这种化装简直给女人们一种莫大的侮辱，你说对不对？”

“梅子样！还说什么侮辱不侮辱呵，我们的生活难道还是人的生活吗？”

“谁又在发牢骚了，真有点无聊！随‘皇军’做慰劳队，是何等光荣的事，难道精神上还有什么不愉快吗？”

这是隔壁的美田子说的。她是个非常风骚的妓女，一开口便叫人讨厌；为了她常常在川岛支队长那边来往，许多人都不敢得罪她。说这话时，她的怀里还躺着一个鼾声如雷的像笨猪一般的小队长。她的话也许故意说给那家伙听的，但绢枝子并没有理她，只管修她的指甲。

梅子姑娘

梅子姑娘

（一）

一〇六

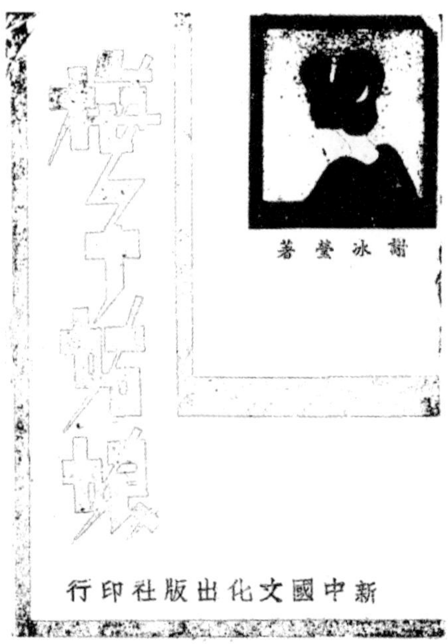

这是一群刚由汉口开到沙市来的营妓，一共有九十六人，散居在福安旅社。梅子一到沙市就病了，发烧、咳嗽。她很伤心，做梦也没想到来到中国会有这样的结果；她以为慰劳队只是把千人针、旗帜、罐头、手帕、慰劳袋等东西送给他们就算完事，谁还想到，来到汉口就把她们编为营妓，供给那些野蛮的官兵发泄兽欲呢？

“咳！上当，上当，我为什么也入了虎口呢？”

梅子在愤恨到极点时，只能把被窝蒙住了头，自言自语地说着。

梅子是鹿儿岛白里郡人。父亲是个制鞋工人，昭和五年带了全家来东京谋生活。没想到城市的小姐们不喜欢穿那种不美观的鞋子，加以梅子的父亲金次郎本来是个农民出身，为人非常忠厚，他不是做买卖的能手，因此不到三年，生意就赔本了。母亲，是非常温厚、善于体贴的女性，她见丈夫的运气不好，于是就拼命节俭，连饭也不敢多吃，白天趁着丈夫外出的时候就接受了许多衣服来洗，希望以自己的劳动所得来帮助家里的开支。但金次郎的脾气非常耿直，他看七十岁的老母和妻子一天天因为营养不良而消瘦下去，梅子上学的学费也成了问题，于是就依着朋友的劝诱，到中国的辽宁做生意去。刚刚一年的功夫，发生了“九一八”事变，金次郎被征调入伍，半个月之后便送掉了生命。当这噩耗传到梅子的母亲耳里时，她曾晕过去三次；祖母也在那年因流泪过多而患了眼疾，又因为没有钱就医，终于成了瞎子。梅子那时才十岁，眼看着家里遭着这样的不幸，除了陪着母亲流泪以外，还能做什么呢？

上帝好像故意与穷人为难似的，梅子的母亲在丈夫死去的第二年，便得了很厉害的肺病，不久就与世长辞；剩下梅子和老祖母两人相依为命，过了十天最凄苦的日子，才被叔叔接回鹿儿岛来。

从此一个失掉了父母之爱的孤儿，开始了痛苦的流浪生活。

二

梅子做过咖啡馆的侍女，做过看护，做过舞女，还在产科医院做过几天产妇，但她并不是孩子的母亲。

这是使梅子最痛心的一个回忆，只要见着人家的孩子或怀胎的孕妇，她便想起她那段凄凉悲痛的身世来。

是一个水晶似的月亮普照着大地的晚上，她躺在三十四号产房里呻吟，看护走进来扭燃了电灯，梅子的眼睛顿时感到万支箭射着一般地刺痛。

“林芙样，医生来了没有？快点施手术吧，我痛死了！……”

梅子流着泪向看护哀求。

“医生说，要明天下午才能施手术。孩子太大，不容易出来。忍耐一点吧，熬过今夜，明天就好了。”

林芙一面轻轻地摸着她的肚子，一面将垂下去的铁锤——吊在子宫口的——拖了上来。

“唉呀，痛死了呀，我的妈！林芙样，你不要把锤子拿上来吧，我痛得没有命了！”

梅子的哭声是这么凄惨，但感动不了林芙那颗像冰铁一般的心。

“为什么不早点开刀呢？我再也忍不住了！我的生命不能延长到明天，林芙样，请你做做好事，催促医生快点来吧，或者给我一把刀，我自己……”

梅子的哭声更来得尖锐而伤心了。

“半夜三更，你这么哭哭嚷嚷的干什么？已经两天了，孩子还在原地方，不用铁锤吊，他更难下来。谁叫你自己造了孽来害自己！”

——自己造了孽来害自己，这是什么话呢？

梅子正想详详细细地告诉林芙：她的父亲是谁逼得他去当兵把命送在中国的；她的母亲是谁逼死她的；祖母的眼睛是谁使它瞎的；自己是如何纯洁的处女，是谁奸污了她，使她有今天这样的结果的。但林芙早已走了，房子里冷冷清清地只剩下她和一块笨重的铁锤。

肚子越来越痛得厉害了！

起初是一阵一阵地痛，有时可以停止两三分钟；现在竟像一只猛虎要从子宫口冲出来似的胀痛。她的双脚是被绑着了的，稍微动一动都不可能。梅子想挣扎起来解开铁锤，用它来向自己的头部猛击，好同时解决两条生命，可是只要你的上身稍稍移动一下，孩子在里面就会暴动起来，像有无数的毒蛇在争吃着自己的肉那么剧痛。好几次，梅子痛得失掉了知觉，醒来不相信自己还是个活人。

第二天，下午三点钟的时候，梅子被有铁轮的床推到了手术室。这是一间有十二铺席子宽的四方形的房子。一进房门，就好像走进了刑场似的感到恐怖、阴森、凄凉，听到刀子叉子的响声，梅子的周身都在颤抖了。梅子听不懂医生对那三个看护说些什么，只觉得心脏跳得很厉害，眼睛被白幅蒙盖着，一双脚绑在手术床的架上，手也被看护使劲地抓住了。

——天，这难道是在受刑吗？

梅子这时一点也不怜恤那在她的腹内曾经吮吸过她四个半月的血液的小生命，她知道在五分钟内就要将他或她割成碎片，从自己的肚子里取出来，像从一只杀死了的猪身上取出猪肝来那么平常。她真的一点也不怜惜，只觉得自己为这不应当来到她肚子里的小东西受苦太多了，需要重重地处罚他、宰割他。

“林芙样，请你要医生用毒药弄死我算了吧，我实在忍受不住了！这一生我受的苦太多，我真不愿再活下去，请你大发慈悲，要医生早点毒死我吧。……”

梅子带着恐惧而痛苦的声音颤抖地说。

“不要闹，安静一点。已经上麻醉药了，快了快了，一下就会不痛了。”

林芙用力抓住了梅子的手。

梅子的鼻孔上罩了一个喷了 Chloroform 的口罩，立刻她就朦胧地入了梦乡。

梅子将要醒时，只觉得一把刀子在子宫里面像用勺子挖西瓜肉似的搜刮着，但肚子里那只咬她肉的，一千斤重的猛虎突然失踪了。

“孩子取出来了，没有弄坏，医生说要留着做标本的。”

林芙带着笑容说着。但梅子觉得这笑里有刺，心里感到一种莫大的侮辱。

第三天，她回到家里来了，那个从腹内取出来的孩子的父亲来看梅子了。梅子把在医院里的经过情形都告诉了他，同时用一种低声的乞怜的音调向他哀求：

“藤田样，我这次受到这么大的苦痛，完全为了你。你如果有一天遗弃我的话，我非自杀不可的。这次在医院里，我曾两三次起了自杀的念头，但为了我亲爱的藤田，终于忍受了。”

梅子紧紧地抱着藤田，她像一个受了人家欺侮的孩子倒在母亲的怀抱里哭了。

“梅子亲爱的，不要伤心，我决不会负心的。你的贞操为我而牺牲了，一个宝贵的也许是人间最伟大的小生命也为我而牺牲了，难道我是这样残忍的动物吗？我只要和家里说清楚，取得了父母的同意，一定和你正式结婚。”

梅子的一颗破碎了的心复活了！她的前途有了一线希望。过去像做了一场恶梦，只要藤田真能履行他的诺言，我不是很快就可过小家庭的幸福生活了吗？然而红颜薄命，梅子始终逃不出命运的魔手。在她的理想将要实现的时候，瞎了眼睛的祖母突然得了回归热一病不起，藤田也被征调入伍开来上海作战。这次梅子的随慰劳团来到前线，目的是完全想做中国的孟姜女第二，来一次万里寻夫，谁又料到一朵刚开的玫瑰，突然受到狂风暴雨的摧残。梅子那个甜蜜的美丽的梦，被一颗无情的炸弹炸得个粉碎了！

当她初来到汉口，得到了关于藤田战死的消息后，她实在没有勇气再生存下去。但藤田的朋友冈村三郎告诉她的话，句句是真理，她不应该轻易牺牲，应该为藤田，为自己的父亲报仇。

“梅子样，你不应该消极，你应该更勇敢地活下去！谁杀死你的父亲和祖母的？谁杀死你的爱人的？”

冈村三郎那几句像小钢炮一样的话，又浮上了她的心头。

三

梅子在汉口整整地住了半年，她记不清曾经被多少喝醉了酒的“皇军”摧残过；由那些醉鬼的嘴里，知道他们在前线是如何残忍地强奸七八十岁的老太婆和十来岁的小姑娘。在这半年中间，梅子的思想上起了一个巨大的变化，她亲眼看到“皇军”是怎样地任意强奸中国的妇女，活埋中国的壮丁，屠杀中国的老人和孩子，焚毁中国人的房屋，抢掠中国人的财产。无论你的思想如何反动，只要你是人，决不能饶恕“皇军”这种违背天理、毫无人性的残暴行为。

梅子恨透了！为什么地球上要有一个日本，而日本又产生这么多兽性的军阀；自己又为什么偏偏生在日本，而且赶上他们屠杀中国人的时代。

做一个日本军阀统治下的日本人是多么耻辱啊！口口声声高唱着“亲善”“提携”的高调，其实骨子里每一个细胞都是毒汁，都是炸弹，都是毁灭文明、毁灭正义的火焰。

“你们认为‘皇军’这种杀人放火、奸淫掳掠的行为是正当的吗？松本样。”

一天，梅子故意问那位整天喝得醉昏昏的上等兵松本。

“谁说是正当？这叫做没办法呀！长官们要你这样，你难道还敢不服从吗？”

松本长叹了一声，表示出他也感到有点苦闷。

“你想像你的家如果被中国军队烧毁，你的财产被他们抢去，你的妻子和母亲被他们奸淫，你的儿子被他们捉去给中国伤兵输血，你该是如何地伤心没有？”

梅子的声音越来越气愤，但松本却像疯人似的，只管哈哈地大笑。

“就是知道中国军队不会打到日本去，所以我们才敢这么胡来！”

“中国军队不会打到日本去吗？你根据什么？他们在目前虽然被日本军压迫，但他们总有翻身的一天；他们的国家受到了这样的奇耻大辱，难道还能忍受吗？打到日本去，是绝对有可能的，不过是时间上的问题。”

“哈哈哈，梅子样，你简直在造反哪！这一段话如果被松冈联队长听到了，你这条小命还活得成吗？”

好在松本是很喜欢梅子的，加以又在酒后，所以并不把梅子的话视为重要，只拿她来开开心。

“活不成，有什么要紧！这样的生活有什么意思呢？我早就不想活了，不过我不愿自杀，我倒想看看究竟你们还能威风到几时？”

“哈哈哈，梅子发疯了，疯了！说这些话有什么意思呢？我的小亲亲，来和我多喝几杯吧。‘醉卧沙场君莫笑，古来征战几人回’，梅子样，你了解中国这两句古诗的意味吗？”

这一夜梅子和松本喧闹到天亮。一颗秘密的心，终于被梅子侦察出来了。原来松本是个大学生出身，他很有思想，早存了反战之心，但苦无机会发作，所以整天装做酒疯子，天天和女人开玩笑，以消磨苦恼的岁月，同时借此好掩护他的思想。他没想到梅子有这么高明的见解，而且还是自己的同志。他把最好的朋友冈村三郎介绍给梅子，梅子格格地笑：

“告诉你，他是我的好朋友呢！”

“是真的吗？那么我还可以介绍给你另一个好朋友。可惜他在沙市，也许不久会来这里，他是航空驾驶员，一个很漂亮的小伙子，但是如果你看见他就爱上了的话，我可不答应的。”

“松本样，你别开玩笑吧！我们这时候还有那种闲情逸致来谈恋爱吗？在炮火弥漫的火线上，在日本军阀屠杀善良的中国人民的土地上，我们应该以全副精神来从事反战的工作，松本样，你以为怎样？”

“当然，我们应该如此，但是这种话，只能在我俩之间谈。近来因为反战者自杀的空气太浓厚，所以处处防范我们，监视我们。希望你说话要小心，态度要镇定，不可太热情。你还是装个什么都不懂，只知道享乐的现实主义者比较妥当，对于我们的工作也有更大的帮助。”

梅子听完了松本的话，真高兴得发狂。她找到了知己了，此后有了苦闷就可向松本发泄。松本也因梅子的热情、活泼、勇敢、美丽，而发生了一种超乎普通男女的爱情，他正在做着一个渺茫的梦，希望有那么一天梅子成为松本夫人。

四

“梅子样，有客人来访了，快起来吧！”

绢枝子像小麻雀似的从门外跳了进来说。

“谁？”

“各位在这里，中条知义。哈，梅子样，真漂亮呀！快起来，快起来！”

绢枝子像疯了一般地连忙把梅子拉了起来，又给她披上了一件夹大衣；客人也许因为等的不耐烦，居然开了门进来了。

“对不起得很，梅子样，我因为还有点事要赶着回队部，所以没有等你起床就进来了。”

中条知义很礼貌地脱了帽子，深深地一鞠躬。他绝对不像一般士兵那么粗鲁可怕。

“哪里的话，我因病没有早起来欢迎，真对不住呢。”

梅子很不好意思地连忙下床来还礼。绢枝子早已倒好了一杯茶，端端正正地站在一旁侍候着。

“中条，请你坐下用了这杯茶吧。”

“谢谢！”

绢枝子把杯子递过去，故意对着中条妩媚地一笑。她满以为中条会喜欢她的，谁知对方的注意力正集中在梅子的身上。

梅子的小脸上，披着蓬乱的、游丝般的散发，正像病后的西施，更加惹人怜爱。一对水汪汪的眼睛，藏着无限的柔情；小小的嘴，只要稍微动一下，便可发现她那两列洁白整齐的牙齿；更美的是梅子的一双小手，完全像孩子的手一般，手背微微凸出，像一只小包子，手指特别尖细，一看就知道是个绝顶聪明的姑娘。

“梅子样，你认识松本样吗？他是我的好朋友，今天接到他的信，才知道你来到这里。我找了好几个地方，总算找到你了！”

中条的脸上，表现着不可抑止的快乐，这使得坐在一旁的绢枝子感到非常难受。

“是的，松本样对我很好的，但我这次很对不起他。为了奉命在十四号的晚上就离开汉口来沙市，所以不能向松本样辞行。来到沙市就生病，我还没有给他去信呢。”

“那没有关系，我回信时替你问候好了。”

“谢谢！”

梅子突然感觉到脸上有点发烧，她的心开始加速跳动了，左眼皮猛然地跳了几下。不知道是她的眼睛有了毛病，还是中条的眼睛长得特别，她觉得由中条眼里放射出来的光辉，像箭一般地直向她的心上射来。她不敢多看中条，但又希望中条多看她几眼。她希望中条立刻离开这间房子，但另一种情绪又希望他永远不要离开她。

“梅子样，你们在这里的生活很好吧？”

中条感觉到没有话可说了，但又舍不得立刻走。

“没有什么，马马虎虎地过一天算一天。”

中条听了梅子的话，才觉得有点失望起来。松本不是明明告诉他梅子是位很有思想的女性吗？为什么这样自暴自弃呢！

“明天再见吧，我因事就此告辞了。”

她们送中条下了楼，绢枝子转身来带着几分醋意对梅子说：

“梅子样，恭喜你呀！找到了一位这么漂亮的爱人——还是个空军驾驶员呢！一见倾心，哈哈哈哈！”

“绢枝样，不要吃醋吧，明天他如果再来我一定离开这房间，把全部时间让给你和他去谈情话。”

“得了！我没有那么好的福气，还是我来成全你的好事吧。”

她们像开辩论会似的，你一句我一句地闹了很久。梅子表面上虽然现出生气的样子，其实心里倒很舒服的。不错，一见倾心，对于中条真有这种感觉。梅子遇到过的男人也不算少了，从来没有一个像中条这么吸引她的灵魂；长到二十岁了，她还没有自动地爱过一个男人，这难道还不算一件很稀奇的事吗？

她忘记了对松本说的话，初恋的种子在她的心田里播下了。

五

时间像闪电一般迅速，两个月的日子悄悄地消逝了，梅子和中条的爱情，真是一天比一天高涨。起初是一天不见面非常难受，后来竟到了一分钟也不能离开的地步。中条住在离沙市十三里的荆州，每天晚上都坐了小摩托车来看梅子。夏天是恋爱的最好季节，男人们常喜欢穿着短袖的翻领绸质衬衫，短裤子，短统［筒］袜子的外面跨上一双黑色或白色的皮鞋，走起路来雄赳赳的像一个骑士。女人们呢，也喜欢赤着脚穿上凉鞋，短袖子，露出那一双又白又嫩的藕臂。因为只穿一层衣服的关系，走起路来左右显着曲线美，何况梅子的身段生得特别苗条，每次当她从街上走过，总有不少的人注视她，欣赏她。在日本的军官里面，曾经不知有多少人为她倾倒。但她欺骗着他们，说自己患了很厉害的梅毒，忠告他们千万不要接近她。有时为了避免那些醉鬼无聊的纠缠与痛心的侮辱，她故意用些红药水在身上涂满了许多斑点，使对方一见就害怕。但这方法只能欺骗初次来玩她的人，如果是熟人就没法避免了。她对于营妓的生活一天比一天厌倦，她需要一种固定的爱情，来医治她那受过无限创伤的心。她爱中条，愿意将整个的灵魂和肉体都献给中条，只属于中条一个人所有。同样，她也需要中条整个的肉体和灵魂。其实这并不是难事，他俩在爱情方面，完全得着最后的胜利了。

已经晚上九点钟了，还不见中条来，梅子着急得几乎要哭了。

——他不会失约的，一定有什么事缠住了他，所以来的这么晚。

梅子一个人坐在中山公园那个池边的树下这么沉思着。她不敢离开这里到公园门口去等候中条，因为昨晚约定的是这个地方，万一在她离开这里的一刹那，中条恰恰来了，岂不错过了机会。

猛然地，一双巨掌抱住了梅子的腰，她几乎要大声叫起来了。

“梅子，亲爱的，等候很久了吧？——”

“呵，原来是你，吓了我一大跳。为什么来的这么晚？”

一轮中国的月亮，冲出了云团，照着池边，两个高矮不同的影子并成了一个，中条和梅子都被这甜蜜的长吻而陶醉了。

“梅子，怎么办？前方的战事吃紧了，中国兵开了五万多来围攻沙市，队长要我们后天出发八十驾［架］飞机轰炸重庆，我又要去冒一次生命的危险了。”

中条在心情稍微平静之后，这样告诉梅子一个重要的新闻。

“呵，又要轰炸重庆？八十架，上帝，这是多么残忍的事呀！中条，你知道轰炸后的惨状吗？有些全家都被埋在瓦砾堆里，有些丈夫和妻子在一块，只要相差一点儿，妻子会找不到丈夫的尸首。我虽然没有亲身经历过轰炸，但我看到不少我们‘皇军’轰炸后的残痕，多少美满的家庭，多少由他们的祖先辛辛苦苦积下来的财产，都付之一炬……中条，我请求你不要去吧，我绝不能亲眼看到我的爱人去当人类的刽子手！中条，你赶快装病不去，好吗？而且还要想个很好的办法立刻脱离这里。中条，你在沉思什么？为什么不说话呢？”

中条抬起头来，向梅子凝视着，微微地一笑。

“梅子，你究竟是个女孩子，不了解男人们的心理。我比你大四岁，我受的苦也许比你少，但我的脑子里所想的事比你知道的多，我当了将近一年的刽子手了，但我敢说我没有杀过一个人。……”

“哼，放屁！你驾着轰炸机，常常去到重庆、成都、昆明、贵阳一带去投弹，不杀人，难道你还把炸弹扔在水里吗？”

梅子不等中条说完，忙抢着质问。

“小心点，人家听到了会有危险的。可不就是这么回事，炸重庆的时候，我每次都把炸弹扔在嘉陵江或者旷野里，我常常独自一人飞得很快，离开队伍单独行动。如果同他们在一起，绝对不能这么做，有些忠于‘皇军’的走狗会报告消息，那时我的生命能保得住吗？”

“中条，我问你，你说句良心话，对于你这种生活，也常常感到苦恼吗？”

梅子像孩子似的，两手抱住了中条的头问。中条在她的小嘴上轻轻地一吻，然后回答着她的问题。

“所以我说你究竟还是个孩子，不能了解我的心理。当初我学习航空，完全为的兴趣，我很希望自己像一只飞鸟，日夜在天空里翱翔，爱什么地方就飞到什么地方去，我羡慕那些周游世界的航空家，自己也希望有那么一天可以飞遍整个的地球。后来毕业了，奉到航空指挥部的命令，要我来中国担任驾驶驱逐机的任务；后来改为轰炸机的机枪手。但是我的机关枪，从来没有伤过人，只扫射了一些天上的云彩。”

“喝，好漂亮的句子，扫射天上的云彩！难道没有伤害一个中国的老百姓吗？”

爱捣乱的梅子，又在向中条挑战了。

“是的，扫射天上的云彩。因为我飞的太高，又是朝上面开枪，绝对不会伤害人的。”

“要是中国飞机把你打下来，你高兴吗？”

“只要他们不伤害我，当然我高兴的，根据我们捉到中国的俘虏一律枪毙的事实看来，他们一旦捉住我们也会同样处置的。”

“绝对不会。中国是个真正爱好和平的国家，他们不像我们日本人的生性残忍，喜欢杀人，他们自从中日战事开始，就俘虏了我们不少的弟兄，从来不伤害一个，而且特别优待他们。”

“是的，我也听到许多弟兄说过，他们有些反战的都自动地持枪枝向中国军人投诚，不过……”

中条说到这里，突然停住了，两只眼睛仰望着清朗的月亮，心头像有什么难言的苦衷似的，一会又低下头来望着映在水里的两人的影子。

“不过……不过什么？亲爱的中条，难道你还觉得投诚不应该吗？”

“不是不应该，而是面子上究竟有点难为情。再说中国兵一定很痛恨我们，如果万一被他们枪毙，岂不太冤枉？”

“中条，不要老是想着死，事实上他们绝对不会枪毙你的。我希望你来一个反战运动，多说服一些空军同志，大家把炸弹向日本军阀的头上扔去，主要的是轰炸那些重要的阵地和军事政治的重要机关。”

“你想的那么容易，其实要想说服空军投诚是很困难的，一方面他们受着政治的优待，生活特别舒服，舍不得冒着生命的危险去反正，再则他还要顾及家庭……”

“怎么？为什么不往下说呢？”

梅子见中条突然停止了说话，不觉奇怪起来。一个黑影悄悄地从她左边的树丛里消逝了。

“太晚了，梅子，我送你回去吧，明天再谈。”

中条向梅子使了个眼色；梅子知道一定有人来了，赶快站起来整理整理那件坐皱了的浅蓝色的绸西装，心里感到一种莫名的惆怅。

“我们的谈话，该没有人听到吧？”

临走出大门，梅子轻轻地问中条。

“我想有人听到了。方才我看见一个黑影子从树丛经过，而且像个女人。”

“女人？那没有关系，也许是什么人在那儿幽会的，他们不会注意到我们的谈话。”

中条送梅子回到了福安旅社。打开房门一看，不见绢枝子，但她的床上早已放下了帐钩，还以为她上厕所去了，梅子一点也不介意地倒了杯茶给中条喝了，然后再送他下楼。

绢枝子带着不耐烦的神气回来了。

“绢枝样，这么晚才回，到什么地方去啦？”

梅子坐在床上问。

“你还不知道吗？和爱人到中山公园谈情话去了！”

绢枝子故意瞟了梅子一眼，语言中含着无限的嫉妒与艳羡。

“那好极了，恭喜恭喜！”

“有什么可恭喜的呢？我爱着中条，但中条却又另外爱上了一个女人。”

“是谁？”

“谁？我正想问你啦，这只有你才知道。”

梅子咯咯地笑了。她为了要使绢枝子的感情平静一下，所以连忙把绢枝子拖过来，坐在她的床边说：

“绢枝样，男人的感情是靠不住的，只要谁长的年轻漂亮，就会去追逐谁，吃这些干醋干什么呢？”

绢枝子正像哑子吃黄连，她勉强地嬉笑了一阵，随便倒在梅子的床上睡觉了。

六

爱情的力量是伟大的！有时候从爱人嘴里说出来的一句话，比古时候皇帝下一道圣旨还要生效。中条果然假借病的名义而没有去轰炸重庆，但犬养队长已经对他起了怀疑。加之那晚和梅子在公园里的谈话，已被绢枝子偷听到了几句，原来她是为着争风吃醋才跑去公园的，没想到听来了这么珍贵的秘密，她已经报告了犬养队长，犬养立即要她担任着侦察梅子的任务。梅子还以为绢枝子和自己只是爱情上的一个情敌，哪里知道她和中条两人的生死权都操在绢枝子手里呢？

“梅子，不好了。我俩那晚的谈话，统统被人偷听去了。他们已秘密派人监视我俩的行动，看情形我们再不能平安地活下去了，总有一天他们会解决我们的，我们不如趁早有个准备，只等中国军队一发动进攻沙市，我们便跑了过去！”

第三天晚上，中条慌慌张张地走上楼来，见房子里只有梅子一人，就这么附在她的耳边，把消息悄悄地告诉了她。

“那么，我们用什么方法集合在一块呢？”

“不一定两人在一块。据密报，今晚十二点钟，中国的游击队有三千名由长湖里乘船来夜袭沙市。一听到枪声，你我装做难民，赶快逃到前线去。我加入他们的陆战队里……就那样加入中国军队，自动地送给他们做俘虏。”

中间有几句话，中条的声音说得特别小，用左手的五个手指做成一个传音筒，放在梅子的耳朵上。梅子听了，高兴得几乎要掉下泪来。

“到了中国军队里，我们就会过着和平博爱的生活，我们要参加他们的抗战工作……”

梅子正说到这里，绢枝子和一个男人一路笑着进来了，那男人就是犬养队长特派来监视中条行动的横濑。

“中条样，好福气呀，这么漂亮的梅子姑娘，居然被你弄到手了，几时请我们吃喜糖呀？”

横濑笑着说，满脸的横肉也随着笑声而颤动了。

“好的，今晚上就请你们喝酒吧，绢枝样，你可以赏光吗？”

中条故意走近绢枝子的身边去献殷勤。

“当然，有酒喝，哪里有不奉陪的！”

绢枝子故意显出她的风骚，就那么一点也不害羞地倒在横濑的怀里。梅子也带着开玩笑的态度说：

“绢枝样，你们几时请我们吃喜酒呀？”

“好的，就在今晚吧！”

他们四人怀着四种不同的心情，走进了刚开张不久的新亚饭店。奇怪，这里不像平时一般花天酒地那么闹嚷嚷的，只有十几个士兵坐在那里静静地喝酒，街上行人也很少，好像有什么不幸的事情要降临一般。中条的脑筋很敏锐地感觉到，为什么横濑突然这个时候来缠住自己。

一切他都明白了，用膝头碰了碰梅子，告诉她不要忘记了晚上十二点的事。

在这四个人之间，除了中条和梅子，是一对幸福的情侣外，横濑爱着梅子，而绢枝子爱着中条，他们正好利用这种机会，把横漱和绢枝子灌的烂醉。

像晴天一声霹雳，突然劈劈拍拍的枪声，由沙市的城外自远而近了。街上立刻骚动起来，汽车、摩托车队伍，乱跑着的人群……把整个的中山路塞满了。中条和梅子就在这混乱的一刹那，冲出城外加入了战斗的一群。

游击队夜袭沙市，捉到了两个俘虏的消息，传遍了所有在武汉、宜昌、沙市一带的“皇军”。他们都奇怪，怎么中条和鼎鼎大名的梅子姑娘突然失踪了？中条是个空军，他怎么也加入了陆战队；尤其奇怪的，是有人亲眼看到他那晚居然持了手枪，向自己的官长射击；后来他倒下了，当然是受了伤。

“中条和梅子明明是反战分子，他们是有计划地向中国军队投降的。”

横濑有一天不小心地把这秘密泄露出来。于是在二十四小时之内，他的生命，就在犬养队长一颗子弹下结果了；绢枝子也是嫌疑犯，被送进了拘留所。

七

中条的伤早经中国的军队医治好了。梅子天天看护他，使他精神得到了莫大的安慰。

“梅子，真感谢你给我的勇气，一年来，我每天都做着投降到中国军队来工作的梦，但是总被那怕死的念头征服了；现在我才了解中华民族的确是伟大的，爱好和平的。梅子，我们将来就在中国结婚吧！”

“那好极了，我的家里除了叔叔和婶婶之外，一个亲人也没有了，我们永远不要回日本了吧！”

梅子流着喜悦的眼泪，紧紧地握住了中条的手。

三个月之后。

中条和梅子都被解到老河口来了。为了他们一个是空军一个是有名的反战女勇士，×司令长官还亲自讯问了一次。对于他们那种深明大义，愿意为东亚中日两民族真正之自由和平而奋斗的精神，表示无限的钦佩。×司令长官当即下令朝鲜义勇队的李队长，收容中条和梅子姑娘在他们那边工作。从此，我们的抗日队伍里，又增加了两名英勇的战士。

一九四一年五月十六日于警报声中

（载谢冰莹《梅子姑娘》“新中国文化丛书”，西安新中国文化出版社1941年版）

被侮辱了的女人

柳　青

（这是一位“新民小学”教员的谈话）

还有，还有，这类事情在我们这里可多啊。你相信我吧，中国人总归是中国人，不过如今算遭了磨难就是了。譬如我们村里赵宽嫂的事情，真是使人笑不得哭不得。你要是不嫌啰嗦的话，我就从头到尾一根一板地告诉你……

不嫌？好。

先说赵宽嫂本人吧，她是一个年轻女人，大约有廿四五岁的样子，中等身材，圆圆的脸总是红光满面，细弯细弯的眉毛下边长两只大眼睛。虽然家贫，她却不露穷态，衣服总是上下一身黑，又朴素又端正；而且你知道我们这里“破鞋”多得很啊，稍微有三分姿色的都给年青人们勾搭开了，可是赵宽嫂是我们村里顶正经的女人，她满心满意同赵宽过穷日子——村人们都说赵宽好妻命。

可是你说，她过门四年还没开怀。当然，年轻女人都是喜欢有个孩子；她开始暗暗羡慕着别的女人的大肚子，常常注精会神盯着人家抱孩子喂奶。别人看破她的心事了，开她的玩笑说，她将来会有一个顶可爱顶可爱的小宝宝。她脸一红，睫毛垂了下去，说：“俺就不要，还嫌累人哩……”

犯陳莊敵沿途大肆燒殺
平西我軍克復虎過莊
被汚辱了的女人
柳青
華北總工會將成立
總結半年生產成績

大概女人们在一块常常谈论这种事情，好像还有人替这两口子不快似的。有的说她不孕，有的说赵宽命里该，另外的则说这是因为赵宽从小失去双亲，独自在几亩田地里求活法，劳苦毁坏了他的精神……各种各样的说法，反正与我们说的事情无关。总之，她不厌弃赵宽，给他缝衣煮饭，夜里同他睡在一个被窝里，陶醉在他的汗臭中。听说她同亲近的人说到这事的时候，就说：

“命里有的话……”

看样子总还是迫切希望着生个孩子。

然而那年冬天日军打来了。当然，归根结底，不幸的事情应该是那时就开始了。

你知道，中国军队顺铁路退了下去，我们这整个平原上——死亡、抢劫、奸淫……一天尽闹这么些事情。我们村庄因为离铁路才二里地，人们都东逃西散了。有的跑到离铁路远些的村庄去了。有的钻了南山。赵宽背着行李，赵宽嫂胳膊上挂了一个很大的包袱，脸色同白纸一样出村走了。

两口子在外边躲了不到一月，也就偷偷地返回家来了。你说农民离开家舍和土地，干什么吃什么呢？何况那里都被日军打得稀烂稀烂，到处是死亡和奸淫等待着你？……

赵宽嫂回到家里，我们在村街上从来没有看见她的黑影子。据他的邻家张大婶子说，她连大门也不出，甚至于饭也少吃，话也少说，针线也懒做；她常常歪着头唉声叹气，好像死了她的什么亲人似的。我们听了，谁把这当一回事呢？世道一下子变了卦，她也许同众人一样是“忧时”吧。此后，我们家家户户都死心塌地当亡国奴了——都准备了一面小日本旗，并且在房屋后边挖了地窖。一听到有日军要进村的风声，女人们就急忙扔下针线或匙碗，钻地窖去了；男人们就去封了窖口，摊些牲畜的粪便或什么在盖子上边，然后再把那面小日本旗插在大门口。

接着，张大婶子又苦痛着脸相，她那张松皱皱的好像皮烟袋似的嘴巴，又附在别人耳朵上唠叨起来了。她说每逢这种时候，她就隔墙听见赵宽嫂一边跑向地窖，一边连哭带叫着破碎的声音：

“妈妈哟，妈妈哟，妈……”

赵宽嫂脸皮薄，羞耻心大。虽然张大婶子没好意思明白说出口来，我们也清楚她逃难出去的时候出了什么事情。我们这里有多少女人遭了这个同样的恶运，大家口里不说，心里一清二楚。后来，有些女人去安慰赵宽嫂，说这完全是世道作弄她们，请她将心肠放宽些，她脸变得通红，倒垂起头来，连连否认着：

“没有，没有，你们瞎猜什么呢？”

我们村北头的那个拐脚老头子扬言说，日军打了他的嘴巴子，他不害羞。他说自古常言道得好：官打民不羞，狗咬人不恼。你，你是八路军的同志，这话对不对，你比我更了然。不过，女人就不同了。除非你亲眼见过，这种事情她们死去不肯承认。

可是，赵宽嫂也就够不幸了啊。

我已经说过她过门四年还没开怀，而在逃难回来五个月以后，她再无法隐瞒她的大肚子了。

起先，她怀疑生理上的变化，怀疑吃东西没有味道，和喜欢吃点酸性的东西。（她常常要赵宽从田里回来时给她捎几颗青杏子。）后来，她不能再怀疑了。她哭着，用手巾擦着眼泪，问赵宽说：“怎么办呢？”

“唉，怎么办呢？……”赵宽含着烟锅，低下头去叹息着，

这个人，嗐，你让他到田地里去挖土锄草，他是拿手；你让他出主意，那你还不如到庙里去求红脸菩萨。在那里，迷信的人也许还能得到一签半卦的安慰；而赵宽石头一般沉默，说不出半分道理。老实说，他连安慰他婆娘几句也不会。

六月初的一天，确实的日子忘记了——又传来日军要到村里来清查户口的风声。当时张大婶子正去赵家里劝说了好半天赵宽嫂。谁料碰到这个时机，这回劝说竟收到相反的效果。这回她没有哭叫，也没有去钻地窖；她像同谁抢什么东西似的，披散着头发朝水井跑去了。幸而为了不使掉进肮脏的东西，那井盖是盖着的。当她还没有启开的时候，张大婶子就扑去死死地抱住了她。

“不行，不行，短见是不行！”张大婶子喘息着，嘴里溅着唾

沫星子，说：“年轻轻的，落什么骂名？”

说得哭了，才拉得她下了窖。

这事以后，村人们才重视起她来了。

对的，对的，同时肚子大起来的女人，有嫌疑的也很有一些；但是你伸出五个指头就不一般齐，人也是一样，有脸皮薄的，有脸皮厚的，还有丧尽廉耻的哩……比方村西头郭家那大姑娘吧，哼，事变以后赶忙出嫁了，这才三两个月，就鼓起大肚子在村街上摆来摆去，夸耀似的！

可是赵宽嫂这事情怎办呢？要是因此就让她送掉年轻轻的一条命，这太可惜了。听说城池里有打胎的事情，乡下人谁敢下手呢？有人说吃下麝香就办了事，而痛苦的经验不准人这样干，因为许多女人为了难产用得稍不合适，冤枉死了……。

“自然，”张大婶子说：“要是她晓得，她就敢，短见还寻嘛！她说的！孩子她还要，可是这个她死也，她死也……”

这个孩子是她被侮辱的标记，将来被旁人当做笑柄终生嘲弄她。因为她想来孩子身上一定循环着东洋人的血液，而不是赵宽的……

火车常常从我们村庄北边吼叫着开过去。听说连这事都使赵宽嫂心痛得要死，因为那上边坐得［的］是谁们呢？还不是那些哇哩哇啦的，横蛮的，荷枪的黄皮鬼子？

“龙抓他们，雷劈他们！”她常常这样诅咒着。

这样看来，这个可爱的女人大概寿命不长了，她终究会给自己找到个死法的。遭逢到这种世道，谁忍心看着叫她死呢？但是反过来说，谁又有什么办法呢？幸而她还有一个好邻家，李二妈。这女人心眼稠，嘴里也来得。她开始天天到赵宽家里去做针线，同赵宽嫂对坐起来，什么话都给她说尽了。

七八月之间吧，我从她们那段村街上经过，由大门口瞥见赵宽嫂鼓着大肚子的黑影子。这使我立刻想起她的事来了。恰巧我又看见张大婶子坐在她家的大门道里剥玉蜀黍皮，就去探问了一下。

“谢天谢地。”张大婶子竟扬起嗓子说了，表示她对这个落局很满意：“谢天谢地，总算给李二妈说转了，等生下来再看吧。唉，其实呢也是真的，碰那么巧？也许是赵宽自己的哩……”

你看，女人中间的事情，咱们男人真是不懂啊。

十月间，我们的村里接连着有十几个女人分娩了。闲人们有恶意和无恶意的流言，像秋风里的落叶一般随处飘荡着。不管是男人还是女人，只要自己没有生孩子，就私下嘁喳着这家或那家的“说不一定”，连我那所新民小学里的孩子们也议论那一家的是“东洋种”。有一天，我在学校里听见传来打锣的声音。因为孩子们嘻嘻呀呀地念着“日华亲善，共同防共”，声浪太噪杂了，我没有听清那鸣锣发表的是什么事情。我专意出去听了一回，村警打着锣已经走过去了，还在叫卖一般喊叫着：“谁家也不准笑旁人！生下的孩子也不准弄死啊！再要这样，日军就要重重地办啦！噹噹噹……”

你看，你看是不是“今古奇观”？我初听了不自觉地笑了一笑，随即心里难过得鼻尖酸了起来，偷着小学生们掉了几颗眼泪。

赵宽嫂也正是这期间开怀生她的第一个孩子。临盆的时候，赵宽把张大婶子请去助产，听说倒也产得顺利，并且孩子也胖壮，还是男的哩。李二妈呢？到处传播着孩子像赵宽，尤其是那只小眼睛顶像了。她并且向产妇建议，给它起个奶名叫小宽儿。

赵宽嫂脸色雪白，头上笼一块毛巾，毛巾上钉一小方块红布，靠墙坐着，没有一点主意。据说有时她好像快要给煽动了，那两只大眼睛和那口淡红的嘴唇上露出一丝微笑；但心里总还是忐忑不定。对于命名的建议，她丝毫未加可否，仿佛没有听见似的。

我们众人都十分同情她的苦楚。

那孩子身子里究竟是谁的血液，别人谁知道呢？李二妈说这像那像，谁也没去看过；也许真像，也许是她故意诌来定赵宽嫂的心哩……

总之，赵宽嫂是陷进一个不能自拔的矛盾的深渊里去了。有一回李二妈去她家的时候，看见她抱着孩子，挤眉弄眼，点头缩脑地逗他玩，她用自己的脸颊偎贴着他的小脸，嘴里哼出甜蜜的声音。李二妈心里很是高兴了半天，觉得她的办法救了两条命。

而另一回，张大婶子去的时候，她说她差一点没有给吓死——赵宽嫂瞪着眼睛，上牙齿咬着下嘴唇，手里握一把剪刀，正对准那孩子的胸脯。张大婶子连忙扑去抱住她，大叫起来：

“你不长心？怎么下的手呀！”

她告诉她，村野里人们的闲言乱语不是指着她的。她把赵宽喊来，以一个老者的资格教训了他一顿，要他以后再不能把外边的谣言搬进家里来……

“嘿，”赵宽不服从地说：“定不住那夜，我就把小狗的提到铁路上，放，放……”

“放，放，放在铁轨上滚死？放你的臭屁！”

张大婶子说她自己暴怒起来了。她得劝说两个人——一个平常不大管事，不像这家里的主人，而像长工，现在他固执地蹲在板凳上吸旱烟；另一个在被两种疑惑争撕着，心都要给撕碎了。现在用毛巾擦着眼睛哭鼻子。看看孩子呢？他又是那么个小东西——有时两只小胳膊和两只小腿腿乱弹地哭叫着，有时被卧在小被窝里，静静地眨着小眼睛望着母亲的脸……

这是夫妻恩爱的果实呢，还是被侮辱的标记呢？你说，这样下去怎行啊。

有，有，赵宽嫂有亲娘亲老子；可是相隔几十里地，这种世道也不能来烧汤递水，听说探望了一次还是当天打了来回。现在，谁敢在门外住呢？户口册子上没有的，他们不相信是亲戚，一定要说是游击队的人，或者像你一样的八路军，你有什么办法呢？结果还是张大婶子李二妈她们成了她的知心人。

她们想尽方法诨骗她，安慰她，使她死心塌地下来。就拿孩子的名字说吧，生下几个月了还没起好一个。他们却每到她家里去，就是这样子——

“你看，你看，小宽儿笑得可亲哩！”

或者问赵宽嫂：“小宽儿这几天奶可够吃？”

不然就逗孩子：“噫噫，小宽儿，噫噫……”

赵宽嫂不让她们这样叫，她们却不管，坚持地叫着叫着，要给固定起来。而每当她们这样叫着的时候，她就要脸红，据说还好像厌恶她们的样子；因为她知道别人这样做是什么意思……

“各色人等，等等不同”，我们这里有一句俗话是这样说的。我再一次给你说几句闲话吧，铁道北边乔家堡那乔三寡妇，明目张胆向日军厮混在一起，看样子还满光彩，嘴里学得一套“大大的太君”，说得好熟啊。日军到乔家堡捕什么份子，大概就是像你这种人吧，他们不知道要捕的人正在对他们解说着“皇军大大的好”，说着就要走开了。而三寡妇却脸一歪，好像等待谁去亲吻她一般，迷笑说：

“就是他！就是他！”

你看，这算什么女人。而我们村里这个赵宽嫂呀，太顾惜面子了。

有时，我们偶尔会去村街上什么地方看见她。她低着头或者脸色定得稳稳地对着面前的路，走得很快很快。要是她眼角里瞥见谁在认真地看她的话，嗐，她脸通红了，走得更急了……

我们众人都是这个意见：活在日本人手下，丧尽廉耻的就不是中国人，可是脸皮太薄也是使不得。你看着，像赵宽嫂这样的女人，那迟早，迟早总要出岔子的。

啊，可不是。

去年三月间吧，突然，你看，出了这么一回事。我们早就听说黄河边上潞安府一带战事紧张了，日军怕又要从这里过兵。后来，真的！我们总以为过就过吧，我们顶多不过站在队伍旁边摇几下旗子；可是谁知道他们对我们这些死心塌地的亡国奴，照他们的说法已经“明朗化”了的居民，也使起这一手来了。日军开到城里的那天晚上，五部卡车驶到我们村里来，叫人躲藏也躲藏不及，全村的年轻女人和大姑娘都给搜寻出来，用卡车装起来了，说是“爱护村”的妇女都要慰劳皇军去……车子开出我们村庄的时候，好像送葬一样，一片女人的哭声。日军用枪吓唬着，不叫哭，一下子都不哭了。

赵宽嫂？不要忙，等我慢慢说。

她不去，死也不去，衣服也撕烂了，头发也披散得不像样子，她就是不去。她给他们磕头，请求一枪了结她。你看奇怪不奇怪，日军连用手都不打她；他们抱住她，拉她，抬她……结果，结果不去能成吗？

去了，连李二妈都去了。孩子，就那个小宽儿，张大婶子等她们走后，自己去收看起来了。

结局结局，你为什么那样急着要听结局呢？这事情我看如今还没有完哩。日军还没有给你们打出去，赵宽嫂还活着……

自从那回慰劳过皇军以后一直到今天她总是在我们村街上，游魂一般飘来荡去，头发蓬散在肩膀上，裤脚拖在脚底下也不怕掉下来，上衣顶边的几颗纽扣也不结，袒露出粉团一般的胸脯和奶头。人啊，完全变成另一个。她有时在当街上坐下来，给街上描写她那回慰劳皇军的情形，有时在街上学兵操跑步和走正步，要求过路人不要看不起她，她还想当女兵哩。她常常大声唱戏，唱花脸，她在那里一个人说话好像同谁骂仗一样。再不干净的话，女人们听了都要低头脸红的话，从她嘴里从从容容地说了出来……有一回，她看见张大婶子家的大黑狗卧在路边，那狗并没有触犯她的意思，她就拣起一块石头大骂起来：

“你敢！你敢！老娘连自己肉疼过的孩子都杀了，告诉你吧，我的小孙孙！”

一九四一年七月改作于杨家岭

（载延安《解放日报》1941 年 9 月 2、3 日）

春　雷*［节录］

陈瘦竹

十三

…………

桂老爷不知不觉地站起来身来眼睁睁地望着他们。荣少爷忽向丰爷信爷招手，说是县里托他带交维持会的一件紧要公事急待商量，一边打开他的公事皮包。石丰爷面有难色，但忽然假笑道："那就偏劳会长和秘书长吧，该怎么办就怎么办，我没有意见。"

荣少爷一边在皮包里翻寻，一边对丰爷信爷说道："你们尽管放心，这件公事，并不难办。我已胸有成竹，只要大家通过，归我一个人来包办就行。"

"荣祖，你又来了！"桂老爷咂着嘴。

"那再好没有。我跟信爷无不同意，能者多劳，荣少爷真是一个干才！"丰爷这才真心笑着说。

荣少爷先从皮包里翻出一卷纸来，他们展开一看，却是一张张的广告，上面印着裕丰丝厂招收自十六岁至三十岁女工三十名，供膳宿，每月工资十元，体格检查合格后，先发零用费五元等等字样。他们正惊异间，荣少爷已将无锡县维持会给石家镇维持会

---

* 本篇节选自《春雷》第十三、十四、十六、十八、十九节。——本书编者注

的公文找出。看这公文，才知道那三十名妇女是招去慰劳城内日军的，所以面貌必须端正，并限十天招定。至于所需费用，公文上说明先由镇维持会暂垫，将来再从田赋项下扣除。丰爷看罢，不觉暗中向信爷咋了一咋舌头。桂老爷皱紧眉毛，只是摇头，荣少爷却很得意地说：

“这件公事并不为难，我想只要五天工夫就可办妥。乡下人个个贪小利，拼命望钱眼钻。不要说区区三十名，就是三百名也不成问题。听我老丈人的口气，县里发出这件公文到四乡去，含有比赛性质，哪个地方选得好选得快，就会传令嘉奖。我在城里听到这个消息，连忙带了公文回来，只怕别的地方还没接到，说不定我们会里还有得奖的希望呐。”

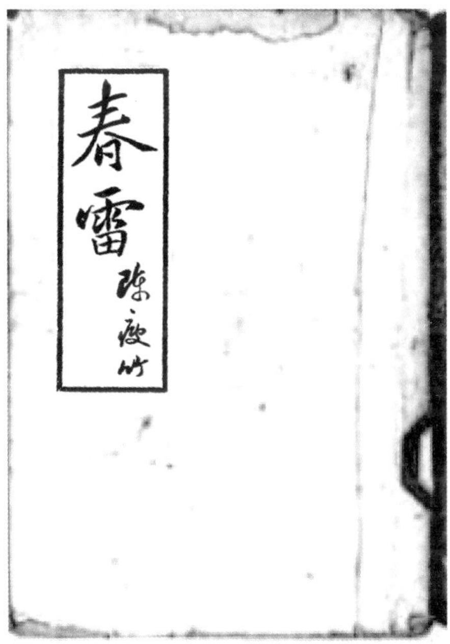

“果真如此，那全是你荣少爷的功劳。”丰爷故意恭维说。

“嘉奖不嘉奖还在其次，”桂老爷对丰爷信爷说：“只是以后对于乡下人怎么敷衍？招三十个女的固然不难，只要我们贴出广告，招呼各村长一声，自然有人会来报名，只是……”

“那不成问题的，”荣少爷连忙插嘴道：“我早已跟我老丈人细细研究过了。乡下人当初决不会知道，比方过了几月，他们追问起来，我们只管向县里推；而且裕丰丝厂不是已经换了日本老板吗？跟县里很有联络，即使乡下人进城打听也是枉然。过了一年半载换了一批新的进去，放她们出来，那乡下人还有什么话说？她们既去慰劳皇军，皇军自然感激我们，我明天就去报告山村队长，毕竟以后有人来闹，叫队长捉来枪毙几个，那大家就不敢再闹了。”

“这个办法真妙。”信爷说。

“那就请荣少爷全权办理吧。”丰爷说着向外移步。

“丰爷，”桂老爷见他想走便说，“虽则决定这个办法，不过既是会里的公事，不该归一个人包办，无论如何还是要用会里的名义，我们四个人个个负责。信爷你说是不是？”

“那自然大家负责。”信爷连忙点头说。

“不过我是临时帮忙……”丰爷假笑着吞吞吐吐说。

“丰爷，”桂老爷的眼睛盯着他，“不要客气。我们都是一样。有福共享，有难同当。是不是？”他干笑着。

“那自然，那自然。”丰爷连忙点头说。

…………

至于招收女工的事情，山村队长听了荣少爷的报告，看了县里来的公文，临时决定托他多招十名。荣少爷连忙交代牛老大到处贴出广告通知各村村长，希望在限期以内选送完毕。

十四

乡间风俗，自阴历十二月二十四送灶神上天以后，便要预备过年。新年是乡间最大一个节日，乡下人一年忙到头，只有新年那几天，才是名正言顺可以坐吃闲荡的日子，而且又是另一年的新开头，所以年关最后几天，无论穷富，都另有一番景象。家家忙忙碌碌，杀猪宰鸡，蒸糕磨粉，打扫堆积经年的屋顶灰尘，折下松头柏枝来作装点。乡下人本来惯忙不惯闲，何况干这正经事，越忙越来得高兴。可是枫林村上却有例外，王大户和王鹏两家，依旧冰浸冷水毫无动静。……

……小年夜那天上午，王大福提了一篮货物回家，在稻场上看见秋生嫂提了蒸笼经过，好像喜不自胜地故意高声自言自语道："呃，这回子打仗倒把女人家打好了，真想不到。"

秋生嫂转身向着他望。王大福继续说："街上贴出告示，丝厂里招女工，每月工钱十块，还可以先拿五块做零用钱。真想不到女人家倒比男人家还值钱了！"

"大福叔，真有这件事吗？"秋生嫂向王大福走近两步。

"我屋里人的名字已经写上去了，那还有假的！"

"那你五块钱已经到手了？"秋生嫂很眼热地打量着。

"那还没有这样快。"王大福连忙摇摇头，表示秋生嫂太无见识，"那五块钱是少不了的，只要选得上。"

"还要选吗？哪个来选呀？"

"那自然归镇上爷们来选呀。人家丝厂里出了十块钱一个月，还先发五块零用钱，自然要挑选一批年轻一点，手脚眼快能做事，面孔上清清白白的去；要不然也太便宜了。你想我们男人家出去帮工做长年，一年到头才得三十来块钱……"

"那么大福嫂一定是选得上的，又年轻又能干。"

"承你老阿嫂抬举！好在有牛老大帮忙。"王大福得意洋洋地说，"每月十块，吃厂里住厂里，一年就有一百……"

"呀，一年就有一百二十块钱！大福叔，我倒也想去，请你去跟牛老大说声吧。一年一百二十块钱，那真可以发财了。"

"你叫秋生去寻牛老大也一样的，横竖要到年初二才点名，亲自去听他们挑选。"

"大福叔，那你看我挑选得上吗？"秋生嫂又走上一步问。

"老阿嫂，那我怎么知道呀？"王大福很狡猾地笑了笑，径自回家去了。

“哼，”秋生嫂对他背后歪了歪头，低声咕噜道，“你不知道！难道你不许我发财吗？我偏要去写个名字，给他们挑选上了，看你知不知道！”

秋生嫂正在那里发呆，小冬瓜跑来叫道：“娘，老子等着蒸笼蒸糕。他说你去借只蒸笼，走到南京还是北京……”

“你这小鬼，吓我一跳。”她似乎从梦中惊醒，转过身子白了儿子一眼。她提起蒸笼，扭着身子急忙搬动八字步向前跑，一边咕噜道，“看你们爷儿两个一生一世都发不了财！还只好等我来，如果挑选上了，说不定穷鬼还有个翻身……”

秋生早已等在门口，望见她来了，抢过蒸笼，铺上湿布，忙将拌过糖的米粉舀在里面。秋生嫂呆望了一会，嘻着嘴小声音说：“说不定我们要交运了！”

秋生正忙着，没有听到。秋生嫂不高兴，皱了眉头道：“看你一生一世只配在马裤里打筋斗！耳朵像装在墙上总不听人家的话。”

秋生莫名其妙地抬头看她一眼。她便一五一十地把王大福的话告诉他，并且说：“我看十年难得这样一个巧头，你还是趁早上街把我的名字写了吧。谁晓得有多少人想去，不要等到满了写不上去。说实话，像这样下去日子也难过，不如你看家，让我出去吃点苦，说不定倒能翻个身。”

秋生歇了手听着，将信将疑地眨着眼，终于冷笑道：“天下没有这样便宜的事。供你吃住，十块钱一月，先发五块零用钱，我总不大相信。你晓得他葫芦里卖的什么药？”

“不相信不相信，人家大福娘子的名字早已写上了！”她最恨丈夫不能附和她，“你总不听人家的话！你算是个英雄好汉，跟在鹏郎屁股后头学了一大篇道理，口口声声打东洋。你可晓得现在人家都说不打东洋了！前一阵谣言东洋人要抽壮丁，你看到底抽了没有？你还是听我的话，没有错的。”

“那到底是什么地方的丝厂呀？怎么忽然出这笔大价钱招起工来？”

这一问却把秋生嫂问倒了。她呆了一下，转身往外跑，一边说：“呃，我再向大福叔打听去！”

秋生一边想着心思，一边慢慢装满蒸笼，摞到灶上去蒸。蒸熟以后，将糕倒在湿布里正用手揉韧时，秋生嫂一路跟阿菱的母亲云大娘“叽里呱啦”地走进来了。

“打听好了，你快上街去吧。云大娘家的阿菱也想去，这样我就多个伴了。”秋生嫂对男人说。

云大娘年纪只四十上下，但因早寡，半生辛苦，脸上满是皱纹，看来已很苍老。她接着说：“秋生叔，说起来如果是真的话，那真算是个巧头。城里这个裕丰丝厂，我倒早就知道的；我们姑婆的娘家那个牛角巷上，原来也有个人在丝厂里做工的，上回说好了，我们阿菱托他带去，不巧就打起仗来了。当时说的好像先学三个月才起工钱，六块钱一个月自吃饭。现在有吃有住净拿十块，还有那五块零用钱，真像大福叔说得好，打仗反而把女人家打好了。”她不自觉地笑了笑，“这会我一定要叫阿菱去，就请秋生叔一起给我们写个名字。阿菱属鸡，十八岁，八月十七卯时生。”

“巧头固然是个巧头，”秋生说，“到底是真是假先要弄个清楚。好在不急，明天去尽来得及。”

“不急不急，人满了写不上去怎么办？假？假得起来？五块钱是真的，十块钱一月也是真的！没有钱我就不去，假有什么用！”

“是呀，听大福叔的口气，假是不会假的，他不是早把他娘子的名字写上去了吗？不过秋生叔的话也对，我们还是先打听打听，现在不比从前世界，第一回贴出告示说是开市，我们阿菱差一点吃了大亏。不急，明天去也来得及。秋生叔，那我就拜托你了。”

秋生家刚吃过午饭，云大娘又跑来了，一进门就说："听他们这个一说，那个一说，心又活起来了。"

"大娘，阿菱不想去了吗?"秋生嫂问。

"不是不想去，"云大娘迟疑地说，"小红郎他们说只怕又是东洋鬼的计策……"

"我看倒也说不定的。"秋生点点头。

"小红郎马郎荡那几个人成天有什么好话说呀！你快不要信他们。"秋生嫂坚决地摇摇手。"他们看得我们女人家要去赚大钱了，又眼红又恨自己没姊妹没婆娘，狗嘴里哪能吐出象牙来！大娘你不要三心两意的，赚钱要紧。再说我们不比三岁小孩，一看来路不对，转身就跑；横竖先拿他五块零用钱，不贴老本。"

"就是这句话呀！不过我们阿菱年轻不懂事，容易上人家的当，不像你阿婶又老练又有见识，八面玲珑，见哪等人说哪等话，我想如果出去，一定叫阿菱要跟着你阿婶；有人照应，我就放心了。"

秋生嫂听得这番恭维，高兴极了，便夸口道："大娘，我倒不是吹牛，虽则是个乡下女人家，却不容易随便吃别人的亏。跟我一起，你们阿菱走到天边也不要紧。"

大年夜那天早上，秋生上镇去给他女人和阿菱报名。他回来时，云大娘已等在他家里了。他的女人连忙问写上没有，秋生却没要没紧地说："看来不像是假的。总共不过招四十个人，姓名倒已写到五十开外了。周围的哪一个村上没有人去?我到的时候，恰巧毛家宕毛大关娘子写了姓名出来。大关娘子那个妖精……"

"管她妖精不妖精，"秋生嫂插嘴道，"我问你，我的名字写在四十名里面还是外头?"

"我阿菱的名字呢?"云大娘接着问。

"两个都写上了。写在四十名里面外头都一样。横竖还要经过挑选的。牛老大说得好，全凭人才，倒不是阿猫阿狗随便可以发这笔小横财的。”

“那我老早知道。”秋生嫂故意扭扭肩膀，伸手掠掠头发，斜着眼睛对云大娘说，“说到人才，有句老话，三分人才七分打扮。哪怕生得丑，只要会打扮。”

云大娘随口嗯了一声，又问秋生道：“是不是年初二就要亲身到呀？”

“年初二上半天亲身到那里去给荣少爷挑选。选不上就算了，选上的先发五块钱，年初三打早就动身。”

“那就是说年初二去了就不回来了？呀，明天就是大年初一，年初二就是后天。那怎么来得及呀！我还想给你们爷儿两个各人做双鞋子，天把功夫哪里来得及！明天又碰到大年初一，不作兴做生活的。管他吧，明天我且做一点是一点……”秋生嫂搓手擦脚地非常着急。

云大娘也觉只过一天阿菱就要出门了，顿时沉静下来，默然望着他们夫妻两个。秋生却苦笑着说：“那也不一定呀，选不上还不是当天就要回来的？”

“你总没有好口气！”秋生嫂马上板起脸来说，“也不讨个吉利。已经写了姓名，自然巴望选上。你不想想，先拿五块零用钱，一年还有一百二十块！”

秋生嫂那天非常兴奋，觉得写了名字，好像不仅已被选上，而且那一注钱只待伸手就可拿到。她向来和大福嫂不大对劲，可是现在却觉得如亲人一般，约了阿菱过去闲谈。大福嫂年纪轻，只二十二岁，不像秋生嫂那样“见钱眼开”，虽则大福给她写了名字，她还有点疑疑惑惑舍不得离家；但经不起秋生嫂对她讲出一篇大道理，就打定了主意。她们三人谈得很远，竟将动身前后各项事情都说定了。阿菱是个姑娘，大福嫂底下没有小的，两人都能说走就走，比较便当；而秋生嫂却有个“拖根葱”小冬瓜，叫人“牵心挂肚肠的”。当下说定，秋生以后忙做田里生活或是出去张鱼时，小冬瓜就请云大娘或是大福照管。而大福嫂又对秋生嫂说，她们走后，可叫他们两个男人像亲兄弟一样互相帮忙关照。

大年初一随着大除夕夜里的爆竹声来到人间，天气虽还寒冷，北风劲吹，却是一个难得的晴天。村上人早起便煮熟了年糕团圆，换上新衣服新鞋袜，提了拜盒或者就用篮子装了供品，纷纷到村后王家祠堂去祭祖宗。……

……秋生正堵在门口，好像有满肚皮心事似的，马郎荡便道："你怎么不动手呀？我一大笔家私全分给他们做新年盘缠了。你早动手，一定有你一份。"

秋生苦笑着正想回答，旁边的老四先插嘴道："他呀，还有心思摊牌九？你不看他屋里人大年初一就在给他爷儿两个做鞋子。还有大福，真像伴新娘子一样的，连大门都不出了。"

"你屋里人一定要去吗？"马郎荡很正经地问。

"能多少赚几个钱，就让她去赚几个吧。"秋生没精打采地说。

"秋生，我看你还是小心一点的好。你看像王大户那样精明的脚色还吃了眼前亏，刚才我跟老胡子到祠堂去碰到他，看那样真是气坏了，像病人一样……"

马郎荡没说完，另一个人说道："那是康元官硬吃了桂老爷的亏；刘庄的刘阿狗不是把米退回来了吗？说到招工，我想不会假的，裕丰丝厂是老牌子，从前这远近也有人去做过工的。"

"可惜鹏郎青郎还未回来，要不然问问他们倒有个真消息。"

秋生正说间，小冬瓜忽然跑来喊道："娘叫你不要只顾在外头寻开心，娘在做鞋子没得空，叫你回去淘米烧中饭。"

围在那里的人听着都哈哈大笑了，秋生皱皱眉毛拍了一下小冬瓜的后脑勺，苦笑着走回家去。中饭以后，秋生衔着烟管，站在女人旁边望了一会，慢吞吞地说："明天就要走了，今天还不在家歇歇，而且又是大年初一？鞋子，现在脚上还穿着新的，往后一天一天热了，就打赤脚也不要紧。"

“哎哟哟，”秋生嫂忙得没有工夫抬头细讲，只向男人瞟了一眼，但这一眼满含关切而亲昵的神情，“你倒说得好听！若说我一走，你们爷儿两个没有鞋子穿只得打赤脚，那像什么样子！不说别的，我在外边先放心不下呢！”

“算了吧，发财发福注在命里。”

“不能这样说。一个人一生一世为的就是钱。有了钱就可以吃好穿好，坐着不动等人服侍。没有钱赚也就罢了，现在有钱赚了只好去拼命。”她又向他瞟了一眼说，“说实话，哪个舍得自己的家？一则我出去过不惯，二则丢下你们爷儿两个也不放心。说来说去，就为了几个钱。”说罢，她不知不觉地叹了口气。

年初二清早，秋生家正在吃早饭时，云大娘母女就来催行，说是大福陪着娘子早已走了。秋生夫妻便匆匆收拾一下，背了小包，将小冬瓜寄在七婆婆家里跟阿金一起玩耍，就辞别村人，跟云大娘母女匆匆上路。将近中午，七婆婆正预备给两个孩子吃饭时，秋生忽然来叫小冬瓜回家去。

“小冬瓜娘走了？”七婆婆很关切地问。

“不，回来了。”秋生苦笑着。

小冬瓜坐在桌子旁边本和阿金敲筷子玩，听着这话，便丢下筷子跳起来往家里跑。

“怎么，不是说今天年初二动身吗？改了期了？”

“不是的。”秋生支吾着，生怕她再问，转身就走。

“难道出了什么事情吗？”七婆婆自言自语地说，一边扭着小脚跟上来。

秋生家门口围了许多人，秋生嫂正在人堆里指手划脚地说话，涎水沫子溅到人家脸上。七婆婆挤不进去，只得站在后边细听分明。原来大福嫂和阿菱都选上了，王大福和云大娘都拿了五块钱，独有她落了空。她正在埋怨挑选的人瞎了眼睛，她说：“说句粗话，这是到丝厂里去做工，不比进婊子行里去做生意，专挑那些小妖精去有什么用？我哪一项不如人家？比起来顶多不过年纪大一点罢了。看不起我，狗眼，算了算了，就给他们看中了也没什么稀奇，就像囚犯样的关在一间屋里不许出来，晓得以后还有什么把戏！我还是回我的老家好，哪项没有呀？吃的有穿的有住的有，不受气，不少那几个臭钱!”

十六

且说年初五的黄昏，镇上石福官牛老大两人坐在东街王老板儿子的小酒店里吃酒。酒店门上贴着“新春喜庆，开门大吉”的红纸春联，墙上贴着手捧金银元宝的财神像。小老板腰间虽仍束着油腻的破旧作裙，可是头上那顶新瓜皮帽，身上那件半新的月白竹布长衫，还是新年的打扮。店里虽只有两个客人，油灯很暗，并不热闹，但到底还有一副新春喜庆的景象。所以小老板招呼好了客人之后，独自靠在柜台上，悠然自得地磕着西瓜子，咀嚼新春的余味。两位顾客都是老喝酒的，各人捧着一壶温热的酒，剥花生嚼蜡味，倒也自得其乐。忽然门口闯进一个人来，像刺猬似的，全身缩作一团。说是刺猬那真一点不错，至少那人头上蓬乱的长头发真像刺猬身上的刺。他一进门，嘴里“嘘嘘”地响了一阵，说道：“小老板，来壶热的，烫烫肚肠。两个铜板长生果，一块豆腐干。”

那人转身望见先来的两位客人，便“喔唷”一声打个招呼，走过去抢起石福官的酒盅喝了一口，然后习惯性地用乌黑的破夹袄袖子在凳上一抹，坐在他们一桌。

“这回靠屋里人发了财，大关，你倒阔绰起来了。”牛老大捧着酒盅说。

“老大，五块大洋算得什么，我还等她每月十块呢!”毛大关耸了耸肩膀嘻着嘴，露出黄黑色的牙齿。

“你等着吧，每月十块!”石福官斜望着毛大关说：“大关，我跟你打过赌，你若不是到头来落得人财两空，我赔你三斤上好

‘云土’。”

小老板正端上酒菜来，笑着凑趣道：

“大关，你尽管赌这个东道，就输了也不吃亏。”

毛大关先喝了一盅热酒，挺直胸膛，做出很舒服的样子，一边剥花生，一边说：“你们真是！我不过爱吃这口烟，别的没有什么，难道连屋里人都不要了吗？说来说去，屋里人总是屋里人。”

“你不要煞有介事地屋里人屋外人的，人家不认你做官人了。上回她来写名字要到丝厂里去，我说‘大关阿嫂，你怎么丢得下大关呀！’她的鼻子里哼了一声说：‘我不管他，他不管我，各凭本领弄饭吃，两不相干。’这女人，福官，真泼辣，如今到了城里去，见了花花世界，哼，只怕难保。”

“所以我敢跟他打东道呀，要不然，三斤上好‘云土’，虽说现在比从前便宜，到底也值一笔钱。”

两人望着毛大关笑，他却满不在乎地说：“她不认我？我先不认她呢？我有饭给她吃不如省下来换别的吃。”

毛大关喝了几盅酒，身上有些热烘烘的，他高兴起来了，便跷起一只脚来搁在凳上，扭着身子，一边吃花生和豆腐干，一边咿唔了一阵，就细气地唱着“孟姜女”了。

“正月里来是新春

家家户户点红灯

……”

这老调子大家都听惯了，并不理会他，但他唱到“三月里来是清明”时，忽然拍一下桌子，伸出头来，对他们低声说：

“呀，说起来，我听见鬼哭。”

“哪里呀？”小老板倒吃了一惊。

“怕听错了，你自己在哭。”石福官说。

“不是笑话，我真听到的。昨天夜里，大约将近半夜，我从长发老板家里出来，经过石家祠堂后边，听得嘀呀嘀的女人哭声，一点不错，女人的哭声，好像还有皮鞭子啪嗒啪嗒抽打的声音……”

“说起来，我前天也好像听见过的，也在祠堂背后，我还以为是我的耳朵作怪。”牛老大低声说。

“噢?”小老板张着嘴。

“一定是鬼哭，而且还是女鬼，好像不只一个，一群女鬼。”大关向牛老大点点头。

“我们这石家祠堂，一向都很清净，后来办了学堂，阳气又盛，从来没有什么鬼祟出现。”石福官说着顿了一顿，忽敲敲桌子低声道：“对了，那一定是她，枫林村的梅大娘在向他们讨命。”

“那不单是她，这一打仗，晓得有多少冤魂要来讨命!”小老板很感叹地说。

“难道鬼哭就像活人一样哭法吗?我听听真像活人哭。”毛大关忽然觉得疑心，便问牛老大道，“难道皇军司令部里有活的女人吗?我越想越觉得真像活的女人在哭。”

“司令部里有女人?有，有一个，那就是你的屋里人!”

牛老大这句俏皮话，又引得石福官和小老板笑了。

……

十八

…………

当天晚上，轮着青郎和马郎荡在祠堂里守卫。两人闲着无事，便借着月光在场上练习卧倒射击的姿势。练了一会，马郎荡很得意地告诉青郎：“队长说等山上完了工，家伙搬了去，我们就是当真去打东洋鬼了!”

青郎听了并不起劲，反而冷冷地说：“当真去打?你放心，还没有呐，夜长梦多。”

“怎么说?”

“怎么说？队长跟吴同志都太小心。照我的来呀，早就打了几个胜仗了。你想，东洋鬼是数得清楚的那么几个，我们的人并不算少，只要趁他们一个冷不防，冲上去，丢手榴弹的丢手榴弹，放枪的放枪……”

“对了，趁他们半夜里冷不防……”

“这就叫做偷营劫寨，古人打仗就是这样。”……

“打铁要趁热。”青郎只顾一个人说下去，“趁大家都在兴头上，说声动手就得动手；若等松了劲，想动手也难了。……”

青郎低着头，来回踱步，过了好久，忽像冷灰里爆豆似的对马郎荡说：“就趁今天夜里去给他们一点颜色看！”

马郎荡吃了一惊，呆望着他。

“还是我们四个人去，不要告诉别人。不成功，横竖没有人晓得；如果打胜了，我们岂不是又立了一次功劳？”

“现在就去？”马郎荡迟疑地问。

“你怕吗？我打头阵，你在后边。要不然你等在这里，我跟他们两个去。”

“笑话！我还怕吗？上回我们四大金刚在牛头山大显神通，这回去哪能少一个减了威风！”

“那好呀，你快去叫小红郎和阿喜来，当心不要给别人知道了。我就在这里预备家伙。”

马郎荡跑回村子里，青郎便进祠堂里去打开房门上的锁，取出两支步枪和一百发子弹，又拿两个手榴弹塞在腰里。他出来时锁好祠堂大门，就站在场上等候。不多一会，他们三人一齐来到。小红郎阿喜听说私下去打东洋鬼，都很兴奋。这“四大金刚”仗着从前一次杀敌的经验、仗着现在身上的武装，都是精神抖擞，勇气百倍。他们怕被人发现，便绕过村子，顺着大路前进。这时将近夜半，镇上人家都已闭户熄灯寂静无声；月在中天，光明如昼。他们悄悄地向石家祠堂走去，就在一条小巷堂里停下。这条巷堂斜对着石家祠堂，相距三百米光景，站在巷堂口可以望见祠堂门口八字形两堆沙包，两位守卫的日兵都背着长枪，枪上的刺刀发出雪白的冷光。他们四人在巷口探出头来望了一眼，不觉都缩了回去。青郎重新振作精神，做个手势，领着他们偷偷走出巷堂，走到前面一家墙门垛子后面。青郎便蹲下身子正举起枪来对准左边那个日兵瞄准，不防马郎荡蹲下身子时因全身发抖站不稳脚竟跌了一跤，枪子砰地一声凭空漏了出去，便惊慌失措大叫起来。青郎不觉吃了一惊，而那日兵的枪却砰砰连发过来。马郎荡听着枪声，连哭连叫地丢下枪连忙逃走；小红郎和阿喜也顾不得放枪，跑出墙门垛子跟着逃走。青郎怎样叫唤怎样骂都不中用，他们只管跑，而他独自躲在墙门垛子后面不觉心慌，便胡乱放了几枪转身后退。但当他弯了腰靠着墙没走三五步路，就听得“血里——”一颗枪子从旁飞过，正中跑在前面的马郎荡腿上，马郎荡向前踉跄几步，刚到小巷堂口就倒了下来。青郎顿时发了呆，蹲在墙脚下不动；而那边两个日兵听得这边没有枪声，便跳出沙包直冲过来。同时，石家祠堂里面发出紧急的哨子声音，以及嘈杂的人声，青郎一看情形不对，便将一颗手榴弹用力摔出，挡住敌人的来路，一边趁着爆炸声拼命往前跑，并把马郎荡着地拖进了小巷堂。小红郎和阿喜跑得快，正在另外一条小巷堂里转了弯，青郎不得不独自照料受伤的伙伴。当他刚将马浪荡抱起时，忽又听到枪声，原来那手榴弹因距离太远没有打中日兵。青郎生怕敌人再追到巷堂口来，便将第二个手榴弹往石家祠堂那条路上摔出去，连忙抱起马郎荡就逃。等到他转进另一条小巷堂时，听得那边虽继续还在放枪，却不像追来的样子，这才换了一口气，将马郎荡驮在背上，一口气地跑出了镇。……

十九

昨夜一阵枪声，顿时又使石家镇上恐慌起来。一大清早，日兵四处把守要道，检查来往行人，店家的门有些关着有些半开，门缝里露出一个个惊惶的脸来，街上行人慌慌张张，大半都是背着家私什物逃下乡去。石福官靠在门口，用力睁开发红的眼睛向街上张望，不时举起手来狠命揉着，终于忍不住张开嘴打呵欠。……

石福官随便向街上一望，正看见毛大关在跑来。他那刺猬头缩在颈根里，几乎跟耸起的两肩差不多高，扑着上半个身子，双手抄在破袖管里拱起来撑住下巴，脚上拖了皮鞋踢踏有声。

“怎么，你昨夜里没有给人打死？”牛老大问。

毛大关且不理会，只踢踢踏踏地跑到门口，他立定下来，眼睛向四处溜了一圈，便对他们两个仰起灰白的瘦脸，露出乌黑的牙齿，怪声怪气地说：“咦！昨天夜里祠堂里面打仗，后面有个女鬼出现了！”

“只怕是你这个活鬼出现。”牛老大冷笑道。

“说正经话，你总东拉西扯。”毛大关向他摇了摇头，望着石福官说：“一点不错，大癞子小癞子兄弟两个亲眼看见的，一个披头散发的女鬼。昨夜里我等他们打完了仗，怕再来什么花样，想跑回家去躲一躲，哪知道绕过石家祠堂背后，走到大癞子小癞子门口……”

“他们怎么看见的？”石福官插嘴问。

“你听我说呀！”毛大关一边摇着手一边说：“他们兄弟两个不是就住在石家祠堂后面不远吗？昨夜好月亮，望得一清二楚。听到枪声，大癞子小癞子兄弟两个连忙起来，刚走出门，就听得石家祠堂里面一阵闹哄哄，小癞子便朝那里一望，乖乖，看见祠堂围墙上好像有个人在爬起来。大癞子一看，果然是个人在爬起来，兄弟两个就不敢走了，蹲在地上看。慢慢地那个人爬到围墙顶上了，仔细一看，原来是个女人。那女人随即往地下一跳，扑腾，像一块石头一样。祠堂里哪有女人？一定是鬼！从前他们兄弟也听过里面的鬼哭，这下真吓死了，小癞子连忙又退到屋里去，大癞子怕虽怕，还有点不相信，就拾起一块小石头丢过去，恰巧打在女鬼身上，那女鬼‘叽哩’一声叫，叫得大癞子汗毛直竖，连忙也往屋里跑。兄弟两个抱住了瑟瑟抖，等下再出去看，那女鬼就无影无踪了。我本来是想回家的，听他们兄弟两个一说，吓得我也不敢独自走夜路了，就在他们家里困了一觉直到天亮。乖乖，真是有鬼。”

“噢？真怪！”石福官寻思道。

“真有这事，那也不怪；人怕打仗，鬼不怕吗？”牛老大故意打趣。

毛大关还在补述女鬼出现的枝枝节节，石福官寻思了一会，忽然想起了正经事，便打断了他的话，告诉他爷们正要追究昨夜那件案，要他赶快出去探听了风声。……

…………

王大福照旧跟着小红郎一些人上山去，他故意避开他们，只不声不响地在一边工作。大家一直坐到太阳落山以后，才下山各自回村。小红郎因为鹏郎派他收拾零碎，所以最后一个下山。这时天色渐暗，东边天角上朦胧月已经上升。他走到离村半里路光景的李家坟时，看见旁边一条岔路上有个年轻妇人正走过来。他随便望了几眼，仿佛觉得有点面熟，只因相隔远看不十分清楚，便故意收住脚步等她走来。那年轻妇人中等身材，面貌端正，先是低了头走，后来望见有人在看着她，好像吃了一惊，身子一缩，立定下来。这时小红郎却走前几步，很惊异地喊道：“是大关嫂吗？怎么到这里来了？”

她向小红郎望了一会，才慢慢走过来，一边低声说：“正是我呀，小红郎。”

“你哪天从城里回来的？我们怎么没有听说？”

大关娘子只管走不作声，一直走到李家坟时，才对小红郎苦笑着有气无力地说：“我没有到……到城里去。”

小红郎和她对面站着，觉得她脸上又瘦又黄，眼睛定洋洋白闪闪的全无神气，先就起疑问，再听她这一说，更觉惊讶。

“你不是跟他们一同去做厂工的吗？”

大关娘子摇摇头。

“那你这一向到哪里去的呀？怎么弄的这样半死不活的？”

她转过头向四野望了一眼，慢慢说道：“我从年初三一大清早起，就给他们关在石家祠堂里，直到昨天半夜里……”

“什么！大关嫂你说什么？石家祠堂是东洋司令部呀！你怎么……哪个把你关进去的？你……”小红郎听着她的话，不啻晴天霹雳，全身打着寒噤，声音发抖，抖到后来话都说不成腔。

大关娘子先还板住脸不露声色，后来看到小红郎这番举动，呼吸先就急促起来，全身的筋肉战栗着，胸口有一团火在往喉咙里冲，她到底忍不住，眼泪像暴雨一样地落，咬紧牙齿哽着声音叫喊道：“那些杀千刀杀万刀、不是爷娘养出来的畜生，弄好圈套骗我钻，不论日夜给人糟蹋，天哪！我们是清清白白的人呀！呃，呃，”她抽了几口气，勉强忍住哭，继续说：“直到昨夜里，天老爷有眼睛派下一批天神天将来要他们的命，又是枪又是炸弹，吓得那些杀千刀三魂六魄不在身上，只顾往外逃，我就趁这个当口跑出那十八层地狱，抢张凳子垫着脚爬过了墙。要不是那批天神天将呀，他们日夜轮班守在活地狱门口，连门槛都不准你跨过，哪怕你给他们糟蹋死了，他们还要吃你的尸！”

“那你是昨天半夜里偷逃出来的？”

“我那时稀里糊涂，不晓得是什么时候了，总之我跳出围墙以后，还有枪声。我怕他们追来，就一口气直往田野里跑，拐弯曲折，见路就跑，横竖只要跑出那活地狱，清清白白死在哪里都甘心。不知跑了多少时候，坐下来细细一看，幸好有月亮，才知道早已跑过了毛家宕，离我的舅婆家牛鼻嘴不远了。我后来就到了舅婆家，昼里不敢出来，所以等到天黑才回家来。”大关娘子说着叹了口气，稍停一会又说：“我这条性命真是幸亏那批天神天将从老虎嘴里拖出来的，可惜我不知道到底是哪些人，我只有给他们立个长生牌位，天天焚香点烛，愿老天爷保佑他们。”

小红郎当时并不是想显功，只是被她这番至诚的话感动了，便不自禁地竟将他和青郎等四人昨夜所作的事告诉她听。哪知大关娘子马上就双膝下跪，流着眼泪说：“小红郎，你先受我一拜；我一生一世总不忘你们四人救命之恩！说不定你们还不光救了我这一条命，也许还有别家姊妹在我后头偷空逃出来的。”

“呀！还有别的女人关在里面吗？”小红郎又是一惊，忘了将她扶起。

“祠堂里一共关了连我十个，余外三十个说是送到城里去的，只怕运气不见得比我们好。”她慢慢地自动站起来说。“噢，说起来，你们村上的大福娘子和阿菱都在……”

“都在哪里？”小红郎冲上一步大声音问。

“都在石家祠堂里！”

“呀！”小红郎听了张嘴结舌，停了一下才跺脚拍手地乱喊道：“这真该死！大福和云大娘还痴心妄想地等他们寄钱回来！大关嫂，真的吗？我马上去告诉他们。婊子养的这些浑帐王八蛋，一定要杀得他们干干净净。好在大家等下就要到我们祠堂里开会商议，索性趁今夜就要他们的命！”

小红郎接着就像发了疯似的直往村子里跑，将大关娘子丢在后面，让她独自在黄昏天的朦胧月光下，继续回家的行程。

小红郎跑进村子，正好王大户王大福两人站在稻场角上。小红郎便一口气不松地将路上碰见大关娘子和她所说的复述一遍。大福立刻急得像只疯狗一样乱蹦乱跳起来，而且淌着眼泪鼻涕，带着哭腔喊道：“救命呀！我的屋里人给他们关在石家祠堂里了，大家来帮我救她出来呀！”

大福喊了一阵，忽向村后跑去。王大户先是呆着，后来看到王大福在跑，而且村上人都从屋里奔出，便连忙追上去喊道：“跑哪里去？大福！”

“我请鹏郎想法子救她出来呀。”

“大福，你要命不要命！”王大户追上去拼命把他拉住。

王大福挣扎着想甩脱王大户的手，一面喊道：“不要拉我，你骗我，我不来了！我要去救她出来呀！”

“你在作死！”王大户毫不放松，反而硬拖着他踉踉跄跄地到自己家里，一边气喘喘地说：“来，你跟我来，我一定帮你救她出来。”

王大福一路挣扎着，但是有点害怕，一时拿不定主意，就被拖进了门。王大户看见许多村人，闹哄哄地跟来，便闩上大门，再将王大福拖到自己房里。王大户才一松手，王大福像新装在笼里的鸟一样，就在房间乱跳乱喊。他说：“你骗我！我不上你的当了！她给东洋鬼这样糟蹋，我要救她出来，我要报仇！我要他们的命！你骗我！只有我们队长可以帮我出这口气，救她出来。你放我出去，做点好事吧，老伯公。让我早早告诉队长今夜里东洋鬼要来……”王大福说着走出房门。

王大户又把他拉住喝道：“你敢去告诉他们！你不想活了？”

“我就不想活，我的屋里人给他们糟蹋……”

“你不想活，你的女人呢？我告诉你，不要一时糊涂往死路上跑，到那时，你的性命固然保不住，连你的女人总也活不成！你自己想吧。”

“不，老伯公，你不要这样来吓我。他们把我女人糟蹋到这个地步，我反去帮他们的忙来杀我们的弟兄，这还算得一个人吗？不，我宁可死也要出这口气，把他们抽筋剥皮，剁成肉酱！老伯公，你做个好事，你放我走吧。”大福哭着说。

“你以为我是害你？好，你去告诉他们吧！”王大户恨恨地松了手，冷笑道：“不听好人言，哼！吃尽苦黄连。你这一出去，包管送了两条命！”

王大福走不几步便停下来，呆着脸现出很踌躇的样子。王大户便走到他身边，拍着他的肩膀，很体贴地说："你听我的话，决不会吃亏。我们是同村子人，我这一大把年纪了，还会故意丧阴德害你吗？就算不是谣言，你的女人现在关在石家祠堂里，你不是要救她出来吗？那么等下东洋人来把他们一网打尽，你的功劳自然顶大，爷们就会给你说情，安安稳稳送你的屋里人回家。要不然你出去告诉他们，好，东洋人来摸一个空，怪哪一个？就算你会逃走，你的女人呢？你想吧。"

"老伯公，你的话是不错，不过我的女人给东洋人糟蹋……不，"王大福忽又扭着身子跳着脚说，"你放我走，我一定要告诉他，打死东洋鬼出这口气！"

王大户突然跑到大门口，双手拔出门闩，望着王大福大声喊道："大福你来，我跟你拼一拼，你去报信，我也去报信；我不叫东洋人先斩了你女人的头，我不姓王，你敢，你敢不听我的话！"

王大福却给王大户吓呆了，眨着眼睛不作声。停了一会，王大户慢慢走到王大福面前，问道："你要不要你的女人回来？"

"我要。"王大福的嘴唇微微一动，声音低得几乎听不清楚。

"那就好了，你听我的话，在这里不要动。顶多再等一两个时辰，我们就有出头的日子了。"

王大福慢慢地退回来，身子靠墙站着不动，好像僵尸一样。停了一会，忽闻稻场上有哭喊声，仔细听去像是云大娘的声音，王大福不觉一惊，捻手搓脚，身子像钉在墙上苦于摆脱不得似的，瞪大眼睛盯着王大户，可是始终没有作声。王大户怕看他那副神气，尤其怕看他那双眼睛，慢慢地把头转向一边去。

且说那大关娘子自小红郎去后，就在李家坟头站了一会，再慢慢地走回家去。当她在东边一条岔路上转弯，离开毛家宕大约不过一里光景时，恰巧碰见毛大关从家里上镇去。他上午出来以后，就在毛家宕周围打听消息；可是直到现在黄昏时候，非但一点消息没有打听到，反而害得烟瘾倒又发作起来。他顾不得回去如何交代，好在这天一钱鸦片，只在早晨出来时吃了六分，还有四分勉强可以过瘾。他顿时像害了重病一样，四肢无力，脚步沉重，唉声叹气，打完呵欠流出眼泪。他弓背低头地只顾往前走，先没有望见他的女人，而大关娘子却老远早已猜到是他，但因为讨厌他所以不愿招呼。这一对冤家在一条狭路上终于迎面相逢，大关先像撞见了鬼一样地吓了一跳，细细打量一会，忽然仰着脸嘻开嘴说："咦，你回来了？带了许多钱回来呀？"说着，他偷偷伸出手来。

大关娘子的鼻子里哼了一声，不回答。

"怎么，你现在有了钱不认我了？十块钱一月……"

"呸！我认你？"大关娘子忍不住叫骂起来。"就为了你这没出息的鸦片鬼，家里吃完当光，害的我自己出去寻饭碗，就中了他们那些杀千刀杀万刀的圈套，直到昨天夜里才跳出石家祠堂围墙……"

"什么什么？昨天半夜里跳墙的是你？"

"我不跳墙逃走就没有这条命了！不知吃了多少苦头，全害在你身上……"

"慢点。真奇怪！我问你，昨夜里跳出围墙来可有人用什么来打你？"

"噢！原来那块石头是你丢过来的？你这害人精，这一向你到底干些什么好事？"

"咦，真奇怪！原来不是什么女鬼，是你噢！呃，说起来，从前听到鬼哭，大概也是你在哭吧？你不到城里去做工厂赚几个钱来，偏生跑到石家祠堂去干什么事？那是什么地方，去得的？"

大关娘子听着气得说不出话来，用劲打了他两个耳光，哽哽咽咽地哭骂道："你这个没出息的现世宝，我嫁给你真倒了一百代楣！什么夫妻呀，阿弥陀佛，我够了，不要挂这个名！你这害人精，害的我进了十八层地狱，你还用石头打我，还说这种屎话，亏你长成个人样子！昨夜里若不是枫林村上青郎小红郎他们去打东洋鬼搭救了我，要靠你呀，只怕等我死了你还收不到尸！”

“噢！”大关喜得跳脚拍手地说，“原来是青郎小红郎他们！”

“人家才配做男子汉大丈夫，讲义气；听说我们给东洋鬼糟蹋了，今天夜里还要特地开会商议，杀尽东洋鬼。你快睁开眼睛看看吧，人家是什么样的，你这个没出息的东西！”

“今天夜里还要开会商议？好了好了，我打听出来了！”大关欢呼着，顿时精神百倍，连忙穿过她的身旁，直向上镇的路上跑过去。

“到哪里去？”大关娘子不觉疑心起来。

“到镇上去告诉爷们一声！他们派我出来打听的。”大关一边跑一边说。

“哎呦，该死！你还去讨东洋鬼的好！”她就追上去，喊道：“你不回来，敢去告诉，我要你的命！”

“不，你在家里等我，告诉了爷们还要赏五块钱！”

大关向前飞跑，大关娘子在后紧紧追赶，中间先是相隔一条田岸，但因大关娘子到底是个女人，再加身心过度疲劳与紧张，越追距离越远，只好叹一口气立定下来。在月光下望得大关的影子渐远渐小，想到这番真要闯出祸来，她又气又急，不觉倒在地上大哭。但她忽然想到一个主意，便跳起身来奔向枫林村去。

这时月上树梢，已是黄昏过后。大关娘子一口气跑到王家祠堂时，里面正有五六十人在很热烈地开会。她气急败坏地跑进去，只摇手说不出话来。会场上立刻混乱起来。等到大关娘子说明已经有人去告密只怕东洋鬼马上会来时，早有人慌慌张张地往外逃。王鹏吴同志和石凤好容易才使大家镇静下来，当时决定先将军火搬到枫林山去。好在人多，加上石凤和大关娘子，一次可以搬运完毕；不到一刻工夫，王鹏和吴同志领着这一队人很有秩序地离开了王家祠堂。他们走后不过半顿饭工夫，牛老大领着日兵来到；先将一架机关枪放在祠堂门口扫射一回之后，忽然发现扑了一个空，便连忙退去，并且还怕反被袭击，另走一条路回镇。

这阵枪声，惊醒了枫林村上人的梦，无端吃一虚惊；只是王大户王大福二人还没有睡，不禁互相抱住彼此听着，牙齿发出细碎而脆的颤抖声。

…………

（陈瘦竹：《春雷》，汉口华中图书公司1941年版）

粉墨筝琶* [节录]

刘云若

…………

这时已是民国三十三年，也就是胜利的前一年，德国已经败了，日本在军事上失利更甚，美国已占据了菲律宾群岛，转锋东向，直指日本内地和中国大陆，胜负已然决定。日本必胜的口号，已改为必杀必死。他们自己也知道完了，对中国人还保持着原有的威风，更加紧了压榨政策，好像要使中国和他一同坠入黑渊，临死要拉一个垫背的。而中国社会间民穷财尽的现象愈见深切。日本似乎特别爱惜中国人，宣传美国和中国飞机的凶狠。专以日本儿童、病人和中国民众为目标，加以轰炸。……日本人认为中国沿海大陆是美日最后的决战场，所以竭力防备。关于军事，不是中国人能知道的。唯有防空，却是每个中国人都感到切肤之痛。因为中国人全痛恨日本——当然除了汉奸以外——人人有“时日

---

* 《粉墨筝琶》全书共七回。回目为：第一回　小楼昨夜风雨警仙心　沧海何年画图收鬼趣；第二回　低眉降牝虎红袖青灯　弹指幻高楼明珰翠羽；第三回　朵殿承恩春归花自在　蓬门讨逆夜尽月初圆；第四回　怜取眼前人偎云续梦　关怀天下事割爱抽刀；第五回　差中有错应梦祸临头　节外生枝感时花溅泪；第六回　虎尾有春冰蛾眉杀贼　人生慨朝露玉貌围城；第七回　人寻干净土宛转蛾眉　春在奈何天凄凉月色。本篇节录第四、五回的有关内容。

小说《粉墨筝琶》1948 年被改编为同名电影。1996 年被改编为 19 集电视连续剧《如烟旧事》。——本书编者注

曷丧，予及汝偕亡”的感想，很希望中国和美国飞机来了，把日本人全炸死，中国人便作陪也情愿。

但是，日本人为保护自己，却要防空，连带也要中国人一同防空。因为在同一都市，只日本人防空，是没用的。于是他们好像把中国人和日本人同样珍惜，逼令防空自救……日本人的防空壕大半都筑在院中，颇为坚固；中国人的防空壕，却都筑在街巷土道上，深不过二尺，长不过半丈，只是徒负虚名，毫无实用。热天是积水潭，冷天是儿童的便所。但虽这样，做日本走狗的伪官员，还煞有介事地大肆宣传，督促民众出来挖掘。在高级的住宅区，不过由保甲和警察挨门呼唤，每宅要出一个人做工；在较低级的贫民窟，便大见骚扰，几乎和抓夫一样，家无男丁的，妇女也得出去。

【从沦陷的黑龙江流落到天津的贫民姑娘大巧儿，带着侄儿小宽，租住在南大道进口路北屉屉胡同，靠在马路摆烟

摊挣钱糊口。大巧儿秀丽健美，正直善良，泼辣刚强，能言善辩。】①

大巧儿住的地方，实在太坏。这一天南大道一带，发动掘挖防空壕，屉屉胡同中就指定挖掘一处。那胡同里只有两家居住，而大巧儿马五都出门了，并没有人。当地保甲和警察都知道大巧儿在马路上摆烟摊，就寻了她去，逼令立刻收摊去掘壕。大巧儿心绪不佳，正没好气，就回说："我不去，我不怕死，飞机来了，我迎头等着炸死，倒比活着强。"警察们因为大巧儿向来倔强，不出陋规，都极恨她。无奈都是私事，不敢招惹。这次正好假公济私，就不用正言劝谕，只同她蛮横。一个警察叫着："你敢阻挠公事么？莫说你这穷丫头，就是多么阔的人，也得出去掘土。告诉你，这是防空，防空就是防美国。你不防空，就是通敌的奸细。你敢担这罪名么?"大巧儿一听火向上撞，当时就反口骂着说："×你妈妈，姑奶奶不怕，你把姑奶奶送个地方枪毙好了。姑奶奶就是不伺候你们!"那警察听了，就骂："臭娘儿们，要造反？你跟我走。"说着就伸手来抓她，大巧儿扬手就给他一个嘴巴。但这次已不是当初和警察打架的环境了，因为对方人多，她既不能再诬赖强奸，也不能以单打独斗取胜。那警察挨了打，也还手打大巧儿。旁边的警察一拥而上，抓住了大巧儿。大巧儿倒被那警察打了几下，再不能还手，只有跳脚痛骂。众人都被骂急了，就抓紧她叫到局里去。大巧儿自然不含糊，便随着去了。

到了局里，先被押了一天。大巧儿只有在押所里乱骂，但骂完她就乏了，只好在板凳上睡觉。到了次日，受了一次审问。大巧儿出言顶撞，又被叱骂许久，但她终不屈服。又被问作妨碍防空的罪名，又转送了总局。这罪名是可大可小的，大了可以问成

① 为连接节录文字的情节或叙述，编者在叙述跳跃大的段落之间作了一些简要的交代。这些交代文字置于段落之间，用仿宋体字外加【】标识。——本书编者注

通敌，小了不过是妇女无知。但到了总局，大巧儿仍是一贯的硬性作风，问官问她为什么不去掘防空壕，大巧儿只说："我摆烟摊生活，停一天就得挨一天饿。而且穷得活够了，正愿意被炸死，怕死的才去挖防空壕呢。"问官也把她没有办法，想要送她法院。又值不得；要判她几天苦力，在这时警察局确可以作这样有天无日的处理，但因粮食价值高贵，官方才犯不上养闲人，只可申斥一顿把她释放。但大巧儿到底不肯输嘴，问官也只可装作听不见。又教她具结悔过，并且取保。大巧儿说："不认识字，不能具结，也没的可悔。而且一个穷摆烟摊的，也没有熟人肯保。你愿意押我，我正可以省饭。每天只给两顿窝头，我情愿永远住下去。"问官遇见了蘑菇，不由动了真气，立刻拍案叫着说："你真太刁了。好，我就把你押起来。你等着，我送你到一个好地方去，准保你有好东西吃。"说着便吩咐押她下去。这次大巧儿实是自己惹了祸。原来这个问官并非好人但他起初不过敷衍公事，并没想把大巧儿怎样。及至大巧儿出言相撞，惹他动了气，就生出坏主意，想把大巧儿陷于最惨的境地。

原来在太平洋战役起后，日本驻华北军队，应付各地的抗日军队，转战甚久。屡次强化治安，而治安终于不见强化，但军队却已劳苦功高。久不还乡，自然需要肉体上的安慰，于是无论住在哪里，就要就地解决，中国的妇女，许多受了蹂躏。不过日子一久，乡村妇女闻风逃避，有的一闻日本军队将要过来，便逃避山野之间，因饥寒致死的很多。由此人们痛恨

日本，纷纷投入抗日军中。八路军势力的增大，也多由这种原因造成。日本军官很以为殷忧，就改计向都市征发妓女和各种卖淫妇女，分遣到各地慰劳军队。天津是繁华区域，征发的数目更多，一时莺燕纷飞，惨不可言，有许多倒运的被捉了去。妓女也是人类，也有家庭，竟使远离乡井，抛了骨肉，去到不可知的地方，饱异国敌人的兽欲。直如踏入死路，难望生还，这真是人

间最惨的事。只有亡国奴才愿遇到。不过这事原取的是轮班制，一批送去，经过若干日期，便送回来，再换一批送去。无奈头几批在途中死走逃亡，所余不及半数，到地方又过着酷毒的生活，简直没几个能够回来。妓女们越发害怕，平康北里，几乎逃避一空。官方征发得也就不大起劲，大概日军已另寻着解决性欲的方法，并不专恃这条路子了。

大巧儿正在这时候得罪了警局的问官。那问官真是刻毒小人，已忘记自己是中国种，竟在当日去寻一位征集妓女的负责人商量，恰好正遇在机会上。原来那位负责征集慰问品的官儿，名叫冯世江，本是流氓出身，自幼专在旧日租界内各处骚扰。……

…………

【充当为日军征发妇女负责人的冯世江，原是天津日租界里心狠手黑的地痞恶棍，“九一八”之后当上日本人组织的便衣队队长，势力由日租界扩展到全天津，无恶不作。】

【十年前香雪院的名妓玉虹为摆脱冯世江，投靠比他辈分高的老白相人杨福升，因此得罪了冯世江。后来玉虹找了电车公司职员耿七同居，被睚眦必报的冯世江得知，于是以

“捉夫”（抓民夫）的办法抓走了耿七。】

玉虹知道是冯世江做的手脚，不由吓了一跳。她也不敢搭救耿七，只怕冯世江再来向自己寻仇，急忙把雪香院出倒给别人，带着养女藏到隐僻的地方，再不敢出头露面，一直隐藏了好几年。她的手中颇有积蓄，颇能维持生活。但哪知物价日渐高涨，她又不会做生意，坐吃山空，日渐困窘，实在耗不起，只可在一座偏僻的饭店里，开了间房，使两个养女做起饭店小姐的生涯。过了几个月，平安无事。不料有一日被冯世江的狗腿子王大抓看见了，便去报告了冯世江。冯世江这时已够了身份，不愿再提起旧事。但手下一班党羽，却替他鸣不平，认为玉虹太可恶，冯世江向来没栽过跟头，只栽在她手里。如今杨福升已经死了，没有情面的顾忌，应该狠狠地处治这女人一下。冯世江问他们怎样处治，有一位军师献计说：“咱们不是主持征集妓女慰劳皇军的事么，年前已送走三批。年后皇军并没来要，咱们也犯不上尽做缺德事，所以一直没办。可是咱们的办事处，还没结束，随时可以征集妓女。现在何不再办一批给皇军送去，他们不会不要的。咱们既办了公事，顺便也就把玉虹和她的孩子都填了限。”冯世江听了，觉得很有理，就说：“这法也不错。可是一批不能只送三四个人。”军师说：“那可以再找倒霉的凑数儿。”冯世江就命令他们去办。这一来狗腿们可发了财，他们去到各娼室，单拣最红最出名的妓女指名征集，但是若暗地送一笔贿赂，就可以免役，结果还是拿不出钱的穷妓女倒运。总共征集了四十人，他们倒得了几百份重贿。但也有公正无私的时候，那就是对于玉虹和她的养女，任凭出多少钱，也没商量。这班倒运的妓女，就都被送到旧日租界桃山街一座空房里，暂且拘留，等待运输。

恰好在这当儿，大巧儿因不肯挖掘防空壕被捉入警局，又得罪了一个万恶不赦的问官。那问官也是流氓出身，和冯世江手下一个腿子是朋友，知道冯世江又在征集妓女，就寻那腿子去商量。那腿子答应，并且商量好办法。那问官次日到警局，又提大巧儿上堂，什么话也没说，立刻释放，也不提取保的话。大巧儿还以为自己战胜了，得意地走出警局。回到屉屉胡同家中，才知自己的烟摊已被邻近的摊贩送回家中，交给马五。马五因要照顾小宽，就没出去卖报，竟带着小宽到马路上卖烟，算是暂时代理了大巧儿的营业。……大巧儿回来对马五把经过情形诉说，又痛骂警察和保甲，言说早晚必要寻他们报仇。马五又替她出了许多主意，怎样拿刀去找某人，怎样去给某人家中放火，怎样在某处等某人经过，给他一闷棍。这些话都是说说解气，实际未必能够实行。大巧儿听得心里都很舒服。大家吃过了午饭，她因身上不大爽快，就教马五仍带小宽去看烟摊，自己在家中睡觉。

她自己在家中睡到下午四点钟，忽被叩门声惊醒。她坐起揉揉眼，走出去一看，只见门外立着一个人，约有二十多岁。身穿长袍马褂，戴着呢帽，好似是个上等人。一见大巧儿，便含笑点点头说：“您是林小姐么？”大巧儿见他恭敬有礼，就也点点头说：“我是姓林，你找我么？”那人说：“我姓王，有朋友烦我给你捎了个信儿来。”大巧儿心想，自己并没有几个熟人，谁给捎来信儿。因为心中思念翥青，就以为必是翥青。又加她方才睡醒，头昏脑沉，不假思索，冲口便问：“是姓程的么？”那姓王的很快地回答：“正是姓程的。”大巧儿心中十分高兴，忙问他：“捎了什么信儿，请你快告诉我。”那姓王的略一沉吟，又说：“这外面不方便，可以到房里去谈么？”大巧儿一听，更信来人是受翥青托付，才这样慎重秘密，急忙答应说：“您请房里坐。可是里面太不干净，您别笑话。”那姓王连说：“不客气，不客气。”随即跟着大巧儿进入房里。

大巧儿请他坐到凳上，心想应该给泡壶茶。无奈，火炉已经灭了，还得现生，只得到水铺去泡。好在家中还有的是纸烟，就取了一盒高价的前门烟，请那姓王的抽。又给代燃了火柴，才拿了茶壶，要出去泡水。大巧儿向来对人如此并非殷勤，这完全如遽伯玉使人于孔子，孔子与之坐而问焉的道理，因敬主而敬使。若不是来人自称为翥青传信，大巧儿绝不肯这样的。但那姓王的却十分客气地拦住她，说："我不喝茶，我已经喝够了，你千万不要这样照应。"大巧儿本是直爽人，见他不要喝茶，又总想知道翥青的消息，便趁坡儿把茶壶放下，坐在对面炕边，静待那姓王的说话。哪知姓王的并非不要喝茶，而是不要她出门，因为一出门就把戏法儿揭破了。但他拦住了大巧儿，却仍坐着吸纸烟，并不开口。大巧儿很着急，又想人家或是由远处走来，应该稍为休息，不便催问，就耐性儿等着。

不料那姓王的忽然笑着说："林小姐，你排行儿呀?"大巧儿说："我上面有位哥哥，应该行二。"那姓王的又说："事由儿不错吧?"大巧儿以为他问自己摆烟摊的生意，就回答凑合着吃饭，谈不到好。那姓王的又笑嘻嘻地说："二小姐真漂亮呀。"大巧儿才听出他言语轻佻，似乎有意侮辱，就一沉脸儿说："你这人是怎么回事，替人捎信，还不快说，哪儿来的这些废话。"那姓王的看看她，忽然张开大嘴，高声唱起唐山大鼓来，唱的是"妓女没有客两眼出神，一个人手扶着香腮牙咬着下嘴唇。问声老妈今天到了几儿，老妈回答八月初十儿……"唱得声音很高。大巧儿不由愕然，心想这人外面很文雅，怎跑到人家房里唱这种下流的曲儿，莫非是神经病。便含怒向他说："你是什么东西，有话快说，没话滚出去。"那姓王的也不理她，仍接着向下唱。

大巧儿怒火上攻，正要给他个大嘴巴，忽听窗外一阵脚步声响，似有许多人走进来，忙回头向房门中瞧看。只见三四个穿制服的警察，已进了房门，却都是生脸的，并不认识。方才一怔，一个警察已开口向她说："你这娘儿们，真不规矩，又往家里招引客人，吵得四邻不安，有伤风化。今天被我们捉住了。还说什么?”大巧儿一时蒙住，尚不明白他说的是什么意思。正要开口询问，那警察又向姓王的高唱：“站起来！不装你妈的不要紧。知道逛暗娼犯法么?”姓王的慢慢站起来，满不在乎地说：“花钱找乐儿，为什么犯法?”警察说：“花钱到明地方去，上这里钻狗洞，就是犯法。你老实跟我们走!”姓王的更不含糊，挺着胸脯说：“走就走，这还有枪毙的罪过?!”警察又转向大巧儿说：“你是正点儿，快走!”

大巧儿做梦也没想会有这种事，一个生人跑来自称送信，进到房里，便唱大鼓，跟着便有警察进来，硬派自己是暗娼，最怪的是这个姓王的竟自认是前来花钱找乐儿，她不由有些明白了。但绝想不到真实的原因，只以为仍是前日因为挖防空壕，和警察保甲吵架，被捉入警察局，押了一两天，就放出来。警察竟仍不甘心，又使出姓王的设计进入自己房中，他们便跟着闯入，硬诬赖自己是暗娼，加以捉拿，再送人警察局罚办，以快私仇。但前日的事，本是自己吃亏还没去找他们，他们倒找我来了，真是万恶。这姓王的更该死，他自认来花钱，分明质证我是暗娼，还是不易分辨。但你们便把我做成暗娼，也不过罚几个钱，还能治死我么?

想着火向上撞，先骂声×你们八辈祖宗，随把手臂抡圆了，给姓王的一个大嘴巴。跟着转身向桌上抓起茶壶，向警察掷去。却未掷中，撞在墙上，摔得粉碎。她又要抓别的东西，双臂已被警察握住。她连叫骂带挣扎撞头，三四个警察竟制不住，还是那姓王的帮忙，才把她的手臂背过去，用绳子捆上。大巧儿敌不过四个男子，只有尽力痛骂：“你们官报私仇，有能耐把姑奶奶杀了。若给留一口气，姑奶奶日后准把你们撕成碎片喂狗。”那警察们也不理她，两个架着她向外走，一个用根绳子拴住姓王的手腕。姓王的倒很听话，服帖地跟着走。大巧儿怎肯屈服，拼命地喊跳，又尽力打坠咕噜儿。无奈上身已失自由，两个警察架住她，两脚悬空，大巧儿也就没了能耐。一行人出了门，到了街上。大巧儿知道挣扎无用，枉自吃亏，还是到局里再说。便一面骂着，一面放下脚走路。

转出了南大道，到了城角。这时跟随看热闹的很多，把一行人全包围了。马五和小宽正在烟摊上，先没看见人丛中的大巧儿。马五好事，独自赶到近前，才看出大巧儿被两个警察架着走，口中乱骂。马五沉不住气，便挤过去拦住问怎么回事。大巧儿还没答话，她身边一个警察，见马五衣服破烂，有如乞丐，骂声“什么东西，滚开！”一掌打过去。马五一只脚站不稳，被打倒了。到他挣扎着立起，大巧儿已经过去。

马五口中骂着，心内寻思，这真奇怪，怎大巧儿才从警察局出来，又遭了事？而且这几个押她的警察，并不是本地面上的，莫非前案未了，总局又来传她过堂？我得跟去打听打听。但不知她是先到总局，还是先到分局，自己一条腿又赶不上。他正在焦急，忽见一个提篮卖烧饼的，由对面走来。他认识是自己同手的董三，就是翥青初次发现马五的秘密时，所见那个对马五报告曾破坏招募华工的人。马五一见大喜，就招手唤他过来，附身吩咐他赶快追着大巧儿去，看她被解到什么地方。董三闻言，立刻把篮子交给马五，转身向北跑去，很快就没了影儿。马五才回到烟摊旁。这时小宽还不知道是什么事呢，马五也没告诉他，过一会儿便收摊回家。

在屉屉胡同附近，听见邻居们谈话，原来有几个人曾见大巧儿由家中被架出来，并且听她喊叫，是被人诬赖做暗娼的话。大巧儿虽然脾气刁暴，人缘儿很坏，但她的正派，是人所共知的。所以大家都很诧异，纷纷议论。马五听了，也觉奇怪。但当时并没有办法，只有等待董三回来。

但回家等了许久，董三仍不见来。晚上也没做饭，只把董三篮里的剩油条烧饼吃了，小宽问姑姑怎不在家，马五只说她去贩纸烟，要很晚才回家，又催小宽快睡。小宽倒也听话，很早就上炕睡了。

马五等到九点，董三才回，满脸是汗地向他报告：“这事真怪了，幸亏我细心，若不然白跑半天，还不知她落到哪里。”马五问怎么回事，董三说：“我追了大巧儿去，她果然被送到分局。我在门口等着，也没法打听，直等了有一点钟，她才出来，押送的还是那三个警察。我就很纳闷，一个女的干吗用三个人押送呢？何况大巧儿身上还捆着绳子。不过看情形好像是送总局的，他们一行四个人，走到电车站等电车。我想一定是坐围城电车，从四马路往南马路到东门下车，穿水阁胡同到总局，这是准的。正想回来报告你，可是心里一转，我闲着没事，何不也跟着去看看。就随着上了电车。大巧儿看见了我，也没说话。哪知他们在南门站下了车，倒向南走。我就诧异了，下车跟在后头。大巧儿好似也觉得不对，就问那三个警察到哪里去，警察回答说：‘这种案子都归旧日租界的分局办理。’大巧儿回头见我跟在后面，就又连说带骂，说她‘正在家里坐着，忽然有个男人叫门，自称姓王，是被朋友所托，给林小姐捎了信儿来，我让他进屋里坐。哪知这小子不说人话，反倒唱起来。跟着就进来三个巡警，硬赖我是暗娼，姓王的小子也说是来花钱找乐儿。这明是活局子，诚心害我。到了分局，也不讲理，我说什么也没人听，糊里糊涂又送到别处。好孙子们，你们费这些心机总不能把姑奶奶枪毙；等我出来再说……’”

马五听到这里，便接口说：“我也从街坊听到这情形，真奇怪，是谁跟她作对呢？”董三儿说：“我也不明白，反正听大巧儿的话，好像故意说给我听，好教咱们知道她被捉去的原由。当时我又跟着他们走了很远的路，竟不是往一区分局去，一直向西走，到桃山街的一座大楼门前，便进去了，跟着关了大门。我在门外转了一会儿，看见对面便道上有纸烟摊儿，就去买了盒纸烟，和那卖烟的搭讪，打听那大楼是什么地方。卖纸烟的说，他也不大明白，只在前天和昨天看见有两辆大汽车，由警察护送着，车里都是打扮很漂亮的女人，一共有几十个，都拘在这座楼里面，有几个警察看守。听人说大概是窑子里的姑娘，被官面捉了来，要送到外县去慰劳日本军队的。大概这话不错，从昨天就听见里面有人哭。我听了卖烟的话，正在吃惊，又见那大楼的门开了。方才押送大巧儿的三个警察，又走出来，向北去了。我向那大楼上瞧看，楼上窗内有灯，却不很亮，影绰绰的好像有人，还隐约有哭声。我看了半天，知道没法进去，也没处再打听，就回来告诉你。”

马五听了，才觉得事情不好。他曾听说过官面上征发妓女，去慰劳日军。因为这南大道多有妓女的住家，消息很灵通的，不过近日已少听见，不知怎么又征发起来。但大巧儿本是很正经的人，怎会也被填了限。听董三所述情形，好像她是被人陷害，诚心给做成妓女的，和栽赃证人做贼一样，这可如何是好？若是翥青、梁泽生在天津，还可以和他们商量，偏偏又都走了。自己一个残废人，有什么办法？依自己的脾气，真想奔到那大楼去，拼命把大巧儿救出来。但这是官面儿的事，我不能莽撞，拼命也没有用。想着，手抓乱草似的头发，寻思了半晌，才向董三说：“我看这事糟了，大巧儿要吃亏，你看怎么好？”董三说：“我可没有主意。”马五说：“我倒听人说过，以前被捉去的妓女，若是家里托人说情，送一笔钱，也可以放出来。无奈咱们又没门路又没钱，不是干着急么？”董三说：“要不然咱们动武的，把她救出来。”马五说：“那也不容易，大楼里有警察看管，他们都有枪。咱们的人能有几个，简直白送。哦，我想起来，还是寻小吉子去，教他先去探探情形。那小吉子手脚利落，说不定一个人就许把大巧儿救出来。”董三也哟了一声说：“对呀，小吉子不但手脚利落，还是诡计多端，他就许有出手儿的，咱们找他来商量商量。”马五说：“可是这时候上哪儿找他去？那是个没尾巴的麒麟，就许爬在螃蟹窝里，三天没出来了。”董三说：“这倒巧了，我能找他。这小子近来很发财，姘上了一个在南市茶社唱时调的杜双喜，天天在双喜的家里泡，我去了准能找着。”马五说：“你就辛苦一趟，赶早赶晚一定回来。”董三应着就跑出去。

原来这小吉子，名叫吉百顺，是个在下等社会长成的人。但极聪明伶俐，又有肝胆，人样儿也很漂亮，嘴里还安着金牙。原是搭大棚的匠人出身，练得手脚十分利落。在沦陷以后，人民困窘，连富户也恐怕招风，多把每年夏天照例的凉棚取消。后来日本又闹着防空防火，连喜寿丧事的棚也禁止了，小吉子便失了业，改行卖了杂货。提着一只货箱，专串妓院。……

不想，他忽然意外地惹了祸。在旧日租界一家妓院里，被一位名叫四宝的妓女看中了，二人幽会密约，偷偷来往过儿次。哪知四宝是有领家的，领家又是很凶悍的流氓，也是冯世江手下的党徒。这事被发现以后，邵领家竟把四宝送到最低级的娼窑落马湖。理由是四宝不守规矩，愿意接近下等人，必是天生下贱货。那就送到最下贱的地方，以资惩戒。不过领家也并非有意牺牲这棵摇钱树，只想过两个月再接回来。哪知班子姑娘到了落马湖，就如同红烧鱼翅卖汤面价钱一样，引得好占便宜的老饕趋之若鹜。四宝只好以日本式不眠不休的精神来偿还风流孽债。可怜不到一个月，便已得了重病，一息奄奄，她的领家更是狠毒，一见四宝得病，势难医愈，就不犯枉耗医药费。这时正赶上冯世江征集第一批妓女，慰劳日军。冯世江手下党徒，吃娼窑饭的很多，当然他们的孩子可以例外的不被征集，但因此引出许多怨言。冯世江就教手下吃腥饭的党徒，也贡献一两个不成材的孩子，压压外面的口风。于是四宝的领家便见义勇为，把四宝献出去了。四宝病已沉重，在运送时半路死在火车上，尸骨也不知抛弃在哪里。

…………

【马五得知关押大巧儿的地点后，与董三合计去找仗义的哥儿小吉子，商量怎样营救她。董三来到与小吉子同居的杜双喜家。】

董三当时一进院子，先跨过垃圾堆，再由三轮车旁挤过去，到了东房门口，才高叫："小吉子在家么?"房中有女人声音问："谁?"董三以前来过两次，听得出是双喜的声音，就回答："我是董三，小吉子在家么?"随闻小吉子答言说："董三哥，你进来。"董三便拉风门走进去……

…………

过一会儿双喜穿好衣服，下床便提了一只缺嘴的茶壶，到外面水铺去泡茶。小吉子才向董三询问有什么事，董三说："马五找你。"小吉子问："是为咱们的事么?"董三说："不是，现在大巧儿因为得罪了人，被汉奸们硬赖作暗娼，大概将要送去慰劳日本兵了。马五很着急，教我寻你来，大家商量怎样救他。"说着就把大巧儿被诬的经过诉说一遍。小吉子听了，连连跺脚骂混账该死，又问大巧儿被押在什么地方，董三告诉了他。小吉子寻思一下，才点头说："我看现在也不必先见马五去，他也是没有主意。好在你说的桃山街这座楼就在这南边儿，一进日租界就到。你先领我去指明了地方，我今夜去看看里面情形，若能把大巧儿救出来，自然省了事。若是没法救，我再跟着寻马五哥，大家打别的主意。"董三说："也好，马五寻你，本想这样办。"……

小吉子便和董三同出门，由南市转入日租界，再转西转南，进了桃山街。董三寻着那所大楼，便指给小吉子看。小吉子见那楼的背面是一条胡同，楼的外墙也并不高。又仔细观望形势，觉得不难进去，便教董三赶快回胡同去报告马五，自己在天亮以前必然前去。董三闻言，叮嘱他小心行事，自己向北走了。小吉子也向东走，雇了辆三轮车坐上，直奔他自己的家。

他家中只有一位老娘，在一座大杂院中住着。小吉子一叫门，他娘出来开门，看见儿子先劈头骂了一顿因为小吉子已有半个月没回家了。小吉子不敢作声，到房中把身上所有的钱都掏出来交给了娘，老太太才欢喜了。小吉子便说，自己又揽了一档子活儿，是日本人在铁道外检阅军队，要搭一座大司令台，伙计们都找好了，得连夜把席杆木板运去，天一亮就动工，下午两点就用，所以回家来取家伙。老太太听了很高兴，絮絮叨叨问这档子买卖能剩多少钱，小吉子随口应着，便寻出应用家伙。这是棚匠的工具，一件是割席绳的小镰刀，一件是尖端缀有铁钉的布鞋，专为登高之用。小吉子休息一会儿，天到十二点后，他才换上了鞋，把小镰刀插裤带上，外面仍穿上大衣，出了家门。徐徐走到桃山街那座大楼前面，先向楼上瞧看，见各窗中有的灯火微暗，有的漆黑无光。他再转入北面巷内，忽闻楼上隐隐似有哭声，但除此以外，附近十分寂静，马路上也没有行人。他便用手指抠着砖缝，用鞋尖的铁钉找着砖缝，徐徐攀上墙头。向里一看，见院落甚小，也是一片黑暗。他又徐徐下来，转向前面的楼门走去，见楼门关着，轻轻用手一推，那门吱扭响了几声，却未推开。随听门内有人说话，小吉子吓了一跳，才要掩身躲藏，再一听里面所说的话，他又站住不动了。

里面一个粗喉咙的说："起风了，这里又没个炉子，真他妈的冷。二哥你再给我支烟卷儿。"另一个哑喉咙的说："我也只剩一支了，你先抽，给我留半根儿。"粗喉咙的说："半根儿你能过瘾么?"哑喉咙的说："好孩子，你再玩笑，我连个头儿都不给你。"粗喉咙说："给我吧，你半根，我也半根，谁也别讨便宜。"说到这里，但闻有划火柴的声音。哑喉咙叹气说："真倒霉，无故地摊上这份差使，跑到这里受罪。"粗喉咙说："这差使不是没乐儿呀?楼上三四十位姐儿，哪一个也比咱们家里老婆子好看。若去跟她们凑合凑合，打个不花钱的海茶围，那不满有趣儿?可惜咱们年纪大了，又被棒子面赶罗得没有心绪。若是年轻的，就热闹了。”哑喉咙说：“所以局里派咱们老警察当这份差使，若派年轻的，连看上半个月，准都得了痨病。”粗喉咙说：“听说明天就要把她们运走了。年青的也不过沾点儿便宜，还不至于得痨病。可是也不成，这群姐儿们，都知道要被送到外省，去伺候日本兵，都在愁得要死，哭成泪人，哪有心应酬咱们？白天邱国栋上楼去，想找个浮乐儿，哪知正遇见一个熟人，是他的邻居家一个女孩子，才十四岁，因为家里穷，卖给养人儿的徐四奶奶。才被修理好了，送进玉香班混了没有三天，竟被捉来参加慰劳队。那个孩子见了邱国栋，叩头礼拜，哭哭啼啼叫着邱大叔，求他救出去。邱国栋被她闹得挺难过，急忙走出来，再也不敢进去了。”哑喉咙说：“邱国栋今儿真是不顺，方才这场亏又吃得不小。今儿白天新送来的那个女的，怎那样凶？我也不知道她是哪家窑子的，初来时倒很安静，等到送到楼上，跟别人一交谈，她知道要到外省去接日本兵，就疯闹起来。可是房门锁着，闯不出来，到晚上邱国栋给她们送吃的，开了房门，那女的闯出房来，邱国栋一拦，她抓起邱国栋手里盛窝头的木盘就砸邱国栋的脑袋，差点儿给开了瓢儿。被打晕倒在地下，那女的就往楼下跳，幸亏有我和王守成挡住她，还费了许多力气，才把她关进一间空房里。王守成的鼻子被她撞得直流血。合着我们一共被她打伤了两个人，对那女的真没有办法。她眼看就送给日本兵受罪去了，好比一个人快要断气，谁又能怎样她呢？可是她从被哄进空屋里，倒没再闹。哦，现在一点都过了，你上楼去把王守成换下来，叫他也歇会儿，那小子爱睡觉，说不定站着就做了梦，若是出了事，咱们全得担处分。”那个哑喉咙的打个呵欠说：“我就过去，楼上倒比下面暖和。这楼下洋灰地，好像冰镇一样。”

小吉子听到这里，知道上下都有人看守，想由楼门走进去是不可能的，而且捉来的妓女都在楼上，大巧儿当然也在楼上，自己还是爬墙由窗户进去吧。想着就退到阶下，转至侧面，向上看看。见这一面的四个窗子，都有微暗的灯光，他便脱下外衣，自己仍用前法爬了上去，到了二楼窗口才发现窗外安着铁栏。他手抓铁栏，再爬上尺许，便由窗口瞧见房中情形。窗上玻璃很多破裂，好像久未修理，有的破孔上糊着纸，有的连纸也已破了。房中燃着极小烛光的电灯，都没有灯罩，被尘垢盖着，暗如鬼火，照见地下约有十几个女子，纵横坐卧，每人都有铺盖，有的躺着，有的披被子坐着，都是蓬头散发，面目焦黄，而且多半发出悲叹之声。有两个躺着的，还抽咽哭泣。看情形真像地狱，但这地狱却是专收容摩登女鬼的地狱，这班人却是妓女。妓女平日烫着飞机发，描眉画眼，晕颊涂唇，再穿上漂亮衣服，那有多么迷人。但她们这时飞机发已全然蓬乱，变得比平常加两倍的大，脸上化妆品完全剥蚀净尽，露出久度夜生活的枯黄皮肤，再加好几日少吃少睡，以眼泪洗面，越洗越难看，于是个个变成小鬼儿。不过衣服虽然褶皱，但还很华丽，被褥虽然微旧，却是绸缎所制。所以这地狱中还充满着香艳气氛。她们虽然原是地狱中人，但是暮雨朝云、轻歌曼舞，度着花天酒地，翠绕珠围的生活，如今竟落到这等地步！再想到前途茫茫，福祸难期，归来无日，怎能不悲苦欲绝呢？

小吉子看着也觉凄惨，又想起自己那个情人四宝也是这样折磨致死，不由暗自咬牙。但他是寻大巧儿来的，仔细看这房中并没有她，才知道大巧儿是单独关在一间空房里，并不和众人在一起。他就离开这个窗口，在墙上横着移动，到另一个窗口外，见里面也住了十几个妓女，情形和前一间房中差不多。小吉子知道大巧儿的房间必不在这一面，正想离开，忽听里面有人说话，他又停住了。只听一个女子唏嘘着说：“二姐，我想咱们是逃不出去了。我的命真是太苦，从小儿没有父亲，跟着母亲长大。去年母亲害了病，手无分文，眼看都要饿死。只可恨听一个混账街坊的话，把我租给凤鸣班的老鸨混了一年多，因为不会应酬，生意很不好。这次特务向凤鸣班要一个姑娘，老鸨先是求情，后来因为特务要的钱太多，老鸨觉得还是给个人合算，就单单把我献出来，你看她多么狠心。这也没有别的缘故，只是因为我不能给她挣钱。唉，我是没一点指望了，可怜我娘，还盼着六年租期满了，母女团圆呢。"

另一个年纪稍长的女子悲声说："你还是因为生意不好，被领家献出来的，我才更冤枉。我是自由身体，没爹没娘，前年才从领家手里赎身，挪在饭店做生意，一直红到如今。哪知从去年挂了个客人，叫散德兴，这小子是暴发户，很肯花钱。有天他住在我那里，太太忽然找来了，散德兴跳窗户跑了，他的太太把我的东西大摔大砸，我叫了警察一同归官，结果我赢了官司，得到五万元赔偿费，散德兴也就不再见面了。哪知过了几个月，到年底，一个冷天，他忽然在半夜撞了来，一定赖着不走，我就说'万太太再找来，怎么好呢?'散德兴好像发神经似的对我说了实话。他说他的太太已另姘了人，和他不是一条心了。……我本来不喜欢散德兴，可是做生意原为挣钱，当时挖苦他几句就留他住了，这小子第二天居然给我打了副金镯。……无奈我的生意很忙，不能专应酬他，他就常吃醋怄气。有一天居然说出要娶我的话，可是我已经和一个姓黄的中学教员定了婚约。那姓黄的人品也好，学问也好，家里又没有太太，除了没钱以外，哪样也比散德兴强万倍。我就对散德兴说，早已和人有约，不久就要嫁了。散德兴问明我要嫁的人的情形，竟说姓黄的是个穷小子，嫁穷小子一定受罪，趁早打退堂鼓，又夸说自己财势富厚，能多给身价，并且还保我嫁给他能享受无穷。我听了很生气，就骂他'穷人乍富，只认得钱。你只觉有钱什么事都办得到，可惜买不动我的心。不但是我，就凭你这份臭脑袋，连你自己的太太也得熏跑了。'散德兴听了很生气，和我吵了一顿。以后还常来磨缠，我告诉他：'这是终身大事，不能勉强，你趁早死心吧。’散德兴见没了指望，竟对我说从此不再来了，大家断绝，可是要我把他以前所送的东西完全退还。……我们做生意的若是这样倒老账，每个客人都成了债主，那还能混么？我自然告诉他没有这规矩，他竟说：‘若不退还，你就别再混了。’我说：‘姑奶奶混不下去，正好嫁人。’他说：‘你也嫁不了人。’我说：‘一定要嫁。冲着你，姑奶奶在五天里准嫁给姓黄的。’散德兴说：‘你若姓得了黄，我不姓散。’说完就走了。我决定争这口气，急忙把黄先生找来，拿出我自己的钱，叫他去租房子、置家具，限三天办成。

“黄先生果然没过三天都办成了。我去看房子，也很可意，就回到饭店，预备退房间，收拾东西，在第二天就搬出去。哪知在当日晚上，散德兴又来了，他见我房间里的纷乱情形，就问：‘这是干什么？’我告诉他：‘明天就搬出去。’散德兴问：‘是要嫁人么？’我说：‘不错，我说到哪里办到哪里，绝不能栽给你。’散德兴一言不发，转身就走出去，我心里觉得痛快。过了有半点钟，他又从外面打来电话，对我说还是嫁给他的好，若是嫁给别人，眼前就要倒霉。我骂了他一句，就把耳机挂上了。哪知到了夜里两点多钟，我自己正睡着，外面有人敲门。我开门一看，竟拥进来许多官人，说我的案犯了。我问是什么案，他们说到了局里自然明白。我没法抵抗，只可跟着走。谁想没到什么警局，一直被送到这里。我看见有许多年青女子，有几个认识的，全是吃我们这行饭的。细一打听，才知道是被捉来做慰劳队，要送到外省去伺候日本兵的。我直似掉下万丈深坑，恨不得立刻死了。无奈要死不得死，要逃逃不了，这准是散德兴使的坏，真把人害苦了，可怜我只差半天工夫就离开饭店嫁给黄先生了，哪知忽然又走进这更深的火坑。我早知散德兴这样混账，我才不得罪小人，早些悄不声地躲开不就完了，何必跟他怄气！现在黄先生在外面还不知急成什么样，我也只能盼他来救我。他自然要想法儿寻我，可是不易摸着头儿，待再迟两天，我就要被送走了，也许这一世再见不着面儿，这不坑死人么？”

小吉子听到这里，也觉凄惨，心想：这个散德兴是什么人，真是该死。但自己也不必向下听了，这里的人都是可怜虫，每人原都有一段惨史，如今再加上一次惨遇，怎不叫人难过？可是我又有什么办法？还是先寻大巧儿要紧。想着就又离了这个窗户，转过墙角，寻到后面的一个窗户。爬到窗户口，耳中听有低咽的哭声。他向窗中一看，便知道这是大巧儿监禁的地方了。这房间很小，完全是空的，灯光也一样昏暗，地板上除了些烂纸以外并无人影，但却有哭声发于其中。小吉子便明白大巧儿必是在窗户旁的屋角，所以看不见她。小吉子放大了胆量，方要开口呼唤，但心中一转，想大巧儿为人性情坚忍，无论遇到什么事都不会哭的，自己向未见过她掉眼泪，在这里她会哭？想着见有个人影，由屋角立起，向对面踱过去。小吉子看出确是大巧儿，就低声叫她。大巧儿好像昏昏沉沉的，回过头来看看，似乎听见他的声音，而又不相信有人会喊自己，自信是耳鸣。

原来，大巧儿自被骗到这地方，送到楼上以后，见有许多女人，心中很是诧异，再和人们一谈，才知道自己是被陷害，硬当作妓女，要出去慰劳日军，同时也明白了那个来访的人对警察明言来找乐儿的缘故，不由心中气得要疯，恨得要死，真想寻那陷害自己的人拼命。

但那姓王的素不相识，必然有人主使，却又不能断定主使的人是谁，只想寻机会逃出去。好容易等到天夕，警士送饭进来，她打晕了一个，便向外跑，哪知被另两个警士捉住。大巧儿敌不住两个男子，被关入空房里，把门锁上，也不给她饭吃。

大巧儿到这小屋中，见房门十分坚固，只有一个窗户，外面还有铁栏遮住。说来也怪，这座宅中所有窗户都在外面置有铁栏，看着好似用以防盗，实际却是不然。这房子原是旧军阀毛有福的产业，毛有福做过某省督军，十年聚敛，发了大财，娶有十多位姨太太，内中多半年纪很轻，而且是仗势力强占的。到他下野在天津做寓公，这些姨太太见他已没了势力，都想各自飞扬。在一年中竟逃走了四位，还有一位是逃出去请了律师控告，讨去一笔赔偿才离异的。毛有福又气又恨，深知此风断不可长，必须加紧防范，就在建筑这新房产之时特别注意门窗，使这一座大楼房除了进出前门以外，别无出路。但哪知房子尚未建好，竟又跑了两位。到搬进这新房子，只剩了五位姨太太，内中有两位虽然久已失宠，但因年纪已老，手中又无积蓄，便逃出去也没人管饭，都跟他认命了。另有三位还年轻，他的防范作用却收了效，这三位想跑也跑不开了。

…………

……这房子后来卖给一个军官，沦陷后那军官到内地抗战，这房子就变成逆产，被日本没收了。虽然在沦陷末期房屋很缺少，但这座楼却一直空着，今日却作收容待遣妓女之用。

当时大巧儿看着房中情形，知道不能逃了，倒把心气平下来。她起初打晕看守警察，拼命图逃，只是出于愤激之气，不肯坐受凌辱，其实她的心情，自从常青失踪以后，早已变成槁木死灰，把自己生命看得不值一钱，什么都不在乎了。这时见已无望逃走，就坐在地下寻思：自己真是太命苦了，从“九一八”以后，遇到意外风波，家败人亡，由故乡来到关内，过着流离颠沛的生活，以致哥哥从军，嫂嫂改嫁，只剩下个小侄子相依为命。自己做小生意受尽了困苦凄凉，才遇着知心可意的蓊青，满以为此身有靠，哪知无故又生出波折，蓊青几乎被人夺去。好容易重复归来，又被逼得逃亡在外，渺无音信，也许已经不在人世了。自己本来没有生趣，只为有小宽累赘不能自杀，哪知如今竟被人硬作成妓女，给送到这地方来，预备去做日本兵的玩物，我既不能逃跑，难道还等待受日本兵的污辱？很可以自己寻个死路，只是这样的死未免太冤枉，起码也得出口气。可是这口气向谁出呢？怎样出呢？她在整个晚上一直反复回环地想，每想到亡故的父母，不知去向的哥哥，将成无主孤儿的小宽，尤其是仰望终身而渺无音信的翥青，都觉万分难过。

大巧儿向来是不曾哭的，但她这时自觉末日已至，只有回忆过去，每个人、每件事都可留恋、都可伤心，不由就哭起来。她这一哭，眼泪再止不住，好像要把多年尚未流过、存量丰富的泪都流出来，最后竟哭出了声音。忽听门外有人说：“别哭了，相好的，到哪儿不是做生意，日本人也照样儿花钱。再说不是永远不回来，你只当出趟外码头好了。”大巧儿听了，知道是看守的警察，就反口说：“你管不着，姑奶奶高兴哭就哭。”外面的警察说：“大半夜里你号丧，别人怎么睡觉，我就是不叫你哭。”大巧儿说：“我就要，你敢怎样？不服气就滚过来。”外面的警察说：“你这娘儿们要找倒霉，我进来就进来。”大巧儿说：“你不进来是窑姐儿养的。”外面的警察知道她十分泼悍，若要进去必须开门，开了门她就许闯出来，自己恐怕不能抵挡，只可认栽跟头，不敢开门进去，却仍隔门外骂。骂她是快死的人了，这一送出去起码叫你慰劳一师团日本兵，累死为止，我才不跟你臭娘儿们怄气。大巧儿气急了，就骂他妈妈，说得十分难听。

…………

过了半晌，大巧儿才徐徐止住哭声，立起来要到对面墙角小解，哪知后面窗外有呼唤声音。大巧儿自到这里便叫闹吵打，又加尚未饮食，虚火上升，久已头昏脑涨，只疑自己耳鸣，回头看了一下，并未理会。小吉子在窗外又叫了一声，大巧儿才愕然失惊地举目向房中乱寻。小吉子提高些声音说：“林大姐，我是小吉子，在窗户外头，你过来。”大巧儿才奔到窗前，由一块破窗孔向外瞧看。小吉子说：“你怎么样了？”大巧儿说：“小吉子，你呀。你怎么上这里来？”小吉子说：“是马五、董三给我送信，我来看看情形，想把你救出去。”大巧儿说：“马五——哦，马五看见我被警察捉了来。可是怎么知道我在这里？”小吉子说：“那你先不用问，咱们得想法儿逃走。你能出来么？”大巧儿说：“这门外头就有人守着，怎能出去？”小吉子说：“这窗户开得开么？”大巧儿用手拔起插销，很容易就把窗户打开了，才说：“窗户好开，外面还有决死的铁栏杆。”小吉子用手拉了拉，纹丝不动。这铁栏是特制的，粗如拇指，上下都深入墙中尺许，绝对无法拔动。小吉子急得由腰中拔出特制的镰刀，向铁栏根下乱挖，无奈根下是洋灰所铸，和石头一样坚硬，只能挖下些微灰屑，看情形一夜也挖不下去半尺。大巧儿看着，才说了声“这不成”，忽听前面楼下街门捶得山响，同时有人大声喊叫，好似出了什么事，楼中各室一阵纷乱。大巧儿和小吉子也都一怔，随闻楼下有人向外问话。因为夜静听得十分清楚，里面问：“你是谁？”大门外的人高声说：“我姓黄，我来找我的太太。”门内的人说：“这里没有什么太太，都是窑子的姑娘，你趁早走！”外面说：“我的太太倒是住在饭店里混世，可是她已经嫁给我，我们已经租好房子，今天就要搬出去，你们昨夜把她弄到这里来。那可不成，她是我的太太，你们不能乱捉良家妇女，快给我放出来！”

大巧儿听着，莫名其妙，小吉子却明白是方才前面房子那个诉怨的旅馆小姐的丈夫居然到这里来了，不由暗自佩服这个姓黄的深情和勇气。随又听楼下门内的人说：“你滚开吧，我们这是公事。你有话到警局去说，跟我们说不着。”外面的人说：“你们便不放她，也做做好事，开门放我进去，跟她说句话。”门内的人说：“快走！快走！再不走，我们可开枪了。”门外的人说：“你们开枪好了，我死也不走。”随又听大门捶响如雷，同时警笛也吹起来。大概是门内看守警不知外面来了多少人，恐有意外，就吹警笛召全地面警察来查看。

但这一下却把小吉子吓坏了，他只恐附近街头警察一闻笛声，会同巡逻队把这座楼包围，自己也将被获遭擒。大巧儿虽不知前面是怎么一回事，但听警笛一响，也知不好，便向小吉子说："糟了，恐怕这里出了事，你快走吧。留神来了人，连你也走不开。"小吉子说："只要拔下两根铁栏，你从窗户下来，就可以穿后胡同儿逃走。"大巧说："你看这铁栏怎么弄得开呢？"小吉子说："我再试试。"大巧儿说："不必了，再试也弄不动，你快走吧。"小吉子也情知不能救她出去了，犹疑着说："我……我现时可实在没了法儿，明天多邀几个人再来。"大巧儿说："明天你也不必再来，只怕明天我已被他们送走了。你回去告诉马五，替我照应小宽，只要我能活着，早晚总有报答他的日子。"小吉子说："那是自然，连我也会替你照应的。"说着听前面一阵喧嚷，似乎已有地面警察到来，把叫门的人捉住，那叫门的不服，还喊叫着辩理。大巧儿又催促小吉子快走，小吉子无可奈何，说声"你多保重，他们送你到外省，路上有机会也许可以逃走。"说完便要爬下窗口，大巧儿已伸手把他手中所握方才挖铁栏的镰刀抢过来，说："这个给我留下。"小吉子愕然说："你要这刀干什么？"大巧儿说："你不必问，我自然有用，快去吧。"

小吉子才爬下窗口，绕到侧面，藏在楼角偷看，只见门内有两个看守的警察和门外的人说话，却并未开门。原来门外只来了姓黄的一个人，已被地面警察捉住，门外警察向门内问明了情形，就把姓黄的带走了。姓黄的似乎被人殴打，偶然狂叫着，要讨还他的女人，但声音渐去渐远了，看守的警察也回入楼门，倏时又恢复了寂静，小吉子才从墙头翻出去，到屁屁胡同去寻马五报告。

这时马五和董三正对坐喝着烧酒，等待消息。见小吉子到来，便问他可见着大巧儿？小吉子把经过谈了，马五、董三听着相顾发怔。董三说："这怎么好？咱们就看着她被送走，给日本兵玩弄么？"马五大声说："那可不能，说什么也不能。"小吉子说："不能该怎么样？你只瞎嚷当得什么？"马五用手拍着脖颈叹气说：

“我只恨程翥青、梁泽生都走了。翥青那小子在这里也没有用，梁泽生可有两下子，他若不走，必有个办法。现在只剩下我瘸腿雁，有什么法儿？我多邀几个人，到那座楼里把大巧儿抢出来吧。”小吉子说：“这样办怕不成功，那里有好些个警察看守着。”马五说：“我们可以把警察打躺下，捆起来。”董三说：“你只说得好听，到时候一个办不利落，惊动了地面，去的人全都得被捉住。”马五说：“那也没关系，我一个出头打官司，就说大巧儿是我的女儿，我半身残废，只仗女儿养活，把她弄走，我就活不了，所以拼老命也得救她出去。”小吉子说：“这也没用，莫说你是她的爸爸，那些姑娘有爸爸的多着呢，就是有丈夫也白费。方才我还看见一个姑娘，是在饭馆做生意的，第二天就嫁人从良，在前一天竟被捉来做慰劳队。那个可怜的丈夫找到收容的地方，在门外央告，还被地面警察暴打一顿带走了。这年头儿简直没法讲理。”马五说：“我也没想跟谁讲理，只是犯了案我一个人承当，省得连累旁人。”董三说：“得了，犯案再说犯案的。现在咱们不是打算邀人把大巧儿救出来么，那就去应人得了，好在咱们都只有一条穷命，死了也活该。”马五说：“好，你想邀谁去？”董三说：“左不过还是咱们那一群，我想谁也不能含糊，有一个算一个，总有八九个人：推小车卖水果的李络二，挑大筐收破烂的子明，做木匠零活的赵矮子，卖硬面馒头的山东王，卖大鸡子的王顺福，拉车的王老铁，再加上你、我、他……”说到这里，看了小吉子一眼，哼了声说：“小吉子可不能算数，人家现在钞票富裕，又有杜双喜那个漂亮小亲家儿，才不跟咱们这些穷光棍一块儿卖命呢。”

小吉子听着，向董三做了个丑脸儿说：“你这叫孙子话，姓吉的凭什么含糊？你别骂我，我钞票赚得倒是不少，可惜现在身上只剩了几张当票。要提娘儿们，我也见得多了，还不至于为她们不认得好朋友。我这里正寻思，马五的道儿不错，现在要救大巧儿，只可硬抢，那收容所只有三四个警察看守。我们若多去些人，只要骗开大门，也许可以成功。只是这虽不是劫牢反狱，也有那么一点儿意思，不能不仔细打算。头样儿，人位怎样分派？二样儿，怎样骗进收容所的门？三样儿，救出大巧儿，这屉屉胡同是不能回来了，应该藏到哪里去？”马五说：“还是老兄弟有心路，咱们真得仔细商量。”于是三个人直研究了一夜，才决定了办法。

天方破晓，董三便出去各处邀人。马五收拾屉屉胡同的一切东西，送到史宅存放，连小宽也托付史太太暂为照管。小吉子却到佟楼村去替大巧儿布置居处，又向一个当汽车夫的朋友借了一辆旧汽车使用。大家忙了一天，到了晚上方才一切就绪，所邀的人也陆续到了屉屉胡同。

这日刮着大风，晚上十点后便已路静人稀，小吉子叫汽车夫把车开到收容所附近等候。马五因是残废，不能帮忙，反恐误事，就叫坐在车中听信儿，其余的人分头走到收容所，藏在附近巷内。小吉子先爬墙进去，预备开了大门，叫众人进去，再诈开楼门。哪知他到院中才发现人声静寂。窗户漆黑，好像并没有人在里间。他暗叫不好，忙围着楼转了一遭，各处全不像有人的样儿。再大胆推推楼门，一推便开，内中只有鬼气，并无人影。才知来迟一步，枉费心机，大巧儿已被送走了。

小吉子等人确是来迟了半天。在当日下午两点后，这收容所中的妓女都已送走。但在送走以前曾举行过一次郑重的仪式。你要明白，中国人是最讲礼仪的民族，无论有什么大事，总得先摆摆仪式。例如开什么大会小会，明知是会而不议，议而不决，决而不行，但是会却非开不可，尤其在官场是这样。若是停止一切仪式，做官的便要无所表现。他们还忙些什么，难道只坐在办公室打盹儿？何况举行仪式又足以使官老爷大过官瘾呢。这位由市井无赖成为汉奸官儿的冯世江，因为出身低微，在做官以后瘾头更大，派头更足。他最喜欢的是召集属员部下训话，虽然他连人话尚不会说，更谈不到训。但他认为这样可以施展威风。论理说征集妓女慰劳日军总不是什么光明正大的事，只派手下人悄悄捉来，悄悄送出也就是了。哪知冯世江在这上面还要举行仪式，对发遣的妓女做一次训话。这收容所中，午前已得到消息，同时冯世江的狗腿也来了十几个，准备举行典礼。每个房间的妓女都得到通知：处长要来训话，大家必须梳洗干净等待。并且教以见处长时的礼仪。妓女听了，全部暗骂，但也无法违拗，只可都梳头洗脸。唯有大巧儿不听那一套。

到了下午两点，先有前站来了，带来两大包东西，一包是最贱价的胰子，一包用棉花线织的劣等毛巾。据说是预备发给每个妓女两块胰子、两条毛巾，作为当慰劳品的慰劳品。但看见这些东西的人说：胰子，毛巾都太粗劣了，不能用于上部，只能用于下部。大概冯世江是要她们保持清洁，以免使日本军人害杨梅大疮，减低战斗力。前站来了不久，冯世江坐汽车便也到了。因为这座楼中并无陈设，勉强临时借了一张桌子四把椅子，放在楼下一个房中作为招待处长的休息室。冯世江穿着一身国防色制服进入室中，也不坐下，便立刻吩咐召集训话。手下人早已把妓女们都集合在一间较大的房内，排队站齐，才请冯世江进去训话。冯世江进到房内，立刻有人喊：“处长到！行礼。一鞠躬，二鞠躬，三鞠躬。”妓女们都参差不齐的行了礼。但也有几个站着不动。冯世江也点了点头向她们看了看，才咳嗽一声开口说话。他的喉咙的确不低，是由小时在街头巷尾捡煤核，和同伴小儿对骂祖宗奶奶时早已练好了的。他将一只手摸着制服第三个纽子，一只手放在屁股上把守后门。做出很英挺的姿式，开口先叫了声“诸姑姐妹”，这是通电或快邮代电上的用语，不知怎样被他学来，所幸还没加上父老兄弟——便开始了训话。他说：“诸姑姐妹，你们是伟大的人格。你们虽然是窑姐儿，仗着卖身吃饭，大道上的驴，谁爱骑谁骑，本来最下贱的。可是你们这几十位不但不贱，还贵得没了边，比金子还贵。昨天金子行市是四十九万一两，你们足值五十万。因为你们替国家出了力，简直是爱国大众。你们想想，人家日本跟中国打仗，跟美国英国打仗，为的是谁？完全是为咱们中国人。若没有日本，咱们都得叫英美余毒给毒死，重庆余孽给捏死。可是人家日本兵到咱们中国来，盘缠自备，茶水不扰，为咱们拼命。人心都是肉长的，咱们心里下得去么？所以凡是中国人都得对日本献点什么。有人献人，有钱献钱，有铜献铜，有铁献铁。你们叫有×献×[①]。也是爱国。人家日本在旷洼野地打仗，一打就许十天半月，一年半载。你们想，旷洼野地里哪会有什么班，什么堂，上哪儿找娘儿们去。人都是一样，不管别人，我一天没娘儿们都不成。人家日本兵一年半载地憋着，不得憋死呀。像当初中国的张勋张宗昌打到一处，就教兵随便奸淫妇女。日本可不肯那样干，咱们得知情。所以邀你们姐儿几个玩场票，去慰劳慰劳日军。日本人都不错，那样儿比中国人都强，你们绝不会受屈。这一去干上几个月，就能换班儿回来。回来对人也说得讲得。为国尽忠，跟日本人睡过觉，真是光荣。我还要嘱咐你们几件事：第一，要明白这是客情，不要乱敲竹杠。第二，要记住这是公事，不许脱滑躲懒。第三，要明白这件事关乎国家名誉，必得注意卫生，勤洗勤擦。若是教日本兵染上了杨梅疮，连咱们华北政府委员长脸上也不好看，是不是？众位？”冯世江说到这里，忽听对面人丛中有人插口叫：“姓冯的，”冯世江方才一怔，那个女子又接着高声喊叫，“冯世江，你有娘没有？你娘有×没有？她为什么不献？你说得这么好听，陪日本兵睡觉就是爱国，为什么不叫你的女人、姐姐妹妹都去这样爱国？”冯世江听着涨红了脸，望着那个说话的人厉声喝问：“你叫什么？你是哪院的？”

---

① 此处的“×”字在本书中多次出现，初载初刊本作“门”，系俗语粗话，百花文艺出版社 1987 年版误作“门”，中国文史出版社 2017 年版作“×”。现从中国文史出版社版。——本书编者注

那说话的女人说："我叫大巧儿，是你妈妈那院的。姑奶奶好好儿在马路上摆烟摊，你们的狗腿子硬把我当妓女提来填限，你们也不怕缺德。"冯世江望着大巧儿大喝："把她揪过来。"立刻有几个狗腿子把大巧儿揪到冯世江跟前。

冯世江向她注目一看，眼珠一转，似乎惊讶这女子真够漂亮。大巧儿还是骂不绝口。冯世江本来很够凶悍，一声号令便可以教手下把大巧儿打个半死，但他只发怒吩咐："把这女子送到处里去，我有法儿处治她。"又将手一摆说："别人都押上卡车送到车站。"说完转身便要走出去，哪知人丛中骂声又起，叫着："冯三，我×你的八辈祖宗，你到底饶不了我。你小子黑了心，万也得不了好死，家里也要火烧独门，断子绝孙，只剩下女的，辈辈当窑姐儿，也都送出去接日本人。"冯世江回头一看，见骂的正是自己旧日曾经要好，而现在成为报复对象的玉虹。他看了一眼，并不理睬，好像搭出官架子，不犯和下贱妓女呕气，转身走出来，吩咐手下把玉虹打一顿，并且扣留她应得的慰劳品，不必发给。打完就立刻把全体送到车站。又对另一个心腹人附耳说了句话，就出门上汽车走了。这时，收容所中立刻便发生了惨剧。那玉虹被打得鬼哭神号。接着门外一阵纷乱，众妓女都被送上卡车载到车站，分送外方，各投地狱去了。她们因亲见大巧儿被留，玉虹被打，都吓坏了，在出门时没一个敢作声，甚至不敢流泪。这收容所便又归于静寂，好像并没发生什么事似的。

在她们心中，认为大巧儿骂了冯世江，不知要受何等苛酷刑罚，全都代为担心。但大巧儿这时已拼出死命去了，一切都不在乎。她在玉虹挨打时，已被两个穿便衣的押出门外，装入一辆旧汽车内。车子走了不久便停在一个地方，两个便衣又押她下车进入一座小楼房内。大巧儿原听说是把她解到处里去，处里当然是办公机关。但这地方门口并未挂牌子，房子也小，只有三幢楼房，好像是普通的民宅。及至进到里面，果然是座民宅。两个便衣向开门的仆人问："三太太在家么？"仆人回答："三太太正在楼上。"便衣说："你请三太太下来，我们有话。"话未说完，忽听楼上有人问谁。原来楼下说话，楼上已听见了。仆人说："三太太，处里有人来，请您说话。"遂见由楼上走下一个妖娆的女人，约有二十四五岁，身穿丝绒旗袍，脚下绣花缎鞋，头发烫作荷叶式，生得长方脸儿，一双水灵灵、眯缝缝的眼，两片极薄的嘴唇，回眼描眉，颇似电影明星的化装。通身上下都很合美的条件。但一见便知不是好人。那两个便衣见她下楼，迎着叫声："三太太，处长教我们来，把这女的送到这里，教您照应着。"那三太太听了一怔。看看大巧儿说："这是干什么的？教我"正说到这里，忽听旁边一间房内电话铃响，那太太便走进去，因为门上有很厚的绒帘，只听得叽叽哝哝，声音忽大忽小，却听不见说什么。过了半晌、三太太才走出来，面上颇有生气的样儿，对两个便衣说："处长来了电话，我都明白了。这女的交给我，你们俩不要走，就在楼下待着，等处长来了再听吩咐。"说完又向大巧儿说："走，跟我上楼口。"

大巧儿看着她，默然无言，随着走上楼去。到了上面，进入一间很华丽的卧室，一个四十多岁的女仆过来伺候。大巧儿一声不哼，进门便坐在椅子上。那三太太坐在床上喘了口气，向女仆说："你看，妈的真气人，人们都知道我是冯三太太，是冯老爷的外宅儿，现在倒也成开转子房的了。上回他不知从哪儿弄了个女人来在这里睡了一夜，我不高兴，他还发脾气，今儿这又弄了个做女工的来，还教我给她打扮换衣裳，预备他少时来了受用。真是越玩越奔下三路了。"女仆听了只笑，也不言语。

大巧儿听着，更明白冯世江安的什么心思，自己将遭遇什么事情，再看看自己这身衣服，也确系做女工的。心想这也不错，你说我是做女工的，就是做女工的，看你们到底把我怎样。……

【大巧儿与三太太斗了一会儿嘴，便洗澡换衣梳妆。然

后继续与三太太闲聊斗嘴。三太太教她要在睡觉时与冯世江拼命地磨缠，变着方儿上劲，狠狠地讹他。】

大巧儿回到她的房中，拉过枕头倒下就睡，而且很快就睡着了。她是一切都看破了，一切都拼出去了，心中有了准主意，反而梦稳神安。……

【睡梦中的大巧儿被三太太和女仆推醒，原来冯世江回来了，叫大巧儿她过去。大巧儿不理会，冯世江只好来到卧室。】

大巧儿站起来，对着镜台看看自己的脸儿，见妆尚未残，就又倒下面向里再睡。过了很大一会儿，才听见脚步声响，由外面进来走到床边叫了声：“喂！”大巧儿也不理他。过一会儿，冯世江又叫：“你起来！”大巧儿还是不理。冯世江似乎生了气，厉声说：“你打算怎么样？”大巧儿一滚身爬起，盘着腿坐在床上，也大声说：“你打算怎么样？”冯世江一看她新妆的脸儿，似乎比初见时加倍好看，不由怔了，立刻也消了气。看着她点头说：“不坏，真不坏。”大巧儿说：“自然不坏，坏的早臭了，在这大六月天儿。”冯世江坐在床边，拉着她的手说：“你别贫嘴，冯三爷是老玩家子，懂得这个。若换个别人早发脾气了。”大巧儿说：“你有脾气快发，别得了气臌。”冯世江说：“你是讨没脸么？”大巧儿说：“不错。你把我怎样？”冯世江说：“好，我把你还送去慰劳日军。”大巧儿说：“谢谢！我不在乎。慰劳日军和慰劳你也差不多少。”冯世江消了气，坐在她身旁说：“说了半天我还不知道你叫什么名字，在哪院里混呢？”大巧儿狠狠一眼说：“在哪院里？就在你们那院里。你妈妈当老鸨，你爹爹当茶壶。”冯世江大怒说：“你这娘儿们，真是找死。”大巧儿说：“我是找死，你弄死我好了。妈的我们好好的人，你的手下硬把我当作窑姐儿，抓了来慰劳日军，你还问我在哪里混。怨我骂你么?”冯世江听了很诧异地说：“什么，你不是混的?”大巧儿说：“我若是混，那一定是跟你妈妈一块儿混。我好好儿在东城角摆纸烟摊儿，不知得罪了谁，硬给当作暗娼，给捉了来。你们这群王八蛋，都是什么东西。”说着就把被诬的经过仔细说了一遍，冯世江被她骂得虽然有气，但看她姿容俏丽，而且小嘴说话像爆豆儿，明快得令人可爱，就决定暂且忍耐，起码睡她两夜，再惩治她解恨。……

【大巧儿用“死也不陪你睡”威胁冯世江，要他立即查办用计诬陷自己的问官和“王先生”，冯世江只好打电话吩咐查办。大巧儿又借吃饭之机，哄冯世江多喝酒。】

…………

当时见大巧儿坐在床上，就去拉她的手，大巧儿缩回手去不给他拉。冯世江说：“你还不谢谢我，我把你留下来，若是跟着大队到外省去慰劳日本兵，只怕就不易活着回来了。你还跟我别扭呢。”大巧儿故作不解，哦了一声说：“怎么呢，你不是对那些姑娘们讲，这是爱国工作，只去一两个月就换班回来。日本人也不会错待她们么?”冯世江说：“那不过官话，实在她们不易回来。你想，日本兵还会拿中国妓女当人待?再说他们人数又多，又都长久没见着女人，就许一天接一百人。气命短的，有三天就死了。便是能搪能活，那也变成没主的野狗一样，日本兵还会可怜她们?我们这个机关更是管送不管接。她们多半是带一身病在外面困死，没几个能回来。能回来的只一个，是裕德星的姑娘，她半路跳火车轧断了腿，才被人救回天津。现在在下等娼窑混事。我本该再去抓住她，问她个临阵逃脱之罪，可是想想何必缺德，就饶了她了。”大巧儿看了冯世江一眼说：“你还不缺德?还要怎样缺德?这些事都是你办的呀!”冯世江说：“日本一定要办，我也没办法。

若不给他们征集妓女，他们就要强抢民女了。”大巧儿说：“对，对，对，你那句话很对，可是你家里也有女孩子么?”冯世江说：“你问这话是什么意思？我家里只有个六岁的女孩子，莫说日本抢不到我家里，就是到了我家，也不会要那样小的孩子。”大巧儿点头说：“是啊，现在你和日本是一头儿，当然没有危险，可是你尽做这样缺德，只怕再过个十年八年也许日本已经倒霉，这儿又是老俄的天下，你的孩子也够了岁数，被别人弄去慰问老俄。老俄可比日本凶得多。”冯世江大怒说：“你这娘们简直放屁，凭我的孩子……”大巧儿说：“你的孩子又怎么样？我们街坊有个姓谢的老头儿当初做过旅长，现在穷了，还把亲生女儿送到饭店做生意呢。你又算什么东西。”冯世江说：“别管我是什么东西，今天你还得陪我睡。”大巧儿说：“睡自然得睡，可是得给我点什么。”冯世江说：“你想要钱么，冯大爷决不白玩人，明天准给你钱。”大巧儿说：“好，你打算给我多少?”冯世江说：“那得看你伺候得好不好。若哄得大爷高兴，花个万儿八千不在乎。”大巧儿说：“我一定好好伺候你，明天可别变了卦。”冯世江说：“凭冯大爷还能说了不算，快过来吧。”说着又欠身拉她的玉臂，大巧儿推开他的手说：“等会儿，别忙，我还得上上妆哪。”说着又喊女仆打脸水。洗完了脸，又重新上妆。她好似女为悦己者容，涂脂抹粉，十分仔细。这一来又耽误了有一点钟。冯世江只好看着她。因为知道大巧儿的重新上装完全为媚自己，自然不好反对，不便催促。而且水晶帘下看梳头也是人生乐事。他虽不解风趣，却也觉得好看，就躺着且看且待。

…………

【待大巧儿上完妆关上房门，好奇觅趣的三太太站在门外的椅子上偷看窃听房中的情形。大巧儿上床后执意关闭了电灯。】

…………

只闻大巧儿咯咯的笑，接着冯世江发着鼻音低声说话，床也未有响动。过了约有两三分钟，大巧儿忽然又笑起来。三太太听着很是抱憾，因为房中耳语声太低，听不出说什么。但绝不像敲竹杠办金钱交涉。不由诧异大巧儿怎不谈条件就轻易地……但她知道冯世江对付女人很有特别的风月手段，莫非用了攻其不备的兵法，潜师深入，占据要害，使敌人不及措手了么。她正在想入非非，忽听冯世江狂吼一声，随又听得好似喘息，但声音沉闷，似乎蒙在被内，床也戛戛作响。三太太大惊之下，一时猜不透房中发生了什么事，还以为大巧儿实施了撒手的动作，手脚太重，所以冯世江疼得叫起来。但声息却又不对，再听里面又寂无声息。而且黑暗得什么也看不见。因为三太太恐怕自己影子被冯世江看见，早把自道中的电灯熄了。所以房中并没有反射的灯光。她只好仍站在椅上，既不敢发声询问，也不敢下去。

过了一会儿，忽然房中灯光又亮了。三太太再向房中一看，只见冯世江已隐没不见，床外的被子凸得很高，好像他在被内蒙头睡着。大巧儿正从被里坐起来，她的手也从被子里伸出。三太太一见她这只手，吓得几乎叫出来。原来两只手通红的，沾满了鲜血。三太太还算有超人的镇定力，居然忍住了没出声。但腿软站不住，急忙扳住了窗框。再向里面看，这时大巧儿已掀开半边被子，全身都露出来。只见她小裤衩上血迹更多，几乎完全染红了，连小褂上也有。她很快从床上翻下来，站在床前，拿起冯世江方才脱下的长衣拭手。三太太看得更清楚，由大巧儿身上的血迹便明白冯世江被杀死了。再看大巧儿脸上惨白又发了青的颜色，好像发出阴森的鬼气。虽然实际并没有什么鬼，一个人在杀人前后所受的刺激，足以使她的气色发出极大的变化。由大巧儿的脸上更可以证明她做了什么事。三太太看着，虽然十分害怕，但还是忍耐着不作声。只纳闷大巧儿怎样把冯世江杀死，身上怎沾了这许多的血。她哪里知道，大巧儿是用的杀虎的方法。在一篇清人所作的古文上面——也许是明人，记不清楚了——说某处有虎伤人，请来一位姓唐的猎户，外号唐打虎，自称十年炼目，十年炼臂。目以帚扫之不瞬。他打虎的时候，手执钢斧，等虎向他迎面扑来，他将身一伏，虎由头上窜过，恰被斧锋割裂肚子五脏流出而死。大巧儿当然没读过这篇文章，也没听人讲过这段故事。她只是独出心裁，与古人暗合而已。她是早已把镰刀握在手里，乘冯世江而上的时候把刀锋向上直刺入冯世江的肚内，随即将手一翻，搅动了几下。镰刀是弯曲的，在搅动时比尖刀分外得力。冯世江内脏破碎，只吼了一声很快就死了。

…………

【用小吉子留下的小镰刀杀死冯世江后，大巧儿准备自杀，被在门外暗中偷听偷看的三太太看出并劝阻拦住。原来三太太是十多年前被冯世江杀死的警察赵和的二女儿琳娜，一个走红的舞女。三年前她被冯世江派人灌醉关进地窖，虐待后强行霸占，成为他的外室。大巧儿杀了自己的杀父仇人，干了自己没有胆量干的事，了却了自己报两重仇的心愿，所以三太太愿意救她，并同意大巧儿提出的躲进她屋里的衣橱藏身。】

【藏在衣橱中的大巧儿万般无奈之时，得到正直慷慨的警局侦缉队长夏雷鸣主动帮助，得以逃出虎穴。】

（载北平《一四七画报》1946 年第 1 卷第 7 期—1949 年第 23 卷第 11 期。据中国文史出版社 2017 年版《粉墨筝琶》录入）

突入魔窟[*] [节录]

叶劲风

【本章是在冀东敌伪地区活动的东北姑娘纪耀群（即小说中的“我”）的口述。“虎弟”姓萧名虎城，外号“小老虎”，他叫纪耀群“小姨”。二人都是抗日地下特工。故事发生在1937年卢沟桥事变之前。】①

……［我和虎弟］走了里多地，到了岔道口，果然有一间吃食店，只那些馍馍蒸食，看样子很脏，一片黑的都是蝇子。虎弟

---

* 本篇节录自《一寸山河一寸血》第一卷《七封秘缄》第五章“突入魔窟”。

1946年8月9日《申报》春秋编辑部在《预告》中说：“长篇小说《一寸山河一寸血》，以军事喋血，配合特务奋勇牺牲，以及全国人民的种种痛苦忍受，为全文骨干，是一部反映八年艰苦抗战的里程碑作品。”小说第一卷《七封秘缄》8月13日开始连载于《申报》副刊《春秋》，1947年12月31日载毕（11月30日《春秋》停刊，12月3日起的最后5次载于新开的副刊《文学周报》），该卷共十章。本文节录第五章“突入魔窟”部分内容。全章5万余字。首载时，作者在文前写道：“这部传奇，如尚有一分价值的话，作者谨以万分的敬意，献给八年来为抗战而牺牲的斗士们，和他们的家属。”——本书编者注

① 为连接节录文字的前情后果，编者在正文首末各作了简要的交代，用仿宋体字外加【】标识。——本书编者注

抢上前去问问里边有否座头。那蒸馍的伙计，摇了摇头，又很注意的打量着我们。正在这时候，里间屋子，帘子一开，出来了一位中年妇人，细皮白肤，却又是乡村打扮，外带文静得很。她对我们瞧了瞧，便走近我们跟前：

“您二位，是两位学生吧，是赶火车？”又指了指案上的馍说，“您饿了，这馍不中吃。”说着又打量了我们一下，“要不上里间来，我跟您作点什么……出门人可真苦哩……”

第五章 突入魔窟

她打量我们，可是我们也在打量她哩。我瞧这妇人爱说话，知道不会坏到那里，就点了点头，邀过虎弟，走进店里。妇人抢上前去打起帘子来。谁知道里间并没有屋子，仅仅是个厨房，放着许多乱七八糟的东西。妇人待我们进了屋子，放下帘子，屋子蓦一暗，她于是自己反走到我们前头说，“这屋子没天光，看不大清楚，留神撞着。”我们随她转过那个大土包，眼前陡地是一亮，原来她把侧边的屋门开了。这倒叫我奇怪，这屋子怎样造的。

出了侧门，原来还有一个小院子，后面就是几间平房。妇人让我们进了平房，好像贵客似的，招待我们起来，嘴里尽客气话：“屋子小，贵客连请都请不到，这儿又窄又穷，那里比得前头哪。”说着又连向隔屋子喊道：“翠姐，客来哪，你过来接待一下。”

“不是黑店？”我想起从前看的《小五义》《七剑十三侠》来。

一会儿那翠姐来了，叫我吃了一惊，那面貌举动打扮一切都像我从前北京的一位同学。

“咦！”我不禁岔口叫了出来，“您在北平××中学念过书？”

“不是××中学，”翠姐微微一笑，脸上泛起两朵红云，“是城西女中，教会学校。”

“噢！”我在追忆，“您贵姓，可是……”

“贱姓计。”她有些茫茫地，好像也在追忆，“我知道哪……妈……”她回头对那位爱说话的妈说，“咱表姐可不是在××中学念过？”

“瞧这孩子，”她妈笑着一拍手，“这些年我又没进京去过，谁还记得什么什么中学，你说表姐，那不是你三姨的小玉儿？”又冲着我说，“我后边去一会来，您请谈谈罢。”边说边走，到屋子后进去了。

“对哪。”翠姐又对我说，“我有个表姐叫黄玉华，比我大了六七岁，在××中学念过书……她跟我长的一个脸盘子。……”说到这里，她瞧了瞧了虎弟，脸又红了。

“对哪。”我猛地想明白了；她表姐可不就是我说的那个同学？可是黄玉华这三个字倒记不得了，我在那里只待了半年多，又隔了这三四年，当然记不住了。“她现在还念书？”我想问问下落。

“早没念哪……噢！”她脸上忽然转变了一种凄惨可怜的颜色。

"她跟我们一样，——穷下来哪。"她低下了头，拈起了一片衣角。

我同虎弟，在这一家盘桓了约莫一小时，听了一个悲惨的故事：

翠姐姓计，叫翠和，父亲原是通县有名的大富商。自从殷汝耕逆贼供奉着日寇，在城里作威作福，城里城外，以及邻近的乡村，顿时变成了一个黑暗的地狱。那种惨状，同沦陷后的沈阳，一模一样：富的穷了，壮年不被征役，就成了赌和毒品的牺牲者；要不就是无端失了踪影。女的，只要是女的，少有不被蹂躏，甚或运到大连，营口，台北等地去当营妓。翠姐的父亲本想趁时阖家逃到北平，走慢了一步，就被殷逆①手下的爪牙抓去，硬生加上一罪名，财产充公不算，人还死在黑牢里。

翠姐那时才十五岁，一个清洁高尚的女学生，却被一群小奸，连她母亲一同逮去，献给一个日酋，叫什么松冈玉田太郎。一年多后，那东西被调遣走开，就将母女二人转送给手下的一名特工；说是中国种，其实是高丽棒子。直到现在，就把母女安置在这里，高起兴来就来一宿；不高兴，他的公馆有十几处，哪儿都随便消遣。

翠和母女为什么不走开呢？据翠姐说，也曾试过一两次，无奈妇女胆小，性弱，亲戚都遭着同样的命运，又无处投奔。他们爪牙甚多，走不了几步，就被抓回。抓回之后，就要受一顿鞭扑[打]，还要烙上几个火印。她们母女，腿上和背上，都烙满"高田"两个字，和些"井"形的花格。据说她的表姐，性情燥烈，他们就强制给她扎吗啡针，让她上瘾，现在已成了一个人干，就在军营里鬼混。

翠姐和她母亲，劝我们千万不能上城里去，因为那地方，一

① "殷逆"，即汉奸殷汝耕。1935 年 11 月 25 日策动在通县成立"冀东防共自治委员会"，任"委员长"，12 月后改为"冀东防共自治政府"，任"主席"。抗战胜利后被收押。1947 年 12 月 1 日被枪决。——本书编者注

去就难得原形原样出来。她们说在双桥的东北，通县的西北，而地处叉点，那里有一个更可怕的魔窟。无论在北平或天津，或附近各乡镇，凡是掳来的妇女，就先送到那里幽禁，直到变成一个妓女，或人干，或恶魔鬼伥；否则就是一堆灰烬，要是性子烈的话。掳来的富人，或捕来的“反抗”份子，也是往那里一送，要想逃出性命，除非依了条件，否则纵然生了翅膀，怕也飞不出来。

听她母女说，那地方虽不曾去过，却知道那里有飞机场，有军营，有寨子，四面几里都有兵把住，防卫森严周密。除了日寇，韩人，台人，殷逆手下的死党等等之外，只有一种人可以进去得——出家的和尚——那是因为日寇汉奸都作孽太甚，恐遭天谴，所以常常要请些和尚去念经诵佛，替他们忏悔。

“咱们几时得上这鬼寨里去探探，好不好，小姨？”虎弟同我离开翠姐家里，路上走着的时候，这么问我。

我也想去试试，只想不出安全的办法。还有一个困难问题，那就是明去，还是偷着去。照规矩我们应该报告队长，他允许去就可去，不然就不能去。我把这话告诉了虎弟。

虎弟他似乎挺拘谨，人也只有十二三岁，可是你看他前脑突出那么多，后脑勺子那么大，无论如何，是个刁钻调皮的脚色。他一听我提出这两点，却是满有主意。关于去的方法，他说可请翠姐母女指点一个热庙，我们就冒充那庙里的挂单和尚。关于队长方面，暂时可不能报告，他预料假使报告了，准不能去，决不能让我们去冒这么大险。只能蒙着头去，回来之后，就说咱们追贼追进去了，或是被鬼子逼得去了，设法逃出来的。

我当时虽然赞成这个办法，可没有答应去，只告诉虎弟，让我想想再看。我们一路向通县这里走着，虽然碰见几部汽车，坐了些鬼子，汉奸，狗党们，可是我们没让他们看见，早避开了，所以一路无事。早午十点多，就上这儿来报到了。

……虎弟自到通县以来，比以前要沉默得多。从前，大庭广众之前，他固然不大多插嘴发言，除非他觉得这句话，非说不可，才肯开口；可是同我单独在一起的时候，他可也不怎么缄默，而且很琐碎，有些像老太婆的唠唠叨叨。这两天却有些变样，就是同我在一起，也不说话；不问，不答；好像有挺大的心事。

昨天尤其特别，一早起来，就问我要一百块钱，说是碰见了一个寨子附近里的人动身回家，他要托那人捎几个钱给妈。这个数目相当的大，（从前要钱，最多一元为限，剃头洗澡，买点零嘴。）这还不去说他，并且当时我就证明他在说假话，因他一说假话，那双大圆眼睛，至少要连着眨闭三四下，这是百试不爽的。我并非不能立时拆穿他这个谎泡泡，可是我一时好奇，想看他究竟在捣什么鬼。

他拿了钱，立刻笑容满面，东扯西拉，硬编出些话来逗笑；又向我讨了两小时的假，（因为在公事上，他是我的助手，算我的属员，出外必得向我请假。）我也索性很爽快答应了他，只嘱咐他快去快回，别耽误了公事。我本来打算暗地吊他的线，看他究竟上那儿去，无奈正巧队长找我说话，一时不得闲，竟让虎弟溜了号。他倒是两小时不到就回来了，我也懒得追问了；因问也无益，知道他早准预备了一套话来对付我。那又何必多此一举呢？

这两天这等忙乱，我却无时不留心他的举动。除了过分沉默之外，他还时时在眨眼睛，好像在思索什么。就这时候，在办公室里，他虽说坐在屋角一只软椅上，闭着一只眼在休息，我想他不一定睡熟，一定是在那里盘算什么。

…………

赶到翠姐家不远的地方，我把车子开到路旁小树林里，把车子掩蔽起来。这时公路上，虽仍不见人迹，但恐发生意外麻烦，便只在路边高粱田里走着。到了翠姐门口，见馍店已经收了，门也关着。门上贴着一张红纸，写着“店主远行，停止买卖。”

我方“咦”了一声，忽然听见里面，有个女子声音，嗤的一笑，接着听见抽闩响动，门已经拉开了一部（分）。我向室内张了一张，一团黑暗，并不见人。这时候听见翠姐的声音说，“快进来罢，回头有人看见！”

“这是捣什么鬼?”我在黑地里拉着翠姐的手，一面摸索走着。

“这是上回同您一路来的那位小老头的意思，他说城里很乱，这里怕要打仗，叫我关几天门再看……今天早晨，确也过了不少车子，挺重的，我们没敢起来看。……”她叫虎弟是小老头儿，不知什么意思，也许因为他“人小鬼大”?

过了小院子，进了后屋，我以为虎弟必在里面，谁知迎出来的，只有翠姐的娘，笑嘻嘻地说些热闹的话。

“刚才你不是说明小老头儿来了吗?……人呢?”我问翠姐。

“他很早来了，又出去了。”翠姐答应着，“他说您也许就来，让我留心听着门?一直等了这半天哪。”

“没说上哪儿去?”

“是上车站吧。”翠姐一面说，一面侧着耳听，并止住我发声：“我听见是敲门的声音，让我去看看。”不到一会儿翠姐果然同着虎弟一路进来。……当着翠姐母女，我叫虎弟把所有关于他这次的行动，都告诉我。他据实说了，同时翠姐和他母亲还补充了很多。

自从上次我同虎弟见了翠姐母女，听了他们母女的经过，又听见双龙堑魔窟的事，我们本来有意想来探险一次。因为我当时没有肯定答复，怕我不大赞成，虎弟就蓄心自己准备起来，据说这几天，连今天在内，他已经来过二次了。第一次是夜晚，他背着我跑来一次，盘问了翠姐许多话。告诉翠姐，说我们是国家的军官，特派到这里，就为了要剿灭这个魔窟。并说服了翠姐，“要报自己的仇，就要帮着干。”

第二次来。就是昨天上午，虎弟大约整盘计算了一下：往来车费，托翠姐的妈上三里外一个庙宇去，弄两套和尚配备等等，所以问我要了一百块钱，想化了装进魔窟去。不过那时的目标，只是侦探敌伪，究竟在干些什么，有些什么军事设备，策动些什么工作。小小年纪，脑子里装下了这么一个大计划，有些尅化[1]不来，所以态度上不由得有些鬼鬼祟祟，也不期然的变得沉默了。

比及今天早上，发觉新的同志们不能跟他合作，并有些忌尅，同时又发现了殷逆本人不在通县私宅，那射杀的，只是一个替身，（后来查明，该替身是日寇中一个兰组部下的能手，在通县主持一切，殷逆只是个躯壳，这家伙才是真正主脑和灵魂。）所以虎弟用了迅雷不及掩耳的手法，探出殷逆的底细，因此决定不顾一切，要到魔窟去侦查一个痛快。设若碰巧，能把殷逆干掉，也是一件好事。并且喜得一切都早有些准备。至于公事的手续上，他可顾虑不到了。

我们现在，共有三个方法上魔窟去：一，化装和尚，据说可以自由进出，不致败露。二，利用今天形势，穿着保安队制服，拿着虎弟在逆宅的牌证徽章等，冒险冲过守卫和哨岗，就说由通县逃出，特来报告消息。三，那是虎弟刚在车站探来的一个机会：他几次上这里来，都是包赁小汽车，今天来的时候，在那岔道口，也发现了机械部队移动的痕迹，问明车夫，知道那条支路，正是一条南北要道，所以他料到双龙堑的寇军，必已开拔，声援“拂晓攻击”去了。

虎弟又想到魔窟的寇军，也许不专走那一条路，所以到翠姐这里来的时候，一方面也是为了避去行动痕迹，就命车子直驶车站。在车站上，他利用那身保安制服和搜得的证章，向站长，及那巡警派出所，打听到这边也果然有一队寇军经过，目的是丰台，并且，在车站左近，留下了几部军用大卡车，准备随时取用。

这第三个方式，就是设法弄一部车站上留下的卡车，冒险向

---

[1] 此处的“尅化”和下一段的“忌尅”均为原文。——本书编者注

魔窟里冲去，料想守卫哨岗等，未必那么认真，也许真不容易混得过去。

我拿这三种方式都细心研究了一下，认为第一个方式累赘麻烦，今天情形特别，碰巧特别戒严，就是他们平日允许走动的和尚，也许不能通过；而且我留着头发，勉强遮掩，容易败露。第二方式，虽说冒险，比较可行。第三方式我认为最妙；因为车子是日寇的，守卫和哨岗必看得熟习，假设不是预先走漏了消息的话，我认为他们决不能那么细心，认真搜查。况且我们不妨留穿着“制服”去；万一遇见盘查，我们很有话可说。万没想到这一切种种，都是过虑。第一步，上车站弄卡车的时候，我们以为必需费些手段，才能到手，殊不知那个看守的，是一个临时雇用的本地人，我们一到，他看见我们的制服，弄不清我们是谁，反迎了上来，敬礼带鞠躬，说“没有小孩子来攀车子玩。”原来他的惟一使命仅此一种而已，代价每日一元五毛。

本来，日寇在这一带，骄纵狂横，人民见了那土黄军服的影子，都不寒而栗，又哪里会想得到有人敢来“借用”他们的车子？就不说军车，仅仅一顶军帽，一双破军靴，尽管放在任何地方，中国小百姓，谁有这大虎胆，敢正眼看他一看？有了这种情形，日寇不免托大。这一托大，却给了我们不少便利，所以弄卡车的事，毫没费劲，就此解决。

军用卡车顺利到手之后，因怕一时查出，这看车的家伙，将来要遭日寇枪毙，终是取了一张记事纸，写了某团某营官佐某某，因公事借车一部，十小时内归还。这团，营，及日本姓名，当然信手乱写出来，大意只是要替这一元五毛代价的家伙脱除罪名就是了。字条交过之后，就由我开车。方向，远近，早在翠姐那里问到了底细，虽然不大准确，想必不致十分错误。

…………

照车子所开速率计算，我们行驶了十余里之后，才看见了这魔窟的双龙堑轮廓。第一个触目惊心的，乃是那高耸入云的瞭望塔，塔顶下面筑着碉堡式的门楼，大约有二十多丈方圆。其余两翼，都是一丈多高的围墙，排着很整齐的机枪巢和枪洞。碉堡正中，即是一座圆拱大门，四五丈宽，有二三丈深的甬道。这种建筑，式样凶恶，但并不合新式作战眼光。从来知道，这里原是一个本地恶绅的寨子，日寇占用之后，不过因陋就简，加上些建筑而已。……

……刚进甬道，忽然听见有人高声喝道，“慢些!”却是中国话。这声高喝，把甬道振得回声嗡嗡的，好像雷鸣一般，我一听，当即把车子改慢速度，迟吞吞走着。一刹出了甬道，才见左手转出一个号衣来，挥着手，一边侉声侉气说，“上哪儿去哪，这么性急火烧着屁股啦?”一边叫我们向左转进；原来迎面是一堵钢网墙，左手边才是停车场，另有围墙，和栅栏。这才明白那个日本岗哨，叫我们略停，为了要让这个侉子[①]打开栅栏，好进场停车哩。

这停车场还有几十部各色汽车，分类停着。我于是把车子开到卡车一排停下。在停车的动作上，我同虎弟时时注意的四面八方情形，却是除了那个侉子外，连一个鬼影都看不见，好大一片广场，只是静悄悄地，而那侉子见我们进了停车场之后，大约看见我们开的卡车，了不起也不过勤务下士之流，不大看得起，所以头也不回，立刻走到墙根脚放的一把竹椅上坐下，拿起了一本破书，正式用起功来。

“辛苦哪您哪!”我们打量了一下四向，走到那侉子身边的时候，他头也懒得抬起来，只口里哼出了这句话。大约他对每个勤务朋友都是这么照例的说着。

“辛苦，大家辛苦!”我把嗓音压得低低的。“借光你哪，

① “侉子”，称说话口音跟本地语音不同的外乡人，多含贬义。又称呼那些粗鲁、野蛮的人，含轻蔑、嘲笑意味。——本书编者注

委员长不在这儿吗？……我们是城里赶来的，要报告一件事例……！”这是我早准备了的一句话，一方面也是看见这家伙十分容易对付，才放胆问着。（通州吃公事饭的，称殷逆是委员长。）

“得哪，得哪！”他实在舍不得那本破书，“哥儿们去歇歇罢，您想大帅这早就起来？……刚才上床哪！”他的眼睛一直没离开那本书，看那样子，觉得十分讨厌我们打搅他。

“《彭公案》……嘻嘻！”虎弟对我眨了眨眼睛。北地的人，通常喜欢《施公案》《彭公案》一类读物，讲究江湖义气。

“不经一事，不长一智。”我这么想着：“这句俗语，现在可实地证实了。当初听了翠姐母女的话，把这魔窟看成了龙潭虎穴，所以未动身之前，计划了又计划，准备了又准备；外带还是舍着一条性命来的，谁知里面情形，原是道们[①]稀松平常。可见人人必须有些冒险精神，才能不被宣传蒙蔽，才能实地任事，实地收获些经验哩。”想到这里，觉得我们一番见神见鬼的举动，真有些可笑。

我这想着，同时又听见虎弟的暗示，决定先从这里着手，做点小小交易。这家伙叫我们去歇歇，我们可不知道往那里去歇歇哩，因此反而在那家伙身旁就地坐下了。这里我就手掏出了随身的法宝。

“赶得匆忙，巴巴的跑到这儿，香烟都忘了带，虎弟，没有？”一边说，一边我拿着一卷城里流行的“军用券”，点着数目。斜着眼睛瞟过去，那伢子的眼睛，经这五光十色的法宝一照，不由得渐渐移动；从书上移到了“券”上，从“券”上到了我的手上，渐渐流到我的肩膀，慢慢到了我的脸上。这是一个软性的紧张局面，好歹就要看他这一下的表情。

① “道们”，疑为“他们”或“这么”之误——本书编者注

“怎么哪？——城里弄到了一票？……”侉子眯起一双大约千来度的近视眼睛，哆开了嘴，露出一口又乱又大，上了釉的牙齿。

法宝收了功效，符也画灵了；然而冷汗也出了一身。从侉子口里，我们知道这个魔窟并不如我刚才幻想的那么“稀松平常”。我们今天算是赶了一个巧，因为寇军十成开走了九成半，高级人员都随军出伐，这里成了后防的后防，所以松懈了下来，否则这部车子，哪怕是日军开着，也必得经过许多麻烦，才能开进。这是敌军空巢出动之后，仅有的现象。

然而我们现在坐的地方，还是外围。里面顺手边进去，有个老寨，可以算得“中国地界”，是日寇，伪军，卫队，保安队等，吃喝作乐的大本营，叫作什么“招贤堂”，是个糜乱不堪的沦陷区缩影。各色妓女，各种赌博，各样毒品，可以任意御用。据说里面妓女和戏班的坤角，总计不下一二百名。可只有一个条例，只能活着进来，决不能活着出去。其余的伪军，卫队，却并不多，确数不知，大约不过二三百人，都是日寇和殷逆的手下牵引进来的。其他也有老寨留下的本地混混，和些守着产业不愿离开的本地人，老侉本人，从前当过卫队，后来白面①瘾大了，眼睛也坏了，就派到这里管栅栏。还有一个老婆，在“招贤堂”厨房里当差。

真正的大本营，还得由左边这条路，经过半里多地才能达到。从这条路入口起，都是禁卫区，除了殷逆本人和随身亲近，侍役等，谁也不能进去。老侉自己说，他流落在这里已经三年，资格老了，里边才去过两次。据说里边飞机场，军火库，营房，广场，都相当大，寇军成千成百，常常调去调来，没有确数。除了这些，里面还有一个高级的游乐场所，有着穷奢极欲的布置，殷逆的日子，都在这里消磨着。另外还有一个刑事场，那就是小型的地狱，

① “白面”，指毒品海洛因。原报作“白丐”，“丐”为“丏”字误植。“丏”系繁体字“麺”的异体字“麪”不规范的简写。——本书编者注

或集中营，一旦进去了，别想活着出来。

我同虎弟，一对一声，把这些情形，都由侉子口里套了出来，很巧妙地，仅仅只花费一个二十元的代价（够敷衍他两个足月的白面账）。我们又把禁卫区里面的情形，地势，也弄出一个大概。并且知道里面这时只留下了一两个小队，在担负禁卫的职务。

难道说这老侉竟是一个傻瓜？他肯为了这点小便宜就把话都说出来？殊不知我是把以前学的一点侦查心理的本领，尽量运用了出来，虎弟却是那么乖巧的从旁点逗着，又加上《彭公案》的江湖义气数据，也帮了我们不少忙。小说迷只要跟他多谈些小说里的人物，他没有不倾筐倒匣，把自己的十八般武艺，祖上的德行，和心底下藏着的零碎，都搬出来的道理。况且除了小说迷之外，他还是个白面迷咧。

这时我们才知道，今天此行，道道地地是个侥幸。所冒的险，到这时（上午十一点多钟）为止，不算大，也不怎么小。譬如说，要是卫岗上的那个日人，稍稍犯些肝火毛病，说不定我们已经干下了可怕而又无价值的事哩。

从这时候起，直到傍晚七点止，这几个小时，怕要算我同虎弟有生以来，最难过的一个时间。起先，我们直接找到“招贤堂”的厨房里，替老侉带了口信给他的老伴，一个四十多岁的女人，叫她替老侉作一盆炸酱面条，差小听差送到前面去。这女人看样子倒像一个典型的北方妇人，有一张很热闹的嘴，一双勤快的手，在厨房里管着杂务。

有了这带口信的事由，我们又尽量利用了这个机会，说了些让她爱听的话，她很高兴，怨我们老不上寨子里来，弄得面生了。我们趁这机会，要求她替我们找个安静的所在，休息一下。她想了一想说，“招贤堂”在三点之前，倒是很安静的；三点以后，赌博开场，花姑娘上市，就要热闹了。我们告诉她，一夜不曾好好休息，得有个地方躺躺，正不愿参加这个热闹。她说只要不嫌，可以到她的屋子里去，那里有大炕，也没人去吵闹。这是一个很合理想的所在。我们预先赏了她两元军用券，名义是请她给我们安排两盆炸酱面条。

这女人说“只要不嫌脏”，我以为她在客气。直到她领我们进了这个屋子，才知道她说的确是实话。这屋子不仅一个脏字包含得下，头一个不通空气，隔室就是厨房，那烧菜的油味和煤火的烟熏，不断地从板壁缝里透了过来，简直熏得人作呕。虎弟说这是“第十九层油烟地狱”。可是我们就在这里吃了面条，并且讨论计划我们准备着手要干的事。

我们第一步把禁卫区里面的地形，画了一个简图，就老倴供给我们的数据，把路线，障碍，汽油堆栈，军火库，岗位，娱乐场，等等，假定了一个大略。我们争执着一个不同点；虎弟要混到娱乐场内去把殷逆干掉，我主张看事行事，能够毁掉军火库或汽油栈，便足够消灭一下敌寇的气焰，给他们一下打击。我用利与害的辩证方法，把虎弟屈服了。因为殷逆虽是一个祸根，可是他的一条性命，还不值一条狗命。就算弄掉他，日寇立刻就可再装上一个傀儡。

其次，我们又讨论到撤退的方法。在我的想象中，我认为最安全的办法，是让所干的事情，在我们撤退之后才暴露，方为上策。要晓得这是一个虎穴，我们再厉害些；也只有两双腿两双手。无论如何，应当尽量避免显明的冲突。

这撤退的问题，还未解决，虎弟已经倒在炕上，沉沉睡去。……

不记得什么时候，我也倒在炕上睡熟了，只知道方睡得正甜，突然被一声巨响惊醒，一翻身坐了起来，心上不觉突突地乱跳。那个巨响，却又奇怪，一直不断地还在耳轮里滚着。稍稍定了定神，仔细听了听，才听出这是一片锣鼓声响，就在隔室发出，震得头昏脑胀。同时又觉得周身十分难过，莫明其妙难过。“不是病了吧？”心下这么想着，但稍一抚摩，不觉失笑，原来身上的衣服，被汗浸得层层透过，湿腻腻地塌在身上。一看虎弟，仍旧睡得正甜。摸了摸他的额头，却是干微微地，一点汗星都没有。后来听说，这是练过气功的原因。

费了好些手续，才弄明白，原来我们这间屋子，是个暗房，一面通着厨房，一面正是“招贤堂”的俱乐部，通常在这里闹着京剧，或是练习，或是清唱，或是坤班登场，也有时是玩耍的客串，反正热闹作乐就是了。其他的两面墙壁那边，却是赌场。这时也上场了。我们这间房，一天二十四小时，惟一的光线，只靠屋顶上几片明瓦，和一盏五支光的小电灯。

我一看手表，已经六点多钟了，这才稍稍整理自己，把虎弟唤醒，告诉他这里的情形，问他可要再吃点什么。他睡眼惺忪了一会，才摇摇头，在刺鼻孔。我知道这是油烟的功效；叫他快点料理一下，赶快离开这里。凑巧那老侉的女人，这时一步跨了进来，拍手笑着说：“你这两位哥儿，昨日敢情是干什么去了吧？”她说她进来过两三次，见我们睡得正甜，没敢打搅；又问我们还是上厅用饭，还是让她给作点什么吃吃。我们告诉她要出去蹓跶一下，如有公事，还得赶进城去。

我们经过厨房，走到“招贤堂”的隔壁甬道里，身上觉得一凉，鼻孔也通了空气，心便舒畅得多。甬道里有两扇纸糊窗格，通着招贤堂大厅，窗格的纸，破了很多小洞，这里人声嗡嗡，大嚷小叫，噪成一片，都从这里传了出来。走到窗前，我们顺便向内张张，刚把眼睛凑上去，却有一阵恶臭钻了出来——大烟，香烟，汗气，人臭，同时夹着一种说不出怪气味！

从这窗洞，只看得出大厅的一只角，仅仅这只角上的种种切切，我想但丁描写地狱情景也没有这样瘆人。男的：日人，韩人，中国人，都有一个个不是凶神恶煞的样子，便是中了毒的一副尸首余气；女的，如其真有罗刹国，我想她们都是罗刹国移植过来的。至于行动的下流，混账，也无法说得清楚。这大概就是一间活地狱，也大概就是日寇替汉奸走狗们造成的一种天堂吧！

我们想把厅里的人类，分析一下，作个统计比较，虎弟忽然递了暗号过来；原来厨房里有人托着一大盘汤菜，从这里经过。我刚当假装作没事似的，出了甬道。

从这老寨到街区大本营内，要走大路，必得回头走到圆拱门那里，再进对锁入口。因想到那入口内，必有森严的守卫，我们于是准备走老寨后院，设法过去。定了定方向，我们沿老寨边沿一带平房后背走着。这时天色已黑，我们却是一路小心躲避，探索着前进。老寨同大本营之间有各种不同的障碍隔断，有的是一丈多高土墙，有的是双层铁棘藜丝网，当中夹着荆棘，也有七八尺高，荆棘布置得很满，看不见那一面的东西。这里仅有一条隐僻的小街，沿街都是瓦砾、乱石、杂草，好像从来没有人践踏过似的。

到了老寨后身，却是一片乱林，荒芜不堪，好像是一块乱冢，高低不平，地上长满了荆棘，野藤，乱草，简直没法插脚。虎弟建议，让他拣棵树，爬到顶上，看个大概，再作计划。但我这时却打算宁可试试大路；因我预测，这一带恐怕根本走不过去。纵然翻过这些障碍，那一边还不晓得是些什么情形呢。可是上树看着，也无不可。

虎弟稍稍结束了一下，拣了一棵较高的树爬了上去。好一会才下来，告诉我说，单怕这边跨不过去，要是跨过了这些障碍，那边只有一条丈来宽的溪水，对岸还有石墙，只有一人高，都是容易过去。他说他看见入口的大路上，经过这条溪，必得走过一座桥；恐怕那桥上守卫很严，不易偷过。

我踌躇了一下，又同虎弟商量了一会，还是决定翻过这层障碍试试看。因为，根据防卫方式，凡是障碍愈险的所在，防卫必不严紧。只要克服这层障碍，就是大路。我也结束了一下，把身边的小剑抽出，递给虎弟，让他前面开道，因他眼睛尖利，双脚灵便而有功夫。就这样安排，仍旧把衣服划破几处，手背也刺了几条小口，足足花费了半个小时，好容易才穿透了这重障碍。……

【此后，我和虎弟二人又经历重重险境，克服种种困难，终于得手开枪引燃汽油区的汽油，引发大爆炸后逃离魔窟。】

（载上海《申报·春秋》第 24669—24684 号，1946 年 10 月 19 日—11 月 3 日）

诗　　歌

南京一少女

冯玉祥

南京一少女，被敌捆掳去。
迫令为营妓，拼死力抗拒。
关入禁闭室，终朝不得食。
破门方脱身，三敌来阻止。
少女得菜刀，猛砍诸强盗。
三敌卧血泊，狗命都难逃。
少女自思量，我难出罗网。
一命拼三命，已算未上当。
一笑哈哈哈，举刀便自杀。
贞烈实可敬，闻者皆泪下。
她是一少女，竟能杀三贼。
请君细想想，男儿当何为？

一九三九年九月十九日

（录自陈汉平编注《抗战诗史》，北京团结出版社 1995 年版）

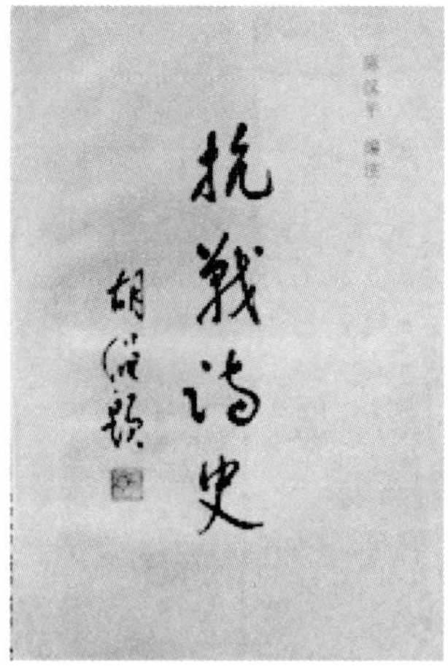

南京一少女

冯玉祥

一九三八年九月十九日

南京一少女，被敌捆掳去。迫令为营妓，拼死力抗拒。关入禁闭室，终朝不得食。破门方脱身，三敌来阻止。少女得菜刀，猛砍诸强盗。三敌卧血泊，狗命都难逃。少女自思量，我难出罗网。一命拼三命，已算未上当。一笑哈哈哈，举刀便自杀。贞烈实可敬，闻者皆泪下。她是一少女，竟能杀三贼。请君细想想，男儿当何为？

当营妓

沙雁 词　鸿基 木刻

日头出来红如火，
小二姐哭得泪如梭，
自从爷娘丧了命
撇下闺女怎么活？
怎么活，
怎么活，
鬼子拉俺入了伙，
你来对着取取笑，
他来对着乱动作，
有些贼兵不讲理，
拉着俺二姐到处摸
上一把，
下一把，
弄得俺二姐真羞煞，
有心拼了这条命
免得侮辱父母家，

可恨鬼子看守紧，
三番四次把俺打
说是：“今后要再逃
打死定不饶！”
有心好好活下去，
这种日子怎么熬！

（载重庆《抗战画刊》1939 年第 26 期）

朝鲜少女吟

王季思

我军袭新乡，俘敌十数人，内有二朝鲜少女，被敌军以“慰劳班”名义征赴前线，供敌蹂躏。

罗帏对卷秋风入，
新插瓶花娇欲泣；
那知更有断肠人，
血污罗裳归不得。
个人家本汉城住，
生小年华愁里掷；
妆成长自怯登楼，
为恐豺狼见颜色。
自从东亚起甲兵，
邻里朝朝闻哭声：
丁男逼向沙场死，
少女驱将绝域行。
皇皇督府张文告，

道是“前方要慰劳，
民家有女不许婚，
留待‘皇军’来征召。”
绮年玉貌空自怜，
阿爷阿母长忧煎；
生男生女两无望，
国破家亡理自然。
篷年隐隐过城郭，
三十六人同日发；
亲朋邻里不敢送，
遥望车尘双泪落。
故山渐远草渐青，
不记南来多少程；
宵从鬼魅丛中过，
晓逐牛羊队里行。
人前强作欢颜笑，
对镜临妆长自悼；

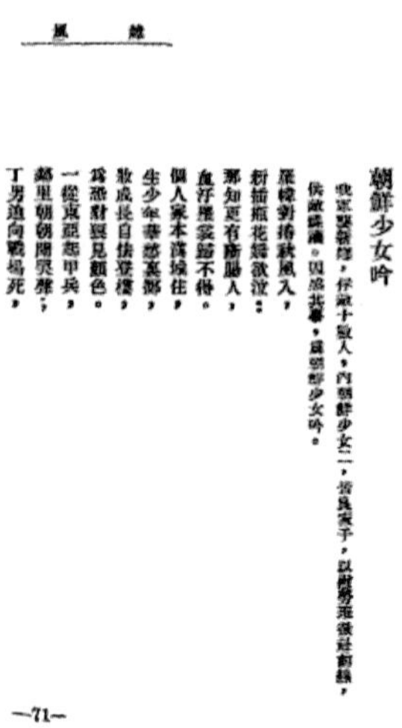
越風

朝鮮少女吟

我軍襲蘇州，俘獲十數人，內朝鮮少女二，皆良家子，以[illegible]赴前線，供敵蹂躪。因感其事，成朝鮮少女吟。

羅幃對捲秋風入，
斜插瓶花獨欲泣；
那知更有斷腸人，
血汙[illegible]歸不得。
儂人家本漢城住，
生少年華慈母撫，
妝成長自依登樓，
爲恐[illegible]見顏色。
一從東[illegible]起甲兵，
鄰里朝朝聞哭聲；
丁男逼向戰場死，

—71—

越

王季思作

國民出版社印行

同来姐妹几人存，
暗里相逢各相吊。
东家阿妹年十六，
旧是皇妃闵氏族；
夜深宛转闻娇啼，
清晓遗尸弃深谷。
南邻孀妇崔氏姊，
家有三龄遗腹子；
仰天终日语喃喃，
皮骨虽存神已死。
行行忽已到中原，
极目关河欲断魂：
黄河浊浪排空起，
铁岭寒云障日昏。
岭云四合黄河吼，
华夏英灵长不朽；
大军一夜克新乡，
五百倭奴齐授首。
坏车零乱龟鳖伏，
散卒仓皇牛马走。
伶仃弱女何所依，
瑟缩泥中血满衣。
被俘自分军前死，
不信将军赐就医。
殷勤看护更相慰，
折得花枝伴憔悴。
那知身世正复同，
纵有余香无根蒂。

吁嗟乎！汉城高高汉江深，
谁把江山掷与人？
欲知亡国无穷恨，
请听朝鲜少女吟。

（录自王季思《越风》，金华国民出版社 1940 年版）

香　港[*]

徐信符

四

最怜送燕与栖鸦，
刀剑光芒怨日斜。
安得女闾三百户，
满园春色植樱花。

---

* 关于本诗，论者这样解释：“‘女闾’一词源于春秋时齐桓公设于宫中的淫乐场所，《战国策·东周策》记载‘齐桓公宫中七市，女闾七百，国人非之。’鲍彪注：‘闾，里中门也。为门为市于宫中，使女子居之。’［鲍彪：《战国策校注》，四部丛刊初编第22册，上海商务印书馆，民国十八年（1929）］后世一般代指妓院。但徐信符诗中的‘女闾’却不是一般意义上的妓院，而是日本侵略者在军中设立的‘慰安所’。”（周生杰：《徐信符：首位用诗歌揭露日军慰安妇制度的诗人》，《石家庄学院学报》2016年第5期）——本书编者注

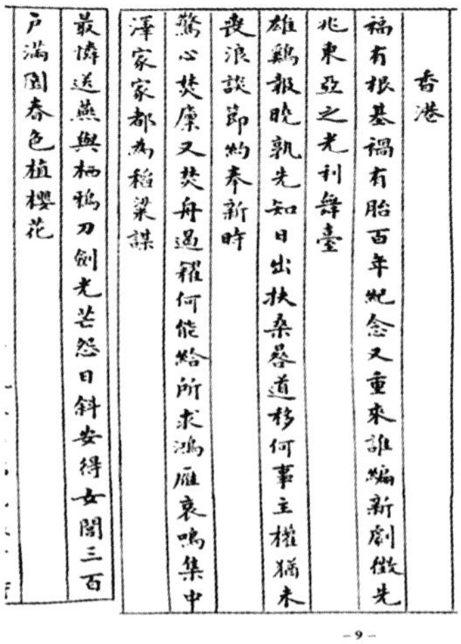

香港

福有根基禍有胎百年紀念又重來誰編新劇傲先
兆東亞之光利舞臺
雄鷄報曉孰先知日出扶桑吾道移何事主權猶未
喪浪談節物奉新時
驚心焚廩又焚舟過羅何能給所求鴻雁哀鳴集中
澤家家都為稻粱謀
最憐送燕與栖鴉刀劍光芒怨日斜安得女閭三百
戶滿園春色植櫻花

-9-

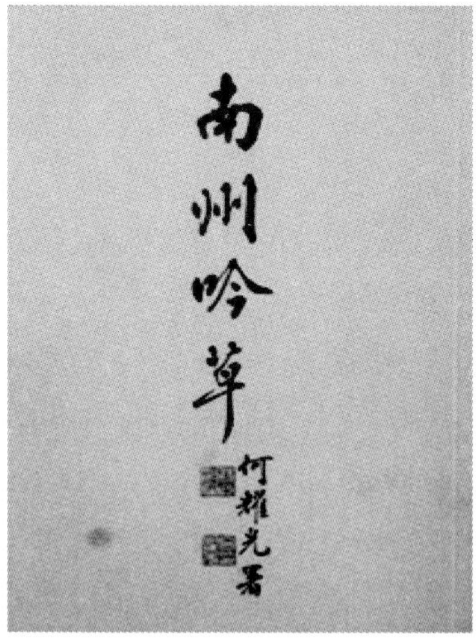

［作于 1942 年。载徐信符《南州吟草》（何氏至乐楼丛书　第 33 种），香港，何氏至乐楼，庚午（1990 年）春仲刊印，第 10 页］

纪　实

上海的地狱*

——敌寇的行乐所

章国康

编者先生：

日军在被陷各区之暴行，其最无耻与贻我民族以莫大羞辱者，莫过于蹂躏吾国女性。各被占区域之女性，无论老少，如被彼等发见，什一难逃被污。最近昆山某教堂述及一事，又令人发指，爰述之如下，望披露报章，以告国人！

昆山自陷落后，该地，小教堂牧师陆某，因未曾逃出，后与驻该处之日兵某长官相善。后该日兵长官调沪，陆某适亦欲来，故托同行，以求保障。迨抵沪虹口，该日兵官即导至北四川路横滨桥相近某银行旧址，日兵行乐所一游。陆某初不知此行乐所如何内容，迨入内，毛发悚然。盖该屋各层设有极暖之水汀，其最低一层，有日兵在苏锡昆山浦东各地所掳之我国良家妇女，自十七八岁至三十岁者，约数百人，皆一丝不挂，面有愁容，而日兵则川流不息其间，任意选择性的满足。如任何女子有不从者，皮

---

* 本篇曾收入范式之等著《“皇军”的兽行》（广州战时出版社 1938 年版），题《上海地狱》；江平等著《民族大仇记　战区特辑》（新汉出版社 1938 年版），题《敌寇的行乐所》，作者误署“江平”；秋江等著《敌寇暴行录》（文艺社 1938 年版），题《敌寇行乐所》，作者误署“秋江”。——本书编者注

鞭立至。

陆某睹状，亟思退出，忽有一女子猛曳其臂而不放，大呼救命，视之，则彼之邻妇王某。彼甫结婚未数月，而被劫至此地狱。陆某恐累及己，促此妇勿声张，但已为旁日人所见，立以皮鞭猛挞。陆某系基督教徒，大不忍，立跪下求彼识之日兵官救此妇出。该日兵官忽发慈悲心，允陆某携此妇出。事后此妇告人，自被掳入内，每日至少遭十次以上蹂躏。被掳女子入内后，大多自愿绝食，不数日即毙命，而隔日即有新被掳者来补充。据又谓，此所谓行乐宫之二层楼，有同样命运之妇女，为自三十岁至四十岁者数百。至三层楼以上之情形，则不得而知。

敵寇萬惡錄（三）

上海地獄

敵寇的行樂所

倭寇在京暴行的另一鐵証

——南京外僑的來函

成文秀

平湖的一夜

王人三

日军之暴行至此，敝人当询该陆某，其行乐所之确实地址，俾将此暴行告各国领署，作实地调查。惟该陆某坚不肯吐实，仅谓日人如此暴行，必遭天谴。呜呼！我此国之大耻大辱，谨据实以告我国男儿，大家奋起，洗涤耻辱，保卫全国女子，以尽男子责任！

章国康书于离沪投军前一日（二月八日）

［载《大公报》1938 年 2 月 27 日“敌寇万恶录（三）”］

在敌人践踏下的女同胞*

梅　兰

溶池君：

……

初八的那天上午，表兄从汤阴来叩节，带来些可惊可愕的消息。他说："日本鬼子晚上不让人闭户，说是保险没有土匪敢来抢东西，但是鬼子们却随便地要欺辱年轻的妇女们。"他又说："敌人近几天又从北边调了许多军队到安阳，据说要南犯的。"所以他力劝咱家也不妨躲一躲，免得受累害，但是，大家都不肯舍家他走。

13 日的夜间，大约是 4 点钟的光景，在酣睡的沉默的月夜里，紧张的炮声，把健于睡眠的我，从梦中惊醒了。这时的声音大概离咱村还有三四十里吧，在恐怖中深悔，为什么不跟你一同逃到南边去！

14 日的上午 11 时左右，咱们的军队因阵地工事悉被敌人破坏，没法强守了，敌人竟安然地进了城，当时我和嫂嫂躲到裴屯

---

* 本篇初载时有副题"淇县通讯"。曾收入范式之等著《"皇军"的兽行》（广州战时出版社 1938 年版），略去副题"淇县通讯"。选入贺圣遂、陈麦青编选《抗战实录之二：沦陷痛史（下）》（复旦大学出版社 1999 年版），伯夷等著《鬼子来了——日军暴行记》（上海科学技术文献出版社 2005 年版），均题《受辱前写给亲人的一封信》。——本书编者注

去，四面深深的满是水，又穷又小，想敌人总不至到这里来的，谁知道，天呀！鬼子们跑得太快了，城里的房子差不多都被烧了，老百姓被杀了几十个，那还是城里人的侥幸呢，假使不是早已逃走了，还不知要被杀死多少呢！

午后 3 时左右，鬼子们进了咱的村庄，占了联保办公处，先把主任痛打一顿，要他交出枪来，并要他把所有的壮丁全数献出，可怜的李主任，要枪还可以献出来，但是有腿会跑的壮丁，试问叫他从哪里集来呢？

鬼子屠杀壮丁的欲望既没达到，哪肯甘休呢？只是用皮鞭抽打他的皮肉。晚饭后，李三姐可算大出风头了。她凭着她素性流荡的性情和态度，千巧万妙地勾结上了汉奸，自己作人家的通讯人——汉奸——替李主任讲了个情，用 18 个青年妇女来赎回李主任的一条性命！

李主任的心是如何感激李三姐隆恩呀，除给了她两石仓谷外，又送给她一把手枪，一面亲自跟日军去搜索为鬼子们发泄兽性的玩物——青年妇女。

你离家的那天夜里，我不是这样说过吗："你放心吧，我宁愿殉节，我总不失节的。"现在我竟然地实践了我的话啦！当时在裴屯一处躲藏的有：咱大嫂、富成的女人、胖小的女人、宝珠、秋兰、蓝香、金环、仓妞的女人、连我一共 9 个人。李主任靠着对地面的熟悉，家家户户地拐弯抹角，他都能摸索得着，他那副带着冷笑的面孔，跟了四个拿手枪的狰狞可怕的日本兵和李三姐。我们见了这种情形，连忙熄了灯，一个个低下头，不敢瞧他们。鬼子们的鞋真是硬，踢得每个柔弱的妇女，哭叫连天！枪在他们的手中，几个无力的小足妇女，怎能不惟命是从呢？各个被逼得将要失节的我们，你看着我，我瞪着你，一句话也不敢说，除非尽我们哭的能事！

听说咱二哥被杀了，母亲气死了，大哥喜云更不晓得流落到哪里了！大嫂的命恐怕也难苟延到明天！千刀万剐般的心，实在无法形容，在他们带我们到奶奶庙的西屋时，大概是九点多了吧。他们淫意的眼珠盯在我们每个人的身上，不时发些狂笑。我哀求他们让我写封信，他们说的话我不懂，后来汉奸才说他们允许了我，才开始这封血泪的告别书了！

咱的家已变成灰烬了！咱的亲人，已七零八落了！咱的祖国已被铁蹄踏破了！我现在要求你马上抛开那颗虚荣心，不顾一切的——其实你也没有什么可顾虑了——到前线杀敌去吧！母、二哥、大嫂和我虽然都要死了，但是你只要肯为国牺牲——不，就只算为母亲、为哥哥、为大嫂、为复仇而牺牲，也是你应取的态度呀，我们将要含着甜蜜的笑在九泉等着你哩！祝你志成山河！

正月十四日晚十时于良相村奶奶庙东厢房

（载汉口《群众》1938 年第 1 卷第 12 期）

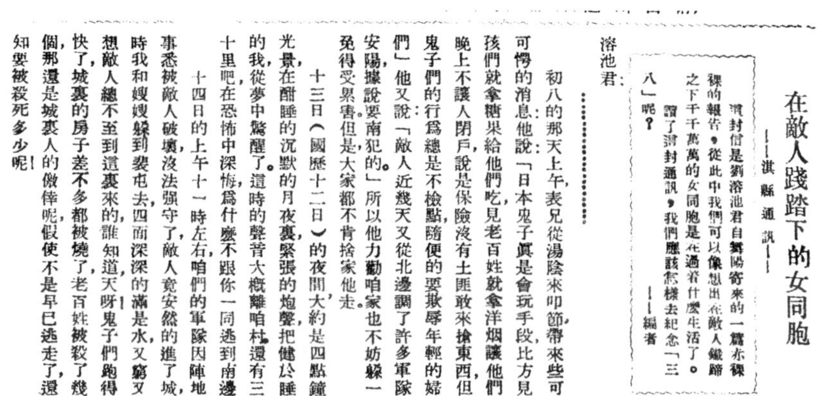

在敵人踐踏下的女同胞

——淇縣通訊——

這封信是劉溶池君自瀋陽寄來的一篇赤裸裸的報告，從此中我們可以像想出在敵人鐵蹄之下千千萬萬的女同胞是在過着什麼生活了。讀了這封通訊，我們應該怎樣去紀念「三八」呢？ ——編者

溶池君：

初八的那天上午，表兄從湯陰來叩節，帶來些可驚可愕的消息：他說：「日本鬼子眞是會玩手段，比方見小孩們就拿糖果給他們吃，見老百姓就拿洋烟讓他們吸，晚上不讓人閉戶，說是保險沒有土匪敢來搶東西，但是鬼子們的行爲總是不檢點，隨便的要欺辱年輕的婦女們」他又說：「敵人近幾天又從北邊調了許多軍隊到安陽，據說要南犯的。」所以他力勸咱家也不妨躲一躲，免得受累害。但是大家都不肯捨家他走。

十三日（國歷十二日）的夜間，大約是四點鐘的光景，在酣睡的沉默的月夜裏，緊張的炮聲，把健於睡眠的我，從夢中驚醒了。這時的聲音大概離咱村還有三四十里吧，在恐怖中深悔，爲什麼不跟你一同逃到南邊去！

十四日的上午十一時左右，咱們的軍隊因陣地工事悉被敵人破壞，沒法强守了，敵人竟安然的進了城，當時我和嫂嫂躲到裴屯去，四面深深的滿是水，又窮又小，想敵人總不至到這裏來的，誰知道，天呀！鬼子們跑得太快了，城裏的房子差不多都被燒了，老百姓被殺了幾十個，那還是城裏人的儌倖呢，假使不是早已逃走了，還不知要被殺死多少呢！

福山的女人

映　光

留心国事的人们，还不会健忘了“福山”这名字吧！常熟的沦陷，一半是就为了这唯一大港口，被日军登岸的缘故，福山是一个竖立在港口的沙山，她做了福山镇天然的屏障，一条福山港，笔直地通着常熟城，是城里至港口的命脉。一（·）二八结束了不久，政府重视福山在军事上的价值，曾命某师久驻在此。在一年不到，筑成羊福路、常福路，以及横贯东西的许多秘密的支线，沿港重重地筑了许多坚固的工事以及无数新式炮垒。于是福山镇就被视作一个非常的军事要隘了。去秋“八一三”事起为了江口受着威胁，这里早驻了大量的军队，并日夜充实防御力量，但到底不幸得很，日军终以爬上了岸。又因国军左右两翼急退，常熟在三面围攻的绝对险势下，这一重重的铁一样的防线，终忍痛放弃了。

自从日军占了常熟以来，福山一直也被认为非常重要而防御着。城中的军部，特别派了一二百个兵士，常驻在镇上，一面看守口子，一面维持军运事宜。每天公路上的车辆，总是异常忙碌。最近曾强拉了农民，在口子上新建了许多日本式的木质矮屋，还有一所有点像兵房似的大屋，镇上还留着十分之四的残余商店，被强迫着营业。每天清晨，比较有点市容，讲到这里的女人，是一向的蒙受着可怖的袭击的。青年的姑娘们，常常的做着被追逐的“鸡”，随时随地可以看见扮演“赶鸡”的话剧。后来，大量地甚至中年的，也被当作“大姑娘”失了身体。成千的丈夫都忍辱地永远在保守沉默，有时更被迫协助日军捉自己妻女，获得的报酬是“皇军”得意的一笑，或一个“谢谢侬”。最近，城中自治会鉴于日军的苦恼与需求，也分设了一个“慰安所”到福山镇，所里包括近三十个几乎全属吴籍的所谓“慰安者”。据说，这样已不算少的女人数目，还是有点供应不暇。平均一个安慰的苏妓，每天至少有十次以上的亲善机会。她们表面上多很快乐，因为有着惊人的收入。

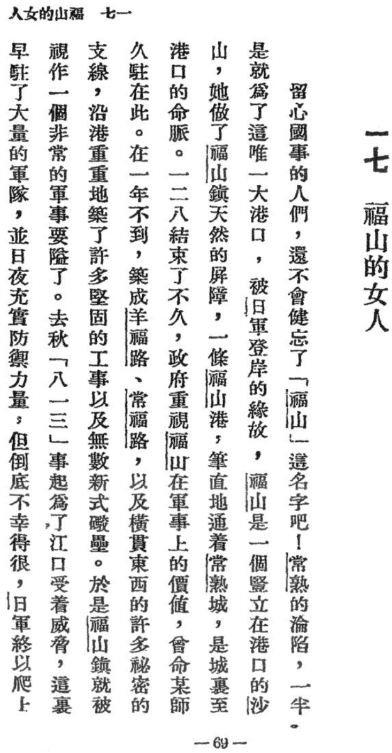

一七　福山的女人

一七　福山的女人

留心國事的人們，還不會健忘了「福山」這名字吧！常熟的淪陷，一半是就爲了這唯一大港口，被日軍登岸的緣故，福山是一個豎立在港口的沙山，她做了福山鎮天然的屏障，一條福山港，筆直地通着常熟城，是城裏至港口的命脈。一二八結束了不久，政府重視福山在軍事上的價值，曾命某師久駐在此。在一年不到，築成羊福路、常福路，以及橫貫東西的許多祕密的支線，沿港重重地築了許多堅固的工事以及無數新式礮壘。於是福山鎮就被視作一個非常的軍事要隘了。去秋「八一三」事起爲了江口受着威脅，這裏早駐了大量的軍隊，並日夜充實防禦力量，但倒底不幸得很，日軍終以爬上

—69—

但是，现在的福山女人们变了，全变老了；有一个拉夫到南京又回到那里的人，惊奇着福山镇连一个稍为年轻一点的女人也没有。最后他发现他自己年青的妻子女儿，也成了老太婆时，才恍然大悟，他们是顾到“羞耻”，而被迫着“变”的。

（载曹乃珉编《沦陷区域的非人生活》，广州新生书局1938年版）

扬州的日兵在自杀

鲍　雨

近来，扬州日兵们患着一种流行性的“狂症”——自杀狂，差不多每天有自杀的士兵（被）发现，自杀的方法，很残酷，割颈切腹外，还有割生殖器而致死的。

最近有一个士兵，名叫宫毅一郎的，年不过 26 岁，他用刀子把脸貌先毁了，然后割开喉管而死。死在扬城左卫街一个小旅馆，死后仍紧执着那把小刀。

使人更注意的，是他自杀这一个晚上，新胜街大陆旅馆——敌人的慰安场——同时上吊死了一个日妓，名秋子。她是一个年轻貌美的女子。

在扬城，所谓“慰安场”这种组织很多，与其说是军人找“慰安”的场所，不如说是军人泄欲的地方。里面有着日本女人和被掳去的中国女子。

一般都认为宫毅和秋子的死，是一件不值得注意的“情死”，但问题并不这样简单。

秋子的到扬，还是在最近，同在一起的姐妹们看她一天到晚很沉默，举动方面也不轻佻，看上去不像一个妓女的样子，她像有什么隐痛，但从来没有对人讲过。

宫毅近来很忧郁，他对弟兄们说是为了好多时没有妻子的信来的缘故，从前也时常跑大陆，在那面和一个日妓——芳子，打得很热，可是后来忽又不去了。不过在未死的前一刻，是在大陆的。据芳子说，他既到大陆，芳子迎上去时，把一条臂膊架在他肩上，他不高兴地把肩头一耸。芳子讨了一个没趣，走开了。以后他和秋子谈了一刻，并且看见秋子拭泪。直到他喝完两瓶啤酒后，他才走。

“你知道宫毅和秋子的关系吗?”有人问芳子。

“不知道，可是我有一次看到在他皮夹里落下一张女人照片，问他是那个，他说是他妻子,”芳子回答：“奇怪的是秋子的脸和他妻子的脸很像！那时秋子还没有来到这里。”

检察宫毅的衣袋，检出妻子照片的一角（大概已把它撕毁了），大陆慰安场派司一张，符咒几个，千针线一幅，还有的是三条日文标语：

“你们想想，侵略中国有何利益?”

“日本军阀牺牲你们的生命，换取他们的权位，你们的敌人是日本军阀不是中国!”

“请听，你的爱妻不是因你出征而正在痛苦吗?”

他俩究竟何关系？为什么要自杀？一时无从探知，直到在该旅馆房间的地板缝里拣出一本记事册以后，一切问题都解决了：

他是长崎人，离开祖国，来到异邦后，差不多已有五个月，他是第七次被征出来的，那时他和秋子结婚不过四个多月。他还有一个年老的母亲和一个妹妹。平时，依靠了一爿小纸烟店维持生活，但还过得去。自从来到这广大的中国后，他无日不在思念他的亲人。从北战场到东战场，大小仗经过数十次，带［挂］了好多次的花。

前三个月里接到了妻子三封信，每来一次信，总增加他一分烦恼。信上告诉他国内生活如何艰难，吃的用的，价钱逐渐增加，捐税也逐渐增加，可是自己店里的营业反日见清淡。

最近二月，接不得［到］他妻子的信了，他开始怀疑她，他消极地想自杀，一星期以来，常听说，大陆到了几个新的女子，有一个弟兄告诉他在大陆看见一个女的，和他妻子的照片上的脸一样，他那时还不信他的妻子能到遥远的异邦来，今晚上到大陆一看，才证实了，原来她是被征来“慰劳”皇军的。同时她还告诉他，妹妹因反对出征，被关在牢里，母亲已急死了，他愤恨，他羞愧，他没路走了，除自杀之外。

在册子最后一页上，写着几个日文大字：

“支那人民应该和日本人民联合起来打倒日本军阀！”

揚州的日兵在自殺

鲍雨

近來，揚州日兵們患着一種流行性的「狂症」——自殺狂。差不多每天有自殺的士兵發現。自殺的方法，很慘酷，割頸切腹外，還有割生殖器而致死的。

最近有一個士兵，名叫宮穀一郎的，年不過二十六歲，他用刀子把臉貌先毀了，然後割開喉管而死。在死在揚城左衛街一個小旅館裏，死後仍緊執着那把小刀。

使人更注意的，是他自殺還一個晚上，新勝街大陸旅館——敵人的慰安場——仝時上吊死了一個日妓，名秋子。牠是一個年輕美貌的女子。

在揚城，所謂「慰安場」這種組織很多，與其說是軍人找「慰安」的場所，不如說是軍人洩慾的地方。裡面有着日本女人，和被擄去的中國女子。

一般都認爲宮穀和秋子的死，是一件不值得注意的「情死」，但問題並不這樣的簡單。

秋子的到揚，還是在最近。同在一起的姐妹們看她一天到晚很沉默，舉動方面也不輕佻，看上去不像是一個妓女的樣子。她像有什麼隱痛，但從來沒有對人講過。

宮穀近來很憂鬱，他對弟兄們說是爲了好多時沒有妻子的信來的緣故，從前也時常跑大陸，在那面和一個日妓——芳子，打得很熱，可是後來忽又不去了。不過在未死的前刻，是在大陸的。據芳子說，他既到大陸，芳子迎上去時，把一條臂膊架在他肩上，他不高興地把肩頭一聳。芳子討了一個沒趣，走開了。以後關心他和秋子談了一刻，並且看見秋子拭淚。直到他喝完了兩瓶啤酒後，他才走。

「你知道宮穀和秋子的關係嗎」？有人問芳子。

「不知道，可是我有一次看到在他皮筴裏落下的一張女人照相，問他是那個，他說是他妻子，」芳子回答：「奇怪的秋子的臉和他妻子的臉很像！那時秋子還沒有來到這裏。」

檢查宮穀的衣袋，檢出妻子照相的一角，（大概已把它撕毀了）大陸慰安場「派司」一張，符咒幾個，千針線一幅，還有的是三條日文標語：—

「你們想想，侵略中國有何利益」？

「日本軍閥犧牲你們的生命，換取他們的權位，你們的敵人是日本軍閥不是中國！」

「請給，你的愛妻不是因你出征而正在痛哭嗎？」

他倆究竟是何關係？爲什麼要自殺？一時無從探知，直到在該旅館，間的地板縫裏撿出一本記事冊以後房一切問題都解決了：

他是長崎人，離開祖國，來到異邦後，蓋不多已有五個月，他是第七次被征出來的，那時他和子結婚不過四個多月。他還有一個年老的母親和一個妹妹。平時，依靠了一片小紙紙店維持生活，雖然貧苦，但還過得去。自從來到這廣大的中國後，他無日不在思念他的親人。從北戰場到東戰場，大小仗經過數十次，帶了好多次的花。

前三月裏接到了妻子三封信，每來一次信，總增加他一分煩惱。信上告訴他國內生活如何艱難，吃的用的，價錢逐漸增加，捐稅也逐漸增加，可是自己店裏的營業反日見清淡。

最近二月，接不得他妻子的信了，他開始懷疑她，他消極地想自殺，一星期以來，常聽說，大陸到了幾個新的女子，有一個弟兄告訴他在大陸看見一個女的。和他妻子的照相上的臉一樣。他那時還不信他的妻子能到遼遠的異邦來，到今晚上大陸一看，才證實了。原來她是被征來「慰勞」皇軍的。仝時她還告訴他，妹妹因反對出征，被關在牢裏，母親已急死了，他憤恨，他羞愧，他沒路走了，除自殺之外。

在冊子最後的一頁上，寫着幾個日文大字：

「支那人民應該和日本人民聯合起來打倒日本軍閥！」

（载《抗战文艺》1938 年第 1 卷第 9 期）

“慰安所”十日记

爱　媛

一　日

我还在床上，××镇的赵大少爷就跑了来；真是久别重逢，万分高兴，多承还能想着我。现在他已荣任××镇的“会长”了。今次来要叫我约几个小姊妹到他镇上去。驻军队虽不多，倒是新办，生意不会清淡。我就应承了他，到老五小阿妹那边去跑一趟，总算凑满六个人，约定明天就动身。

二　日

小航船到××镇，在吃午饭时候，赵大少早在码头上候我们，一径领我们到“所”里去。一所小的半旧洋房，本来是小学堂，三只［间］教室隔做六间小房间；外面有间客堂，买票也就在这里。一切布置，完全和×城的一样。我们没有坐定，一个佩长刀的长官和挂着红十字袋的军医就驾到，说是来检验我们身体；我们是有些经验了，个人都走到小房间里，把门帘下了，由他们一间一间来看了一次。其实，与其说检验，不如说鉴赏来得确切。他们在几间房间里钻出钻进，吃几杯茶，抽几根烟，就笑着走了，接连着光顾的那些士兵，络绎不绝，一间小小的客堂里，挤得水泄不通；结果，茶房小阿三，招待不周到，第一天就挨了打。

三 日

一夜睡得熟极了，十点钟敲过，仍想睡下去，可是被廊下的皮靴声和“乌里阿里”的歌声闹醒了。昨天到我房间里来的那小队长，第一个进来，他手里捧几个罐头和一些水果，送给我吃；胡调一阵，他在衣袋里摸出块粉红色的丝手帕给我，上面写着几行蟹般的字，大概是算诗吧！我腋下的一块半新手帕，不留心给他抢去了，弯下腰，对我行礼，说要送给他做纪念。并且硬迫要我在角上签个名，我被他腻烦不过，只得划着个鬼符。他高兴地向衬衫袋里塞。他当我是“异国知己”，那真天晓得。

今天来光顾的并不比昨天少，一直鬼混到晚上七点钟，他们才滚去归队。不再出来。但是半夜三更，巡逻队过我们这里，总要进也吃茶抽烟的闹一阵，这个我不管，我睡我的，让老五小阿妹几个去敷衍吧！

四 日

几天闷在断命的“所”里，没有出去逛过。一则忙得没有空，二则我也怕出去，乡下人少见世面，前天我们几个人上岸，一路走，老是呆着看，走过了又指手画脚讲着，真不识相。有几个女人倒有些良心，她在我背后说；“阿弥陀佛，来了几个婊子，夜里可以再不打门，日里也可以走走出来。”原来，我们这几个做了她们的替身，老实说那个愿意一辈子做这要钱不要脸的营生，乘这机会，做一二个月，拿进一二百块钱，回家去过过安乐日子。

下午来了几个鬼，吃得酩酊大醉，一直冲到小阿妹房里，闹到夜仍是个不称心，弄得小阿妹哭不是笑不是，茶房小阿三又是霉头，耳光打得一五一十，这批东西，对我们姑娘倒没有难为过，我从没有被他们打过，他发火，你只要嬉皮笑脸一来，便苏下去了。

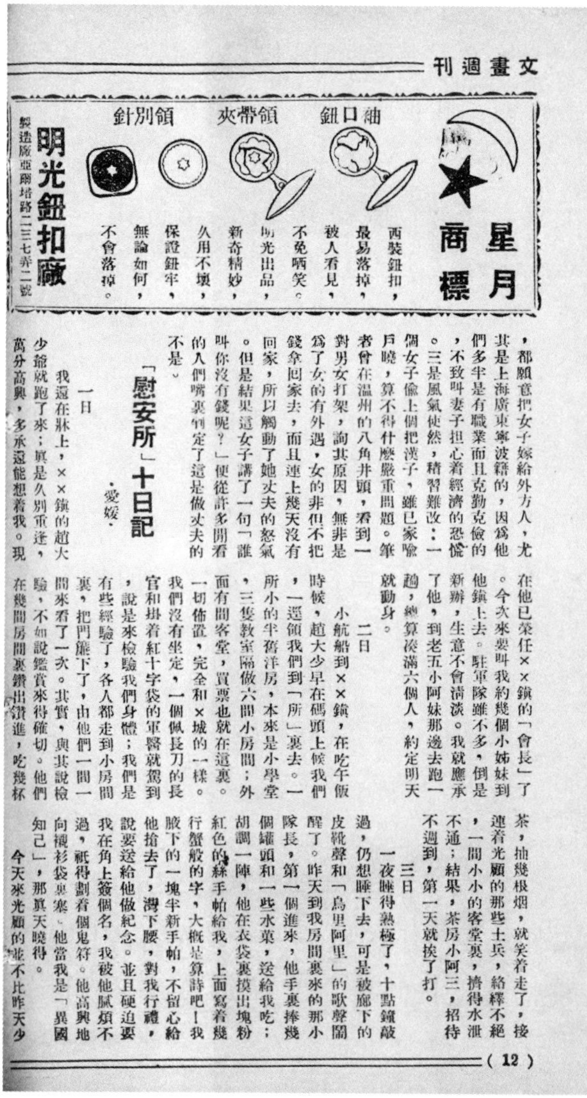

文畫週刊

星月商標

袖口鈕　領帶夾　領別針

西裝鈕扣，最易落掉，被人看見，不免哂笑。明光出品，新奇精妙，久用不壞，保證鈕牢，無論如何，不會落掉。

明光鈕扣廠
製造廠亞爾培路二三七弄二號

，都願意把女子嫁給外方人，尤其是上海廣東寧波籍的，因爲他們多半是有職業而且克勤克儉的，不致叫妻子担心着經濟的恐慌。三是風氣使然，積習難改：一個女子偷上個把漢子，雖已家喻戶曉，算不得什麼嚴重問題。筆者曾在溫州的八角井頭，看到一對男女打架，詢其原因，無非是爲了女的有外遇，女的非但不把錢拿回家去，而且連上幾天沒有回家，所以觸動了她丈夫的怒氣。但是結果這女子講了一句「誰叫你沒有錢呢？」便從許多開看的人們嘴裏判定了這是做丈夫的不是。

「慰安所」十日記

·愛媛·

一日

我還在牀上，××鎮的趙大少爺就跑了來；眞是久別重逢，萬分高興，多承還能想着我。現在他已榮任××鎮的「會長」了。今次來要叫我約幾個小姊妹到他鎮上去。駐軍隊雖不多，倒是新辦，生意不會清淡。我就應承了他，到老五小阿妹那邊去跑一趟，總算湊滿六個人，約定明天就動身。

二日

小航船到××鎮，在吃午飯時候，趙大少早在碼頭上候我們，一逕領我們到「所」裏去。一所小的半舊洋房，本來是小學堂，三隻教室隔做六間小房間；外面有間客堂，買票也就在這裏。一切佈置，完全和×城的一樣。

我們沒有坐定，一個佩長刀的長官和掛着紅十字袋的軍醫就駕到，說是來檢驗我們身體；我們是有些經驗了，各人都走到小房間裏，把門簾下了，由他們一間一間來看了一次。其實，與其說檢驗，不如說鑑賞來得確切。他們在幾間房間裏鑽出鑽進，吃幾杯茶，抽幾根烟，就笑着走了，接連着光顧的那些士兵，絡繹不絕，一間小小的客堂裏，擠得水泄不通；結果，茶房小阿三，招待不週到，第一天就挨了打。

三日

一夜睡得熟極了，十點鐘敲過，仍想睡下去，可是被廊下的皮靴聲和「烏里阿里」的歌聲鬧醒了。昨天到我房間裏來的那小隊長，第一個進來，他手裏捧幾個罐頭和一些水菓，送給我吃；胡調一陣，他在衣袋裏摸出塊粉紅色的絲手帕給我，上面寫着幾行蟹般的字，大概是算詩吧！我腋下的一塊半新手帕，不留心給他搶去了，灣下腰，對我行禮，說要送給他做紀念。並且硬迫要我在角上簽個名，我被他膩煩不過，祇得劃着個鬼符。他高興地向襯衫袋裏塞。他當我是「異國知己」，那眞天曉得。

今天來光顧的並不比昨天少

(12)

七点钟后，一个个走完了，我们正预备吃晚饭，队长独自一个人光驾。——从第一天来检验之后，没有来过。听说他天天上×城去玩的。——我们招待自然特别周到，陪酒唱小调，一直到巡逻队在前门打门，他才悄悄地向后门走了。

五 日

鬼混了一天，又是疲倦的时候了。赵“会长”差人来喊我到他家去有事谈谈。我披了件大衣，就跟着他走，一路上想，真摸不着头脑。到他府上，一直领我到会长的烟间里，“会长”横在榻上，见了我立起身，拱着手说：“辛苦你，辛苦你，请你来谈谈，我这几天上城去开会应酬，今天才还来；你且脱了大衣，横下来抽几筒，和你谈谈。”我也不客气，在下手横着，装了抽起来，几天没有吸过，又是辛苦，抽上去就觉得适意。“会长”在一边和我讲：“你是我老相好，明白人，我那里会做什么‘会长’，也是没法，田租一钱没有收，家里吃饭人多，再加上一筒烟，拿什么开销，苦又苦不来，只得干一下，我做惯大爷，对这批‘东西’打躬作揖说好话，赔不是，再加什么游击队又不时来寻事胡闹，不让你一刻安静，有的人看了我拿进钱眼红，真天晓得，这是性命换来的钱。你们的生意，只要一心一念讨好客人，不比我们要做二面人，做好做歹一个人去扮。”我装了几筒给“会长”吃，他喝口浓茶，又提起了精神：“今天听队长的口气，赞你们好，招待周到，弟兄们都高兴，这几天他们确是好得多了，街上不再乱跑，市面也景气些，夜里敲门，从你们来后，没有发生过。你总要对小姊妹说说帮帮忙，大家用些功夫，你们自己自然实惠，就是我的事情就好办了。不然日里捉人夜里打门，虽是不干我事，耳朵边总不清爽，你能帮我的忙，我总永远不忘你的恩情。”他说一句，我应一句，一直到九点钟才差人送我还所。

六 日

一早起来，会里就有人来关照说：“今天午饭是会长请队长们的客，要我们全去招待。上午接了几个客，到十一点钟，大家就修饰好，到会长家里去。"陪客的队长们陆续的来了，我们忙着擦洋火和倒茶，会长和陪客的老是弯腰鞠躬——莫怪昨天会长说，比我们难过。——他们吃中国菜最高兴，狼吞虎咽，像饿煞鬼转世，吃了酒，要我们唱小调，再叫翻译员翻给他听，翻译员红着脸望着我们，不管粗，不管细地讲着，引得他们捧着我们脸狂笑。酒吃得多了，都有些醉意，拉着嗓子"阿里乌里"的唱起歌来。还搂着我们乱跳，最后的一幕，他真高兴的发狂，竟把会长像小孩子样抬了起来，高喊几声，吓得会长一身冷汗，莫名其妙；作孽！这明明是玩猴子的把戏。

七　日

今天来几个，都吃醉了酒，板着脸来寻事，昨天我们走了，他们没有知道，来了扑个空，扫了他们的兴；一口怨气未消，现在来发泄，闹得实在不成样子，到会里去请翻译员来讲讲明白，真见鬼！翻译员没有讲满一句话，耳光已经打过来了，总算识相，他溜之大吉。仍是我们几个用尽功夫，把他们苏下了气，摸着他们脾气，只有女人才能驯服他。

八　日

小队长今天没有平日的那样有兴致，哭丧着脸，斜坐椅子上发呆，眉头紧锁，像有无限心事，我是生意经，总要上去搭讪，可是我的热气换他冷气。我开了瓶啤酒，他到［倒］二口三口就喝完了。他从袋里摸出一封信来看，一遍二遍地翻覆看着，眼泪终于流了出来。这批杀人不怕血腥的东西，也有眼泪，俗语说"人心一体"，一些［点］不错。我跑过去拍拍他的肩头，也算"慰安""慰安"，他倒不好意思，擦着眼睛，拿几张老头票和几个有洞角子放在台上，就低下头走了。老实说，我们这里虽叫"慰安所"。但是只会在你高兴时胡调，要我来消解你的生死愁恨，我没有这本领。

九 日

几声清脆的步枪声惊醒了我的甜梦，阿三有些胆子，开出门去打听。一直到他还［回］来才知道是游击队来了三百个，我们的“主顾”，大部在酣睡里围着烧死了；在外面的哨兵和巡逻的逃走了几个。

枪声停止了，外面的人声噪乱，开出门来，一堆一堆的人都聚着讲话，有的忙着撕去墙门上贴的膏药旗。来了一批人，只听得有枪刺的“察察”和急促的步伐声，一个个雄赳赳的走过去了，在后发现赵会长和几个我们的“主顾”，押着压了走过。

十 日

昨天一夜，反［翻］来覆去，没有好睡。××镇是不能再住下去，只有还老家。小航船上拥挤得极，都是逃难的，他们恐怕有大队到镇上来报复。分别十天的×城一如旧观，××路上的“酒家”，“咖啡店”有增无减。但这些再不能诱惑我的心，我并不羡慕，他们将遭到和我一样的际遇，仅是个时间问题。

（载上海《文画周刊》1938 年第 7 期）

日军在浙西诱骗良家妇女*

翁北溟

最近在浙西各地发现暴敌汉奸的一种掳掠妇女方法，就是由汉奸冒充沪上某某大工厂招女工，于是一辈乡间贫苦无知妇女，为生活所迫，纷纷前往应募。敌先唆后［使］汉奸投［选］择稍有姿色者录取，旋即用轮运往上海虹口，贩售于日、鲜浪人所组织之妓寮为娼，从此永陷火坑，供敌泻［泄］欲。该乡女家属等因一去杳无音信，因此起疑，始悉个中情形，而痛哭爱女，不能生还，徒呼奈何，亦有因此家属自杀者。此种掳拐女子方法，最先发现于上海租界及苏州无锡一带，继则嘉兴、杭州、吴兴一带各地乡镇亦续有发现。其欺骗我国无知妇女手段之恶毒，使人切齿难忘。

其次要谈到敌兵的残暴行为了！敌兵，真是一群野兽，没有人道，没有理性，所到之处，奸淫掳掠，无所不为，在浙西沦陷区域之中，多少同胞是在水深火热之下辗转呻吟。

---

* 本文节自《血债——一年来敌人在浙暴行·（八）其他》，这个题目是本书编者加的。——本书编者注

第七期

勝．利　（29）

血債

一年來敵人在浙暴行。

翁北溟

（八）其他——敵在浙西各縣尚有其他以華制華的陰毒政策如抽調壯丁訓練僞軍僞警等是。最近在浙西各地發現暴敵漢奸的一種擄拐婦女方法，就是由漢奸冒充滬上某某大工廠招女工，於是一輩鄉間貧苦無知婦女，爲生活所迫，紛紛前往應募。敵先嗾使漢奸挑擇稍有姿色者錄取，旋即用輪運往上海虹口，販賣於日鮮浪人所組織之妓寮爲娼，從此永陷火坑，供敵洩慾。該鄉女家屬等因一去杳無音信，因此起疑，始悉個中情形，而痛哭嬰女，不能生還，徒呼奈何，亦有因此家屬自殺者。此種擄拐女子方法，最先發現於上海租界及蘇州無錫一帶，繼則嘉興，杭州，吳興一帶各地鄉鎮亦續有發現。其欺騙我國無知婦女手段之惡毒，使人切齒難忘。

其次要談到敵兵的殘暴行爲了！敵兵，眞是一羣野獸，沒有人道，沒有理性，所到之處，姦淫擄掠，無所不爲，在浙西淪陷區域之中，多少同胞是在水深火熱之下展轉呻吟。

（载浙江《胜利》1938 年第 7 号）

上海兽军的一笔血帐*

伯　南

这并不是一件撩人春心的桃色新闻，也不是一篇歪曲现实的文艺小说，这是一张兽性暴露的帐单，而且是铁一般坚硬的事实，的确发生在最近所谓孤岛的上海，所以除了你自己应该密切的注意之外，你还得告诉你的子女，告诉你的密友，告诉大众，使他们深深的刻在心版上，除了时刻的戒备外，还得永远的不使忘记，静待着机会，去清算这帐单。

因为这不是一个微小的社会问题，也不仅是二万万二千五百万中国妇女的耻辱，抑且是中国民族的奇耻大辱。

这件事实的开展，是在日前的一个早晨，柔软得像丝巾一般的春风，拂着阿珠头上所烫飞机式的头发上，一丝丝的在那里飞跃。和暖的阳光，含羞似的从窗缝里透进来，射着苹果似的阿珠的面庞，格外显得娇嫩美艳。她正躺在一间非常洁净的卧室里的一只床上，手里执着一张报纸，她用一对乌黑明亮闪闪动人的眼眸子，正在竭力注意纸上所刊一节小小的“招请”广告，她想了好久，她欢喜得从床上直跳起来，赶着拿了这张纸，去给她父母

---

* 本篇选入孙震编《暴行——侵华日军罪恶实录》（海口三环出版社 1991 年版），题《一个少女被污记》。苏智良、陈丽菲、姚霏著《上海日军慰安所实录》（上海三联书店 2005 年版）中的《上海慰安所解析》录入全文，题《阿珠的遭遇》。——本书编者注

观看。

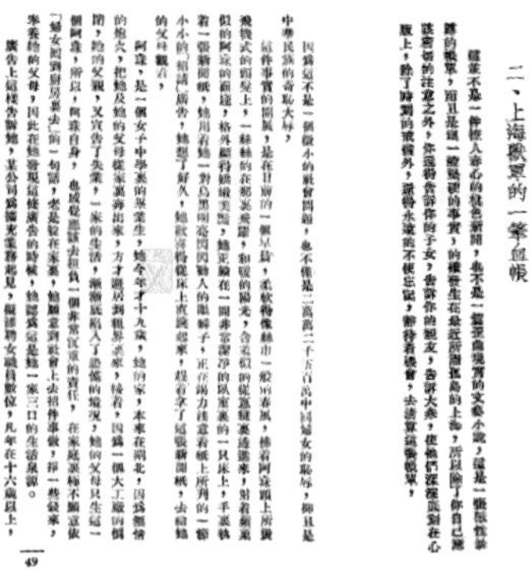

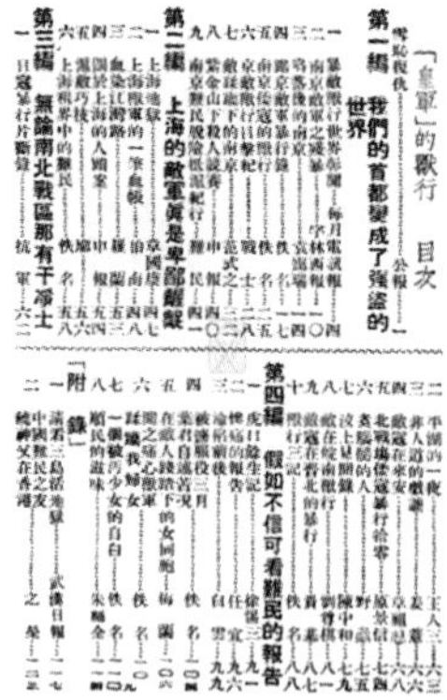

阿珠，是一个女子中学里的毕业生，她今年才十九岁，她的家，本来在闸北，因为无情的炮火，使她及她的父母从家里奔出来，方才避居到租界里来。接着，因为一个大工厂的倒闭，她的父亲，又宣告了失业，一家的生活，渐渐的陷入了恐慌的境况，她的父母只生这一个阿珠，所以，阿珠自身，也感觉应该去担负一个非常沉重的责任，在家庭里极不愿意依“妇女回到厨房里去”的一句话，老是躲在家里。她愿意到社会上去找件事做，挣一些钱来，奉养她的父母，因此在她发现这条广告的时候，她认为这是她一家三口的生活源泉。

广告上这样告诉她，某公司为扩充非业务起见，拟添聘女职员数位，凡年在十六岁以上，二十五岁以下，略识文字者，均可应征，倘能粗通国语或日语者更佳，月薪五十元，有意者请至某处面洽。

她征得了父母的同意，立刻依着地址，赶到那里应征，详细地问了她的姓名，年龄，籍贯，及学籍后，并没有经过什么考试，他对她微微的一笑，这一笑，很快的在他脸上消逝，他还是挂着一付严肃的面孔，对她说：

“很好，你的资格很适合，但是这里是临时办事处，你还得坐上我们的汽车，由我们这里派一个职员，伴着你，到我们的公司里去，见见我们的总经理，面试一下。”

这好像是投考的应有步骤，而且在白天，她并不骇怕什么，所以她毫不迟疑地随着他们所派的一个职员，踏上汽车。呜呜的几声喇叭响，这辆汽车便飞一般的驰向东面而去。

车身拐了好几个弯，并且经过一顶广大的桥面，在一座大厦的门首，停止了行驰。她下了车，发觉这里是上海东区，是“八一三”炮火发生地不远的地方，她想到这里，就好像四周有非常紧密的机关枪呼叫，一颗巨大的炮弹，从她头顶上掠过，她吓得几乎哭出来，她很明白自身已经陷入魔窟。恐怖，笼罩了她整个的心灵，她的四肢，是这样的战懔，她好像丧失了聪明，她不知道哪一条是她可以逃走的路。

一只强有力的臂膀，不容她站在那里呆想，一把扭住她的玉臂，拖过了又长又大的石级，拖上了一个小小的电梯，又拖进了一间宽大的房间。

在那里，她发现水汀是烧得这样热烈，但是房间里，还是充满阴森冰冷的氛围，地板上除了铺一块广大坚厚的绒毡外，找不到一榻一椅，只有数十个与自己同遭遇的中国女子，和数不清楚的魔鬼，都是赤裸裸一丝不挂的躺在毡上。每个女子，都印着深深的泪痕，紧紧地闭着双目，吐着急促的呼吸，听凭那命运的支配，一个个的魔鬼都嘻开牙齿，露出狰狞的可怖的笑容，像得了什么宝贝似的兴奋。

她知道处境的危险，很快的，拼命地挣脱了强有力的臂膀，旋转身躯，正拟开门逃出这个暗无天日的人间地狱，但是魔窟那能这样容易的脱离，她的热泪，像是雨一般从她的眼眶里涌出来，内心的悲痛，使她哭不出声响来。

接着，一个长大的魔鬼，强迫地把她推倒地毡上，她究竟是一个女子，那里有这样的力量，可以去抵抗这恶运的来临，好像一条毒蛇，爬上她的胸际，啮咬她纯洁的心灵，一阵剧痛之后，她已昏厥过去了。

经过了很久的时候，她渐渐的清醒过来，她发现最宝贵的贞操，已经破坏，两腿是这样的软绵没有力量可以把她沉重的身体支持起来，她微微地转了一个身，又发生了一阵剧烈的痛楚，她发现右臂上已经被魔鬼们用火烙着一个"二四"的号码，正和旁的女子一样，她这时不自禁地放声的大哭起来，哭的又昏厥过去。

从此，她就是像可怜的一群一样，依着号码，没有白天和黑夜，都遭受着蹂躏，那里的女子，谁个不想自尽，但是没有一个适当的时间，去找一根带子或者少许毒药，每天虽然有很多的东西，送到地狱里来，但是谁也不愿意尝试一下，去延长她们残余的生命。

经过了数天，阿珠脸上苹果一般的处女美，早已消逝得干干净净，所留的只有一张枯黄瘦削的面容，一双眼珠，吐出软弱疲劳的目光，深深的陷在眼眶里，她自己很明白，已经离死神不远，但是她始终不愿将她的尸体遗留在那里，她宁愿死在家里。

父母们正为着她的失踪，焦急得日夜不安，现在看见她回来真不知怎样去表示她们的欣慰，所以赶着问她在过去的几天里遭遇到什么，但她没有一句话可以去安慰她父母慈爱的心灵，她只有两串心酸悲伤的热泪，连续不断地挂到她刚才所换的旗袍上。

是睡眠的时候了，但是在一间深静的卧室里的阿珠，在一个深沉静穆的夜上，还在那里伏案书写她最后的一封信，信里是详细的叙述着她经过被魔鬼们诱骗蹂躏的一切，正像以上的情形一样，更不知道一滴滴的是血是泪浸透了洁白的信笺，模糊了一个个字迹。

翌晨，在这间卧室里的床上，还是安静地躺着一个阿珠的身体，但是她的灵魂，已经脱离了她的躯壳，离开了这污脏残暴的世界。她的面容，是这样的苍白，眼睛还是这样瞪着不愿紧闭。她好像有许多的愤恨，蕴藏在她的心头，无法发泄。

台上，留着一个来沙尔的空瓶，和一封隔宵她所写的遗书。

（录自范式之等著《“皇军”的兽行》，广州战时出版社 1938 年版）

南京慰安所里

任　重

一　红灯下的人肉广告

夫子庙恢复了清唱，夏夜里马路两旁，尽是些闲荡的流氓和浪人。

秦淮河畔的画舫，并不比战前少些，所不同的就是上面都布置了五色旗子，船娘艳装华服的躺在藤椅上，顾客也不像以前长衫短褂，今天船上坐的是蛮横的日本军人，他们的长刀，皮靴，黑黑胡子，尖顶军帽，一种不调和的笑声，使污黑的水上，带了些火药气味。

沿着秦淮河，文昌桥上看去，尽是一片红灯，这在平时是少见的，因为大部份妓院都集中在那边，同业间一种营业上的竞争，造成这条马路从未有的繁盛，我记得“广寒宫”的彩楼耸的高入云霄，最新式的广告牌绘上了红粉佳人的妩媚姿态，红灯绿灯从楼上垂到楼下，光耀夺目如同白昼。

在小街小巷的行人，于八时后就逐渐稀少了，可是利涉桥一带是不同的流氓群在滑腻的女人手臂之间穿过，接着就泛起一片漫马［骂］声轻浮的笑语，在香烟味与闷热的粉香中浮动，皇军来回地留恋着。

《南京晚报》上很多夫子庙的特写，《南京新报》的一个短评里也论及这件事情，它以东晋的谢安来做例，“醇酒妇人，未必坏事，谢安身任当时的太傅，放情于山水红粉之间，东山丝竹，逸趣非常，然而他并不耽误政事，我们公余娱乐，借以适性怡情，不负春秋佳日，何尝害事。”因之奇望街上来往的伪府公务人员，也就做着谢安第二，他们认为沉醉于醇酒妇人，是一般权贵风流蕴藉。

138 浙江婦女 第四期

南京慰安所裏

任重

一 紅燈下的人肉廣告

夫子廟恢復了清唱，夏夜裏馬路兩旁，盡是些閒蕩的流氓和浪人。

秦淮河畔的畫舫，並不比戰前少些，所不同的就是上面都佈置了五色旗子，船孃豔裝華服的躺在籐椅上，顧客也不像以前長衫短褂，今天船上坐的是蠻橫的日本軍人，他們的長刀，皮靴，黑黑鬍子，尖頂軍帽，一種不調和的笑聲，使汚黑的水上，帶了些火藥氣味。

沿着秦淮河，文昌橋上看去，盡是一片紅燈，這在平時是少見的，因為大部份妓院都集中在那邊，同業間一種營業上的競爭，造成這條馬路從未有的繁盛，我記得一「廣寒宮」的彩樓聳得高入雲霄，最新式的廣告牌繪上了紅粉佳人的嬌媚姿態，紅燈綠燈從樓上垂到樓下，光耀奪目如同白晝。

在小街小巷的行人，於八時後就逐漸稀少了，可是利涉橋一帶是不同的流氓蟊在猜膩的女人手臂上閒穿過，接着就泛起一片漫駡輕浮的笑語，在香煙味與鬧熱的粉香中浮動，皇軍來回地留戀着。

「南京晚報」上很多夫子廟的特寫，「南京新報」的一個短評裏也論及這件事情，它以東晉的謝安來做例，「醇酒婦人，未必壞事，謝安身任當時的太傅，放情於山水紅粉之間，東山絲竹，逸趣非常，然而他並不耽誤政事，我們公餘娛樂，藉以適性怡情，不負春秋佳日，何嘗害事。」因之奇望街上來往的偽府公務人員，也就做着謝安第二，他們認為沉醉於醇酒婦人，是一般權貴風流蘊藉。

妓院，慰安所，咖啡館，酒排間，清唱，畫舫的營業，所以發達的原因並不是專由幾張報紙的鼓吹和政府的提倡，主要的還是由於它本身廣告，技術上的成功，過去妓院沒有注意到這一點，現在他們都向這一面發展了。「人肉的廣告」在各妓院中是最有效力的一種，一切引誘性的廣告，祇能吸收很少的顧客，以人的肉體赤裸裸的手臂，大腿，敞開的胸襟，流轉不停的淫蕩的眼睛，以及紅唇粉頸來抓住馬路上的行人，卻是最實惠而最有效的辦法。

「桃花宮」「浪花樓」的女人，在它老闆指揮之下散在彩樓的紅綠燈下，展開了一條漫長的行列，高的，矮的，肥的，瘦的，和服的，旗袍的……她們以各種不同的姿態出現行人之前，她們的任務是吸住行人，並且要使行人跟進她的大門。

在京日軍是以各戰場調回整理的居多，為了滿足他們的需要，軍部以極大的化裝和服裝費去創辦「慰安所」每個禮拜一次的機會給士兵去自由選擇，可是餓虎一般的禽獸對這僅有的機會是不能滿足的，他們齊向中旺利涉橋的中國妓院跑去，紅燈下的「人肉廣告」還是更能發揮它的能力，馬路上日軍和妓女的調情，如到舞台上去排演，都是精彩節目。

二 兄妹奇逢

這是出在慰安所裏的故事，已經轉戰於華北戰場而被調入京的日本軍人田中橫一，來華已一年了，他苦悶地接不到一封家信，終日煩悶的無可消除，他決定跑到軍部指定的慰安所去，因為這樣才能使他生活活潑一點。

慰安所已來了一批新的姑娘，還是大阪和橫濱來的，田中很想找尋橫濱的妓女，因為他總關心着橫濱關心着他的家，也許他可以遇見熟悉他故鄉的女子。

從第五號房間裏，走出一個很俊秀的女子，她因着驚奇的紫眼釘着田中橫一。

「長官！是不是第一次來？」

「是的」田中好像觸電一樣的呆了「你是不是橫濱人？」

「是橫濱人，你——好像很熟識，是不是去年十月裏出征的？」

田中緊握住她的手「芳子，你為什麼到這裏來？」

芳子發現是他的哥哥，哭泣聲從羞中衝了出來，「我們以為你戰死了，我被征發的原因，也是由於你失去了消息，凡是在華陣亡將士的家眷，大部征發來華了。」

「征發？征發來華出賣你的皮肉嗎？……」

芳子只是哭泣，在她哥哥之前，她有說不出的話，她只把幾月來生活告訴了他。

「嫂子在家好不好？」

「嫂子她也來了，她在十一號，她比我來得還早……」

妓院，慰安所，咖啡馆，酒排间，清唱，画坊的营业，所以发达的原因并不是专由几张报纸的鼓吹和政府的提倡，主要的还是由于它本身广告，技术上的成功，过去妓院没有注意到这一点，现在他们都是向这一面发展了。“人肉的广告”在各妓院中是最有效力的一种，一切引诱性的广告，只能吸收很少的顾客，以人的肉体赤裸裸的手臂，大腿，敞开的胸襟，流转不停的淫荡的眼睛，以及红唇粉颈来抓住马路上的行人，却是最实惠而最有效的办法。

“桃花宫”“浪花楼”的女人，在她老板的指挥之下散在彩楼的红绿灯下，展开了一条漫长的行列，高的，矮的，肥的，瘦的，和服的，旗袍的……她们以各种不同的姿态出现行人之前，她们的任务是吸住行人，并且要使行人跟进她的大门。

在京日军是以各战场调回整理的居多，为了满足他们的需要，军部以极大的化装费和服装费去创办“慰安所”每个礼拜一次的机会给士兵去自由选择，可是饿虎一般的禽兽对这仅有的机会是不能满足的，他们齐向中旺利涉桥的中国妓院跑去，红灯下的“人肉广告”这是更能发挥它的能力，马路上日军和妓女的调情，如到舞台上去排演，都是精彩节目。

二 兄妹奇逢

这是出在慰安所里的故事，已经转战于华北战场而被调入京的日本军人田中横一，来华已一年了，他苦闷地接不到一封家信，终日烦闷的无可消除，他决定跑到军部指定的慰安所去，因为这样才能使他生活活泼一点。

慰安所已来了一批新的姑娘，这是大阪和横滨来的，田中很想找寻横滨的妓女，因为他关心着横滨关心着他的家，也许他可以遇见熟悉他故乡的女子。

从第五号房间里，走出一个很俊秀的女子，她闪着惊奇的紫眼盯着田中横一。

“长官！是不是第一次来?”

“是的”田中好像触电一样的呆了“你是不是横滨人?”

“是横滨人,你——好像很熟识,是不是去年十月里出征的?”

田中紧握住她的手“芳子,你为什么到这里来?”

芳子发现是他的哥哥,哭泣声从耻羞中冲了出来,“我们以为你战死了,我被征发的原因,也是由于你失去了消息,凡是在华阵亡将士的家眷,大部征发来华了。”

“征发?征发来华出卖你的皮肉吗?……”

芳子只是哭泣,在她哥哥之前,她有说不出的话,她只把几月来生活告诉了他。

“嫂子在家好不好?”

“嫂子她也来了,她在十一号,她比我来得还早……”

田中的脸色由深红而青灰,正当他听得昏迷的时候,他的妻子跑了出来。

“田中,田中,真的是你吗?”菊子,田中横一的妻子,她听着丈夫的谈话已很久了,她不愿再听下去,她以最快的速度跑了上去。

兄妹姑嫂想不到会在南京逢到,除了泣诉离情之外,使人深深地痛恨到军阀的残暴与罪恶,只有军阀财阀的打倒,日本民众才能享受自由和幸福,侵华战事一年又二年,日本劳苦大众的血也榨干了,人生至此有何意味,戎马苦战,妻妹离散,原来战争的意义是如此的……南京东郊的一棵白桦树上,明日就挂了田中横一的尸体。

三 十九号的惨叫声

这故事传遍了南京的妓院和慰安所,以至南京的民众也知道了,红灯下的广告,常把它告诉新来的顾客,我为了好奇心的冲动,在一个郁闷的黄昏,就大胆地跑进人民慰安所去。

人民慰安所是第一等的大妓院,妓女的成份十分之六七来自苏州,色艺双全,如花似玉之姑娘,性情温柔,举止大方,贵客驾临，包君满意，一个满脸笑容的茶房，迎着引我进去。

“先生贵姓?”

“周。”

周先生还是第一次啊，今天的天气太沉闷呐。

“我是找王科长的，他在十九号等我已很久了。”我扯着慌大踏步的跑了进去。

第一号的门帘揭起，是一个脱了皮鞋的日军官，第二号的布帘揭起是一个搂着妓女的伪警官，第三号的门开着，三个日本兵围着四个妓女抽纸烟，第四第五号……十九号里门紧闭着，房内的声音透出房门，似乎是在哭泣，间或带了些怒骂的声音：

“益阿罗!”日语的咤声，接着是什物的倒塌声，“益阿罗”日本军官的皮带向妓女抽了几下，前前后后的客人都惊扰起来了。

十九号的茶房给它打开，接着日军官斜戴着尖头顶帽闯出来了，他气愤不堪，茶役垂下双手，恭敬地送出大门。

惨叫的声音还是继续着，闲空的妓女全去劝阻她，“要让他一些才好，吃了眼前亏是无冤可伸的。”

“坐着谈也好，横着玩也好，他要怎样就怎样，反正南京是他们的世界，他来玩是给钱的，对他没有交情也不过一天一晚的事情啊”!三五成群的劝导者以最老实的说法，终于完成了说服的工作，惨叫声停止了，十九号里只剩下她这个受苦的女子。

四 苏州女子自述

惨叫的女子原是苏州人，吴侬轻语不用辨别，就可知道的，她走进外堂的饮茶室，离我只隔一丈的距离。

“刚才是甚么一回事情?”我接近她一点。

“东洋赤老还有好事情吗?强凶霸恶，没有一点人心!”她不大高兴叙述冲突的原因，不过她听到我的口音却高兴起来：

“你是不是苏州人?”

“是的，苏州三元坊。”

“唔……”

“你怎样到南京来的?”她被我问住了，一付可怜的表情在她面庞上显露出来，她噜苏地向我问长问短，似乎热识得不像素不相识的样子。

“告诉你吧！我是苏州××人，原籍××，东洋人进攻苏州的一天，家里是被焚毁，我跟着年老的父母从无锡到镇江，兵火仓皇中父母都死去了，我一个人，一个人流亡到南京难民所，整整的住了两个多月。”

“两个月里南京受敌机袭击，南京的民众为避免无谓的牺牲，都从城市搬到乡村里去，我在这时认识了一个男人，他为我的安全计，叫我跟他跑去。”

“以后他又把我抛弃了，我又流浪到南京来，仅仅十天的时间，南京城里的太阳旗都挂上街道了。”

“你怎么跑上妓院的?”接着问她一句。

“跑进妓院，我也弄不清了，当时的情况现在也无从说起，第一点为了生命，第二点为了生活，妓院老板到各妓院找人，他看重我，保证我安全，保证我的生活不发生问题，他以重价收买我，他还答应我战事平静后送回苏州。”

“慰安所里那一方人最多?”

“这儿大部是苏州人，军部的慰安所也有四五个，那边中国人占到十分之七，东洋的女子有十分之三，中国的女子大部分是难民收容所来的。”

“来玩的人多不多呢?”

“商人和士绅已不多了，这是因为一个月前闹过一乱子，一个东洋人包下的房间给中国人占领了，手枪皮鞭乱打起来，我们至今还不敢和鬼子多接近。”

“也许刚才的争吵，就是这一类事情吧？”她默默的走了，我看着一阵一阵的流氓引着日兵闯进来，我实为这一群可怜的妓女们担心。

（载丽水《浙江妇女》1939 年第 1 卷第 4 期）

慰安所里的女同胞

王璧珍

一进入通城，我不及寻找住宿地和党政军的各机关，首先巡视敌人所留下的遗迹，但我到迟了，遗迹已经有关各方面扫除或洗刷过，所目睹的只是一片瓦砾和仅存的断垣破壁。

浩大的一个通城，已经没有一栋的房子存在，福音堂天主堂也都空的没有门窗，没有板壁，仅只一间空架子，歪斜的站在废墟上。

可是在废墟上也有一两间完整的屋子，那就是敌人所蹂躏我们女同胞的慰安所，但敌人败退时，也加以摧毁了。因为我们追击的迅速，摧毁得并不彻底，在那草堆里面，还有剩粉残脂或秽亵品的存在。

敌人的准备从通城退却，早在本月初间，在军事还没完全退却以前，那些在铁蹄下苟延残喘的顺民们，都被威胁下先向大沙坪迁徙了，充当慰安品的女同胞们，更是全数的被敌人架走。

关于我们女同胞们的被蹂躏情况，则通城伪组织人员都不能知其内容的，（伪组织人员现多数反正为我们效力了）经笔者多方探索，终于知道了一点梗概。

慰安所是有三级的：第一级，是从敌国调来作战而死亡者的妻女，她们的丈夫或父兄因侵华致死了，死耗不让她们知道的，而以欺骗的方式引诱她们来华，说是和丈夫或父兄会面，来华后，却分派到各军营充当泄欲器了。第二级是朝鲜或台湾人，她们在魔掌宰割之下，是要如何便如何的，她们度着亡国奴的生活，一被征发是无法避免的，第三级就是遭受蹂躏的我们的女同胞。

第一级和第二级的享受者是军官，而我们的女同胞呢，所承受的只是那些战兵的践踏。

（第十七・十八期） 廣西婦女 （36）

各地通

慰安所裏的女同胞

王璧珍

一進入通城，我不及尋找住宿處和駐設軍的各機關，首先巡視敵人所留下的遺跡，但我失望了，遺跡已經有關各方面掃除或洗刷過，所目睹的只是一片瓦礫和僅存的斷垣破壁。

潛大的一個通城，已經沒有一棟的房子存在，[illegible]堂天主堂也都空的沒有門窗，沒有板壁，僅只一個空架子，歪斜的站在踏城上。

可是在踏城上也有一兩間完整的屋子，那就是敵人所蹂躪我們女同胞的慰安所，但敵人敗退時，也加以摧毀了。因爲我們追擊的迅速，摧毀得並不徹底，在那草堆裏面，還有脈粉殘脂或殘褻品的存在。

敵人的準備從通城退却，早在本月初間，在軍事還沒完全退却以前，那些在鐵蹄下苟延殘喘的順民們，都被威脅下先向大沙坪遷徙了，充當慰安品的女同胞們，更是全數的被敵人架走。

關於我們女同胞們的被蹂躪情況，則通城僞組織人員都不能知其內容的，（僞組織人員現多數反正爲我們效力了）經筆者多方探索，終於知道了一點梗概。

慰安所是有三級的：第一級，是從敵國調來作戰而死亡者的妻女，她們的丈夫或父兄因侵華致死了，死耗不讓她們知道的，而以欺騙的方式引誘她們來華，說是和丈夫或父兄會面，來華後，却分派到各軍營充當洩慾器了。第二級是朝鮮或台灣人，她們在魔掌宰割之下，是要如何便如何的，她們受着亡國奴的生活，一被徵發是無法避免的，第三級就是遭受蹂躪的我們的女同胞。

第一級和第二級的享受者是軍官，而我們的女同胞呢，所承受的祇是那些戰兵的踐踏。

這些「慰安品」的供給者，大半是維持會向四鄉強迫來的，在慰安所裏踐踏若干時日後，可以釋放回家，但雖經五人以上的保證人勒令交出，延限三日，則保證人及家屬都全數活埋，維持會人員，亦會被懲。

在值班的那一天，是要承受六十名戰兵踐踏的，而在踐踏時，尚須強作笑容，不能有不願意的表現，否則，會赤裸裸的遭受鞭撻，三星期內不准回家。

那些來洩慾的戰兵，事先須到購票的地方繳一定的代價（分三種：上等一元四角，中等八角，下等四角。）換取一條紙片，然後於照號碼找到「慰安品」不得任意選擇，也不得超過規定的時間，超過五分鐘就得加倍納價，並且停止其一次慰安權利。

在值班之先和退班的時候，那得受衛生隊人員的檢查和洗滌，若當月事或染到花柳時，由醫生發給停止值班證明書，而有病的則駐在衛生隊的特設病院裏，聽候療治，在痊愈後仍得照常值班。

戰兵們所購買慰安券的代價，雖然是全數發給充任「慰安品」的女同胞們，而層層剝削，「慰安品」所得已寥寥無幾，而且遇着疾病，則醫藥費全由「慰安品」自己擔負，因是女同胞們忍受凌踏的收入，尚不够一次疾病的支出，我們的女同胞，就這樣慘痛的呻吟於鐵蹄下。

至於自由的到四鄉找「花姑娘」的戰兵，更無日無之，但因我游擊隊的活躍，一兩個是不敢下鄉的，否時，不是被我們活捉就是被殺戮。因之，不僅戰[illegible]不敢單獨行動，而且戰軍也懸爲厲禁。

現在的通城，是重見天日了，而許多女同胞們，已被敵軍強架到大沙坪去，依舊在鐵蹄下呻吟。

这些“慰安品”的供给者，大半是维持会向四乡强迫来的，在慰安所里践踏若干时日后，可以释放回家，但虽经五人以上的保证人勒令交出，延限三日，则保证人及家属都全数活埋，维持会人员，亦会被惩。

在值班的那一天，是要承受六十名战兵践踏的，而在践踏时，尚须强作笑容，不能有不愿意的表现，否则，会赤裸裸的遭受鞭挞，三星期内不准回家。

那些来泄欲的战兵，事先须到购票的地方纳一定的代价（分三种；上等一元四角，中等八角，下等四角。）换取一条纸片，然后照号码找到“慰安品”，不得任意选择，也不得超过规定的时间，超过五分钟就得加倍纳价，而且停止其一次安慰权利。

在值班之先和退班的时候，都得受卫生队人员的检查和洗涤，若当月事或染到花柳时，由医生发给停止值班证明书，而有病的则驻在卫生队的特设病院里，听候疗治，在痊愈后仍得照常值班。

战兵们所购买慰安券的代价，虽然是全数发给充任“慰安品”的女同胞们，而层层剥削“慰安品”所得已寥寥无几，而且遇着疾病，则医药费全由“慰安品”自己担负，因是女同胞们忍受践踏的收入，尚不够一次疾病的支出，我们的女同胞，就这样惨痛的呻吟于铁蹄下。

至于自由的到四乡找“花姑娘”的战兵，更无日无之，但因我游击队的活跃，一两个是不敢下乡的，否时，不是被我们活捉就是被杀戮。因之，不仅战兵不敢单独行动，而且战军也悬为厉禁。

现在的通城，是重见天日了，而许多女同胞们，已被敌军强架到大沙坪去，依旧在铁蹄下呻吟。

（载桂林《广西妇女》1941 年第 17—18 期）

敌随军营妓调查

——腾冲城内的一群可怜虫

潘世征

当腾冲城尚未打下的时候，国军都知道城内尚有五十多个敌人随军营妓，也被包围在里面。果真，我军登上了南门城墙之后，面对着北门的一条小巷上面，常能发现三三两两的女人，穿着花花绿绿的衣服，在那儿匆忙地经过。后来，攻击的小包围形势形成的时候，被我军小炮及机枪封锁面上，也会见到一个个营妓花枝招展地在封锁口上经过。我军士兵停止了射击，招手要她们过来，那营妓却回头一笑，姗姗地溜走。

这种营妓制度，在全世界的军队，尚是稀有的事。于是在人们的谈话中，都像神话一样地传说着。可是包围圈已经那样地小了，为什么一个也不见被俘呢？上哪去了？不久从被俘敌寇口中，才知道的确尚有四十八个姑娘及五个老板娘在里面，可是她们的生命，也像垂死敌人一样，将在最后五分钟，全部被结束了。

敌人在（一九四四年九月——本书编者注）十二三号的晚上，固［果］然用惨无人道的手段，对待这些被宰割的羔羊。一个十岁左右的中国女孩子，是替妓女们打洗脸水的，她在死中逃生，出来后报告：她们在防空洞内，一天黎明的时候，忽来个敌人，用手枪结束了十三个营妓的生命，她吓昏了过去。当醒来的时候，逃到了另一个地方，被我军救了她的生命。

敵隨軍營妓調查

騰衝城內的一羣可憐虫

當騰衝城尚未打下的時候，國軍都知道城內尚有五十多個敵人隨軍的營妓，也被包圍在裏面，果真我軍登上了南門城牆之後，面對着北門的一條小巷上面，常能發現三三二二的女人，穿着花花綠綠的衣服在那兒忽忙的經過，後來，攻擊的小包圍形勢形成的時候，被我軍小砲及機關搶封鎖上面，也會見到，一個個營妓花技招展的在封鎖口上經過，我軍士兵停止了射擊，招手要他們過來，那營妓却回頭一笑，姍姍的溜走。

這種營妓制度，在全世界的軍隊，尚是稀有的事，於是在人們的談諂中，都像神話一樣的傳說着，可是包圍圈已經那樣的小了，為什麽一個也不見俘呢？上那兒去了？不久從被俘的敵寇中，才知道的確尚有四十八個姑娘及五個老板娘在裏面，可是她們的生命，也像垂死敵人一樣，將在最後五分鐘，全部被結束了！

敵人在十二三號的晚上，固然把慘無人道的手段對待這些被宰割羔羊，一個十歲左右的中國女孩子，向來是替妓女們打洗臉水的，她在死中逃生，出來報告：她們在防空洞內，一天黎明的時候，忽來個敵人、用手槍結束了十三個營妓的生命，她嚇昏了過去，當醒來的時候，逃到了另一個地方，被我軍救了她的生命。

十四日上午，我军攻克了腾冲城最后几个敌人的工事的时候，在一个墙角的中间，发现了一堆十几具女尸，有穿着军服的，有穿着军裤的，有穿着漂亮西服的，她们是被敌人蒙闭了眼睛用枪打死堆在一起。那儿，有已死很久的，有刚才打死的，有的手脚还在摇动，惨不堪言。这些女人，生前为敌人泄欲，最后又被虐死刑，犯了什么罪呢?

十四号的早上，有两个老板娘，带着十二个妓女，从东门城缺口中逃出来，爬过水田，无目的地向前奔逃，给我们驻军看见了。因为其中多人穿着军服，就被发枪射击，打死了一个，打伤了一个。她们举着白手巾投降，共被俘了十三个女人。

营妓的被俘，轰动了人们，她们是哪国的人呢？她们是怎样的人呢？长得漂亮吗？她们的生活情形怎样？……一大串的问题鼓动了人们的好奇的心。记者特作了一个详密的询问，报告给大家听。

一个老板娘是能说中国话的，她被作为讯问的对象，也被认为临时的翻译。她告诉记者：她们统统是朝鲜女人，一年以前，被敌军送到中国来的。

她们的来，却不是强迫。敌军创立了营妓制度，于是由敌人派人在朝鲜去招收贫苦的女孩们，用钱给朝鲜衣食无着的母亲或无父母的孤女，把女孩子买了作她的养女，带到中国来供应敌人。因为营妓的生活相当舒适，这些生活于贫苦线下面的女孩们，也乐于做这种事情。她们当中，却亦有因生得丑，为朝鲜丈夫所遗弃，走上这一条路来。维持生活，积几个钱，过她的下一半生活。

敌人对于朝鲜营妓，免除旅费，运送到前方。她们的身体，每一个星期被检查一次，有病的加以治疗。平日管理极端严格，白天是士兵的机会，晚上是官长的机会。营妓私人可以出外游玩，敌官绝对不能带了营妓到外面去游玩，倘若发现有违背的，官兵营妓皆要受到严重的处分。

记者曾在南门外克复的时候，去参观过几所营妓的“公馆”。那时，前面临城墙，不能通行，是从破墙中间爬进去的。每所房屋内有二十几间小房间，每间的门上，贴有她们的花名，以及医生检查的合格证，这种合格证，是每星期贴上一张，上有名字及医官的印章。房内的设备，有如日本式的家庭一样。这种营妓的“公馆”，以前在南门外有七处，城内有一处，远在瓦甸、界头等地，都有分出所。

这些可怜的女性是怎样的人呢？记者特作了一个社会调查。二个老板娘，都是朝鲜平壤人，她们是和丈夫一同做着这种生意的。名叫黄南淑的，丈夫在东三省开饮食馆，他读过几年书，也能写不少中国字，在中国十二年。一年以前，为了这种生意比做饮食馆还赚钱，于是父母子三人，一同买了十三个女孩来到腾冲；另一个叫崔玉山的，家中本来务农，也因为这种生意好，与丈夫带了八个女孩来中国。现在她们出来了，当然由我政府处置。记者特地做了一个反问："你们准备怎样呢？""我们不知道，但心中希望仍能继续做这种生意！"

十一个营妓，她们本来的名字是中日合璧的：丁九娘、崔金珠、金七原、朴金顺、申长女、尹仁珠、李红莲。她们的花名完全是日本的：八重子、市丸、松子、君子、吉子、寸代子、花子、罗宾子等。年龄最小的十八岁一个，十九岁二个，二十岁及二十三岁的最多，有三个已经二十八岁，一个是丈夫死了，另一个的丈夫遗弃了，于是自动地沦入红楼，过非人的生活。

其他的营妓，以籍贯是平壤和京城。家中有父母的二人，仅有祖母的一人，只有叔母的二人，家中父母兄弟全无的四人。有家人的，她们每月由敌人邮局免费寄钱回去养家，有寄一百元的，有寄六七十元的。她们的收入，因为这是一种包办性质的，敌人除了加以统制而外对她们并没有收取任何的税收，她们不犯规，敌人就不加以任何压制。所以她们在敌人的麻醉之下，一直到敌人残杀她们姊妹的时候，才觉到了敌人的残暴。

在这群营妓的中间，曾经读过三年书的，只有花名市丸的崔金珠一个人。她父母双亡，只叔母一人缝纫为生，以前在饮食馆内做女招待，一年前才被招来腾冲。这些女孩子，由老板娘买来，价格都在一千三四百元左右，现在每个月的收入，红的可多至四五千元，最少的收入是一千元左右。于是生活方面，也不相同，有过着奢侈浪漫生活的，有爱穿衣服的，有爱吃东西的，也有爱粉的，也有省吃俭用的。

对于她们的前途，真像我们国内的妇［妓］女一样，天天过着日子再说，前途如何，只看命运的来临，最好有一些钱，嫁一个丈夫，过着平淡的生活。其中根本没有亲人的，对回家一事，不曾想起的也不少。但有几个人，希望能回本国。

把［用］她们的歌喉来引动人的，十一个人中只有三个人。她们能唱日本歌及朝鲜歌，有一个叫金白素的，是向来做歌伎的，已做了四五年，异想天开，来到腾冲操神女生涯。自从腾冲城被我围攻以来，她们的衣物被毁于炮火，她们的纸币，已成为废钞票，她们的身体，已成为俘虏，她们才有一些觉悟。

有一件事，非常值得我们提起的，就是敌人现在对营妓制度管理的严格，腾冲战后一直到最后，敌人没有一些私自的淫乱行动。在战壕中面对我军进攻的敌兵，和在防空洞中的敌兵一样，仍旧有秩序地平均获得性的享受，并不因为死神飞舞而失去人性。她们的生活，也像敌兵队同样的待遇，每天二碗饭或二包饼干。她们在麻醉之中，也随时为敌人搬运粮食和弹药，也有少数人在最后的第一线上，用手枪来抵抗我军的进展。

敌人崩溃的时候，把她们一个个处决，少数营妓也以为自杀是成仁，用手枪结束自己的生命。在临死之前，第一线上距离敌人数十公尺的我军，没有听到过一个女性哭泣的声音。

我们的政府将如何处置这一群可怜虫？从她们的身世上，我们知道营妓的社会背景。像这样背景的女性，在国内大后方、前方，沦陷区，数千百人如此。我们要救济这些营妓，对国内生活没法解决的女性又将如何？抗战胜利，一天比一天近了，这一个严重的社会问题，也应该是建国工作中值得注意的一件大事。我喊出一声：“救救可怜的女孩子们！”

三十三年“九·一八”十四周年纪念日于腾冲

（录自潘世征《战怒江》“远征军滇西反攻战”，昆明扫荡报社 1945 年版）

戏　　剧

第三百零三个

林心平

时： 民国二十七年春

地： 沦陷后的扬州

人：（以出场先后为序）

杉一　卅余岁　一等兵

慧子　廿余岁　吉田妻　现为军妓

吉田　卅余岁　一等兵

景： 夜。

皇军慰劳所的第十五号房间里。正面靠左处斜置一张小型的铁床，铺放着花布的褥单和其他睡具。左角有一西式小门，开着，门口静静的垂着蓝色的布帘，在开着的门扇上，观众可以看到贴着一张歪歪斜斜的日文写着“日本妇女御劳军慰问の队”的约莫五寸阔二尺长的纸条下面还标着“十五番”的字样；可算为这房间的特质。房子的左前方放着一张破旧的梭发椅和一张凌乱的堆着太阳牌啤酒瓶，玻璃杯，香烟罐，洋火……之类的日形茶儿。左壁正中开着一个长形的窗，密密的掩着紫色的窗幔；只要掀开这窗幔，观众完全可以看得清楚隔壁十六号房间里的一切。窗下一付藤椅桌；一朵快要凋谢了的株藤花供在紫色的窗幔下。

房间里，透着光度不足的紫红色的灯光，显得更阴沉，抑郁。

幕：一等兵杉一倒在沙发上疯狂地把啤酒一杯一杯地往口里送，已经醉得可以了。军妓慧子沉默地立在茶几后面，在想着什么，阴郁的表情充分地流露着她心中的痛苦。

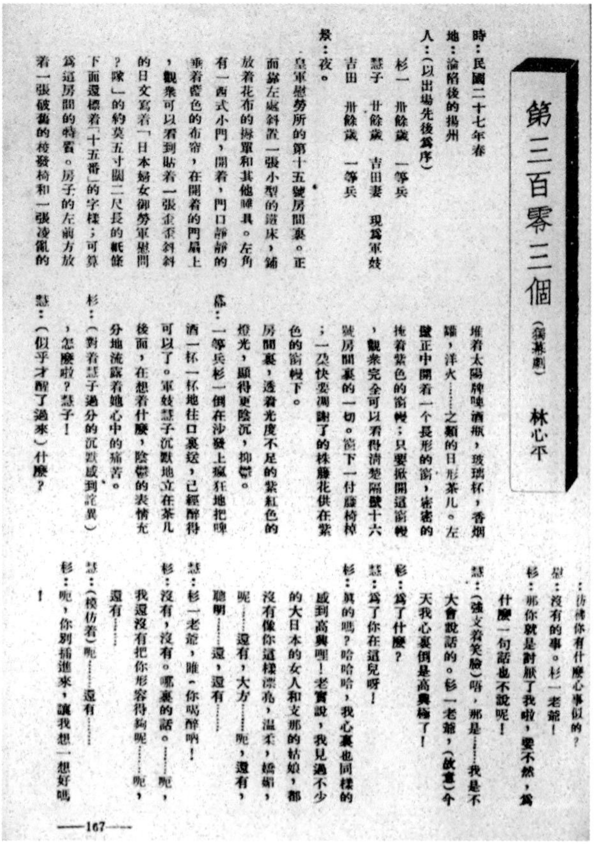

第三百零三個（獨幕劇）　林心平

時：民國二十七年春
地：淪陷後的揚州
人：（以出場先後爲序）
杉一　卅餘歲　一等兵
慧子　廿餘歲　吉田妻　現爲軍妓
吉田　卅餘歲　一等兵
景：夜。

皇軍慰勞所的第十五號房間裏。正面靠左處斜置一張小型的鐵床，鋪放着花布的褥單和其他睡具。左角有一西式小門，開着，門口靜靜的垂着藍色的布簾，在開着的門扇上，觀衆可以看到貼着一張歪歪斜斜的日文寫着「日本婦女御勞軍慰問隊」的約莫五寸闊二尺長的紙條下面還標着「十五番」的字樣；可算爲這房間的特看。房子的左前方放着一張破舊的梭發椅和一張凌亂的堆着太陽牌啤酒瓶，玻璃杯，香烟罐，洋火……之類的日形茶几。左壁正中開着一个長形的窗，密密的掩着紫色的窗幔；只要掀開這窗幔，觀衆完全可以看得清楚隔壁十六號房間裏的一切。窗下一付藤椅棹；一朵快要凋謝了的株藤花供在紫色的窗幔下。

房間裏，透着光度不足的紫紅色的燈光，顯得更陰沉，抑鬱。

幕：一等兵杉一倒在沙發上瘋狂地把啤酒一杯一杯地往口裏送，已經醉得可以了。軍妓慧子沉默地立在茶几後面，在想着什麽，陰鬱的表情充分地流露着她心中的痛苦。

杉：（對着慧子過分的沉默感到詫異），怎麽啦？慧子！

慧：（似乎才醒了過來）什麽？

杉：彷彿你有什麽心事似的？

慧：沒有的事。杉一老爺！

杉：那你就是討厭了我啦，要不然，爲什麽一句話也不說呢！

慧：（強支着笑臉）唔，那是……我是不大會說話的。杉一老爺，（故意）今天我心裏倒是高興極了！

杉：爲了什麽？

慧：爲了你在這兒呀！

杉：眞的嗎？哈哈哈，我心裏也同樣的感到高興哩！老實說，我見過不少的大日本的女人和支那的姑娘，都沒有像你這樣漂亮，溫柔，嬌媚，呃……還有，大方……呃，還有，聰明……還，還有……

慧：杉一老爺，瞧，你喝醉啦！

杉：沒有，沒有。哪裏的話。……呃，我還沒有把你形容得夠呢……呃，還有……

慧：（模仿着）呃……還有……

杉：呃，你別插進來，讓我想一想好嗎！

—167—

杉：（对着慧子过分的沉默感到诧异），怎么啦？慧子！

慧：（似乎才醒了过来）什么？

杉：仿佛你有什么心事似的？

慧：没有的事。杉一老爷！

杉：那你就是讨厌了我啦，要不然，为什么一句话也不说呢！

慧：（强支着笑脸）唔，那是……我是不大会说话的。杉一老爷，（故意）今天我心里倒是高兴极了！

杉：为了什么？

慧：为了你在这儿呀！

杉：真的吗？哈哈哈，我心里也同样的感到高兴哩！老实说，我见过的大日本的女人和支那的姑娘，都没有像你这样漂亮，温柔，娇媚呢……还有，大方……呃，还有，聪明……还，还有……

慧：杉一老爷，睢［瞧］，你喝醉呐！

杉：没有，没有。哪里的话。……呃，我还没有把你形容得够呢……呃，还有……

慧：（模仿着）呃……还有……

杉：呃，你别插进来，让我想一想好吗！

慧：得了吧，你别把人家捧上天了！

杉：哈哈哈，慧子，你真是……呃，你念过书没有？

慧：念过中学的。

杉：难怪你说起话来叫人怪动听的。

慧：真的吗？

杉：哈哈哈，对了，我还忘记问你，你是哪里人呀？

慧：东京。

杉：哦，你也是东京人？怎么我住在东京那么久了，都不认识你呢？哈哈，却想不到在这儿会碰着，真巧，凑巧极了！那末！你在东京，住在什么地方呢？

慧：宫前町。

杉：离开东京很久了吗？

慧：不，算来刚快两个月呢？

杉：哦，才两个月，你家里没有丈夫吗？

慧：有的。

杉：那，就怪了！你的丈夫为什么肯让你出来呢？那一定是他不爱你了，是吗？……哈哈哈，我一看就晓得！不过，我想你的丈夫一定有点阴阳怪气，不然的话，为什么会不爱你呢？——

一个年纪青青，又美丽，又温柔的女人！……哈哈现在你也不必伤心了，有我爱你呀！……

慧： 没有的话。杉一老爷，我的丈夫非常痛爱我哩！我相信他爱我比过一切。可是（伤感）在三个月前，他被征调到支那来了！

杉： 这么一说，你丈夫原来，也是一个皇军啊！他现在在那一个师团？

慧： 起初在第五师团司令部，后来就……就……就不知道消息了！……

杉： 哦？……那……也许……

慧： 是的，我也是这末想……呀（退坐床上俯首低咽）

（杉一似乎略受感触，无聊地抽着香烟）

（冷场片刻）

（窗幔突然被一双粗大的手掀开了，接着露出一个人的面部来——痉挛着各种异样的表情，由怨恨而愤怒而失望而悲哀，终于无力地将头缩回去；窗幔重新合起了。这种动作，房间里的杉一和慧子完全没有注意到。）

（由沉默感到寂寞，使杉一记起今天取乐的目的来）

杉：（立起，推慧）好了，慧子，别难过啦！我们还是来乐一乐吧！来，替我倒一杯啤酒来！（又坐下）

慧：（受了职务的威胁，无可奈何地为杉一倒了酒）

杉：（酒进两杯后，看看慧子，色情地）哈哈哈，慧子，你真是太美了！哈哈，呃！你想着你的丈夫干吗呀？有了我不是一样吗？哈哈哈！（慧子不答）来，再吻我一下，绞一下舌头也好！（突然立起，欲拥慧子，被躲开）哈哈哈，怕什么呢？我的胡须长吗？呃！怕什么痛！哈哈，好玩儿！（又款拥慧，慧又避开）怎么啦？不理我了吗？那是用不得的，你要知道，你既然是派遣来慰劳皇军的，你就不该违反皇军的要求。

慧：（乞怜地）杉一老爷，请你原谅我吧，让我休息一会儿。你不提起我的丈夫来也好。提起了使我心里又难过起来了！

（当慧子说话时，窗幔又被掀开了，露出更愤恨底表情的起初的那个人的面孔来）

杉：（微怒地）那我管不了，那我管不了！

（杉一强制地欲将慧子抱住，慧子挣扎哭泣。突然隔壁那个人掀开整个窗幔跳了过来，迅速的把慧子夺回。）

慧：（喜极而叫）啊，吉田，是你？

吉：（反而凄咽地）是我。慧子！

杉：（惊诧地而退两步）你是谁？

吉：我叫吉田三太郎，就是她的丈夫！（对慧）慧子，怎么你也会到这个地方来呢？

慧：说来话长呢！自从你去后一个多月，政府便大批的征调我们许多妇女到支那来，说是来慰劳出征的皇军。

吉：但是，你已经是出征人的家属啊？

慧：是的，我也是这末反抗过的。但是政府里说要专调没有出征人的家属，是不够来慰劳这末多的皇军的。于是就将我也调到这儿来了！吉田，快两个月了，我简直是过着非人的生活，我的精神受痛苦到极点了，可是，我有什么法子可以反抗呢？除了忍受……（拥吉田哭）

杉：慧子，你不能这样说的。你为什么竟说出这样对我们大日本政府不敬的话呢?!

吉：（看杉一下）哼！

慧：（仿佛没有听到杉一的话）吉田，我问你，你怎么到这里来的？

吉：唉！我记得三个月前，我从家乡被征调后，便到支那北部怀来涿鹿一带作战，以后又调到津浦线，以后才又调到这里来。天给我这个机会我今天无意的被友人川岛君订约到这儿来玩耍。

恰好我就在隔壁的房间里。慧子，你的一丝一缕都深深地印在我的心坎里，永远也不会磨灭的；我一听见这边的声音，就听出了是你。你们的言语动作我都看见，三番五次的想冲过来，但是我，都咬着牙齿的忍受了，现在我的心实在要爆炸开了，所以我不得不冲了过来。

慧： 吉田，这三个多月真叫我把你想死了，每天晚上我仿佛都梦见了你，但是始终不知道你的消息啊！……吉田，这几个月你的生活过得好吗？

吉： 千万别提起了！我的慧子，在这三个月中，我还不是和你一样的过着非人的生活吗？我的神志麻木，战争使我变成了一个没有理智的人，变成了一条残酷的野兽。（稍顿）慧子，你是知道的，我从前是多末仁慈的一个人，不是连杀一只鸡却不敢自己动手吗！而现在我是一个杀人的恶魔了。我是拼命的戮杀支那人，不论是老头子也好，老太婆也好，甚至于刚刚出生不久的小孩子，我也忍得将一刀插进他的胸膛！……可是，天啊！我何曾爱这样做，难道吉田真的没有理想了吗？……环境逼得我不得不这样做呀！……我没有能力可以……

杉： 朋友，你疯了吗？你，这是什么话？……

吉：（不管杉一的话，仍旧说下去）我记得仅仅前一个钟头，我还做了一件最无耻最残酷的事：就是在我今天征发回来的时候，我看见一个年青的支那女人跑进一间屋子里去，接着很快地就把门掩上了。这时，三个月来造成我的兽性，使我老练地破坏了那扇门，在一驾［架］木橱下面，我就发现了这位年纪不满二十的支那姑娘。她的脸孔已吓得像死去一样的难看，跪在地上拼命的求我。她说："老爷，做做好事，饶了我吧！今天老爷是第七个……"虽然我对支那话听得不大纯熟，但是总懂得她的意思。

慧： 那你，该放了她吧！

吉：（痛苦地）不，慧子，我并没有这样做，我还是把她按在地上来糟蹋。起先她还挣扎，还呻吟，以后声音也嘶哑了，轻了，就死了？……（至此几乎语不成句）慧子，你说那时我不止没有怜悯她，还用我的刺刀在她的隆肿的小腹上刺了一个窟窿，并且还恨恨的说："支那姑娘有白腻的皮肤，只可惜不中用！……"

慧：（听的神色皆变）天啊！吉田，我真想不到为什么会使你残酷到这个地步？

吉：（仰天悲抑）是的，我自己也不知道为什么竟会残酷到这个地步。算起来我侮辱过，糟蹋过支那的姑娘带这个已经有三百零两个了！谁想到第三百零三个，竟然会降临我自己爱妻的身上……来……呢……（突然疯狂地跪在地上，作祈祷状）天啊！你让我忏悔吧！让我忏悔以往的罪恶吧！我可以牺牲一切来赎我的罪孽，但是，你不该将我的罪恶用在我爱妻的身上来报复啊！……

慧：（将吉田扶起）吉田，别这样吧！过去的事，算了吧！

杉：（觉得吉田的行动太可笑了）哈哈，满有趣儿，战死几个应该应征的支那姑娘算得什么呀？也值得这样的追悔不迭！朋友，老实说，我的成绩比你好得多哩！哈哈哈，给你说吧，能这样的才配做我们大日本的皇军啊！

吉：哼，你……

慧：（急截吉田的话）吉田，安静点儿吧！我忘记问你了，那张上野的照片呢？

吉：哦，在这里！（从贴身衣内取出一张照片）这一张照片，我是整天离不了的，你看，在这里印了多少我的吻迹，我的泪痕！（追忆）我记得你给我这张照片的时候，上野的樱花正鲜艳的开放着，那时，你不是也像樱花一样的鲜艳吗？但是现在你……我真不敢想下去，这可怕的生活，这比噩梦还要凶恶的生活……（又是疯狂地跳起，挠发顿足）这完全是侵略战争赐给我们的罪恶！

天！为什么要使我生长在这样野蛮残暴的国家里呢？

杉：（搭吉肩，讽刺地）朋友，你到底是真的疯了，还是昏了？难道你连我们大日本政府对支那作战的目的还不晓得哪？哈哈，亏你配做皇军！（又坐下喝酒）

吉：你说？

杉：（一句一顿地）为的是“维持正义”，为的是“发扬武士道的精神”，为的是“维持东亚和平”，为的是“膺惩暴”啊！哈哈哈，这还不容易明了吗？

吉：（暴发出来）哼！好漂亮的名词！什么“维持正义”，“发扬武士道的精神”，“维持东亚和平”，“膺惩暴戾”，统统是骗鬼的话。

杉：（大为惊愕）那你说？

吉：在没有到支那以前，我也是这末想，我们应该发扬武士道的精神把暴戾的支那狠狠地膺惩一下，所以一到支那我就是那末不顾一切的残杀！可是，现在我完全明白了，支那人何曾残暴呢？何曾野蛮呢？反之，残暴的野蛮的却是我们自己。我们占了人家的土地不算，还要屠杀，还要抢夺，还要奸淫人家的妇女，还要抢掳人家的孩童，究竟谁野蛮，谁残暴，谁不讲和平，谁该受膺惩呢？

杉：（受了感动地）唔！

吉：再说，支那人并没有先来欺负我们啊！难道他们为着保卫他们的国土，维持他们大中华民族的生存而抵抗我们的侵略反不是维持正义吗？而我们无缘无故的侵略人家反是维持正义吗？

杉：（完全受感动了，到门外察看一下回来）可是，无论如何，你不该说这些话来。你知道你现在是已经犯了“不敬天皇”“反动”“叛国”的罪了吗？

吉：“不敬天皇”“反动”“叛国”，好大的罪名呀！朋友，我相信你是像一般皇军一样的受了我们残暴军阀的麻醉。你说真正

“不敬天皇”“反动”“叛国”的是我们吗？不，完全不是。真正“不敬天皇”“反动”“叛国”的却是指使我们作侵略战争的日本军阀。他们为着要稳定他们的地位，财产，不顾一切的驱使我们去侵略别人，残杀别人；把我们当做炮灰，一批一批的送进死亡的坟墓。现在战争已经一年了，究竟我们大日本所得到的是什么！国内不是因为着战争而致经济崩溃民不聊生吗？……况且我们为了他们军阀，害得我们背乡离井，弃妻抛子，而他们对我们出征人的家属尚不加以保护，我们还有什么……

杉：呃，朋友，话固然是这么说的，但是……

吉：（太兴奋了）但是，我明明知道我自己被人利用，被人驱使，然而我无力抵抗，我屈服了！我虽然极力想脱离这罪恶的陷坑，但是环境反把我愈拖愈深了……（颓然的坐下）

慧：吉田，你太兴奋了，歇一会儿吧！（杉一倚着藤椅上无聊赖地抽着香烟，时而叹气频频。慧子还握着照片，也是长吁短叹。）

吉：（忽然记起什么）慧子，我忘记问你了，你出来后，我们的孩子呢？……

慧：（黯然）孩——子？

吉：怎么？

慧：（几乎听不出声音）死——了！

吉：（强烈的刺激）什么，死了？怎么会死了呢？

慧：当我离开家还没有一个月，妈就有信来说孩子自从没有母亲，断乳死了！

吉：啊！我的孩子啊！（几乎晕过去了）

慧：（急抱吉田）吉田，吉田，别这么呐！（倒茶给吉田）

吉：（接过茶后，突然摔在地上，脱了缰的野马似地暴跳起来）我实在不能再忍受了，不能再生存下去了！我的孩子，他，他是我的生命啊！可是他死了，我的生命完全空虚了，我还有什么希望呢？死，一切只有死，一切只有毁灭！天！给我勇气吧！

（突然冲上前两步，拔枪自杀）

慧杉：（同时）唉啊！吉田！

（慧子突然俯下去，夺了吉田的手枪，一声不响的朝自己的胸膛开，杉一欲止时已不及，慧子哀叫一声，亦倒地死。）

杉：（也着了疯似地）好，从今天起我什么都明白了，以前我像一条狗一样受我们的军阀愚弄，将残暴认做勇敢，将罪恶当为光荣。可是，现在他俩的死，给我一个彻底的觉悟，我绝不能再做军阀的鹰犬了。（拾起枪仿佛也要自杀，但又停住）不，我不该这样懦弱的死，我不能这样的结束了我的前途。谁发动这残暴无理的侵略战争，我就要和谁拼命去！去啊！（坚决地冲下）

——幕急落

（本剧系改编自《大公报·战线》第一百七十四号布德先生创作小说《第三百零三个》一文，并袭其名，特此附注）

（载福州《抗敌戏剧》1938 年第 7—8 期合刊）

慰安所

（独幕剧）

王澧泉

时　间： 一九三九年某月某日没有月亮的夜晚——十一点钟至十二点钟的时候。

地　点： 大江黄河流域有日寇盘踞的地方。

人　物：（以出场先后为序）

少　女——被日寇掳为慰劳队。

慧　子——由日本新到中国来的慰劳队。

日　兵——还不到卅岁。

汉　奸——慰安所的管理员，少女的表哥。

有　田——怀乡者，厌战，酗酒。

吉　冈——日本的糊涂蛋，酗酒。

布　景： 日军的慰安所，又窄又小。

横过台中的灰色布帐，把台分成前后两半，做成两个楞间，靠左边留了个口，挂着灰白色的布帘，台右前方有一道门，是到外面去的，也挂着布帘。靠着布帐的右边，安放着一张简单的木板床，有单薄的棉被和小枕。

连着床的是两靠椅和一张茶几。

里面的陈设也和外面差不多，拉开布帐，左边可以看得见靠椅和茶几。

外面是十八号房，有很大的数字粘在床的上端——布帐上。

里面是十九号，也有很大的数字贴在门帘旁边。

第八卌期　抗戰週刊　第十一頁

慰安所

（獨幕劇）

王滌泉

开　幕：少女惨白的脸悲惨地站在台中，仰着头握着两手在胸前，想起自己的遭遇，不禁凄然泪下，里面传来女人——慧子勉强的笑声，和男人——日兵猥狎的追逐声：

日：来，再来一个，不要紧的，再来一个。

慧：不，不来了！不来了！哈哈哈……（走出在门边，笑着把布帘拉开。)

日：不要走！没有关系，来！(赶到门边)。

慧：呀！哈哈哈！不来了！(勉强笑着跑出来)。

(日兵也赶出来，正在想上前拉慧子的时候，慧子见少女，急指示给他看。)

(日兵见少女站在那儿哭，不高兴的板起脸，走到她身边。)

日：喂！支那姑娘，在这儿干什么？

女：啊！……不干什么！(坐在床上。)

日：哭？哼！支那女人不好——不懂得爱情（对慧子）我们进去，不要理她。

慧：不，她太可怜了。

日：什么？你可怜她？你是我们大日本皇军的姑娘，不要和支那的女人比！去，到里边去。

慧：不，里面闷人！

日：好的，我们就在外面玩玩，把帐子拉开来，地方大一点。(把帐子从左边拉到右边，只露出里的一半。)

日：你新到支那来，头一个就慰劳我，我们应该痛痛快快的欢乐一下，来，你也坐下来。(拉她)

慧：不，你该走了，时候快到了，已经十一点钟了！

日：没有，我的票不过十点半，我们打仗打累了，自然玩个痛快。

慧：十一点钟到了，你的时间已经过了，马上还有第二个人来的。

日：不要紧的，还有一刻钟，有人来了，外面的奸细会来报告的，来，我们来跳舞吧！

(搂着慧子，慧子勉强与之舞。)

(少女在床上，不断的抽咽。)

(日兵色情狂的盯着慧子，而慧子却懒洋洋的看在旁的方向去。)

日：慧子姑娘！

慧：(无神地掉过头来。)

(日兵想去吻她，她却把头歪过去躲开。)

日：你是住在宫前町吗？

慧：(点头)

日：你什么时候动身的？

慧：……半个月以前。

日：祖国一切都好吗？

慧：……好？

日：怎么，军部告诉我们，不是说很好吗？

慧：……(笑)……唔……好！

日：……你的丈夫真的到支那来之后，就没有回去吗？

慧：……唔！(打动了她的心事，低下头。)

日：你的儿子死了啦？

慧：……(不禁泪下。)

日：你的丈夫靠不住！也死了。

慧：(停了舞哭着。)

日：哭什么？另外找个男人就是啰！

慧：(突然打他一个光耳)滚你妈的的蛋！(突然入内，伏在茶几上哭了。)

日：(摸摸脸，自形得意的笑着望着慧子，摇摇头。)……(慢慢的走到里面去，把皇军的上衣穿上，戴帽子。)没有关系，别哭了，我明天晚上再来，你是十八号。(把帐子拉开来看)唔，是的，十八号(对少女)支那姑娘！哭？打死！(拉起来一推)不懂得爱情！(满足之后，懒洋洋的出去了。)

(里面的慧子哭声，和少女的哭声，混成一片。)(有顷少女听见慧子的哭声，勉强收起眼泪，拉开帐子进去，站在她的身边。)

女：东洋太太？东洋太太？别哭了！（用手摸摸她。）等一会（儿）他们又来了。

慧：啊？（想不到异国的女郎会同情的）好！我不哭了！（用袖口擦了眼泪！）你……你也别哭了，小姑娘！

女：东洋太太，你今天才到这里吗？

慧：是的，我没有想到他们叫我来，骗我来做这种慰劳。

女：东洋太太，你还算好的呢！你还没有看见我们中国的女人，给你们东洋兵……（不禁又哭了。）

慧：好了，别哭了，小姑娘。

女：好，东洋太太。我一想起我的爸爸和妈妈给你们东洋兵那样的杀死了，现在我那不要脸的表哥，又把我送到这里来。啊！妈呀！（情不自禁大哭了。）

慧：哎哟，小声点，他们听见了会打你的。——可怜……好了，别哭了，你看我都不哭了。（扶起来坐在外面）怎么，你是你的表哥送到这儿来的？

女：是的，我那不要脸的表哥，我不嫁给他，他就把我骗到这儿来做这种丑事。东洋太太！我恨死了你们东洋兵，他们为什么这样不讲理，把我爸爸和妈妈那样杀死了还不算，还要把我拉到这个地方来？一天七八个男人，太太，我受不了啦！我死了之后，谁来替我报仇呢！（哭不成声）

慧：好了，别哭了，我替你想法子，把你放出去好了，别哭了！

女：好，谢谢你，太太，请你跟你们东洋兵说一说情，我的年纪太小啦，请他们放我出去吧。

慧：不要紧的，你坐下来歇歇吧！

女：好。

慧：吓！（同情地叹息）

女：太太你的丈夫和孩子真的都死了吗？

慧：……唔……

女：怎么都死了呢？

慧：别说了！

女：不，请你告诉我。

慧：告诉你干吗？

女：请你告诉我听听。

慧：……我的丈夫是两年以前到你们中国来打仗的，差不多一年没有信寄回家了；一定打死了！……我的儿子，因为在家没有人养活，病了，没有钱请医生，也死了！

女：（同情地哭）……那你怎么又到我们这儿来做这种丑事呢？

慧：小姑娘，你不知道，因为我们家里的人都被拉到你们中国来打仗了，他们军阀就迫我们女人当慰劳队。

女：那你不可以不来吗？

慧：傻瓜！不来会被他们军阀打死的！我们女人犯了什么罪！要受他们男人的气呢？

女：太太，不要紧的，也许你的先生，还没有死的。

慧：喂，我希望他还没有死，我希望有一天能够碰见他。

女：太太，你的先生有多大年纪了？

慧：三十岁还不到。

女：你的孩子呢？

慧：四岁。（又在哭泣）

女：太太，你别伤心了。

慧：不，我的丈夫那么爱我，我的孩子那么天真可爱，现在……呵！……

女：东洋太太，你怎么啦？

慧：（两手在胸间，无意摸触了怀中的相片，她哭着脸拿出来看。）啊！宝宝！有田……（两手抱着相片哭。）

女： 太太，你那是什么相片？给我看看，（在她的手中拿过来）呀！……（见相片有点奇怪）

慧： 干什么？小姑娘？

女： 啊？太太，……没……没有什么。这是你的先生和你的小孩吗？

慧： 呵，是他出发之前我们三个人一起合照的。

女： 你的孩子很好看，你的先生那么健壮，那么英俊。（看了相片又在想）

慧： ……小姑娘，你在想什么？

女： 没有什么。你的先生，我好像是在那儿见过似的，顶面熟。

慧： 呀！是吗？小姑娘，你在那儿见他过的，告诉我！（无限希望）

女： ……（想起来了，又想说又不敢）不，恐怕不是你的先生吧？

慧： 不，小姑娘，你告诉我，他在那儿，那个人怎么样的？

女： 那个人比他（指相片）老些，不会是你的先生的，而且你的先生嘴上有个黑痣，太太，恐怕我看错了，对了，我认错了他，不是你的先生。

慧： 你看见那个人，嘴上有黑痣没有？

女： 没有，那个人没有黑痣。

慧： ……（失望地满眼泪珠，叹着气想进去。）

女： 太太，你这相片可以送给我吗？

慧： 不，你现在拿去看看，等一会再给我看。（懒洋洋的进去，倒在床上。）

女： （看慧子倒在床上，重把相片拿起来仔细地看。）

慧： 小姑娘，你还站在那儿干嘛？（起来）

女：不干吗，我累了，我想起了我的爸爸妈妈，我心里难过得很！

慧：好了，别想了，也别难过了，累了就躺下来睡吧。这么晚啦，不会有人来了，（把帐子拉回去）睡吧，别想了呀。

女：好太太。你也静一静吧。（慧子同情的望着她。叹了气进去了。）

（少女拿了相片，走到床前，拿起枕头，把相片放在底下，回过身来，把椅上油灯扭小，打了个哈欠，躺下。）

（外面鸡鸣声，狗吠声……）

（突然两响枪声，狗也不吠了，慧子连忙出来）

慧：呀？小姑娘！这是什么枪声？

女：（起来坐在床上）也不知道打人还是打狗。

慧：你不怕？

女：怕什么？我天天晚上听惯了。

慧：我怕……

女：太太，不要怕，这是你们东洋兵，吃饱饭，没有事做，用枪来打狗玩的，你听，狗都不叫了。（慧子进去，少女躺下。）（有顷汉奸进来，见少女睡在床上，到她床前。）

奸：喂！（用鞭子在床上打）

女：（惊慌的起来）啊，表哥！干什么？

奸：谁是你的表哥！他妈的，谁叫你来睡觉的！他妈的！打死你。（抓起来就打）

女：救命呀！救命呀！（直嚷）（慧子出来，站在门边。）

慧：什么事情？

奸：没有什么，东洋太太，这死奴才竟敢偷懒，这么早就睡了。

慧：鸡都叫了，还不能睡吗？

奸：东洋太太，你今天刚来，这儿的情形你不知道，皇军时常都是深夜来的，现在又来了两位。

慧：什么？这么晚了还有人来吗？

奸：对了，东洋太太今天晚上，你要偏劳了。

慧：干吗？

奸：因为照例，新来的东洋太太，皇军都欢喜，你今天晚上是要通宵了。

慧：啊？……

奸：是的，（对女）他妈的，还不醒醒，叫你来此地享福睡觉的！（一鞭打去）

女：呵……表哥！你——

慧：你干吗！打她呢？（不平地）

奸：东洋太太，你不知道，这些中国女人、不打就不舒服，请你到里面去，皇军马上就来了，（鞠躬）他妈的！贱货！小娘儿们！你小心点！

女：啊！表哥，你别走，你放我出去吧！

奸：他妈的，谁是你的表哥，叫你嫁给我做太太享福不愿意现在没有这么便宜，放你出去。（下）

女：啊！太太，我受不了啦，我要死了，我的妈呀！

慧：小姑娘，怎么他就是你的哥哥！

女：啊！是的，太太，我情愿死！我情愿死！我死得了！我死得了！

（说着乱跳乱嚷）

慧：（急忙上前拉她）小姑娘！小姑娘！

外面汉奸大声高喊“十八号，十九号，皇军来了！”

慧：来了，他们来了，快别哭了！

女：（急收起眼泪，但仍在抽咽）太太你也进去吧！

（外面）

“到了！就在里面。”

"这房间就是的!"（慧子进去）（少女擦眼泪）（有田，吉冈一同进来，就吐，每人还拿了瓶酒，东歪西倒。）

吉：十八号？十八号在那里？

有：十九号？十九号在那里？（少女见有田大惊）

吉：分队长，你的福气，十九号支那姑娘，好的很！

有：不好，昨天晚上抽中的又是她，不过这位支那小姑娘，还不坏，我到支那来，玩了三十几个姑娘，这位小姑娘最好，最漂亮，不过不懂得爱情，你的好！新来的自己的姑娘，两个人换好不好？

吉：不可以的，十八号在那里？

（歪走到布门边看号码）好的。

（转身对有田）哈—罗！我睡着了，不要叫我，我们天亮了再回去。进去。（在里面）好的很，新来的！哈哈！

有：呵！（羡慕而又妒忌，望着他进去）十九号，小姑娘又是你！（吐酒走到椅子上坐下）好得很，我们有缘分。（吐呕）（少女在床上注意他）呵，……好酒，……呵！……（少女见有田在吐，乘机把枕下的照片拿出来看看。）

有：喂！小姑娘，倒杯茶给我！

女：（急把相片收起，仍放在枕下。）

有：茶！茶！茶！快一点！

（有田在喘气，少女过去倒茶给他，他一口而尽，少女仍回到床上坐下。）

有：（松了口气，站起来向前注视良久。）呵！……太太……我的太太？……你为什么不来信呢？……你到那里去了？死了吗？……呵……不爱我了？……女人？你是不是跟了别人了啦？（苦笑）……女人，我的孩子呢？丢了吗？ （苦笑）……女人？……你？不……（觉悟起来）是军阀！是军阀迫我们到中国来打仗，他们骗了我，说三个月就可以回国，到现在两年多了，不但打不过中国，反而每次吃败仗，我什么时候才能回去呢？我的太太，我的宝宝！你们……

女：（上前去）老爷，你的太太和小儿现在在那儿？

有：不知道！（把她一推）他没有信来，怕是死了，……走了！她不爱我了！

女：你的太太很漂亮吗？

有：别说了！我要喝酒。哈哈……酒？酒？是好东西!!（说着拿起茶几上的酒瓶想喝）好酒！哈哈哈！……

女：啊！老爷，你不能再喝酒了。（上前止他）

有：啊？我不能喝酒了？是谁说的？你？支那小姑娘？好的，我不喝酒了。支那小姑娘，都是好的。

（把酒瓶抛在地上）来，支那姑娘，我们来一个……（笑）（走到少女身边拉住她）

女：（胆却后退）啊，老爷，不能，请你明天再来吧，我不能了，今天已经来过好几个老爷了，我不能！

有：不行的！支那姑娘，慰劳队，就是这样的！（推她到床上）

女：老爷！我求求你！

有：不要紧的，我有缘分，来到这儿来，（坐在床上）来，我拿枕头给你。（把枕头拿起，看见相片。）

女：呀！不，我不要枕头。（忙上前拿照片）

有：呀？是什么？相片，好的，相片给我看看，是你的妹妹？哈哈……给我看看是你的姊姊？（说着上前去）

女：不，我不能给你！（后退）

有：八格！（拔出刺刀来）？你给不给？

女：啊！不，老爷，这个相片你不能看的。

有：什么相片我不能看！给不给？（上前去拉住她，吓她。）

女：……（想了一想）好，你要你拿去好了！（把相片丢在地下）

有：（收起刺刀，笑嘻嘻地伏在地上寻找，口中喃喃不已，拿了相片起来，慢慢的细看。）……呀，……慧子，……宝宝，……你们，……你！（对少女）你那儿来的？

女：……（怕得不敢说）

有：我问你，这个相片那儿来的？……是谁给你的？（赶前去抓她）

女：……是……是人家给我的。

有：是谁？

女：不知道。

有：他妈的，你说不说！（抓住她拔出刺刀想刺她。）

女：呀！救命啊！救命！

有：你说不说！

女：救命呀！…

（里面慧子的笑声……）

有：（听）慧子！慧子！（大声叫）

慧：（在里面）有田？

吉：有田，（上前拉住）干什么？

有：慧子！（大声地叫）

（慧子急出注视，立刻，吉冈随后也出来。）

慧：呀？有田？你——

有：呀？慧子——你——

慧：呵！有田！……（二人大哭，同时上前抱住。）

有：呵！慧子！……

（汉奸奔进）

吉：……（不禁醋意发作）什么事？

奸：……（莫名其妙）不知道！

吉：喂……（上前拉慧子）你是慰劳队，不许哭，进去，慰劳队！慰劳队！（吉冈死命的拉慧子）（有田、慧子抱头痛哭。）

吉：慰劳队！慰劳队！

有：（跳起来）什么慰劳队！

吉：唉，……她是十八号的慰劳队，她是我的，你的是十九号的支那姑娘！

有：……你这种死绝良心的东西，甘心做军阀的走狗，在这儿作威作福，欺负支那人还不算，还来欺负自己人，我今天非干掉你不可！

（说着拿起地上刺刀，向他胸口一刀刺去。）

女：慧子：呀！（怪叫了一声，躲在一边。）

奸：呀！不好！（上前去解救）

有：你妈的！（被有田反手一刀刺着，汉奸大叫了一声倒地死去。）

女：（见汉奸倒地，趋前放声大哭。）哥哥！哥哥！……（吉冈受伤挣扎着，举枪击中有田，有田饮弹倒地。）

慧：（见有田倒地，放声大哭，伏在他身上。）天哪！有田！……（忽然中止了哭声，猛抬头拾起刺刀想自刎。）

女：（抬头见了慧子，上前抢刀。）太太！太太！你不能，你不能！（将刀抢在手上，望着刀发呆。）

（慧子如死人般，又拿起吉冈的手枪，对着太阳穴，少女也握着刺刀对着咽喉。）

（突然慧子一枪自杀了。）

（少女一惊，刀掉在地上，晕倒下去。）

——幕徐落

（载广东梅县《抗战周刊》1940年第38期）

梅子姑娘

（五幕剧）

冷　波

献给为正义而战的勇士们

——冷　波

序

冰　莹

一提到《梅子姑娘》，首先我想说一说我写这篇小说的动机。

是二十八年的夏天，我和达明在老河口开办伤兵招待所服务人员的训练班，毕业的时候，邀请了朝鲜义勇队的李队长和六位日本反战同志来参加，听了伊藤进的讲演，和大竹义雄的歌唱后，我深深地受了感动，我奇怪那些在前后方从事文化宣传工作的人，为甚么不从这些反战同志的身上去寻找材料，那时我就开始想到以他们为题材来写小说或报告文学，后来到了洛阳，见到了一大批新到的俘虏，里面有三个女的，可怜都是朝鲜人，是被日本军阀压迫来当营妓的，我说起她们的生活情形，得到了不少珍贵的材料。

二十九年的春天，宝鸡俘虏收容所来西安公开演剧，我第一次看到这许多反战同志很热烈地，英勇地为我们的抗战宣传而努力，尤其是他们剧团里惟一的女主角田中照子给我留下了很深的印象，她的身世是这么的凄凉，受过不知道多少人间的辛酸苦楚，自从被日本军阀以“慰劳团”名义骗她来到中国后，眼看到日军的种种暴行，她的内心燃烧起熊熊的反战火焰。被俘后，她就和押切五郎，森下九郎等努力于反日的工作，她沉着，热心，厌战，在我的脑海中，她已成了我写小说的对象，去年金烨小组带着一位美丽的井村芳子姑娘也来到西安演《皇军的梦》了，芳子比照子年轻，活泼，而美丽，但她反日的热情，与照子比较起来，只有过之无不及，她常常在最前线的战壕里，唱反战歌呼口号给日

本士兵听，递送传单，小册子给他们看，于是这位勇敢的女性，又在我的脑海里散布下小说的种子了。

就这样，去年五月我写了《梅子姑娘》，原来的计划是想写成中篇的，但为了工作太忙，心绪也很乱，加之文化社催稿太急，只好把它改写短篇，在这里面当然有许多不详细的地方。

去年冬天的某天晚上，我的三哥突然问我为什么当初不把《梅子姑娘》写成剧本，这是个很好的反侵略的剧本体裁［题材］，于是我把这意愿告叙［诉］冷波，他对于这篇小说也很感到兴趣，就在三天之内写好了剧本的大纲来和我研究，经过两个多钟头的交换意见，《梅子姑娘》这剧本就在冷波的脑子里一天天成熟起来了。

本来改编别人的小说为剧本，并不是一件容易的事情，因为第一你必需尊重原作者的意思，第二同时要顾到自己的思想和兴趣。冷波先生究竟是个有天才而又特别努力的戏剧家，在短短的三个月之内，加之又在患眼疾很厉害的时候，他居然把一个五幕剧的《梅子姑娘》完成了，这不能不使人钦佩他的努力和对于艺术的忠实。现在这剧本快要由战干剧团演出了，它的成绩如何，自有许多观众来批评，用不着我在这里多说，但以反侵略为题材，而剧中人又都是真正的日本反战同志，这样的剧本在西北还是初次读到，我相信它给予读者的兴奋和安慰一定是很大的。

最后，顺便在这里简单地介绍一下剧情。《梅子姑娘》是描写一个被日本军阀压迫来中国当营妓的有思想的女性，因为她也是反战份子之一，所以和那位空军中条很相爱，同时这里还包含着一幕三角错杂恋爱的悲剧，绢枝子爱着中条，可是中条的对象是梅子，横濑爱着梅子，而梅子的情人却是中条，在这些争风吃醋的场面里，十足地表现了所谓“皇军”也者，他们除了酗酒女人而外，是毫无斗志的。

梅子和中条，天天想乘机反战向我们的抗日阵线上来，恰好有天晚上我们英勇的游击队夜袭沙市，他俩就一同参加了我们的队伍而掉转枪头杀死了日本的军官。就在这紧张的一刹那，中条受伤了，梅子连忙把预备好了的布标语从衣袖内取出来，告诉我军，他们是反对日本军阀的战士，于是两人都得救了。从此他俩在朝鲜义勇队工作，后来终于得到了我政府的允许，他俩都入了中国籍，于是便在平等自由的中国，梅子和中条很幸福地结婚了。

虽然这是一个反侵略的喜剧，但因为是暴露日本军阀黑暗的地方很多，加之又是以前线为背景，充分地描写日军生活的无聊，厌战，所以看起来特别新鲜动人。

为了珍惜篇幅，我不多说了，让读者诸君自己去领略剧中的情节罢。

三十一年七月十二日于地下室

人： 梅　子——营　妓

绢枝子——营　妓

美田子——营　妓

松　本——日　兵

川　岛——支队长

横　濑——日　兵

冈　本——日　兵

村　井——日　兵

中条知义——空军驾驶员

李队长——义勇队队长

中国兵

时： 第一幕　一九四〇年仲夏

第二幕　距第一幕半月

第三幕 距第二幕两月

第四幕

第一场 距第三幕三天

第二场 当天的晚上

第三场 相隔前场三天

第五幕 距第四幕一月余

地： 第一幕 沙市福安旅社的大厅

第二幕 同第一幕

第三幕 沙市中山公园的一角

第四幕

第一场 同第一幕

第二场 沙市近郊的战场

第三场 同第一幕

第五幕 国军后方医院的临时病房

第一幕

景： 自从敌人盘踞在沙市以后，这福安旅社就变成了日本营妓的大本营，日本的军阀，在这里制造着一种使人闻到就要战栗的气息，它不仅是对于异族的中国人施行着灭绝人性的野蛮政策，就是对于他们自以为神圣地［的］大和民族的子孙们，也施以种种暴虐，残酷或麻痹的手段，可是当它们施用这种手段的时候，往往会使那般青年坠到陷阱里而不自知，因为日本军阀们是惯用着欺诈的糖衣来裹在不可自拔的毒药上，利用诸种方法，来挑逗起青年们一些微末的直感的需要，以换取他们的生命，来作它们战争的赌注。

“营妓”也就是日本军阀们所设的诸种圈套的一种，它们口口声声地对出征的青年们喊着“为了你们的辛劳，你们是应该在精神上或生理上得些安慰或调剂”。于是乎他们为了直感的需要，乐得接受这一杯带有糖衣的毒汁，可是他们忘记了那是要用他们的生命做代价的。至于道德与人性，一时他们更是无从发觉，因为他们是已经陷入到麻痹的陷阱里：人与人之间究竟有多大的仇恨呢？为什么一定要拿别人的血来养肥自己！有时他们也许为了这问题而发生怀疑。可是他们那混沌的环境，军阀们对于他们所施用的圈套和手段是太精密了！它不容许他们在人性上得着丝毫反醒的机会，为了它们侵略的野心和自私的利益，它需要他们忘记一切，正如同使他们忘记掉自己的生命一样，使他们不知道“人”为什么要活，又为什么去死。那就像受了强烈地催眠一样！一个没有灵魂的行尸，管他什么种族不种族，那更是微乎其微的事。不是么？“营妓”也是大和民族的人种，可是他们却做了日本军阀脚下的牺牲品，这种尖苛的压榨，稍微有一点感觉的日本青年，便马上会感到生活的渺茫，懦弱一点的不免由彷徨，错乱而走向自杀。比较积极地他会本着他固有的人性而起来反抗，因为他要在那混沌的暗夜里寻求光明，可是这光明在他们那产生了众多魔王的日本故土，却永远也找寻不到。至于那些被麻痹过甚的浑庸份子，却死而无知地做了莫名其妙的牺牲品。

在这福安旅社里就聚集着这样地一群，混沌，混沌，第三个还是混沌，他们就在这混沌里生活着。在这里，脂粉不一定是香的，女人也不一定是甜的，啤酒更是催死的毒药，这里混合的气息会使你一嗅到就战栗，那就像你站在磨人的电磨旁边一样，你可以嗅到那磨旁流出来的血与肉混合的浆糊的腥气，那可怜地被牺牲者，在杀人的魔王手下，很快的便送掉了自己的生命！除非你努力挣扎，竭力反抗，也许会侥幸地挣脱魔王的，可是你必须迅速地远离它，宁愿抛掉了你身旁的一切。

舞台的布置是这样的：一间比较大的厅房，正面右方有半截甬道，甬道的里首露出几级阶梯，那是通到楼上姑娘的居室的，正面的左方开一门，这门是通美田子的居室的。右方是一排大窗，从这窗可以看到外面的花园，窗的里首有一门通外院。舞台左壁，也有一门，那是通绢枝子的居室的。这厅房现在变成了公共的陪客门间。沿着墙壁靠排地摆着几张茶几和一对的椅子。大窗的下面摆着一张沙发躺床。舞台中心的左方一个大沙发和一个小沙发围着一个圆桌。茶几和圆桌上，都铺着日本印花的桌单，墙上也有几张日本美女的照像。房间里并不怎样整洁，因为凡是到这里来的都是些酒徒色鬼，所以每一件东西都像不安本份似的离开了自己的位置。就连搁在左后角的大穿衣镜，也都像给人搬动过了似的。

幕启时：冈本和村井喝得醉熏熏地正在追逐着绢枝子乱跑，他们一人拿着酒杯，一人拿着酒瓶，死皮赖脸地要绢枝子陪他们喝酒，可是绢枝子并不喜欢他们，躲过来躲过去的，始终让他们抓不着，外面的吵笑声和美田子他们在屋里的闹成一片。

村井：（鼓动地）冈本，绢枝子姑娘要不喝掉你那杯酒，就是看不起你。哈哈哈。

冈本：（一面追着绢枝子）我想绢枝子姑娘一定会赏光。

绢：（即“绢枝子”简称，以后统此）村井先生我看你还是别鼓动他了，再这样下去我可真受不了。

村井：受不了？哈哈（自己笑得怪有趣的）冈本，他说他受不了！哈哈哈！

冈本：（对绢玩笑地）受得了，你说你受得了。（一手搭在绢的肩上，多情地）喝，你喝，（把酒杯举到绢的面前）喝酒就受得了。

绢：冈本先生，你应该安静一点，（她无奈何地把他推坐在沙发上）你为了我们皇军远征的任务，应该多多保重身体。

村井：保重身体，哈哈，冈本，你看绢枝子姑娘对你多来劲！

冈本：（用手扇了一下自己呼出来的酒气）啊！我不要保重，我也不要身体，我一见了像你这样漂亮的姑娘，我什么都不要。（他用手狠狠地搂住她）

绢：（想摆开他的手）那么你离我远一点。

冈本：（更用力的抱着）没有那么便宜，我要把这酒含在你那个小嘴里再吐给我吃。

村井：（拍掌）好好，我赞成！

冈本：（强迫地）来，来，你不么？

绢：别胡闹！

冈本：胡闹？这不是胡闹，这是我对你的要求。

村井：（对绢）喂喂，赏个脸吧！

（松本吃得酩酊大醉地由外面闹了进来）

松本：什么要求？

村井：（大笑）哈哈哈，又来了一个胡调朋友！喂，松本，到哪儿吃酒去来？

松本：到哪儿都吃酒。喂，绢枝子，梅子在不在？

绢：在楼上，病了。

松本：啊！（急跑向甬道）

绢：松本先生，请你不要去惊动她罢。

松本：你说什么？

绢：我说，请你不要去惊动她。

松本：怎么？她的屋子里有别的客人么？

绢：没有。

村井：哈哈，松本吃醋啦！

冈本：（对绢）姑娘，还是到我这儿来吧。

绢：（瞟他一眼没理他对松本）刚才犬养队长来了，硬把她从床上拉起来陪他，刚把犬养队长送走又来了几个支队长……

松本：队长可以把她硬拉起来，我也可以，不是一样么？

绢：不是那么说。松本先生，你是他的老朋友，难道你就不怜惜她一点么？她实在是太累了！

松本：（自语地）太累了！怜惜！老朋友！

绢：是的，你们在汉口的时候就那么要好，这一回是异地相逢，你更应该特别多照顾她了！

冈本：喂，绢枝子，你为什么对于他（指松本）那么爱说话？

绢：我喜欢。

村井：（起哄）哈哈，难道你就不喜欢冈本？

绢：不管你的事。

冈本：（拉起松本一同走至大镜前）来来，松本，咱们照照到底你比我的脸儿白多少。

村井：用不着照，赶快把你那连巴胡子刮一刮就好了。

松本：（对村井）喂，有酒没有？

村井：有点不多。

绢：（对松本）别再喝了，看你醉的那个样儿。

松本：不行，不行，我是一分钟也离不开酒，离开了酒我就不能活，酒就是我的命！

绢：不见得吧？

村井：对，不见得。哈哈！

冈本：与其说离不开酒，倒不如说你离不开梅子！要你离开梅子姑娘，那可就真要你的命啰！

松本：（对绢）梅子究竟是什么病？

绢：发烧，咳嗽，同时又接到了一封家信。

村井：（对松本）你真算好运气，梅子姑娘偏偏爱上了你。

冈本：（讥讽地）脸儿白啰！

村井：可是有的女人专爱连巴胡子呢，当亲嘴儿的时候，胡楂子碰在那嫩脸蛋儿上，刺的痒痒地，专爱接受这个刺激劲儿，你说是不是，绢枝子姑娘？

绢：（瞟他一眼）下流。

村井：（两只胳臂和两只手缩成鸡脖子形，耸着肩，缩着头，纵鼻子，翘着嘴，两手向前挠抓着，鼻子里故意做出那种下流的声音来）哦啊哼，哦啊哼，哦啊哼，（两只腿也在随着手动弹着；伸长了下巴说）下流的事情还在后面哪！（两手一抄便把绢枝子抱在怀里）走，先跟我睡十分钟再说。

绢：（挣扎着）别闹，别闹。

村井：是真的，谁跟你闹着玩呢。（抱起来就向绢枝子的房间里走）

冈本：（拦阻着）村井，别闹的太过份了。

村井：（嬉笑地）哟！吃醋啦！你的姑娘就不许别人动一动么？反正她们是随军慰劳的，大家都是皇军，哪一个先睡还不是一样。

绢：（指美田子的房间）川岛支队长在屋哪，你要再不放开，我可就要喊啦！

村井：什么支队长不支队长，他还不是一样玩姑娘。

（话音未落，川岛追逐着美田子两个人嘻嘻哈哈地从屋里跑了出来，猛抬头看到了自己的部下，不自然地严肃了下来，村井也急忙把绢枝子放了下来，冈本喊着敬礼的口令和松本村井一同敬礼，川岛随便地还了一个礼溜回屋里去，几个人才松了一口气）

美：（即“美田子”简称，以后统此）哟，绢枝子今天打扮得这么漂亮，是在等着你知心的客人么？

绢：别寻我开心了，每天都是梅子帮我化装，可巧今天她病了！没办法只好自己动手。一早晨可把我气死了，总也化不好。

（她正向大镜前面整理着头发，抚摸着自己的脸）

美：这就已经够迷人的了。

村井：（觉得怪没趣地）冈本，回去罢？

冈本：不，我还要再喝几杯。酒呢？酒呢？

村井：嗳，算了罢，晦气！（拉起冈本要他走）

（梅子姑娘出现在楼梯口）

美：呵，梅子。

绢：你怎么起来了？好些了么？

梅子：谢谢你，是松本先生来了么？

松本：（他正在昏迷的沉醉着，忽然听到梅子叫他的声音，即刻奔了过去）松本在这儿。

村井：（对冈本）走罢，走罢，你总看什么！

冈本：（两眼直挺挺地盯在梅子的身上用手指着）梅子，梅子。

村井：我知道，你看你醉得那个样，快走罢。

（村井勉强地将冈本拖了出去）

梅子：（对松本）你先到我屋子里坐坐罢。

松本：好。

（松本到楼上去了）

美：绢枝子，你的客人走了，你为什么不送？

绢：走他的好啦，两个讨厌鬼，来了就胡闹。

梅子：美田子姑娘，你那里还有客人么？

美：（得意地）有，川岛支队长。

绢：梅子，你看我今天自己化的装怎么样？

梅子：（不客气地）口红涂的太多了，简直像一张血嘴，眉毛也太黑了，绢枝子，我劝你还是把它洗掉，你的皮肤很白嫩，不施脂粉不是更美么？（她说完干咳了一声）

绢：梅子姑娘，等一下如果你精神能顾得来，还是劳你驾替我画眉吧，唉！为了男人，真烦死了！

梅子：为了男人么？绢枝子姑娘，为什么一个女人非给男人玩弄不可呢？如果擦粉抹胭脂是为了个人的天性变美，这我并不反对，若是仅仅为了使男人高兴，我觉得这种化装简直给女人们一个莫大的侮辱，你说对不对？

绢：还说什么侮辱不侮辱呵，我们过的这种生活难道还是人的生活么？

美：别又发牢骚了，真有点无聊，随皇军做慰劳队，是多么光荣的事，难道精神上还有什么不愉快么？

（川岛由美田子的屋内出）

川岛：你们谈的倒是满起劲儿，把我一个人丢在屋子里。

梅子：（鞠躬）川岛先生。

川岛：梅子姑娘。

梅子：你们谈啊，我屋里还有客人，需要招呼招呼。

川岛：不客气。

（梅子回自己房里去了）

美：刚才实在对不起，我们正在这里批评绢枝子的化装呢。

川岛：（走近绢枝子摸摸她的脸）很好，很好，非常的漂亮。

绢：谢谢你的夸奖，不过你要当心，美田子要吃醋的。

川岛：（对美田子）你会吃醋么？中国的镇江是出醋的老地方，等我让便人给你捎几瓶来。

美：屁话！

川岛：（用手狠狠地捏住她的脸蛋儿）……

美：（痛的直叫）哎哟哎哟……（摆开他的手，假嗔地）痛死啦。

绢：川岛先生，不敢打搅，我要回房去了。

（她妩媚地向他瞟了一眼）

美：（叫住她）绢枝子，忙什么，在一块儿玩一会儿。等一会儿他还给你讲战场上的故事呢。

绢：不，等我把眉画画回来再听罢。

美：那么你快些来啊？

绢：嗯。

（绢枝子进入自己的房里去了）

美：（对川岛）你们对待中国漂亮的女人也是这样狠么？

川岛：中国的女人？哈哈，我们就没拿她们当人看过，要是这样对付一个中国女人，那可就太客气了。

美：那么你们怎么对付她们呢？

川岛：妙的方法多得很！最妙的是从七八岁的小姑娘一直到七八十岁的老太婆，找那么几十个女人，让她们脱的一丝不挂的，按着年龄的大小，挨着次序躺在地下摆队。

美：那她们肯脱衣服么？

川岛：不脱？那她还想活吗？

美：怎么办？用枪打死？

川岛：哪有那么便宜，我们还没用过哪。

美：没用过？

川岛：怎么？你觉得这种字眼儿有点刺耳么？

美：我倒不敢那么想。

川岛：（吃吃地笑着）好乖巧的一张小嘴。

美：川岛先生，你们这样做，不怕他们中国男人怀恨你们么？

川岛：怀恨？姑娘，恐怕是你把这种事情看得太高奥了！照理她们也应该放得达观一点，一个皇军对于他的战利品，是可以为所欲为的。

美：当然，这是我们皇军的权利是不是？

川岛：所以当我们捡获了这种战利品的时候，我们还常常把他们中国男人带在身边，让他们亲眼看着我们怎样做乐。

美：想不到他们中国的男人竟会那样的驯良。

川岛：不，美田子，你错了，他们一个个地差不多都像一只倔强的驴，他们常会眼睛里射出蓝光，仇视着我们每一个皇军。

嘴里儿哩咕噜地喊着："打倒日本帝国主义！打倒日本鬼子！"

（绢枝子惊讶地由屋内走了出来）

绢：（用着奇异地眼光看着川岛）川岛先生。

川岛：眉画好了么？姑娘。

绢：没有，可把我气死了。（她转身欲回）

美：（过去拉她）别走，听我们讲故事。

绢：有什么好听，还不是讲些怎么样玩女人！

美：不，现在我们已经讲到中国的男人了。

绢：中国的男人？

川岛：怎么？绢枝子姑娘对于中国的男人特别感觉兴趣么？

绢：（假嗔地）你别跟我胡调。

美：（对川岛）还是接下去讲罢。（对绢）绢枝子，你看他刚才讲得来劲儿的时候，竟学着中国人的样子喊起来了。

绢：（对川岛）为什么？

川岛：（玩笑地）吃醋。哈哈哈……

美：别废话。我问你：假如你们遇到那种情形又怎么办？

川岛：那我们用很平常的方法来对付他们；我们可以马上把他推到人群里去打弹子。

绢：打弹子？

美：什么叫打弹子？

川岛：就是我们集中十几个或二十几个士兵在一起，围拢一个圆圈，大家拿起上好了刺刀的长枪，把那个鬼东西摆在当中，你一枪我一枪的向他的身上乱刺，让他在地上滚过来滚过去地像个肉弹似的，只要一滚近某一个人，就给他一刺刀，一直到他痛死为止。

绢：哎呀！我怕。

川岛：怕什么？这是我们皇军的威压，也更是我们皇军训练新入伍的士兵们冲锋肉搏的好教材。

绢：……

川岛：（对美）美田子，你在想什么？

美：我在想那个人在当时心里会有怎么样的感觉。

川岛：你要知道么？（他一手把美田子拉近些，招招手让她把耳朵伸过来）来来来，让我来告诉你。

（美田子把头伸了过去，他狠狠地亲了一个嘴）

川岛：就是这样的感觉，哈哈哈。

美：（推开他）骗子。

（美田子迅速地跑回自己屋里去了）

川岛：（追逐着）美田子，美田子。

（川岛也跟了进去）

（横濑由外门走入）

横濑：绢枝子姑娘。

绢：横濑先生。

（横濑一面跟绢枝子打着招呼，径自走向甬道，预备上楼。）

绢：（对横濑）上面有客。

横濑：谁？

绢：松本先生。

横濑：（失意地退了回来）又是松本，又是松本。

绢：我真奇怪！不知道你们男人为什么都要追着梅子。

横濑：这有什么奇怪。

绢：像她那样一个女人，又病，又瘦，又弱，你们还是爱她的出身呢？还是爱她的美呢？

横濑：你说这话的意思，是不是要我们男人，都来爱你哪？

绢：那倒不敢劳驾。

横濑：客气，客气。

绢：别怄气了，要是没有事的话，就坐下来歇会儿罢。等会儿松本走了，那不就该临到你的班了么？

横濑：（仇恨地）这小子我早晚会……

绢：干嘛那么大的醋劲啦。

横濑：这小子不是好东西。我现在正在侦查他。

绢：侦查他什么？

横濑：（感到了自己说话的语病，急改口）噢，没有什么。（另转个话题）绢枝子，你对于梅子的出身很清楚么？

绢：嗯，知道一点，非常高贵。

横濑：非常高贵？

绢：是啊，一个鞋匠的女儿还不高贵么？

横濑：哈哈，听这话，好像你很嫉妒她。

绢：我并不嫉妒她，可是我倒嫉妒你们这群男人。

横濑：为什么？是因为他们不来爱你？

绢：谢谢没敢那么想，我又算个什么东西。

横濑：干么那么自暴自弃呢？

绢：本来么，我既没做过咖啡店的侍女，又没做过看护，又没做过舞女，更没做过产妇。

横濑：你这是说梅子？

绢：嗯，那倒是样样在行，样样干得来，而且还都非常有经验，尤其是生孩子。

横濑：梅子有过孩子。

绢：嗯，可惜打胎打掉了，现在还存在医院里做标本哪，据说那还是她在家当处女的时候的事。

横濑：那孩子是谁的呢？

绢：大概不是你的罢。

横濑：那么总也不会是你的。他总得有个主儿啦。

绢：听说好像是一位什么藤田先生的，这位先生的命运似乎也不大好，自从接触了梅子以后，没有好久，就被征调来中国作战阵亡了。梅子这一次到中国来的目的，据说完全想做中国的孟姜女第二哪！

横濑： 哈哈，在妓馆里做孟姜女！

绢： 怎么样？在妓馆里做孟姜女不是更高贵么？假如你需要儿子的话，更不妨和她亲近亲近，因为她对于这一行，既老道而又有经验。

横濑： 算了，算了，你别再挑拨离间了，总归你就是说梅子是从屎堆里爬出来的，我还是要爱她。

绢： 哟！没想到你还是个钟情的人儿哪！实在对不起，冒犯了你的尊颜［严］。

（说完一转身走了）

横濑： 绢枝子，绢枝子（追了过去）怎么？生气了么？

绢： 没什么。再见罢。

（她进自己的房里去了）

（横濑怔了一会儿，看看也没有人出来，回到沙发上也坐不住，想走开又舍不得，转身走进了甬道，可是上了几级楼梯，想了一想又退了下来，最末下了一个决心，由外门走了出去。）

（舞台静默片刻。梅子好像含有满腹的悲哀似地，柔弱而疲劳地由楼上走了下来，看到楼下这凌乱而荒凉的气氛，更增加了她个人孤寂地凄楚，她慢倚在半截甬道的路口上。）

（松本从楼上也走了下来）

松本： 梅子，梅子。

梅子： ……

松本：（走近她的背后）梅子，你别总这样伤心，

梅子：（她慢慢地挑起了眼睑看他了一下）……

松本： 这下面也没有人，让我们在这个大房间里畅快畅快，舒散舒散罢。

（他扶着梅子走向大沙发前坐好）

松本： 恐怕我们结识半年以来，今天是头一天才觉得谈的痛

快，不是么，我们有了进一步的了解了。

梅子：（她慢慢地舒了一口气）松本先生，你说还有像我这样命苦的人么？

松本：在这个世界上，我想是没有一个人没有经过磨难的，可是我们不应该消极，我们应该更勇敢地活下去！我们应该跟这恶劣的环境奋斗！

梅子：我真是恨透了！为什么地球上要有个日本，而日本又产生了这么多兽性的军阀，自己又为什么偏偏生在日本，而且赶上这么残酷的一个时代！

松本：（阻止地）梅子。（他急忙跑向美田子和绢枝子的门口去听）

梅子：怕什么？

松本：你这些话，如果给川岛支队长听到了，你这条小命还想活么？

梅子：活不成有什么要紧。就这样的生活下去，又有什么意义呢？我早就不想活了，不过我不愿意自杀就是了，我倒看看他们究竟能威风到几时。

松本：可是你这样不就是等于自杀么？

梅子：我觉得做一个日本军阀统治下的日本人，是没那么再耻辱的了！口口声声高唱着亲善，提携的高调，其实骨子里每一个细胞都是毒汁，都是炸弹，都是毁灭文明，毁灭真理正义的火焰。

松本：（轻声地）你别再喊了，别再喊了，不然的话，真要出危险的，我们为什么要白白地牺牲呢？

梅子：（抑止不住地）你认为皇军这种杀人放火，奸淫掳掠的行为是正当的么？

松本：不。（轻声地）我们还是回你的房里去谈谈罢。（他想强迫她回去）

梅子：（闪开他的手固执地）不，我要在这儿坐。

松本：为什么要这样固执呢？

梅子：你曾想象过；如果我们的家被中国军队给烧了，我们的财产被他们抢了，我们的母亲姐妹或者是妻子给他们奸淫，儿子给他们提去输血或者打弹子，我们将要怎样的悲伤啊！

松本：（机警地故意变了一个态度把声音提高）哈哈哈，不会的，就因为我们知道中国军队不会打到日本去，所以我们才敢这么胡来。

梅子：中国军队不会打到日本去么！（冷笑）哼哼！你根据什么？他们的国家受了这样地奇耻大辱，我想他们总有那么一天要翻身，要报复的，这不过只是时间上的问题罢了。

松本：（轻声地）好了，好了，梅子，我们不要再谈这些了罢，我们谈谈别的好不好？

梅子：（她长吁了一口气，心里一酸，不觉一阵汪汪地泪水涌满了两个眸子，可是她拼命地抑制着不使它流出来）真的，松本先生，只要我回想到了一切，没有一样事会使我稍微安心一点的；日本的军阀，口口声声说是给我们谋幸福，可是幸福在那儿哪？爸爸穷苦的一生，不幸在“九一八”事变的那一年被征入伍，不到半个月就在前线送掉了命！母亲听到了这个消息，曾经晕过去三次，祖母因为流泪，就害上了眼疾，家里连饭也不敢吃饱，可是也省不下一个钱来给祖母治病，结果，她变成了瞎子！那一年我才只有十岁，除了陪着母亲流泪以外，还能做些什么呢？满以为就这样地活下去罢？谁想到母亲在第二年上又得了很厉害的肺病了。剩下我们这一老一小，又曾有谁过问过一句！所谓之幸福，所谓之军阀们给我们谋的幸福，难道就是这个么？

松本：咳！梅子，你的身体这样弱，你总这样的忧悒下去，又怎么得了呢？

梅子：这些事情怎么能使我不忧悒？怎么能使我不忧悒！今天接到家里的婶母来信，说是我的祖母（饮泣）自杀了。（哭）

松本：梅子，梅子。

梅子：你说他们有多么狠！是他们硬把她逼死的，据说现在国内的壮丁都抽光了，连家里只剩一个男人的家庭，也得应征入伍。叔父硬给宪警们拉走了，祖母一急，可就服毒自杀了！

松本：咳！这一次军阀们发动的侵略战争，实在是太残酷了！

梅子：（苦笑）残酷么？可是还有比这个更残酷的哪！

松本：（他用着同情的眼光看着她）怎么说？

梅子：自从我来到了中国以后，我早就看穿了军阀们的毒辣手段，本来我是要借着慰劳队的方便来前方找寻一个人的，可是没想到一下子就上了他们的圈套，谁又想到慰劳队的队员，除了把些千人针，旗帜，罐头，手帕，慰问袋等等之类的东西交给士兵之外，还得要把自己的肉体献给这般野蛮的东西慰劳呢！自从我受了这种做梦也没想到的打击之后，我的身体就开始坏下来了在汉口的时候，你是知道的，就已经坏的不可救药了！可是从汉口移到沙市来那就更坏了！

松本：……

梅子：（她缓了一口气）今天早晨，接到了家信，不知怎么的，突然会发烧得那么厉害，满想躺下休息一会儿罢？谁知道，犬养队长领来几个胡调朋友，硬把我从床上逼起来了，足足的闹了有三个多钟头。后来这一批浑蛋刚走，紧接着又是几个支队长，接二连三的使我连一秒钟的休息也没有，（她哽咽地）人——已经病成这个样子，家里又摊到那样的事情，可是你还得勉强地支持着，陪着老爷们说，笑！

松本：（歉意地）梅子，我实在对不起你，没想到最末我又来打搅你到这么晚。

梅子：不，今天要请你陪我到天亮。

松本：天不早了，我看你是应该早点休息一下的，等明天我给你介绍两位整整［郑郑］重重的朋友，我想他们一定可以把你从这种忧悒里救出来的。

梅子：你要给我介绍谁？

松本：恐怕你不认识。一个叫冈村三郎的。

梅子：他呀！告诉你，他早就是我的好朋友。

松本：你们早就认识？

梅子：是的，虽然见过几面，可是我倒很钦佩他。

松本：那么我就另外给你介绍一个罢。

梅子：（摇摇头）……

松本：可惜他这几天出公差了，大概几天就会回来的，他是一个航空驾驶员，一个很漂亮的小伙子，可是如果你看见了他，就爱上了他的话，那我可不答应了。

梅子：松本先生，你别开玩笑吧，你想：像我这样的一个人，还有资格谈恋爱么？

松本：不，梅子，你不要太悲观了，我希望你能从这忧悒的圈子里跳了出来，我相信你一定可以从这里面跳出来，因为你有你聪明的见识和你丰富的生活基础。

梅子：可惜我没有那么大的毅力来挺起身来。

松本：为什么？假如有人帮帮你，从旁鼓动鼓励你，我相信你一定能站起来的。

梅子：（憬慕地）松本。

松本：不过我希望你平时的态度还是要镇静点的好，不然你会吃亏的，你知道我为什么整天价酗酒嫖赌么？自然一方面是因为我内心里和你有着同样的苦恼，可是另一方面我更不愿意某些人知道我内心里的心事，只要他们能在外观上看我们也不过是个浑头浑脑的享乐的现实主义者，那么我们就可以免去了他们监视的麻烦，尤其是近来；因反战和自杀的空气太浓厚了，所以上边防范的很严，所以我希望你说话的时候要多加小心。

梅子：谢谢你，我的好松本，今天我才找到了你这么个知心的朋友，从今天起，我可以不孤独了，我在精神上可以不孤独了。

（她捧起他的脸欲吻）

（横濑喝得醉熏熏地由外门入）

横濑：（看情形有些吃醋）喝，对不起，打搅了你们的好事。

松本：横濑，到哪儿去喝酒啦，这么晚还不回去？

横濑：哈哈，对不起，跟你一样，你也没回去，（走向梅子想起纠缠）喂，梅子，你也没，没有……

梅子：（不耐烦地）对不起，横濑先生，我今天很不舒服，请你原谅，恕我不能多陪你们。（对松本）松本先生，我们再见罢。

（她说着独自上楼去了）

横濑：（望着梅子的背影，回过头来又望了一下松本）咦！（追逐到甬道上）梅子，梅子。（他一不留神被绊摔了一跤，愤恨地）他妈的。

（松本禁不住的哈哈地笑了）

——幕急下

第二幕

相距第一幕的半个月的一个早晨，仍在沙市福安旅社的大厅里。

幕启时：绢枝子正由自己的屋里送冈本出来，她身上还在穿着睡衣，头也没梳，脸也没洗，脚下穿了一双拖鞋，似乎是刚起床的样子，冈本在扎着自己的皮带。

绢：（诱惑地）这一回你该满意了罢。

冈本：（得意的笑着）可是委曲了你一夜。

绢：这还说得上什么委曲么？谁叫我是一个日本女人呢！这也可以说是我们女人对于你们高贵的皇军所应该尽的可怜的义务吧！

冈本： 这样说，你对于我是丝毫也没有感情啦？

绢： 不敢那么说，也许是有些感情罢？

冈本：（拧着她的脸蛋儿）你这小嘴，始终是在搪塞我。

绢： 好了，好了，冈本先生假如我要搪塞你，昨天夜里无论如何我也就不会留你在这儿住了。

冈本： 那是因为你没有办法。

绢： 得了便宜卖着乖，还有你这么没心肝的！

冈本：（多情地）好了好了，绢枝子，只要你能爱我，就是为了你去死，我都愿意。

绢： 别那么给我灌米汤吧，我的冈本先生，省着点劲儿还是把它运用到沙场上去，好给我们多占点地盘，你说不对么？

冈本： 可是，别忘了，我随便到什么地方，我都是在爱着你。

绢： 谢谢，我接受你的盛情。你快回队去罢。

冈本： 那么你……

绢： 我还要洗脸，换衣服。

冈本： 那么记住，半个钟点以后我还要来。

绢： 为什么？

冈本： 你知道，我是一分钟也离不开你了！

绢： 好，只要你有功夫，那随你的便。

（她应付着把冈本送至门口，冈本由外门下）

绢：（气愤地）真是个无聊的混蛋。（她一气坐在大沙发上）

（中条知义由外门上）

中条： 这里是……

绢： 你找谁？

中条： 这里有一位梅子姑娘在这儿么？

绢： 不错，可惜你来的太早了，她还没起床。

中条：（向周遭望了一下）唔。

绢： 你贵姓是……

中条：（急从怀中取出一张名片）这里有张名片，请你转交给她。

绢：（一面端详着名片，一面端详着人，对方健美的体格，早已经打动她的心坎了）中条先生是在那个部队里服务？

中条： 空军驾驶队。

绢：（故意地放开自己的活泼，妩媚地）哦?! 我们的飞将军。我们的空中英雄！你请坐。（她急忙回到自己的屋里，倒出一杯热茶来，殷勤地）请喝茶。

中条：（稳重地）谢谢。

绢： 假如你在这里觉得不舒服的话，你可以请到我的屋子里？

中条： 一样。（看表）请问：梅子姑娘得需要什么时候才能起来？

绢： 说不定，也许还需要些时候罢，因为她有病。

中条： 有病？那么好不好请你告诉她一声？

绢： 有什么不可以呢，不过，（妩媚地一笑）我们借这个机会来谈谈不好么？

中条： 谢谢你，姑娘，不过我是专门来拜访梅子姑娘的。

绢：（一笑）嘻嘻！你这人倒是满干脆的，可是我独要跟你谈谈哪？

中条：（冷静而微笑地）谈些什么呢？

绢： 这倒随你的便，可是你至少也要问问我"贵姓啊？我叫什么名字啊？"

中条： 哦，对不起，那么就请你告诉我罢。

绢： 绢枝子是我，我就叫绢枝子，你记住了没有？

中条： 记住了。

绢： 梅子是我的同事，不敢说我们是很好的朋友。你听清楚了么？

中条： 都听清楚了。

绢： 那么你都讲话呀？

中条： 讲什么呢？

绢： 难道你连一句话都不会跟我讲么？

中条： 假如可能的话，就请你告诉梅子姑娘一声，就说我要见她。

绢： 你这人倒好像求人比讲话还容易似的。

中条： 那么你可不可以告诉我她住在那个屋子里呢？

绢： 楼上。

（中条径自走向甬道去，可是他想了一下，似乎不对，又转回身来）

中条： 绢枝子姑娘，还是劳你驾给传达一声罢，因为自己去实在感觉太鲁莽。

绢： 哟！干嘛有这么多的礼貌啊，我还以为你始终一贯的哪！

中条：（无奈地）这就是中国人的一句名言；礼下于人，必有所求啊，绢枝子姑娘，这件事情，我可不可以拜托你？

绢： 这一次我跟你马虎一点，下一次不可以。

（她说着慷慨地走向甬道）

中条： 多谢，多谢。

绢：（在楼上敲门）梅子，梅子。

梅子：（在楼上）什么事？

绢：（在楼上）有客人来拜访你，快起来罢。

梅子：（开门）谁？

绢： 这里有卡片。

梅子：（出现在楼梯口读卡片）中条知义。

绢： 对了！你看多漂亮的一位客人哪！

中条：（迎了过去很有礼貌地）对不起得很。梅子姑娘，因为我还有点事要赶回部队，所以没等你起来，就来惊扰你。

梅子： 那里的话。我因为病没有早起来欢迎，真对不住呢。

中条： 梅子姑娘，你认识松本先生吧？

梅子： 是的。

中条： 他是我的好朋友，前几天……

绢： （她突然想到了一份心事，好似自己的服饰太不够诱惑了）中条先生，你们坐啊，（对梅子）你看我一大早起来连衣服都没换，脸也没有洗，就替你招待客人。真是对不起。

梅子： 谢谢你，绢枝子。我还不是一样么？连房间都没收拾，来了客人都不敢向自己屋子里让。

绢： 得了罢，你是因为病，所以这时候才起来，我呢？又为了什么，而且你那病后西施的丰韵，叫人一看就越发叫人怜爱了！（妩媚地一笑）中条先生，失陪啊，我要去换衣服。

（她活泼地转身入自己的屋里去）

中条： 这位绢枝子姑娘，她跟你在一起有多少时候？

梅子： 很久了，在汉口的时候就在一起，怎么？你对于她……

中条： 没什么，我不过觉得她……

梅子： 很活泼，是不是？

中条： 也许活泼的有点过份，所以我倒觉得有点讨厌。

梅子： （无意义地）嗯。

中条： 对不起，在姑娘的面前批评你的朋友，实在是失礼。

梅子： 我倒没有介意，请你不要太客气吧，你刚才说：松本前几天……怎么样？

中条： 听我们在这儿留守的人告诉我说：他找过我好几次，可是因为我出公差都没见到他，等我回来的时候，我看见他给我留下的一封信，是约我到你这儿来的。

梅子： 那么他为什么没有跟你一道来？

中条： 所以呀，我也很奇怪，他信上邀我昨天要我在荆州等他，今天一早一同来沙市见你。

梅子： 你住在荆州？

中条：是的，离这儿只有十三华里，坐上摩托卡儿十来分钟就到了。

梅子：那么他去了没有？

中条：没有，所以我很奇怪，他向来是不肯失信的！（稍停）他也没到你这儿来？

梅子：没有，差不多有两三天没来了，你也没到他部队上去找他？

中条：找过了，可是他们干脆地回答我说：他不在。

梅子：也许他一会儿到这儿来的，要不然他就是到你那儿去了。

中条：但愿是这样。

梅子：难道你是担心，怕他遇到什么意外的事情么？

中条：也许。不过我只是怀疑他为什么不到我那儿来？

梅子：你放心吧，我想是不会有什么事情的。

中条：怎么样？你们这里的生活还好吧。

梅子：（自暴自气［弃］地）没有什么，马马虎虎地过一天算一天罢！

中条：（好似有点失望地用奇异的眼光看着她）过一天算一天？

梅子：有什么办法呢？只好这样地让它下去。

（绢枝子换好了衣服由自己的房里走了出来）

绢：（娉婷地立在门口）中条先生。

中条：（对梅子）哦，我因为还有些事，咱们改一天再见罢。

梅子：（两只眼睛好似有些恋恋不舍，可是不便于勉强，用眼溜了一下绢枝子）好。

（中条由外门下）

绢：（吃味儿地）梅子，恭喜你呀！找到了一位这么漂亮的爱人，还是一个空军驾驶员呢！一见倾心，哈哈哈！

梅子：绢枝子，不要吃醋吧，明天他如果再来，我一定离开这个房间，把全部的时间让给你和他谈情话。

绢：得了，我没那么好的福气，还是我来成全你们的好事罢。

（横濑由外门上）

横濑：（一眼看到了梅子）梅子，梅子，这一回让我碰上你了，这些天来你总像故意回避我似的，只要我一来，不是有客，就是生病，再不然就是不在家，怎么样？现在你屋里有客么？

梅子：没有。可惜我刚起来，房子里还没收拾，脏得很，实在不敢招待。

横濑：你看，你看，又是敷衍。

梅子：那儿的话，你想一个营妓还敢对于我们为国远征的可敬的皇军敷衍么？

横濑：狗屁，狗屁，皇军又算什么呢！只有你，姑娘，总是我们皇军的灵魂哪！

梅子：哟！真的么？没想到一个营妓，骤然会有了这么圣洁而崇高的头衔了！绢枝子，你以为怎样？

绢：我么？只是觉得我们皇军的伟大，无论那一方面都是值得我们钦佩的，就连说话的嘴都比普通的人高超的多嘞！哈哈！

横濑：小油嘴儿，谁要你来挖苦人！

（他追赶，她躲避，终于被他抓住了。梅子乘机溜回楼上去。）

绢：别闹，别闹。

横濑：（一望不见了梅子）咦！梅子呢？梅子呢？

绢：早回到她自己房里去了，我看你还是追赶你的灵魂去罢。

横濑：（走上楼梯喊）梅子姑娘，梅子姑娘。

（上面没有回应，转身气愤地）他妈的，不用神气，恐怕马上就会给你点颜色看看。

绢：（走过去把横濑拉了回来）好了，好了，别生气了！干么来一回弄个不痛快，来一回弄个不痛快呢！到这儿来都是寻开心的，你又何必自找苦吃呢？

横濑：她以为跟松本打得一片火热，别人就可以一概不管啦！哼！告诉你！松本让我们把他关起来了！

绢：你说什么？

横濑：我说松本让我们把他关起来啦！

绢：为什么？

横濑：简单得很，反战！

绢：反战？松本反战？

横濑：你还拿他当个好东西么？他破坏我们帝国的大陆政策。

绢：这是什么时候的事？

横濑：事情发现的倒是很早，可是昨天才把他关起来。

绢：前几天对我说的，是不是就是这个？

横濑：前几天？我对你说过？

绢：也许你是忘了罢？

横濑：哼！我侦察他好久了。

绢：那么关起来又怎么办呢？

横濑：怎么办？轻则遣送回国定罪，重则……

绢：哦，你别说啦。

横濑：难道你对于这种坏蛋还怜惜么，告诉你：最近这种事情多得很，所以大家都该注意，我们是大日本帝国的国民，我们就应该为大日本帝国而生，为大日本帝国而死！

绢：横濑先生，你真是个标准的皇军。

横濑：别恭维，别恭维，你这种灌米汤的方法我受不了。

绢：难道我说的不对么？

横濑：小油嘴儿！（稍停）喂，我说是不是可以给我想办法？

绢：什么事啊？

横濑：（难为情地笑着）梅子。

绢：哎哟！梅子会把你迷成这个样子！你刚才的威风又上哪

儿去了。

横濑：我这是跟你说老实话。

绢：谁也没跟你寻开心哪！

横濑：假如你真不帮我的忙，你以为我对付松本是为了吃醋么？

绢：喂，也许。

横濑：随你怎么想罢，可是我问良心是为了我们帝国，也是为了我们皇军除了一害。

（冈本与松井由外门入）

松井：（对冈本）假如我今天要再找不到一个对象来睡一夜，我就自杀。

横濑：喂，冈本。

冈本：（招呼着）横濑。

横濑：（对冈本）话讲在前面，我跟绢枝子是在闲谈，可没敢吊你的姑娘的膀子。

冈本：笑话，笑话，大家一块儿睡睡没关系，哈哈！

绢：（对冈本）你倒是大方得很哪！

冈本：别生气，姑娘，你还是先给松井想想办法罢，不然，他说要自杀啦。

绢：与我有什么关系！我不管。

松井：不管也得管，谁叫我们是老朋友呢？

绢：话虽然不错，可是我却偏不管，你能把我怎么样？

松井：（抓住她的双手相强地）你管不管，你管不管？

绢：（痛叫）哟哟哟哟，你放开。你放开。

松井：那你要答应我？

绢：好好，让我给你指点一条去路。

松井：谁？

绢：只看你是不是有这种福气？

松井：你说是梅子？

绢：我可不敢那么说，（用眼溜了一下横濑）你要知道，那里还有一个候补的人哪。

冈本：（对横濑与松井）哈哈，那你们不是变成情敌了么？

松井：不敢，不敢。喂，横濑，你放心，我绝对不夺你的所爱。

横濑：哪里的话，可惜连我还都没爱到手。

松井：（对绢）那么是不是还有别的办法？

绢：办法倒是有，可是看你是不是有这个胆量？

松井：只要你说出来，我想也没有什么大不得的了。

绢：那么你就去碰碰你们川岛支队长的相知罢。

松井：这倒没有什么，支队长又怎样，他还不是一样嫖着玩儿么，（对冈本）走走走。

（过去拉冈本）

冈本：到哪儿去？

松井：找她去。

冈本：你说是美田子？

松井：就是她，走走走。

横濑：（闷气地）你们先等一等，我要给你们看点玩意儿。

松井：看什么？

横濑：（拍着胸膛）看看横濑的威风。（他气愤地走向甬道）

绢：（随了上去）横濑先生，你要做什么？

横濑：（推开她）你别管。（他跑上楼梯，猛力地敲门）梅子，梅子！

（里面不应）

绢：横濑先生，你别搅她了，她有病。

横濑：有病？她死了我也要把她拖出来陪陪我！（更猛烈地敲门）梅子，梅子！

松井：（跑过去劝横濑）喂喂，何必闹气呢！慢慢地跟她商量。

横濑：（拍着腰包）老爷花钱，他敢不伺候么？她是干什么来的！（盛怒地）开门！开门！

（梅子由楼上出）

梅子：（稳重地）哦，是横濑先生么？干么发那么大火啦！

横濑：为什么我叫门你不开？

梅子：（柔媚地一笑）请你原谅，那是我正在……哦不方便，你不会怪我罢！（她说着走向楼下来）

横濑：（气忿地跟了下来）我管你什么方便不方便！老爷有钱，要你陪陪！

梅子：你这话不就说远了么？陪陪皇军是我们营妓的任务。

横濑：得了罢，在梅子姑娘的眼里还有皇军！

绢：算了，算了，别说些气话了。

横濑：（挖苦地）我们敢生气么？在姑娘的面前我们敢生气么？

梅子：（对横濑）我希望你为国保重。

横濑：（闯了过去）放屁！（松井和冈本劝阻着）今天我们要把这笔账算算清楚。

梅子：哪儿的话，还不都是你的理由。

横濑：（拿起个茶杯来想丢过去）你竟敢当面来侮辱我！

（川岛由外门上）

川岛：（不自然地）哦，你们都在这儿。

冈本：（喊口令）敬礼！

（大家严肃起来）

川岛：冈本，你昨晚怎么没归队？

冈本：星期五，是我外宿的日子。

川岛：嗯。松井你？

松井：今天刚刚出来，

川岛：横濑，你在这里做什么？

横濑：没有事。

川岛：哦，都应该早些归队。

横濑：是。

松井：是。

冈本：是。

（他们三人恭恭敬敬地行了一个礼之后相随地由外门溜出去了）

川岛：（松散了一下身子走向梅子）梅子姑娘，你好？

梅子：谢谢。

川岛：怎样？好像是有些不高兴？

绢：别问了，川岛先生，刚才梅子受了委曲了。

川岛：哦？真的么？那么让我来安慰安慰。

绢：是的，你应该安慰安慰她。

（说着一笑走回自己的屋里去）

川岛：（对梅子）是士兵们在这儿胡闹么？

梅子：没有。

川岛：喔，我相信我的部下是不敢在外面放肆的。

梅子：是的，那是川岛先生管理有方。

川岛：（拉起梅子的手，把她拉近自己的坐边）梅子，你为什么要长的这样可爱！

梅子：这是川岛先生故意的恭维。

川岛：（吻了她一下手背）你看我不是很爱你么？

梅子：多谢，恐怕我没有被你爱的资格罢。

川岛：那么我今天晚上就要住在你这儿。

梅子：不好，因为我不能害你。

川岛：你这是什么意思？

梅子：（解开自己的衣领，里面露出一点点红药水涂的红斑）

你看，假如我留你在这儿住的话，我不是明明在害你么？

川岛：胡说，我看你那是假的，你明明是不愿意留我在这儿住。

梅子：绝对不是，我可以给你看医生发下来的检验证。

川岛：检验证？那也可以弄假的。

梅子：假如你不信，那我也就没办法。

川岛：（一把把她搂了过来）那么先让我来亲亲你的小嘴儿。

（正欲吻，梅子躲避，美田子由自己屋内上）

美：（嫉妒地）甜蜜得很啊。

川岛：美田子。

美：是的，为甚么来了不到我的屋里？

川岛：不知道你哪儿是不是方便。

美：（几乎气得要哭出来）那么就请你永远不要到我的屋里来。

（她转回自己屋里去了）

川岛：（耸了耸肩表示没办法，坐回沙发上）……

梅子：别在这儿呆着啦！自己惹出来的事情，还不去安慰人家？

川岛：（不动）……

梅子：这让人太难为情了，好像我在勾引你似的……

川岛：那有什么关系，就算是我爱上了你，她也管不着。

梅子：可是这种误会在我们之间是没法解释的。

川岛：那么就随她去好了！

梅子：别那么太狠心罢，川岛先生，你知道美田子是最爱你的。

川岛：可是我有的时候却嫌她太麻烦。

梅子：那么你不觉得她这样会太伤心么？

川岛：（有点被感化了）……

梅子：（柔媚地）去，去，快去罢。

（川岛默然地走进美田子的屋里）

（梅子正要上楼，中条由外门上）

中条：梅子姑娘。

梅子：（返了回来）中条先生。

中条：（急促地）你知不知道松本——

梅子：怎么样？

中条：（悲伤地）他——自杀了！

梅子：（惊愕地）啊？！

中条：真是出乎人意料以外的事情！

梅子：你听谁说的？

中条：他们一个同曹的弟兄。

梅子：他亲眼看到的？

中条：是的。

梅子：（哭泣）哦！

中条：梅子，梅子！

梅子：他为什么？

中条：听说是为了反战。（唏嘘地）他不是给我留信说他昨天要到我那去么？可是在前天晚上，他就被捕下狱了，据说上面得到他很多证据，而且对他的事情调查的也相当久了，被捕以后，一夜的工夫就一连受刑三次，几次的死去活来，始终他没有招认一个字。后来，也许是他受不了那能［难］活的痛苦，所以他用裤子将自己吊在牢里的窗棂上，自缢身死了！

梅子：（忍住了哭泣）这消息是怎么样传出来的？

中条：哼，公开的很，当他死了以后，队长派人将他体无完肤的尸首从牢里拖了出来，血淋淋地摆在集合的队伍前面，拿他做标本样的教训大家，他说："假如有人要学松本这种坏蛋的行为，便应该得到和松本一样的结果！"

梅子：（她没有了哭泣，因为她的悲哀已超过了哭泣的限度，她眼里满盈着泪水，苦笑着叫着自己的名字）梅子！梅子！还有像你这样命苦的人么！

中条：（他眼里也涌满了眼泪，哽咽地）梅子！

梅子：日本的社会制度，从我肚子里夺去了我的孩子！日本的军阀，不但夺去了我的父亲，夺去了我的母亲，夺去了我的祖母，它更从我的怀抱里夺去了我的爱人！好不容易熬到了今天！遇到了他——（哽咽）他又……难道我永远是孤寂的么！哦！（她伏在中条的身上大哭）

中条：梅子！梅子！

——幕急下

第三幕

相距第二幕两月后；在一个炎夏的晚上。舞台上展示出公园的幽静的一角，这是人迹罕到的地方，也就是情人们幽会的良好处所。边道上丛丛的扁柏，整齐的排列成行，一直延伸到舞台的左端，在扁柏的前面适当的地方，有一张绿色的长木条凳，那是给游人们憩息的地方。靠近舞台右方，有一个天然的水池，从那平静的水面上反映出天上的半轮明月。水池的前方，有几块散杂的石头，也许那是供给人们垂钓的地方。水池的后方，有一层层的冬青。几棵大叶的梧桐，分站在水池的前端和冬青的后端。靠近舞台左端的深处；那也就是扁柏的后方，密密的生长着一片小小的竹林，它们枝叶的影子，随时可以投映到游人们的身上。

幕启时：绢枝子和横濑挎着膀子，很亲密的样子从远处走来。

绢：（闷闷地自动的坐在长凳上长吁了一口气）休息一会儿吧！

横濑：怎么！累了吗？

绢：不，我只是看这里幽静罢了。

横濑： 我知道你是在想一个人。

绢： 谁？

横濑： 自然是你的情人，爱人，心里所要想念着的人啦！

绢：（有意地）是的吗？我想念着谁呢？

横濑： 别装糊涂，你以为我不知道吗？

绢：（幻想地一笑）你说说看？

横濑： 冈本，是不是？

绢： 他呀！美啦！男人们都死光光啦，我也不会爱他。

横濑： 你近来不是跟他很好吗？为什么又……

绢： 那是我们营妓的责任，只要是皇军，我们都应该这样做。

横濑： 那么你对于我也是一样的情形么？

绢： 不，那也许另当别论吧。

横濑： 为什么！爱我么？

绢： 告诉过你，论责任我们营妓是谁都应该爱的。

横濑： 你这话又是什么意思？

绢： 你自己应该知道。你是死命的在爱着梅子。

横濑：（吁气）唉！

绢： 你为什么那么悲苦呢！是因为爱不到手吗？

横濑： 绢枝子姑娘！你不觉得近来我似乎有些爱你吗？

绢： 好像有点儿觉得。

横濑： 那么你哪？

绢： 我希望你还是死心塌地的去爱梅子，像我这样的人是值不得你爱的。

横濑： 不要客气。

绢： 真的吗！我什么地方可以比得上梅子呢？

横濑： 小油嘴儿，说起话来总是这样甜，这样有劲儿，怎么能叫我不爱你呢。

绢： 可是你要知道，梅子是我的朋友，我们是同班的姊妹，论规矩，我是不应该这样做的。

横濑：不错，你很懂世故。可是我更知道你正爱着她所爱的人。

绢：（被他猜到了心事，一惊）啊！会有这样的事？

横濑：也许会有，因为我常常看你的眼光里面含着一种嫉妒，你想要做航空母舰。可是做不成。

绢：（笑）哈哈，好像你觉得我全部的秘密似（的）。

横濑：也许就是因为这一点我才有些爱你，同病相怜，我们应该彼此怜惜，互相帮助，来追逐着我们个人的爱的目的。假如能够成功，我们就会一道成功，假如是失败……唉！

绢：那我们更可以同病相怜了，在那时候你能够不爱我吗？

横濑：（挨近绢，吻绢）你真是一只善于体贴人的小鸟，你懂得人情，你了解世故，你更有一个了解我的心。（又吻绢）

（美田子上）

美：（老远的喊着）嘿！嘿！干么两个要那么甜哪！

绢：（招呼着，也是自语的）美田子！干么一个人蹓来蹓去的。

美：（走近他们，坐在长凳上）唉！别提啦，气死我啦，那个鬼东西挎着别的姑娘走啦，只得我一个人在这儿死等。

绢：你说是川岛么？

美：还有谁！我说男人们都是没有良心的，你对待他天好也是白费。

绢：美田子别急，他一会就会回来的。

美：（撇一下嘴）哼，你说他会回来？我才不那样想呢。

绢：他走的时候是不是让你在公园里等他呢？

美：你听他说的好听，他说：（学着温柔的样子）姑娘！你稍稍的等我一会儿，稍稍的等我一会儿，我因为有点儿要紧的事情，不能不离开你一会儿，一刻工夫，只要一刻工夫就行了！可是我等了有两个点头了，鬼都不见回来，你看看气人不气人，你说气人不气人！唉！我说男人们哪！都是没良心的，你就是对待他天好，也是白费！

绢：也许部队上出了什么紧急的事情。

美：哪儿那么巧啊！我看倒是他故意地在玩什么花样儿。

绢：也许因为你这样踏来踏去的，他回来找不到你。

美：这你可是冤枉我，他告诉我在那边石头上等他，我就一直坐在那儿没动，后来我实在烦不过了，才站起来活动活动。

绢：那么他为什么要甩你呢？就是要甩你也用不到把你带到公园里来甩呀？

美：唉！快别提了，提起来更会气死人，我说了呀！他的心可早就变了！

绢：这话怎么说？

美：有一天我就亲眼看到他抱着，抱着——别的姑娘。

绢：谁？

美：你想还有谁？自然是咱们这里面顶红的姑娘了。

绢：梅子？

美：所以我就顶瞧不起这种人，天下的男人多得很，为什么偏拉人家的客人？下流，下流！

（绢枝子与横濑相视一笑）

美：你们笑什么呀！你们是笑我说的不对么？

绢：不，姐姐说话是顶漂亮，明白，讲道理，懂规矩的。

美：哟！是的么？（得意的笑着。）嘻嘻，喂！妹妹！你说他还会不会回来？

绢：那我怎么能知道呢？

美：真是难死我了，么［你］说回去罢？又怕他一会儿回来找不到我。你说不回罢？又怕他……

绢：又怕他不来是不是？

美：不，我怕他又是在家里跟那个骚货勾搭上了。

横濑：（对美）我看你的醋劲儿还真不小哪！

美：（庄重地）横濑先生，我说你们男人哪，向来就不知道爱是什么东西，这个爱情啊，里面就得有醋，要是没有醋也就是没有爱了，你要是想看你的爱人是不是真的爱你，那你就看看她对于你的醋劲儿有多大。

横濑：领教，领教。

绢：姐姐，你要是不放心，倒不如回去看一看。

美：是啊！我是要回去，我马上就回去。

（欲行）

横濑：不过他要是回来……

美：（走了回来）啊？你说他能回来找我？

横濑：……恭喜恭喜！

美：（对绢）你说他是不是能回来找我？

绢：我想他也许会回来。

美：也许？那可就靠不住了，可是我要是不等他，他回来了，找不到我，那不就是我对不起他了么？（犹疑了下）我看还是让我到那边去等等他，你说对不对？

绢：嗯，不过你可别急得那么跑来跑去的，不然，就是他来了也找不到你的。

美：啊，说起来我真得快点去等他，要是他恰巧这个时候回来了，你说我那有多么冤哪！唔，妹妹！对不起你们哪，打搅你们了半天，要是你们碰见他，可千万告诉他我在那边等他哪，让他马上来找我，不然可真要把我烦死了！唉！真是没办法，谁叫我爱他呢！

绢：嗯，你快去吧。

美：好，我去了，（再三的叮嘱着）你们要看见他可千万让他到那边来找我啊？我就坐在那边靠小河的那个假山石后面的。

绢：好。

（美田子下）

横濑：这个家伙的嘴像破车样的，说起来就没完。

绢：可是她倒很懂得爱情呢。

横濑：算了算了，我倒看她是个酸味儿十足的醋坛子。

（冈本与松井　老远的唱着歌子走来）

绢：冈本来了。

横濑：怎么？你有点儿怕他？

绢：不，我是怕他跟你为难。

横濑：不要紧，你放心。（招呼着）喂！冈本，冈本！

绢：（帮着招呼）往哪儿看哪？我这儿哪。

（冈本与松井同上）

冈本：找了你们半天，原来你们在这儿。

松井：绢枝子，你可真有点儿对不起人，冈本和我在你的房间里等了你一个多钟头。

绢：（挨近冈本）哟！实在不知道你这会儿会来，你要是早告诉我，我一定会等你的。

松井：嘀嘀，劲儿啦！（怂恿地）冈本，快快……

冈本：（对绢）那么就跟我们一块儿去溜溜罢？

绢：不能，因为是横濑先生邀我出来的。

横濑：这倒没有什么关系，我邀你出来还不就是在这儿等冈本么？

松井：妙妙！真是近朱者赤，近墨者黑，跟绢枝子要好的人，都是这么会灌米汤。

冈本：（对松井）说这些没出息的话干么？反正姑娘们闲着也是闲着，抽出点儿工夫来多安慰安慰人，不是更好么？管她是谁呢。

松井：对，活着不交人，死了烂……啊！当一个姑娘在青春的时候，就是一分钟也应该利用，不要把她白白的荒废了。

绢：（对松井）你那嘴上也积点儿阴德，别那么拿着挖苦人当饭吃好不好？

松井：我决不是挖苦人，这是营妓的哲学，也是营妓的任务。

横濑：（对松井）喂喂，别讲这些大道理了，我问你！你的新发展怎么样了？

松井：（笑嘻嘻地）马马虎虎。

绢：都已经……哈哈！

横濑：这么顺利？（对松井）恭喜恭喜！

绢：快去罢！她一个人儿都闲死了！就坐在那边小河旁边儿假山石的后面哪。

松井：你说是美田子？

绢：对啦。

松井：（对冈本）走走，咱们找她去。

冈本：别别，你会情人儿，我去干么？

松本：就是让你陪我一趟又有什么了不起，你那一次找绢枝子不是我陪你？

横濑：（对绢）那么，绢枝子你也陪他们一道去罢。

冈本：绢枝子，要不要陪我们一道去？

绢：请你原谅，等一会儿，我一定会自己来找你的。

冈本：好，（对松井）咱们走吧。

（冈本与松井走向美田子下场的地方）

横濑：你怎么对松井说美田子在等他？

绢：唉，你以为川岛还会回来找她么？

横濑：我倒也没那么想，可是她等的是川岛，并不是松井啊？

绢：唉！管她那么多呢，反正我讨厌这两个人是事实。

横濑：好了，好了，还是让我们来讨论讨论我们今后怎样向我们个人爱的目标进攻罢。

绢：这，我想……最好是能够拖［抓］牢他们当中的什么误会，或是发现他们一点什么秘密。

横濑：这可能吗？你要知道，在一对爱人当中制造误会是一件顶难得事，因为这种误会很快的就会拆穿的。

绢：不，我不是说硬要在他们当中制造误会，我是说要在他们当中发现是不是有什么秘密，假如是能够让我们得到了这种秘密，那我们就可以乘机而入了。

横濑：怎么样才能发现这种秘密呢？真是太难了。

绢：你别急，天下无难事，只怕有心人，这话你懂不懂？

横濑：你这样一说，我倒想起来了，松本和梅子那么要好，松本是个反战份子，而且搜查到了许多证据，你看梅子是不是也有这种嫌疑？

绢：这我倒管不着，反正只要中条是个忠于天皇的汉子就得了吗。

横濑：哈哈，你竟这么自私？可是你没想到，假如梅子有反战的嫌疑，那么中条就一定是属于你的。

绢：可是梅子就绝对不能属于你。

横濑：为什么？

绢：那么你是不是也预备跟她一道反战？

横濑：不要拿这话来污辱我。

绢：别傻了，你竟把她看的那么高贵。一个营妓也有资格去参加反战？

横濑：总而言之一句话，为了公事，为了私情，我们处处都应该留神，处处都应该紧紧地握起手来。

（冈本站在老远的地方招呼着）

冈本：横濑，横濑！到这边来一道玩玩好吗？

横濑：（应付地）好。（对绢）你快去吧，这明明是叫你哪。

绢：我不去，讨厌死了。

横濑： 为什么这么固执呢！快去应付应付他们，不然，他们会闹的不好看的。

绢： 那么你呢？

横濑： 我回去，你快去罢。

绢： 好。（忽然想起）假如今后有什么发现，要立刻彼此互相通知。

横濑： 好，我去了。

绢： 再见！

横濑： 再见。

（他们分手走开，绢枝子由冈本招呼的方向下）

（静默片刻，夜莺在轻轻的叫了几声）

（梅子一个人穿了一双凉鞋和一件绸质的短袖衣服，慢慢地走上，她四周瞻望了一下，并没有另外的人，她坐在长木凳上，好似是在等待什么人的样子。过了一会儿，还不见来，她有点儿急躁了，无意的摸摸扁柏的枝叶，有时也仰望着天空，她走向那天然的水池，乘着月光，照一照自己苗条的身影，几次的反身回顾，也得不到她期待着的人的莅临，最后，她挨近水池旁边的石头坐下了，无聊地望着水池里反映出来的影子）

（中条悄悄地由远处走来，他偷偷的挨近她，双手由后面搭在她的肩膀上）

梅子：（一惊）谁？

中条： 梅子，亲爱的，等候很久了罢？

梅子： 呵，原来是你呀，吓了我一大跳，你为什么这么晚才来？

中条：（抱起梅子来深深的接一个长吻）……

梅子： 几点钟了？

中条：（看看表）九点一刻。

梅子： 怎末？刚才有什么事情么？

中条：（长吁了一口气）唉；梅子：怎么办呢？前方的战事又吃紧了。

梅子：是不是你们交接到了出动的命令？

中条：是的，中国兵开了五万多围攻沙市，队长要我们后天出发八十架飞机轰炸重庆，我又去冒一次生命的危险了。

梅子：呵，又要轰炸重庆？八十架？上帝；这是多么残忍的事呀！

中条：这就叫做战争，世界上再也没有比战争更残忍的事啦！

梅子：可是中条，你知道轰炸后的惨状么！有些全家都被埋在瓦砾堆里，有些丈夫和妻子在一块儿，只要相差一点儿，妻子会找不到丈夫的尸首。我虽然没有亲身经历过轰炸，但我看到不少我们皇军轰炸后的残痕，多少美满的家庭，多少由他们的祖先辛辛苦苦积下来的财产，都付之一炬。

中条：……

梅子：中条！我请求你不要去吧，我决不能亲眼看到我的爱人去当人类的刽子手，中条！你赶快装病不去好么？而且还要想个很好的办法，立刻脱离这里。（稍停）中条！你在沉思什么？为什么不说话呢？

中条：（微微的一笑）梅子，你究竟是个女孩子，不了解男人们的心里，我比你大四岁，我受的苦也许比你少，但我脑子里所想的事却比你知道的多，我当了将近一年的刽子手了，但我敢说我没有杀过一个人……

梅子：哼！胡说！你驾着轰炸机，常常去到重庆，成都，昆明，贵阳一带去投弹，不杀人！难道你还把炸弹扔在水里吗？

中条：（四外巡视了一下）小心点儿，人家听见了会有危险的。

梅子：难道你真的敢这么干？随着大队人马出发，恐怕你就是真的有这种心，环境也不许可你这样干吧。

中条：可不就是这么回事，所以我只得想办法，轰炸重庆的时候，我每次都把炸弹要么扔嘉陵江或者是旷野里，我常常独自一人飞得很快，离开队伍单独行动，如果同他们在一起，绝对不能这么做，有些忠于“皇军”的走狗会报告消息，那时我的生命还能保得住吗？

梅子：中条；我问你，你说句良心话，对于你这种生活，你难道不感到苦恼吗？

中条：所以我说你究竟还是个孩子，不能了解我的心理，你以为我当初学习航空，是为了跟中国作战吗？

梅子：那么为了什么呢？

中条：完全为了我自己的兴趣，我很希望自己像一只飞鸟似的，日夜在天空里飞翔，爱什么地方就飞到什么地方去，我羡慕那些周游世界的航空家，自己也希望有那么一天可以飞遍了整个的地球。

梅子：可是现在呢？

中条：（吁气）嗳，我的幻想完全破灭了，毕业以后，就奉到航空指挥部的命令，要我来中国驾驶驱逐机的职务，后来又改为轰炸枪手。但是，我的机关枪从来没有伤过人，只扫射了天上的一些云彩。

梅子：哼！好漂亮的句子，扫射天上的云彩？难道没有伤害一个中国的老百姓吗？

中条：是的，扫射天空的云彩，因为飞得太高，又是朝着上面开枪，绝对不会伤害人的。

梅子：要是中国飞机把你打下来你高兴吗？

中条：只要他们不伤害我，当然我高兴的。我曾有好几次想乘降落伞下去给中国人作俘虏，可是他们一定会杀掉我的，根据我们捉到中国的俘虏一律杀掉的事实看来，他们一旦捉住了我们，也会同样处置的。

梅子：（肯定的）绝对不会，中国是个真正爱好和平的国家，他们不像我们日本人的生性残忍，喜欢杀人，他们自从中日战争开始，就俘虏了我们不少的弟兄，从来不伤害一个，而且特别优待他们。

中条：是的，我也听到许多弟兄说过，他们有些反战的，都自动的带了枪械向中国军队投诚了，不过……

梅子：不过……不过什么，亲爱的中条，难道你还觉得投诚不应该吗？

中条：（犹疑了一下）不是不应该，而是面子上究竟有点难为情，再说中国兵一定很痛恨我们，万一被他们枪毙了，岂不太冤枉吗。

梅子：中条！不要老是想着死，事实上他们决不会枪毙你的。

中条：呵？你竟有这大的把握？

梅子：把握虽然谈不上，可是我只是希望，希望我能为正义而死，也不愿意这样忍辱的生活下去。

中条：梅子！

梅子：我希望你来一个反战运动，多说服一些空军同志，大家把炸弹向日本军阀的头上扔去，主要的是轰炸那些重要的阵地和军事政治的重要机关。

中条：你想的那么容易？

梅子：只要肯作，没有作不到的事。

中条：其实，要想说服空军投诚是件很困难的事，一方面他们受着政府的优待，生活特别舒服，舍不得冒着生命的危险去反战，再则他们还要顾及家庭……

（绢枝子由竹叶中偷偷地探出头来，有意的给他们看到一个背影，走向另外一个方向去。）

梅子：怎么？为什么不往下说呢？

（中条追踪着黑影向前去了几步，转身回来）

中条：太晚了，梅子，我送你回去吧，明天再谈。

梅子：（担心地）我们的谈话，该不会有人听到吧？

中条：我想是有人听到了。

梅子：谁？

中条：看不清楚，只是看到一个黑影子，从我们的背后悄悄地走到那边去了，而且像个女人。

梅子：女人？那没有关系，也许是什么人在那儿幽会的，他们不会注意到我们的谈话。

中条：（一面整理着衣服，将梅子搀了起来，担心的）但希望能这样的，我们走吧。

（梅子与中条亲密的踱着步走向了回路）

——幕徐下

第四幕

三天后的一个晚上，仍在福安旅社的大厅里。

幕启时：大厅里静悄悄地没有一个人，就是连外面——街上的行人也很稀少，那简直是沉寂的可怕，绝不像平时样的；很多人闹闹嚷嚷。那里只有一只蓝色的电灯，放射出那极度憩静而忧悒的光，在照耀着室内的一切，就好像是预兆着将有什么不幸的事情降临在这里（一）样的。

梅子由楼上走了下来，自己把电灯开开，室内的气氛似乎是轻松了一些，她推开窗子向外面望了望，呆立了一会儿，又转回身来想着自己的心事。

绢枝子从她自己的卧房里走了出来，手里拿着一件浅绿色的披肩，大概那是预备夜深回来时免得受凉，她抬头遇见了梅子，脚步自然的放慢了些走了过去。

梅子：（对绢）这么晚了，是预备出去么？

绢：吔。

梅子：到哪儿去呢？

绢：（神秘地一面来回的抡着自己的披肩）公园里走走，大街上蹭蹭。

梅子：那一个人多无聊啊！

绢：天底下就没有那么一个傻瓜，难道我就不会选个人来陪陪我么？

梅子：（会意地）噢，原来是这样啊，希望你今天晚上能很快活，很甜蜜。

绢：（吃味儿地）当然很甜蜜，会会情人，谈谈情话，那不是再快活也没有了么？

梅子：那好极了，恭喜恭喜。

绢：谢谢，不敢当。

梅子：（觉得有些不对味儿）怎么啦？绢枝子，难道是我得罪了你么？

绢：哪儿那么多的说话啊，（一转）哦，梅子，（微笑）老实告诉你，我只是自己觉得有些不痛快就是了。

梅子：唔。

绢：因为我爱着中条，可是中条又另外爱上了一个女人。

梅子：是谁？

绢：（俏皮地）谁？这我倒不大清楚，也许只有你才知道罢。

梅子：（聪敏地笑了）哈哈，绢枝子，我看你还是把你的感情放平静一点罢，男人们的感情本来是靠不住的，只要谁长的漂亮，就会去追逐谁，吃这些干醋干什么呢！

绢：哼。假如连干醋都捞不着吃的话，那就更会把人闷死了。

梅子：（想差开她的话题）绢枝子，你实在是太热情了，假如我是个男人，我一定爱你。

绢：你爱我？

梅子：是的，绢枝子，你能说我不爱你么？从咱们在一道起，从汉口，到沙市，在这些姊妹当中，有哪个像我们俩这样要好呢？

绢：那么我问你一件事你能不能告诉我？

梅子：什么事？

绢：（犹疑了一下）前天晚上……你和中条……

梅子：（机警地）噢，你说是我们俩人一同到中山公园是不是？

绢：是的。

梅子：那天你也去了么？

绢：嗯。

梅子：怎么我没看见你？

绢：（故意地回避）没有，我没去，我听他们告诉我的。

梅子：你突然问起这个干什么？

绢：没有什么，只是想着晓得晓得中条究竟对于你怎么样。

梅子：（灵巧地）噢，这倒是简单得很，我可以很坦白地告诉你，他不过是我一个很普通的客人，我从前不是也跟你说过么？假如你爱他的话，我是绝对地从中帮忙，今后我一定多找些机会让他多跟你接近。

绢：恐怕我没那么大的福气，而且……

梅子：难道这还是一件什么难事么？只要你肯，我想总不至于成什么问题罢。

绢：那么这里面不是要委曲你了么？

梅子：你不要把我看的太那个了罢，绢枝子，我这个人也许在平常的一些事务上可以看出来的，我愿意我所认识的，噢，不，我希望我周围的一切的人都是快乐的，高兴的，满足的，这可以说是我唯一的愿望！假如是为了这个愿望，就是牺牲了我自己，我都是甘心情愿的，何况中条和我也不过就是仅仅那么一点关系呢。

（楼上的时钟敲了八点）

绢：噢，（看看自己的手表）八点了，我该走了。

梅子：希望你努力，希望你成功，希望你今天夜里就能会到他。

绢：（一边走着打着招呼）好的，谢谢你，假如你真的愿意的话，就请你给帮帮忙罢。

（绢枝子由右门下）

梅子：（由窗内望着绢的背影自语地）天底下竟有这样滑稽的事情，真是聪明的太过份了。

（她走向美田子的卧室）美田子，美田子，（里面没有回应，她推开门看看，又把门关上了，自语地）没有人。

（中条由右门匆匆上）

中条：（一眼看到了梅子，奔了过去）梅子，（他扯动她想到楼上去）

梅子：（拉住他的手）什么事情值得这么慌张？

中条：（低声地）咱们到楼上去谈。

梅子：（拉他走向沙发）不要紧，都出去了。

中条：（四周张望了一番）绢枝子呢？

梅子：也出去了，你没碰到她？

中条：没有，本来我是想邀你出去秘密地谈谈的。

梅子：有什么事情么？

中条：糟糕得很，我俩前天大晚上的谈话，通都被人偷听去了，他们已经秘密派人监视我俩的行动。

梅子：（警［惊］讶地）监视我俩的行动？

中条：是的，看情形我们再不能平安地活下去了，总有一天他们会解决我们的，我们不如趁早有个准备，只等中国军队一发动来攻沙市，我们就跑过去。

梅子：哪儿有那么方便的机会啊！知道中国军队什么时候才

来攻打沙市呢？

中条：（附在梅子的耳朵上讲了些什么，然后声音似乎不觉地大了一点）我们自动地逃到前线去！

梅子：你从哪儿得来的密报？

中条：这你不用管。

梅子：今天晚上十二点钟中国的游击队……

中条：是的，（用手比着）两三千名从长湖里用船来夜袭沙市，一听到枪声，我们可装做难民或者加入他们的陆战队，就那样地混到中国队伍里去，自动的送给他们作俘虏。

梅子：那么！我们用什么方法集合在一块儿呢？

中条：不一定两人在一块，反正俘虏过去总会见面的。

梅子：（高兴的）到中国军队里去！（她紧紧的摇着他的肩膀）中条！那我就会过着和平博爱的生活，我们要参加他们的抗战工作……

中条：嘘！放安静一点，别走露了风声！

梅子：（天真的吐了一下舌）要是那样咱可就完了！

（两人互相对视的笑着，好似已经得到了那和平环境的安慰）

（美田子由右门上）

梅子：（殷勤的）美田子，你们都到哪儿去了？一个人也不在家，可把我闷死了！

美：你还问？（指中条）有知心的人儿陪着你。

梅子：（看着中条的脸多情的笑着，右手自然地扶在他的肩上，温柔的挨近他）……

中条：那么你一定会你的知心人儿去了？

美：你别挖苦我啦，我正想要把我这一肚子闷气告诉你们啦，唉！可把我气死了。

梅子：怎么我的好姐姐，又受了谁的委曲么？

美：你听我说呀！前天有人告诉我说那个鬼……总……

跟……跟（指梅子）跟你有什么勾搭。

梅子：你说谁？

美：还有谁？就是川岛啊！

梅子：怎么？川岛跟我……？

美：唉！你别着急呀，我说的这是个误会。

梅子：是你在误会我么？

美：不，我也没说误会你呀。可是上一回的事儿……

梅子：上一回的事儿我不都已经跟你解说清楚了么？

美：你是说那一回他抱起你来要亲嘴么？

梅子：你还不是说的那一回事么？

美：不是，不是，你看。我说让你听我说哪，你别插嘴，我是说前天，就是前天的那一晚上。

中条：（微惊的与梅子一怔）前天晚上？

美：是啊，可真把我气死了。

梅子：干么要上那么大的火儿呢？

美：可是那是当时的事情，我从公园里跑回来真想跟你大吵一架。

梅子：跟我？为什么？

美：我不是跟你说了，误会，误会，误会的么！幸亏你那天回来的晚，不然那就更那个了。

梅子：说说看，说说看罢？（用眼瞟了一下中条）

美：我也真不知道从哪一头说好了，反正我现在明白了，这完全是误会，拉起梅子的手，梅子，我实在对不起你，我不应该听别人的话来误会你，说起来那天晚上也太气人，你想想看，他跟你一道进的公园，完了他把你往那儿一甩，又跟别的姑娘跳舞去了，这事儿给你生气不生气！你说你生气不生气！

梅子：（莫名其妙地看了一下中条）……

美：（摇撼着梅子的胳膊）你怎么不说话呀？

梅子：你说了半天我都不懂。

美：（有点发急）唉！我说的是川岛，川岛把我甩到公园里，他又跟别的姑娘跳舞去了，那个别的姑娘，他们都说就是你。

梅子：前天晚上我跟川岛去跳舞啦？真是活见鬼，幸而这里就有个证人，（对中条）中条，前天晚上咱们不也是在中山公园里谈心了么？

中条：（点点头）嗯……

美：是啊，要不我怎么说是个误会呢，现在我完全明白了，勾搭我的川岛的不是你。

梅子：是谁？

美：谁？你猜猜看。

梅子：我猜不着。

美：哼，我想你也猜不着。

中条：那么你就告诉我们哪。

美：是绢枝子。

梅子：绢枝子？

美：是啊，这个女人才是坏透顶的女人哪，巴结个队长有多美呀，总比跟那些臭大兵（用眼瞟了一下中条不自然的一笑）鬼混好得多。

梅子：这几天不是看她跟横濑很好么？

美：哼，横濑？刚才我还看到她跟川岛肩并肩在街上走哪，当时我真想把他们叫住，后来把我气的头一昏，他们可就过去了，就这么一转眼，就不知道他们到哪一家店里去了，我坐着个车子，也不方便下来找，你说哪儿有这样的姑娘，专门抢人家的客人来摆阔气！

（川岛由右门上）

美：（奇怪地）咦！

中条：（恭谨地）川岛先生。

川岛：今天派往轰炸重庆的机队，没有你么？

中条：不，我是病假。

川岛：唔。

梅子：（对美田子）别再去生气了，这不是来了么？

美：（走近川岛）你刚才上哪儿啦！

川岛：没上哪儿。

梅子：（对中条）我们到楼上去坐罢？

中条：好。川岛先生你——？

川岛：我就在这儿。

（梅子引中条回自己楼上的房里）

美：（对川岛）你干么对于我总是那么阴阳怪气的，是不有些发烦？

川岛：你说话为什么一点也不留神？

美：哟！我又怎么啦？

川岛：（命令的口吻）告诉你，一个日本的女人，应该随时随地的替我们帝国服务。

美：当了营妓来随营侍候皇军，难道还不算服务么？

川岛：（干脆地）不，这还不够，你应该更忠实，更体贴一件工作的困难。

美：我能做什么工作呢？我又知道工作在哪儿呢？

川岛：（拉起她，手把她搂在自己的坐前）我问你，你是不是愿意我更喜欢你？

美：（热烈地搂住他的脖子，贴着脸，点了两下头）嗯。

川岛：那么我希望你能听我的话来做点事。

美：你说。

川岛：绢枝子……

美：绢枝子！她，她是个什么东西，你是不是要我把她给你拉拢的更近一点？

川岛：你恨她么？

美：至多我不爱她。

川岛：那么也好，她近来竟做了一些什么事情你知道么？

美：我为什么不知道，她想勾搭你。

川岛：（放声笑了）哈哈。

美：笑什么？得意了么？

川岛：不，不是得意，（意念一转拉起了美田子）走，我请你到外面去吃咖啡。

美：我不去。

川岛：走，走，一方面谈谈。

（川岛引着美田子向外欲出，绢枝子与横濑手里提着一包包的酒菜，由右门上）

横濑：（放开了绢枝子恭谨地）队长。

川岛：（停住了脚步）交给你的任务怎么样？

横濑：前天晚上的事已经报告给队长了。

川岛：最近两天？

横濑：还没有抓到确实的证据。

川岛：女的呢？

横濑：与女的似乎没有多大关系。

川岛：（思索地看了一下绢）哼？

绢：（看了一下横濑）女的确实是主动，男的倒……

川岛：（对绢）我已经知道了的事情希望你不要多插嘴。

美：（醋意地横了绢枝子一眼，又转视着川岛得意地笑了，故意地撒着娇，摇着川岛的胳膊）我们走罢。

川岛：（对美）我这里办正事，请你不要打搅。

美：（无端地碰了一鼻子灰）哟！

川岛：（对横濑）告诉你，不要整天尽跟着女人玩来搪塞工作，自己应该找寻自己工作的路子。

横濑： 是。

川岛： 现在两个人（指楼上）都在这里，希望你能多注意，尤其是今天晚上。

横濑： 是。

川岛：（对绢）你既然对于这女的事情很清楚，那么你就应该对于这事直接的负起责任来。

绢： 只要川岛先生能信得着我，我一定替我们的帝国尽力。

美：（嫉妒地用眼瞟了一下绢枝子，对川岛）你走不走啊？不走我就不去了。（娇嗔地回转身来就往自己的房里走）

川岛：（对横濑与绢）希望你们好好努力。（转身对美）美田子！

美：（停住了脚）……

川岛：（走近她挂上胳膊）现在我们走罢。

（美田子妞妞袅袅［扭扭捏捏］地跟着川岛向右门走下，临出门还嫉妒地回转身来，向绢枝子瞟了一眼）

绢：（对横濑）你怎么说与女的没有关系？

横濑： 你又何必对梅子那么狠毒呢？

绢： 难道这不是事实么？是我前天晚上亲眼看到，亲耳听到的。

横濑： 你不是说中条不去炸重庆么？

绢： 可是主动的是在梅子。

横濑： 嘘！（指楼上）别这么喊叫。

绢： 我很明白你的意思，你是想加强男的罪名。

横濑：（诡辩地）这——我又何必呢？

绢： 因为他是你的情敌。

横濑： 别再说了，再说下去就是明显地露出你的用意了，

绢： 我有什么用意？

横濑： 你还不是想加强梅子的罪名么？

绢：（冷笑）哼，（自语地）我加强她的罪名！（对横濑）你能说这不是事实么？

横濑：那我怎么能知道，反正我也没看到，我也没听到。

绢：（气愤地）好，好，都是假的，都是假的。（说着一抡窜走向自己的房间）

横濑：（跟随着）绢枝子，绢枝子，

绢：（停住了脚）……

横濑：（委婉地）咱们应该想个妥善的办法，不应该为了这事情争吵，

绢：是我要争吵么？

横濑：不管是谁！总归要这样下去，咱们是要两败俱伤，谁也不会得到美满的结果的。

绢：那么我们就应该在没有准备必要的时候，个人朝向个人的目标对象施用拉拢的手段。

横濑：（思索地）好罢，

绢：（聪敏地）犹疑么？

横濑：（仰起脸来望着她）……

绢：反正你怎么做，我怎么做，要成功咱俩就一道成功，要失败咱俩一道失败，

（梅子与中条从楼上走了下来）

横濑：嗬！中条，福气呀，这么漂亮的梅子姑娘，居然被你弄到手了，几时请我们吃喜酒啊？

中条：（看了一眼梅子）好的，今天晚上就请你们喝酒罢，绢枝子姑娘，你可还赏光么？（他故意走近绢枝子身边去献殷勤）

绢：当然，有酒喝还有不奉陪的。（她也故意地显示她的风骚，一点也不害羞地倒在横濑的怀里）

梅子：（玩笑地）绢枝子，你们几时请我们吃喜酒呢？

绢：（瞟了横濑然后看看中条，干脆地）好的，就在今天

晚上罢。

横濑：（有意地）那么我们就在今天晚上合在一块吃个热闹酒罢。

中条：我赞成，可是绢枝子姑娘一定要在场的。

梅子：什么话呢？绢枝子一定会在场。（她殷勤地挨近了绢枝子）是不是，妹妹？

绢：（笑嘻嘻地）好，只要中条先生不嫌弃我，我当然要在场。

梅子：那么我去拿酒。（说着便要上楼）

横濑：不，我赞成到梅子姑娘的房间里。

绢：（瞟了横濑一眼）……。

中条：不，我赞成到绢枝子姑娘的房间里。

梅子：算了，算了，还是在这个大厅里罢，既然想着大喝一场，这里比较宽敞一些。

横濑：好好，就是这么办，绢枝子，咱们卖的酒菜呢？

绢：在这儿。（她从旁边的一个桌上拿了过来）

横濑：（对梅子）我帮你去拿酒。

梅子：不用，你不知道放在什么地方。

（说着她独自上楼去了）

绢：（对中条）你可不可以帮我去拿盘子？

中条：当然，当然，应该帮忙。

绢：（一面和中条向自己的房间走着对横濑）劳驾，请把酒菜包都打开。

横濑：（顽皮地）是。

（横濑将全部的菜包都打开了，还不见一个人回来，望了望楼上想上去，可是又退回来了，走近绢枝子的房门，听了一下没有声音，转回身来又在地上走了几步）

横濑：（向绢枝子的门大声喊着）嚯！怎么还不出来呀！

（梅子从楼上走了下来，手里拿着酒瓶和罐头）

梅子：（自语地）这里还有几听罐头，鱼，香笋，牛肉，和福建的鹅松。

横濑：（迎了过去接着）我来帮你拿。

梅子：谢谢，（举着另一包东西）你猜这一包是什么？

横濑：（由鼻子嗅了一番）猪肉。

梅子：不是，是火腿。

（中条手里拿了一大叠盘子，绢枝子跟在后面拿着几个杯子满意地笑着走了出来）

横濑：怎么拿了这么半天？

绢：（格格地笑着）时间长一点还不好么？

梅子：（一面接着中条的盘子，对横濑）把火腿也打开呀！（自语地）我来装盘子。

横濑：（顽皮地）是。（有意地挑逗着）中条你可不许吃醋，今天我可要跟梅子姑娘好好地喝几杯。

中条：（有意地）我也可以同样的回答你，绢枝子也要好好地陪陪我。

横濑：（奔过去握住中条的手）好，咱们就这样交换罢，假如你愿意的话，咱们就永久交换？

绢：（得意地看着中条的脸面格格的笑着）……

梅子：（也懂得他们彼此的用意，可是很担心中条的回答）……

中条：咱们先来个暂时协定，至于永久的租借，等会儿再做第二步的商论。

横濑：（满意地）好好。（拍着手走近梅子，搂住梅子的肩膀，脸向着她的脸问，“听到了没有，梅子？”）

中条：（有意地殷勤拉起绢枝子的手）过来罢，姑娘。

绢：（顺便地躺在中条的怀里笑着，有意地试探着梅子）别这样，看梅子要吃醋。

中条：管她那么许多。

梅子：我可没有那么多的醋劲儿。

横濑：好，倒也干脆，（更近一步地把梅子靠近他的坐前向大家招呼着）来，来……

梅子：（一转身摆摆他的手）别，（假殷勤地附在横濑的耳朵上讲话）知道吗？

横濑：（怔了一下又笑了）我不信。

梅子：你不信就算了，我是为你好，怕传染上你。

横濑：（犹疑着转向大家）来罢，来罢，我们现在可以开始喝了？

中条：（举起杯来）好，我先敬你一杯再说。

横濑：（拿起杯来喝干）多谢，多谢。

中条：（对绢）姑娘，你不敬横濑先生一杯么？

绢：当然，（拿起杯来）来，让我也敬你一杯，我知道今天晚上是你最畅快的一晚。你说是不是？

横濑：（会心地笑着）彼此彼此。（一饮而干）

梅子：横濑先生，要不要我来敬你一杯？

横濑：啊？你们都来敬我？

梅子：怎么，不赏光么？

横濑：不，不，梅子姑娘敬我的酒，这是多么荣幸的事情啊！我还有不领谢的吗？

梅子：那么就把它喝干了罢。

横濑：（豪爽地）好。（又是一饮而尽，闪头看梅子的杯子）咦，你怎么不喝？

梅子：我不是告诉你了么？我有病，不能喝。

横濑：那不成，那不成。

梅子：难道你愿意我病么？

横濑：什么吔，什么吔，喝掉它。

梅子： 那么我找个代表罢，（对绢）妹妹，你替我喝了罢。

绢： 我不。

中条：（劝绢）喝就喝了罢，一杯酒又算了什么呢？

绢： 那你为什么不替她喝？

横濑： 对，我赞成中条替她喝。

中条： 她并没请我做代表，再说我就是替喝酒也是应该替绢枝子。

绢： 那么你就把这一杯替我喝了罢。

中条： 唉！索性痛快一点把它喝了算啦。（他拿起酒杯来送在绢的嘴唇）

绢：（得意地两只眼睛瞟来瞟去的笑着把一杯酒喝干了）……

横濑： 你们尽让我喝，你们不喝不成。

梅子： 那你就应该施行反攻啊！

中条： 赞成，你来罢。

横濑：（逞能地）来，（拿起酒杯一饮而尽）这我是敬中条的，喝不喝在他。

中条： 我没有你的海量，我少喝一点（说着喝了一口）谢谢，谢谢。

横濑：（又举起一杯来喝掉）这一杯是我敬梅子姑娘的。

梅子：（也举杯来做做样子）谢谢，谢谢。

横濑：（又举起杯来）绢枝子，你要不要也跟我来一杯？

绢： 谢谢。（拿起杯来陪他对饮了）

中条：（对横濑）我现在要跟你猜拳。

横濑： 好。

（两个人热烈地猜着日本拳剪刀，石头，布，可是横濑一连总输，梅子和绢枝子尽管陪他们笑着）

横濑： 那不成，那不成，一连尽打败仗，我得找个好欺侮的，来梅子，咱两猜上两拳。

梅子：好。

（横濑又输了）

横濑：不跟你们猜了。

中条：（挑逗地）难道就把绢枝子姑娘放过去么？

横濑：（借着酒劲儿）喂，中条，咱们得作第二次的商洽了。

中条：好啊，梅子姑娘在这儿哪，你先跟梅子姑娘商量罢。（暗地里递了个眼色给梅子）

梅子：（会意地笑了，对横濑）我看你要喝醉了，还是别喝了罢。

中条：（故意地）哟哟哟！劲啦。

绢：（乘梅子应付横濑的时候，悄悄而又迅速地给中条送了个吻）……

横濑：梅子，梅子，你不要怕我喝酒，再说我还没醉，就是醉了我也不会……（打嗝儿喷出一口酒气来）也不会……你知道，知道我这个人，我是直肠子人，我是有什么说什么，（指梅子）要不是为了你，我，我才不当这份儿王八蛋呢！

绢：（怕坏了事情阻止他）横濑。

（梅子与中条惊呆地对视了一下）

横濑：（对绢）管你什么事，你别来管我，（指着绢）你当你刚才跟……跟中条，我没看到么？哼！别哄我傻瓜了，你们刚才进屋去拿盘子的时候，就那个时候……（把自己的手吻了一下然后伸开）你们就……哼！（挨近梅子）来，来，咱们也甜一甜，这进一步的谈判……就，就……

梅子：（对中条）中条，你索性再陪他喝一杯。

中条：（站起）好。（对横濑举杯）横濑，咱们再来一杯。横濑（也站起）好。（举起杯来喝掉）咱们就这样决定。（说着去搂梅子）

中条：（大笑）哈哈哈哈。

（像晴天一声霹雳似地，突然劈劈拍拍的枪声由沙市的城外由远而近了，街上立刻骚动起来，汽车，摩托车，队伍，轰跑着的人群，把整个的中山路塞满了。屋子里正在热热闹闹地喝酒的人，都跑向窗口去看，毫无主张的跟随着外面的空气乱起来了）

绢：（拖着中条的胳膊）中条，中条！

横濑：（也凑近中条战栗地）是不是中国人又造反了！

梅子：怎么办，怎么办？

中条：（把横濑往一旁一推，横濑因为酒醉过甚，瘫倒在地上乱爬）梅子，不要怕。（他拉住了梅子的手）

绢：（死不放开中条）中条！中条！

中条：怕什么！梅子，我们加入陆战队去！（他想摆开绢枝子）

绢：（畏缩地）不，不，我怕。

中条：（一手携着梅子，把绢向后一摆）你怕你就不要去！

（远远地枪声更密）

梅子：这一定是中国队伍的枪声！

中条：是的，我们冲出去！

（中条和梅子携着手跑出去了）

（绢枝子吓得缩成一团）

横濑：（吓得眼都花了，战兢兢地搂住了绢枝子以为是梅子，深情地轻轻喊着）梅子，梅子。

（外面一切纷纭的情况越零乱了，渐渐地掺入了更多而嘈杂地人声）

——Dark change

舞台后方展示出沙市近郊的战场

［两军的对阵。

［炮弹的爆炸。

［机枪扫射的浓烟。

［日兵的伤亡。

［中条和梅子在巨风里出现：

中条：（回转头去向日兵阵地开着枪）打罢！你们这群疯狗！自己做了人家的牺牲品，还不赶快觉悟过来！

梅子：（用白色的手巾挑在一根枪杆上表示向中国队伍投降，大声地喊着）中国的弟兄们，不要伤害我们，我们是日本的反战弟兄，把枪口瞄向危害和平的日本军阀身上打罢！

中条：啊！（他被他们自己人打伤了）

（中条躺在战场的土坡上。）

梅子：中条，中条！（她跑过去把他抱在怀里）

中条：（在梅子的怀里挣扎着回身去又向日本阵地开了两枪，狠狠地）妈的，疯狗！

梅子：（把自己的裙子撕下一幅来给中条包扎着伤痕）快，快！把伤包扎起来，我们赶快逃过去要紧。

［他们包扎着伤痕。

［中国队伍的号音响了！

［随着号音和杀声中国兵的冲杀前进。

［另外一个中国兵搜索到中条和梅子的跟前。

中条：（把手枪掉转来枪口对着自己递给那中国兵）朋友，朋友，中国弟兄，我们是朋友。

［中国兵接受了中条的枪支，指问着梅子。

中条：（搂起梅子来）我们都是日本反战的朋友。

［中国兵严肃而和蔼地帮同梅子将中条搀了起来。

［他们跟随着加入到中国的队伍里去了。

［号兵的前进号。

［中国队伍的勇往前进。

——Dark change

仍旧是福安旅社的大厅里，大约距战场两三天的样子，是一个阴沉的下午，外面落着雨，淅沥淅沥地一阵阵传入人们的耳鼓，好像在啜泣着居住这里的人们的命运。

横濑和绢枝子颓丧地坐在那里喝着酒，美田子也陪着他们，现在她似乎机敏了一些，不像从前那样真诚，她也晓得应付了，她很亲密地在他们两人之间来周旋。

美： 横濑先生，这两天来总是看你愁眉不展的，难道说有什么心事么？

横濑：（并没看她，只是自己失意地灌了一杯酒）唉！倒霉，倒霉！

绢：（横了横濑一眼）谁让你倒霉？都是你自己找的。

横濑：（忿极地把杯子向桌上一放厉声地）是我找的，是我找的？是我自己找的！

美：（劝解地）横濑先生，何必发这么大的火儿呢，还是好好地喝你的酒罢。

横濑：（对绢）妈的，（对美）人是跑了，现在算是得到了确实信了，跑到中国队伍里去了（指绢）她，她说是我自己找的？

美：（和蔼地）不是我帮她来说话，我想绢枝子绝不是说的这个。

绢：（对横濑）事情都是梅子煽动的，你要早听我的话，剪草除根不就没有这回事了么？

横濑： 放你的屁，你恨梅子，因为中条爱着梅子，你却爱着中条，你恨她，你恨她，所以你才陷害她。

绢： 你别给自己遮丑啦，要不是你恋着梅子，她又怎么能把中条也拐跑了呢！

横濑： 你既然知道是她把他拐跑的，你为什么不把他拐回来呢？

绢：（讽刺地）我可没有那么大的能干，我若是有那个能干又［就］不会把梅子放走了。

横濑：（质问地）是我放走的梅子？

绢：都是你，都是你，要不是你步步的紧逼，至少中条不会一道逃走。现在好了，现在好了，你既得不到梅子，我也得不到中条，（带着醉意地狂笑）哈哈哈哈。现在人家可都逃到中国去作俘虏了！

（外面一阵急急地马蹄声）

（川岛气忿忿地提着马鞭带着冈本和村井走了进来）

川岛：（一见横濑，气上了头顶，命令地用手里的马鞭指挥着）把他的制服剥下来！

冈本：是。（冈本和村井机械地去剥横濑的制服）

绢：（看情形不对，献媚地走近川岛）川岛先生。

川岛：（无情的把她往旁一推）离我远一点儿。

美：（看着绢枝子撇了一下嘴，偷偷地站在川岛的背后用手指羞了她一下）……

川岛：（用皮鞭点着横濑的鼻子）你这个东西，我屡次的警告你，让你不要仅玩女人来搪塞工作，现在倒是你有了出头之日了！（狠狠地在横濑的肩膀上抽了一皮鞭）

横濑：报告队长……

川岛：我问你，现在梅子跟中条知义到什么地方去了？

横濑：（垂着头没回答）……

川岛：怎么？不知道么？

横濑：（眼皮也没敢高抬地又把眼闭上了……）

川岛：人是我交给你的，是我亲手交给你的，多少天来你为什么让他们从你的手里逃掉？

绢：（想脱净自己的干身，插嘴地）哼，为了梅子。

川岛：（向村井指绢）把这个也看起来！妈的，都不是好东西，反战！

（村井走过去守住绢枝子）

横濑：报告队长，关于他们有计划的反战，投降，我已经报告过队长。

川岛：可是后来付［赋］予你们的（指绢）监视和侦察任务。你们就没曾接受我的命令。

美：（甜甜地挨近川岛得意地），我的好川岛，你所给予我的任务，我都很忠实的做到了。

绢：（惊讶）啊！

川岛：（对横濑和绢）我相信你们两个也一定是他们反战同谋的坏蛋分子！（对横濑）说！

绢：（哭泣）我冤。

横濑：我是帝国的忠实皇军，我是——

川岛：（抡起鞭子来就是十几鞭）你不要侮辱我们神圣的皇军！

横濑：（辩白地）我……

川岛：（又是一顿无情地皮鞭）不打你是不招认的。

绢：（吓得缩成一团想搭劝着说句话）川岛先生。

川岛：（无情地）现在没你讲的话！（对横濑）说！

绢：（鼓足了勇气）川岛先生，你现在就是不要我讲话我也要讲……

川岛：（横暴地）不许讲！

绢：（不顾一切地）遭罪过都是他——（指横濑）他是应该全部负责，因为他恋着梅子，可是中条确实是梅子鼓动的。

川岛：（咬紧了牙关狠狠地望着横濑）哼？

美：（献媚地）我的好川岛，你还是听我来告诉你罢，你交给我的任务，我可真的给你完成了，他们刚才正在为了这事情喝酒，吵架呢！他们说的什么我都听来了，记住了。

绢：（气忿地喊）美田子，你——

川岛：（对美）说你的，不要管他们。

美：你说他们反战，这我可不大清楚，可是我知道……噢，不，这都是他们俩吵架吵出来的，她说他是恋着梅子，他说她是恋着中条，所以中条也跑了，梅子也跑了！

川岛：（沉着地）喔，还有什么？

美：（轻松地）她说中条是他逼跑的，她说梅子是把中条拐跑的。可是他们都说梅子是他们放跑的。

川岛：（对横濑）你是个坏蛋！现在你还说什么，你为什么把他们放走？

横濑：不是我放走的，是因为中国兵一夜袭，大家一乱，我只听中条说去参加陆战队。

川岛：那么梅子呢？

横濑：梅子？我抱住了她，我狠狠地抱住了她。

川岛：你抱住了她？

横濑：是的，可是等安定了下来以后，我怀里的人却变了。

川岛：（更急地）抱住了的人怎么就会变了，怎么会变了呢？

横濑：（畏缩地）是绢枝子……

绢：（急插嘴）川岛先生，（指横濑）是他喝醉了，他喝醉了，他抱错了人，他一听见枪声就吓瘫了！中条临走的时候我还拉住他的手不放开，可是他把我一推就摔了一跤，他们就跑了！

川岛：（指横濑）像你这样没用的东西，还活着干什么，冈本！

冈本：是。

川岛：把他拉到外面去枪毙！

（冈本去拉横濑）

横濑：（挣扎地，回转身来哀怨地）队长。

川岛：（自语地）参加了反战，放走了反战份子，有意破坏我们皇军远征的计划，像你这样的坏蛋！是死有余辜的。

横濑：（凄惨地）队长——

川岛：没有什么说的，（对冈本命令）拉出去枪毙！

（横濑口里哭喊着“队长”，冈本毫不自主地把他推出了右门，刚出去，外面手枪两响，横濑“啊”的一声，就此结束了）

（室内的人都静了一下）

（川岛走向窗边向外望了一下，又转回身来。）

（冈本由右门上）

冈本：（立正）报告。

川岛：（对村井）把女的……

绢：（吓着）啊！

川岛：（走过去踢她了一脚，对村井和冈本）把她扶起来，押送队部的女牢里，惩罚过之后再送她去训练。

（冈本和村井将绢枝子扶起来暂坐在椅子上）

美：（殷勤地）我的川岛，你该累了罢？（靠在他的胸前）你看我这次做的工作还满你的意罢？

川岛：（微笑地摸摸她的脸，然后扶起了她的肩膀来，转向美田子的屋里走着）像你这样的才不枉为大日本帝国的女性！（他们一同走进美田子的屋去）

村井：（对冈本）咱们把她（指绢）架起来走罢？

冈本：（颓丧地帮同架起绢枝子，一面迷惘而自失地问着对方）这叫干什么？这叫干什么！？

村井：（长叹了一声）唉！

（绢枝子死沉沉地被冈本和村井向外慢慢地拖着；走着；外面的雨仍旧在淅沥淅沥的下着）

——幕徐下

第五幕

一间不十分大的庙堂，上面还供着关公的神像，两边站立着关平和周仓，旁边还有几棵赤漆溜圆的大柱子。可是这里已经被借用为后方医院的病房了。

孤单单地一张床铺，上面躺着负伤将愈的中条，外面静悄悄地，只能看到那夏末将近中午的明朗的阳光，微微的凉风，时常吹打着树叶，使人听到那淅淅地声音，便会感觉到心地特别舒展。

幕启时：中条头上包着纱布，左臂仍然挂在吊带上，身上穿了一套虽然不新可是满干净的白色病衣，他正躺在那张利用两块门板搭成的临时病床上看书，这病床上的枕被，单子，也都十分整洁，每一件东西上都很鲜明的缀上个红十字。

他慢慢地翻了几页，外面当当地敲起铁轨来了，都是代表摇铃或吹笛的号令，他抬起头来听听，还是想着把它看下去。所以他又恢复了原先的姿态，把身子靠在那高高的枕头上。过了一会儿，外面似乎有人在叫他。

李：（即“李队长”，简称以“李”。在外面）中条，吃饭了。

中条：唔。就来，（他突然辨别出这声音，转身下床去问）喂，是李队长么？

李：（在外面）是的，怎么？有事么？

中条：（进至门口，笑容可掬的）请进来，请进来。（他去拉李）

李：（出现在门口）我还有点要紧的事，去去就来，（转身）你快去吃饭罢。

中条：不去啦，早饭我似乎有点吃多了。

李：可是到吃晚饭还有几个钟头哪？

中条：不要紧，不会饿的。

李：（忙迫地）好，好，等我去一下就来，我到那边去接一个电话，马上就来。

（他说着匆匆地走过去了）

（中条转回身来在屋子里打了个转，外面有人在唱着《反侵略进行曲》，他听了一下走了出去）

（稍停，李队长怀着一脸的喜悦匆匆上）

李：（在门外喊着）中条，中条，（走了进来一瞧没有人）咦！（自语地）到哪儿去了？

（他回转身去刚想出门，中条由门外走入）

李：（兴奋的握住中条的手笑着）哈哈，告诉你个兴奋的消息。

中条：什么消息？

李：梅子今天下午就可以回来了，而且这一次的工作成绩比前几次的更好。

中条：（兴奋的）是的么？你怎么知道？

李：刚才前方来的电话，他们一行几个人，正在离这儿十五里的李村用饭哪，他们说很快的就可以赶回来。因为她随身还带着两个俘虏。

中条：（活跃地）真的！真的？

李：这事情怎么好随便骗人呢？你快些准备着迎接你那凯旋归来的爱人罢。

中条：（仰首腆胸赞美地）啊！梅子！梅子！你真是伟大，你真是勇敢！

李：是的，她真不愧被称为一个伟大的女性！以她那样羸弱的身体，竟可以担得起这样辛劳的工作，自从你们由日本军阀的手里，逃到我们这里来以后，一月多的天气，她的工作成绩是多么样的惊人！由于她的力量被感化过来的日本反战弟兄，总不下十几个了罢。

中条：不，这应该从我就开始，因为我也是被她感化过来的一个呀！哈哈！

李：怎么样？你的伤好些了么？

中条：其实应该说是完全好了，这头上的纱布早就可以取消，这胳膊上的吊带，也应该把它拿开了，可是朱医生他偏让我多挂两天，他说这样对于我是更好些。（他将吊带撤下将胳膊伸缩着）你看，这不已经很好了么？

李：（慎重地）喂喂喂我看你还是听医生的话，多养他两天罢。

中条：你不知道，李队长，我一看到我这伤就生气，一看到它（指伤处）就生气。

李：怎么？

中条：唉！我的感慨太多了！假如我是被中国弟兄打伤的，我倒心安些，因为他们不知道我们是干什么的，这是他们在战场上对付他们的仇敌所应有的本份，可是它（指伤处）却是给日本军阀驱使下的一群无妄的走狗打伤的。你想我怎么能够不恨？我怎么能够不恨？我恨他们的愚蠢，我恨他们的无知，我恨他们明明地眼前是死路一条，可是他们还偏要一天一天的陷下去，而自己还莫名其妙，这一群蠢才！傻瓜，浑蛋！到什么时候他们才能睡醒过来呢！

李：这问题倒是应该归咎于日本的国民教育上去了。

中条：是的，李队长，你见到的一点也不错，这的确是日本的国民教育问题，我小的时候就是受的这种教育，他教给我们怎么样侵略，怎么样抢掠，怎么样剥削，所幸的我还有点人性，当我发觉了以后，我心里总是存在着某一种疑问，可是这疑问总是在我的内心里盘旋着，犹疑着；因为我没有勇气向他探取积极的行动，我虽然有心朝向光明，可是光明总好像是隔离着我很远，让我摸不到他的去处，后来，我遇到了梅子，我遇到梅子才得以逃出了那黝黑的环境，才逃出了魔王们的手。

李：中条，你很好，你的本质很好。假如我不把我介绍一下，也许你会把我当成一个中国人看呢。

中条：怎么？你——

李：嗯，其实我是个朝鲜人，是在你们帝国蹂躏下将近六十年的朝鲜人。

中条：怎么？你是个朝鲜人？

李：你有点奇怪么？

中条：不，因为我们一向没有谈到这上面来。

李：可是，梅子她知道的很清楚。

中条：那么你又为什么参加到中国队伍里来工作呢？他们又怎么肯收留你在这里工作呢？

李：这很简单，因为我爱好正义，我爱好和平，中国在全世界上是最富有正义和平的国家，所以我愿意，愿意和他们站在一条战线上来工作，这也许是因为你初来中国，还不十分了解中国的伟大，由历史上来研究，中国可以称之为人［大］海，因为它有它特有的强大的容忍力。所以它可以吸收或同化了很多的民族，这也就是中国的伟大处！

中条：的确的，就拿他们对于我们俘虏的宽大，真是让我梦想不到的，他们不仅是宽大，而且还特别优待，不管在任何的情况之下都那样细心地保护你的寒暖，起居，饮食，甚至连我们的饮食，都超过他们士兵和普通的百姓的几倍，这是在任何国家里也找不出先例的。

李：除了这个之外，你还有什么感想没有？

中条：有，我觉得中国干脆可以称之为人类的保姆，你知道梅子因为什么敢冒那样大的险，到超出于警戒线的地区去工作么？

李：为什么？

中条：她就是为了她太爱中国了，她太羡慕中国了！所以她敢冒险，能吃苦，这勇气完全是产生在中国的伟大的和爱的力量里面的。

李：这是应该的，我们应该扶住正义，我们应该与为了正义而战的战斗，来反对实行侵略行为的疯狗们。（看看表）唔，我应该走了，我还有点事。（站起欲行）

中条：噢，你等一等，我们上次拜托你的事……

李：你说是要求取消俘虏的名义么？

中条：不，还有呢？可能的话，准许我们加入中国的国籍。

李：请求的公事听说已经替你们转上去了，我想至多一半天总应该有回信的。

（门忽启，梅子站在那里）

梅子：（活泼地）中条！

中条：（回头看到了兴奋地一笑）唔!?

梅子：（奔了过去，两双胳膊向中条身上一扑）中条，想我了没有？

中条：（安慰地笑着）你看李队长还在这儿哪。

梅子：（走过去招呼着）李队长，你看我比来的时候变壮了吧？

李：嗯，好的多了，人也胖了些，皮肤的颜色也显得健康了些。

梅子：这都是我逃到这边来的成绩，我现在会骑马，会打枪，会爬山，会趟水，我还会一天步行走它一百四十里路，不管它风里也好，雨里也好，只要是为了工作，我就是夜里一个人，滚近到敌人哨兵前面的铁丝网底下，我都不害怕，而且一夜过来，我也不觉得疲劳，现在我也不知道我的病都跑哪儿去了！

（玩笑地）也许是都留在那边给他们日本军阀和他们的走狗们长啸吧！（一笑）

李：这都是因为你心底宽敞了的原因。

梅子：（对中条）你知道我这一次去，带了一个人回来么？

中条：知道，不是说两个么？

梅子：不，那个与我没关系，那是那边派过来的一个探子，给人家抓住了，可是现在也有点给我说服了！

中条：什么样的探子？

梅子：（急地挥着手）不管他，不管他，他固执得很，最初我跟他讲话，他理也不理我，还是让我讲另一个罢。

中条：好。

梅子：你知道我带回来的这个人是谁？

中条：不知道。

梅子：村井，就是村井！

中条：啊！是他，是他也投降过来了？

梅子：是的。

中条：（兴奋地）让我去看看。（欲去）

梅子：（拦着他）你先别去，他正在换衣服呢。

中条：他怎么会跑过来了？

梅子：（得意地）你别忙，等一会儿他会亲自告诉你的。（对李）噢，李队长，我们的事怎么样了？

李：什么事？

梅子：加入中国国籍呀，取消俘虏名义呀！

李：这我刚才已经跟中条谈过了，我想一半天总会有公事来的。

梅子：（假嗔地）又是一半天，又是一半天，喂，李队长，我想不至于碰钉子罢？

李：这也很难讲，因为还没有过先例。

梅子：可是——

李：不过，也许可能，因为你——梅子姑娘的工作成绩也实在是太特殊了！

梅子：得了罢，别这么夸奖我罢，喂，真的，请你给好好打听打听，留点儿意，注点意儿——

李：好，好，这绝对办得到。（对中条）我还得赶紧走，你们又分开了好几天，快好好谈谈罢。（欲出）

梅子：李队长，假如可能的话，请你给传个信，村井要换完了衣服，请派个人把他带到这儿来。

李：好！再见。

梅子：再见。

中条：再见。

（李队长下）

梅子：（追到门口）拜托你的事别忘了啊！

李：（在外面）不会的。

梅子：（转过身来奔近中条亲密地吻了一下）亲爱地，实在对不起，几天了也没来看你，没来陪陪你，苦闷啦罢？

中条：还好。

梅子：你的伤怎么样了？

中条：已经完全好了，没问题了。

梅子：你扯谎，你扯谎。

中条：真的。

梅子：那么还挂着个带子干什么？

中条：其实现在可以拿下来了。（欲取下带子）

梅子：别别，这几天都是谁来陪着你？

中条：李队长天天来。

梅子：他一来就陪你一天？

中条：不，他忙得很。

梅子：那么除［余］下的时候你做些什么呢？

中条：看看书，有的时候……

（外面有人说话“就是那个房子”，他们一怔）

（村井穿了一套中国制服走上）

中条：（奔过去拉手）喂，村井。

村井：（热烈地）中条。

中条：你怎么也逃过来了？

村井：（笑了。指梅子）这都是她的力量。

梅子：怎么？是我的力量？

村井：是的，也许你自己还不晓得，你已经变成了我们驻扎沙市的皇军魂了！

梅子：你这话是怎么讲的？他们会骂死我的，怎么我在这里，倒变成了他们的皇军魂哪？

村井：说起来话长得很。（对梅子）你知道绢枝子和横濑他们怎么样了？

梅子：怎么啦？

中条：结婚啦？

村井：不，横濑死了。

梅子：死了？

村井：是的，死了，绢枝子本来是先押起来处罚，然后还要把她送走训练。

梅子：后来呢？

村井：后来她因为对于我们的大日本太灰心了，所以她就鼓励我和冈本，想着一道逃过来投降。

中条：那么为什么只有你一个人过来了呢？

村井：（长叹了一声）唉！说起来太惨了！

梅子：怎么回事，怎么回事？

村井：是这样的：你们那天走了之后，过了两三天，犬养队长就把这事情交给川岛了！让他仔细调查真相，结果，川岛利用美田子出头，暗地里调查，又遇上了那么个没出息的横濑，喝上了几杯酒什么话都讲，结果是给川岛下令用枪给崩了，当时绢枝子就被押，执行这件事情的是我和冈本，那时候两个人真是莫名其妙，到底我们为了什么干这个玩意？后来一点点的回过味儿来了，所以我们三个人约好了，在前天夜里一同向这而逃，因为那时候正是冈本看守女牢，我是摊（到）前方放哨的勤务，在计划中当然是万无一失了！可是谁想到——唉！

梅子：怎么啦？

村井：我们刚聚在一起，后面的追兵就到了，他们藏躲也没个妥靠的地方，一马平川，怎么能躲得了呢？

中条：结果怎么样？

村井：结果是我亲看到冈本和绢枝子让人家拿手枪给押回去了！

梅子：那，这一下子也完了！

村井：谁知道啊！反正是十之八九活不成！

梅子：那么你呢？

村井：你想我还能回去，当他们被捕的时候，我就故意地装做镇静，当他们走了以后，我扔下枪撒脚就跑，那个时候就根本也没想到这边的中国哨兵会把我怎么样，我只是不顾命的向这边跑就是了！

中条：难道中国哨兵就一点也没阻难你么？

村井：不，当我跑了一截路以后，我倒有些害怕了，我只好偷偷地藏在一个土窟窿里，又过了一会儿，我听了一种很熟悉的日本女人唱的歌声——因为这歌声我觉得实在太熟了。

中条：那是谁唱的呢？

村井：（指梅子）她，就是她唱的。

梅子：（得意而赧颜地笑了）……

中条：（扶着她的肩）梅子。

村井：后来我就想找寻这方向，结果是给我找到了！

中条：就这样你就碰到了梅子了么？

村井：不，唱过歌以后，我又听她在喊口号！（学着那当时遥遥的口号韵调）日本反战的弟兄姊妹们！你们快过来罢！我是梅子！我告诉你们，这里才有真正的和平，这里才是真正为了和平和正义而战的国度！假如你们需要自由，你们到这里罢！假如你们需要博爱，你们到这里来！日本反战的弟兄姊妹们！快逃到这边来罢！我是梅子，你们不要怕，你们看我们现在是过着多么幸福的生活呀！要不然你们就把枪尖掉转去，把逼着你们送死的日本魔王们打死罢！然后到我们这里来一定给你安排很好的休息的地方……我听到了这些声音以后，我便偷偷地喊着：梅子，梅子！……不一会我就找到了她的地方。

梅子：你刚才不是说：这一回是绢枝子把你鼓励过来的么？

村井：不，我这是良心话，是日本的军阀把我逼过来的，是你的歌声把我感化过来的。

梅子：什么？

村井：当沙市周围的哨兵，时常在深夜里听到你那悲婉的怀乡曲的时候，我敢断定没有一个人不会落寞的，因为他们早就感觉到彷徨，早就感觉到疑惑，他们始终未知道这一次的中日战争，日本到底是为了什么，是为了老百姓么？老百姓是一天比一天更苦，是为了大和民族的开战罢？再这么打下两年去，国内的男子都死光了，没办法，还得从中国的战区里抢些小孩子回去接种，你们说到底为了什么？为了什么呢？

梅子：为了什么？哼，完全是为了日本军阀们的自私自利。

村井：（长叹）唉！可怜，只是无辜地牺牲了我们！

中条：现在那一方面的军心怎么样？

村井： 我刚才不是告诉你了么？恐怕像我这样的人总不在少数罢。

梅子：（兴奋地）那么我还要努力，更要加强我的工作。

村井： 是的，你的工作效力太大了！我刚才不是告诉你已经成了驻扎沙市的皇军魂了么？

梅子： 那为什么？

村井： 一方面是有些人对于你逃走的留恋，另一方面就是你经常放送在前哨的歌声，差不多没有一个哨兵没有听到过，他们都在背后偷偷地谈起这件事。

梅子： 美田子现在究竟怎么样？

村井： 当然嘞，很得川岛队长的宠爱，大概有做川岛夫人的可能吧？

梅子： 得了，得了，我绝对不相信你这句话，别说川岛家里有太太，就是没太太，你想川岛能要美田子这样的女人么？

中条： 这不是那么一回事，弄来弄去，总有一天会弄得跟绢枝子一样的下场。

梅子： 村井，你住在哪儿？

村井： 他们还没指定。（问梅子）我是不是可以跟中条住在一起？

梅子： 这我怎么能参加意见呢？回头得问问李队长，而且这里是后方医院临时指定的病房，你也没伤没病的住这里干么？

村井： 那么我还得住在隔壁？

梅子： 嗯，我想是要住在义勇队队部罢。

（李队长由外面走了进来）

李： 中条！

梅子： 李队长。

李：（对梅子和中条）我告诉你们一个喜信，是你们最高兴听的喜信。

梅子： 什么呀！

李： 就是刚才你们俩拜托我的事，现在已经有消息，公事已经下来了，为了梅子工作的努力和中条本质的纯良，上面已经答应取消你们俩人俘虏的名义。

中条：（惊喜地）噢?!

梅子： 还有呢？

李： 至于加入中国的国籍，也许很有可能，因上边答应你们替你们走一走公事手续。

梅子：（雀跃地在中条身上怕打着）啊！中条，我们快要变成自由国度的人了！

村井：（走近李）李队长，我是不是也可以取消……加入……

李： 你恐怕现在还提不到这个问题，你要知道她们俩的情况不同，一则是他们自动地逃到这里来的，二则是梅子姑娘的工作成绩太惊人了！所以才得到了今天的快乐，你想这是一件多么不容易的事啊！

村井：（感激涕零地）可这我也是自动地逃过来的，我虽然到这来只有短短的两天，可是我感觉到了这里的博爱，我感觉到了这里的自由！那真像回到我自己的家乡一样！一切的人们都是那样的和蔼，亲热！

中条：（对梅子）梅子，我真感谢你给我的勇气，一年来我每天都在做着投到中国军队来工作的梦，但是总是被那怕死的念头征服了！可是现在，现在我了解了，我明白了！梅子，我们将来就在中国结婚罢，我们永远地享受着这种博爱，平等，自由，和平的生活罢！

梅子： 那好极了，中条！我们永远也不要回日本去了！

（她紧紧地搂住中条的双肩，深深地接了个长吻）

（村井好似对于他们的幸福怀着无限的羡慕）

（李队长看着这一对重新得到自由的人们欣然地笑着）

（外面又在敲了几下钢轨，好似有人在远远地喊着："反侵略的弟兄们集合啦，日本反战的弟兄们集合嘞。"这声音深沉而悠长，大家都在转过脸去倾听）

——幕徐下

（全剧终）

一九四二年六月六日脱稿于西京

［谢冰莹小说原著、冷波编剧《梅子姑娘》（五幕剧），西安广化出版社 1942 年版］

秋　　子

（大歌剧）

陈　定[①]

秋子本事

失陷后的扬州，日本军官、营妓，饮酒狂欢于旅舍内，更阑人静，始作鸟兽散。秋子（营妓之一）被军阀强征来华，自叹身世，乃高歌《为了我正在想他》。时值天亮，日兵一小队经过旅舍，中有一员名宫毅者，即秋子之丈夫，固不知其妻也被迫来华者也。我军迫近扬州，敌传令兵寻大尉报告军情（大尉为据守扬州之主官，亦即秋子之占有者），大尉宿酒未醒，留恋秋子。时有伙夫二人，为我方间谍之潜入日军营者，暗将敌传令兵杀死，向我方传递情报。大尉勉强应战，秋子送出，宫毅见之，欲认不敢认，歌声悲痛中第一幕落。

秋子念夫心切，徘徊月下低唱《秋子的心》，昏溟中闻宫毅之呼声，忽然富士山前，春光明媚，曼舞轻歌，二人偎依拥抱，极尽爱之欢乐。忽然骊歌奏起，恶魔不顾人道，夫虏当兵，妻俘为妓，秋子于悲愤挣扎中惊醒，时宫毅突然立在眼前，离合悲欢，士兵均

---

① 本歌剧由陈定编剧，臧云远、李嘉作词，黄源洛作曲。1942 年 2 月 7 日由中国实验歌剧团在重庆国泰大剧院首演。——本书编者注

为感动。大尉追至，宫毅、士兵乃唱《抗命歌》拒之，大尉怒击宫毅，秋子护之，误弹而殁。伙夫应时出现，击毙大尉，救得宫毅。我军集至，扬州克复。在《自由解放胜利歌》合唱声中剧终。

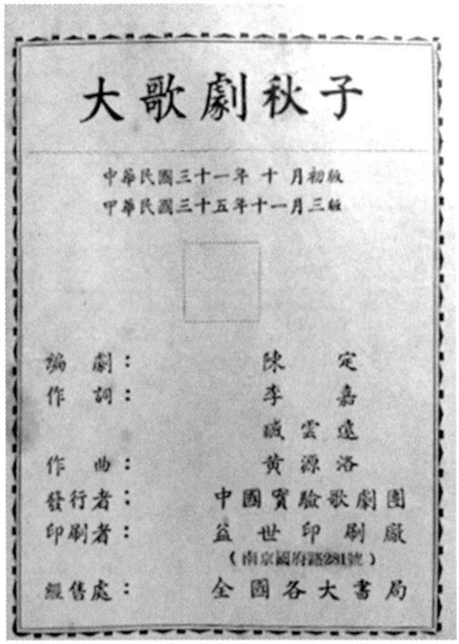

大歌劇秋子

中華民國三十一年十月初版
中華民國三十五年十一月三版

編劇：陳 定
作詞：李 嘉
臧雲遠
作曲：黃源洛
發行者：中國實驗歌劇團
印刷者：益世印刷廠
（南京國府路281號）
經售處：全國各大書局

人物表

秋　子（营妓之一）
宫　毅（日军排长）
大　尉（日本军官）
伙夫甲（中国间谍）
伙夫乙（中国间谍）
传令兵（日兵之一）
军　官（日本军阀走狗）
游　侣（日本男女各四人）
日　妇（日本军阀捉捕者二人）
日营妓（八人）
日军官（八人）
日本兵（反军阀侵华者六人）

中国妇女（十人）
日本妇女（十人）
中国兵（十人）
日本兵（十人）

第一幕

［失陷后的扬州，瘦西湖旁。扬州大旅舍客厅内日本军官、营妓，饮酒作乐，狂欢终宵。

1. 梦里回了家（合唱　日军官、营妓）

日营妓：

日军官：

喝呀！
喝呀！
喝呀！
喝呀！
生命像落花，
生命像野马，
睁开眼在战场，
梦里回了家，
睁开眼在战场，
梦里回了家，
梦里回了家，
梦里回了家。
喝呀！
喝呀！
喝呀！
喝呀！

生命像落花，
生命像野马，
有家回不去，
你说为什么？
你说为什么？
为什么？
为什么？
你说为什么？
喝呀！（重复）
哈哈……

2. 醉酒颂（独唱及合唱 日军官、营妓）
秋子： 对着东方大家喝下这杯酒，
众和： 对着东方大家喝下这杯酒，
秋子： 家乡在遥远的海洋樱花正开放，
众和： 家乡在遥远的海洋樱花正开放，
合： 生命像樱花落在河水上，
来到了大陆像落花漂流在他乡！
秋子： 再喝下这杯酒对着东方歌唱，
众和： 再喝下这杯酒对着东方歌唱，
秋子： 春风从家乡吹来，
家乡的樱花正等你回去才开放！
众和： 家乡的樱花正等你回去才开放！
秋子： 春风从家乡吹来，
家乡的樱花正等你回去啊，
才开放！

[电灯灭，换街头景，群丑酒醉舞倦，纷纷作鸟兽散。

3. 梦里回了家（间奏曲、叙事曲）

［时值黎明，秋子独倚栏杆，自叹身世，在月没星收远望长堤如带的旅舍月台上。

4.（宣叙调　秋子独唱）

秋子： 渡过茫茫的海洋，
我来到这生疏的地方。
勉强欢笑，
心里想念着家乡！
富士山呀！
又为我披着洁白的春装。
日光的瀑布呀！
可洗不清我的心肠。
哦！
那漫山遍野的樱花呀！
落了都落在我的心上！
我像一只孤独的小鸟，
离开了家，
又不知回去的方向。
春风啊，
你能告诉我他在何方？
我但愿变成春风，
吹到他的身旁，
趁这天色刚刚亮，
我们一道儿回到家乡。

5. 为了我正在想他（咏叹调　秋子独唱）

秋子： 这一片河畔的柳花，

好像抱歉落地下，
是为了春天留不住，
为了我正在想他。
你滚滚的河水是为我叹息吗？
柳花不是樱花，
这儿不是我的家！
你天上的飞霞为我停一下，
看我带着苦笑，
说不出心里痛苦的话，
说不出心里痛苦的话！
痛苦的话，
痛苦的话。
这一片河畔的柳花，
好像抱歉的落下，
是为了春天留不住，
留不住，为了我正在想他，
正在想他，（重复五遍）
想他！

[大尉出，假意慰抚。大尉乃驻扬州敌酋。

6.（宣叙调　秋子，大尉）

大尉： 秋子！秋子！
你在作什么？

秋子： 让我静一静
让这黎明的风吹去我心中的苦痛，
啊！太阳啊！
快来为我作证。
看看我痛苦的身影，

看看我痛苦的身影。
大尉快快进屋来，
快快进屋来，
好日子好像炮弹飞去不飞回。

［大尉拉秋子入内。

7. 暴雨残花曲（叙事曲）

［日士兵一小队上场，意志消沉，盖均有厌战及反侵略思想也。

8. 为谁打仗（日兵合唱）

日兵： 为谁打仗，为谁打仗，
渡过海来到了中国，
渡过海来到了中国，
抢劫烧杀是本分，
人道天良两不存。
抢劫烧杀是本分，
人道天良两不存。
我们不是野蛮种，
我们没有钢铁心，
万里的海水啊，
快送我们回到家园。
万里的海水啊，
快送我们回到家园。

［宫毅慨然放歌，士兵伤感不已。宫毅乃士兵班长。

9. 我的秋子在那耕田（咏叹调　宫毅独唱）

宫毅： 万里海水把她隔在那岸

谁来到大陆是自己心甘情愿?
春风又把土地吹暖,
家乡的土地谁不想念。
哦!
富士山下我的秋子在那耕田,
我的秋子在那耕田!

10. 要米买不到米(日本兵合唱)

日兵: 要米买不到米,
要麦买不到麦,
到处都被封锁,
到处都被封锁。
莫说中国不抵抗,
百姓个个都武装。
莫说中国不抵抗,
百姓个个都武装。
扬州城池四周外,
华军威力不可挡。
勇敢的中国军民啊,
不是我们情愿打仗。
勇敢的中国军民啊,
不是我们情愿打仗。

[传令兵觅大尉。仓皇与宫毅相值。

11.(宣叙调　宫毅,传令兵)

宫毅: 你跑得这样急,
有什么好消息?

传令兵: 消息比死还要糟糕,

不知队长那里去了，
他整天不在家在外边浪荡逍遥。
有了紧急军情，
管那也找不到。
叫我向这柳树报告，
叫我向这石头报告？

宫毅： 什么紧急的军情，
先告诉我。
队长在这屋子里玩乐，
他仿佛忘记了自己是在中国。

传令兵： 中国兵，
四下来进攻，
马上就要到扬州城。
中国兵像一阵风，
满山满野机灵活动，
快得像闪电，
一转眼又不见影。

宫毅、传令兵：（合）别再做梦，
扬州城好像一个纸灯笼。

传令兵： 里面空空的，
只有我们几个弟兄。

宫毅： 里面空空的，
只有我们几个弟兄。

宫毅、传令兵：（合）中国老百姓那样英勇，
像河边的树林见风就动。
我们最好学这柳花，
听见风声就快快的逃命。

［传令兵入旅舍找大尉。

12. 弟兄的血（日兵合唱）

日兵： 弟兄的血，
流的够多，
我们怎么能再沉默。
中国有多么可爱，
谁愿罪恶上再加罪恶。
算了吧，
算了吧，
谁愿打仗不愿回国，
谁愿打仗不愿回国！

［日兵迤逦离场，伙夫二人上，伙夫乃我方间谍。

13. 伙夫舞曲

14. 中华好男儿（伙夫二重唱）

伙夫甲： 祖国忍受着苦难，
伙夫乙： 祖国忍受着苦难，
伙夫甲： 我们离开了家园，
伙夫乙： 我们离开了家园，
合： 什么时候才能够在自己家里，
烧火做饭？
伙夫甲： 我们总有那一天，
伙夫乙： 我们总有那一天，
伙夫甲： 国旗插在这江岸，
伙夫乙： 国旗插在这江岸，
合： 我们的战士愉快的唱凯歌归还，
凯歌归还。

合： 中国好男儿，
把敌人赶进太平洋，
千里柳花为你们开放。
满地的柳花，
像河水荡漾，
满地的柳花，
像河水荡漾。
河水灌溉着家园，
等你们回来好插秧！
河水灌溉着家园，
等你们回来好插秧！

[传令兵出。

伙夫甲： 来了一个儿奸细！

伙夫乙： 来了一个儿奸细。

[扑向传令兵。

传令兵： 哇……！

[塞其口，扛进。

伙夫甲： 把他丢下在河里，

伙夫乙： 把他丢下在河里！

15. 教我如何去应战（咏叹调　大尉独唱）

[机关枪声、炮声。

大尉： 纵然我的手，
我的手像铁柱，
纵然我的心像安静的山，
一夜没睡眠，
教我如何去应战！
如何去应战！

如何去应战，
如何去应战，
如何去应战，
如何去应战。
我怕看那早晨的太阳，
从云彩中透出黎明的金光，
像讥笑黑暗的夜雾，
掩盖不住大地的真相，
我怕听那大炮的声响，
打碎了春天的欢梦一场，
像奏起死亡的哀歌，
催我走上血腥的战场。

[回头。

[秋子送大尉出，亦假意慰抚之。

16. 想想你的家（咏叹调　秋子独唱）

秋子：珍重吧，
珍重吧！
我的心，
我的心像柳花，
我的心我的心啊，
像柳花，（重复）
不知在那，
不知在那放下！
珍重吧，
珍重吧！
想想你，
想想你的家，

你的家，
你的家啊，
你的家！
想想你的家，
想想你的家！

［士兵集合，整装待发。秋子进旅舍时，宫毅隐约见之。士兵集合检阅后，出发。

17. 为谁打仗（叙事曲）

［士兵走后，秋子复倚栏杆，慨叹前途渺茫。

18. 太阳啊，给我光明路程（咏叹调　秋子独唱）

秋子：我的心不能得安静，
像柳花飞在半空，
我的心不能得安静，
像柳花飞在半空。
可怕的黑影在心中飘动，
战争像乌云，
战争像乌云啊！
可怕的黑影在心中飘动，
战争像乌云！
战争像乌云！
啊！
太阳啊，
照给我光明路程，
照给我光明路程，
光明路程！

［秋子入内。

[宫毅独自离伍回来，欲探究竟。

19. 为什么你也在这个地方（咏叹调 宫毅独唱）

宫毅： 你爬上江岸的太阳，
让你万丈的红光，
照着我气闷的胸膛，（重复）
你告诉我这屋里的歌女，
为什么像我的秋子一样，
莫不是她也受了骗，
渡过茫茫的海洋，
哦！
我的泪像大江，
我的怒火像太阳。
为什么你也在这个地方？
为什么你也在这个地方？！

[士兵二人，奉命促宫毅归队。紧急号声响。

20. （宣叙调 士兵甲、乙）

日兵甲： 宫毅，
日兵乙： 宫毅！
日兵甲： 你想尝尝队长的拳头，
日兵乙： 在这里练歌喉！
日兵甲： 队长叫我们来抓你，
日兵乙： 你还不快快地离开这里！

21. 就在眼前不能见面（咏叹调 宫毅独唱，日兵和）

宫毅： 就在眼前，
不能见面
战争，

叫我们分离。
战争，
使我们不能再见，
亲爱夫妻不相见，
亲爱夫妻不相见！
秋子啊！
秋子啊！
谁说柳花像军毯，
几步的柳花，
比黑水洋还远。
谁说湖面像镜子，
像镜子一样平坦，
谁说湖面像镜子，
像镜子一样平坦。
啊！啊！
就在眼前不能见面，
就在眼前不能见面。
啊，啊，啊！
啊，啊，啊！

日兵合： 就在眼前不能见面，（重复七遍）
啊！

22. 尾曲

——幕落

第二幕

［秋子念夫情切，对月吟哦。——瘦西湖旁夜景。

23. 叙事曲（幕启）

24. 秋子的心（咏叹调　秋子独唱）

秋子： 秋子的心是一盏灯，
油点完了那还有光明，
像风前的灯火一样不安静，
多么使我痛心！
秋子的心是半个月亮，
那一半叫黑云埋葬，
可怕的黑影蒙在心上，
像我不知道他在何方！
秋子的心是两颗星，
北斗南极几万里，
远远的相对在天空，
我找不到他怎么成！
秋子的心是断了弦的琴，
怎么弹也不出声音。
除非见到他，
除非见到他，
让歌喉先表白我的心，
让歌喉先表白我的心。

[昏溟中若闻宫毅的呼声。

25. 重温记忆（咏叹调　宫毅，秋子）

宫毅： 秋子，
秋子。
但愿我再看到你，
死去也愿意，
死去也愿意。

秋子： 当你以崇高的爱的光辉，

在海岛上探照。
当你的爱的光辉滴打着泪，
我是那希望的海岛！
啊，啊！
啊，啊！
现在，
那飘飘的飞来的柳花，
像掉了灵魂随风舞蹈；
像祭奠爱的心田，
从此闯进无情的风暴。
当你的身影映在我的脑海，
我好像海里的灯塔永远常在。
当你的身影在我脑海浮现，
就好像你已经在我身前。
啊，啊，
啊，啊，
你啊，
你被压迫强拉到战壕。
我不知道你是否也在寻找，
像我一样的寻找。
在大炮底下寻找着你！
亲爱的宫毅你来吧，
让我们快快的回到故乡！
亲爱的宫毅你来吧，
让我们快快的回到故乡！
啊，啊！
啊，啊！
快快，

快让我们回到故乡，
快让我们回到故乡！
再重温记忆，
再重温记忆，
重温记忆，
重温记忆，
对着苦笑，
啊，啊！
对着苦笑！！

［若闻宫毅之歌声。

26. 我们要永远在一起（咏叹调　宫毅独唱）

宫毅： 春风从大海吹来，
我是这迎风的草地，
春风从大海吹来，
你是那锈了的耕犁。
为什么不为幸福的爱苗，
再把土翻起！
为什么不为幸福的爱苗，
再把土翻起！
秋子，
亲爱的秋子，
你在那里呀秋子！
我望着明月，
月光照着你！
是谁把我们生生的分在了两地？
只有阵阵吹拂的春风，
还在声声的叫着，

我们要永远在一起！
秋子，
亲爱的秋子，
你在那里呀秋子！
我唱着恋歌，
歌声找不着你！
啊！
唱着恋歌，
歌声找不着你！！
春风从家乡吹来，
我是那等候你的田地，
春风从家乡吹来，
你是那开荒的耕犁。
我们要永远在一起，
我们要永远在一起！

［灯光灭，换富士山景，春光明媚，樱花正开。

27. 间奏曲

［爱侣双双，咸作游春之举。

28. ｛A｝舞曲
｛B｝爱之梦（宫毅、秋子二重唱）

秋子： 我们永远在一起，
我们永远在一起，
你放下锄头我叫老牛休息，
今天起我不再固执，
今天起我不再固执，
因为春风已经吹化了雪地！

宫毅：我们永远在一起，
我们永远在一起。
我们爱情像阳光一样美丽，
今天起我更要爱你，
今天起我更要爱你，
你看月光分不开我俩的身影！
秋子：亲爱的，
宫毅：亲爱的，
合：永远不分离，
永远不分离。
秋子：亲爱的，
宫毅：亲爱的，
合：我们永远在一起，
不分离，
不分离。

［灯光灭，景同前，一朝欢乐，化作离愁别绪。

29. 间奏曲

［宫毅被征入伍，秋子送别。

30. {A} 叙事曲
{B} 骊歌（宫毅、秋子二重唱）

秋子：我们刚结婚就要分离。
他们把你夺了去，
他们把你夺了去。
不要想我，
有多少孤寂，
不要想我，

有多少孤寂，
只有老牛陪我叹息，
我一人种田，
一人耕地，
什么都没趣，
除非想你。

宫毅：不知打仗有什么好处，
他们把我绑了去，
可绑不去我的心！
满足贪欲，
大陆当墓地，
满足贪欲，
大陆当墓地，
今天别离，
不知相见在何处。
要把我送到外乡死去，
怎么叫我能丢得开你！

合：今天别离不知相见在何处，
在何处，（重复七遍）
富士山下的路途遥远，
航行在大海更是迷离。
珍重吧，
珍重吧！
说不出再见的时季，
说不出再见的时季！
再见的时季，
再见的时季！！！

[灯光灭，富士山暗淡无光，良家妇女，被征为妓。

31. 宣叙调（秋子，军阀）

秋子：我们的索夫团被你们解散，
我的妹妹坐监，
因为她反战！
我每天用泪水洗脸，
每天用泪水洗脸！
你今天要告诉我，
我的丈夫什么时候归还！?

军阀：他已经把你忘掉，
在战场上快乐逍遥，
你如果要找他，
快跟我到战地寻找。

秋子：不要骗我，不要骗我，
让我寂寞地过活。

军阀：这是皇上的命令，
快快点跟我去。
男人在外边打仗，
女人也不能闲着。
走，跟我走！

秋子：宫毅，宫毅！

[灯光灭，景还原，秋子在月台梦醒。

32. 间奏曲

33. 你已投进军阀的怀抱（咏叹调　宫毅，秋子）

[秋子与宫毅相见，互诉离情，悲愤交集。

{A} 宣叙调

秋子： 宫毅，宫毅！
宫毅： 秋子，秋子！
秋子： 宫毅，宫毅！
宫毅： 秋子，秋子！
{B} 咏叹调（宫毅，秋子）
宫毅： 这是在梦里，
这是在梦里。
果真，
是你变了心！
果真，
是你当了营妓，
把家庭随便丢掉，
把爱情也随便丢掉。
秋子： 叫我如何向你报告，
让我死在你眼前！
让我死在你眼前！
来表白我的心愿，
来表白我的心愿。
宫毅： 算了吧，
算了吧！
你已经是乱巢的鸟，
乱巢的鸟，
莫再提老巢，
乱巢的鸟，
莫再提老巢。
我从前心中的明镜，
现在已经打破，
我从前心中的爱情，

像云彩一样，
飞过！
啊！
你已投进军阀的怀抱，
你已投进军阀的怀抱，
啊！

［士兵四人初则调笑，继经秋、宫诉述根源，均为感动。

34. 回家吧，樱花已落在田园（对唱 日兵、宫毅、秋子）

日兵甲乙：一个像汽油，
一个像洋火，
一碰就点着谁还顾什么？
哈哈哈哈哈！

日兵合：一个像汽油，
一个像洋火，
一碰就点着谁还顾什么？
哈哈哈哈哈！

宫毅：你们这些绵羊，
想都没有想到，
你们也有妻子，
是否也像我。
这是我的妻子，
我向你们介绍，
这同样的故事也可以找到！

秋子：哦！
被军阀欺骗，
我心里不甘，
想念着丈夫又惭愧同他见面

哦！
家乡的姐妹成千成万，
被军阀欺骗离开了家园！

日兵： 这笔帐同谁算，
我们和中国没仇冤，
军阀要打仗，
却叫我们忍受苦难。
回家吧，
回家吧！
樱花已落在田园。
回家吧，
回家吧，
樱花已落在田园！

［大尉出，令宫毅及士兵作战，群反抗之。大尉怒击宫毅。秋子误弹而殁，伙夫应时出现，击毙大尉。

35. 抗命歌（三重唱　大尉、士兵、宫毅、秋子）

大尉： 战事紧急你们快快布置。

日兵： 我不去，我不去！

大尉： 快去，快去，在这里作什么？

日兵： 我不去，我不去。
打仗，
死亡，
我们有那个愿意去。
我们要休息，
打仗你一个人去！

大尉： 什么，什么？
宫毅，

你命他们去。
只要好好打仗，
好好打仗，
什么我都依你！

宫毅： 谢谢你的好意，
谢谢你的好意！

日兵： 我不去，我不去，
谢谢你的好意。

宫毅： 这是我的妻子却被你，

大尉： 命令必须服从，
命令必须服从，
你们应该知道。

日兵： 命令我不服从，
命令我不服从。

宫毅： 命令对不起，
你的命令我不服从。

大尉： 说什么，
说什么，你敢！

宫毅：（出枪）你这军阀的走狗手快放下！

日兵： 手放下，手放下！

大尉：（冷笑）哈哈哈哈哈哈！
枪里没有子弹，
给你枪只是好看！
哈哈哈哈哈哈！
宫毅（枪放下）

日兵： 咳！

秋子： 大尉啊！
我的喉咙已哑，

我不知说什么话。
宫毅啊！
我被他们欺骗，
请你原谅我吧。

宫毅： 秋子，秋子！

秋子： 你还去理他吗？

秋子： 你还去理他吗？

大尉： 秋子，秋子！

秋子： 我不准你理他！

秋子： 我不准你理他！

秋子： 我被他们欺骗，
我被他们欺骗，
欺骗，欺骗，
被他们欺骗，

宫毅： 今天我要反抗，
今天我要反抗。
反抗！反抗！
反抗！
今天要反抗！

大尉： 我把你们禁闭！
我把你们禁闭！
禁闭！禁闭！
禁闭！
把你们禁闭！

秋子： 好容易见到他，
他是春风我是柳花，
见到他我心情放下，
见到他我心情放下！

不要教他离开我,

不要教他离开我!

啊!

[指大尉。

你这个吃人的魔鬼!

[大尉发枪。

哎呀……

[伙夫发枪。

[秋子死,大尉死,宫毅跪伏秋子尸上、全场呈哀怨气氛。

36. 叙事曲(丧礼进行曲)

[宫毅抱秋子尸,向堤岸走去,悲愤至极。

37. {A} 叙事曲

{B} 挽歌(咏叹调 宫毅)

宫毅: 我亲爱的秋子,

你就这样的死去,

死在这异国的地方,

把我抛弃在遥远的他乡!

受尽了生离的折磨,

刚见面又是死别!

我们的仇敌是军阀,

就是那万恶的军阀!

啊!

春风吹过战场,

穿过我悲忿的心肠,

秋子啊等我打倒军阀,

再拿着鲜花把你安葬。

［伙夫出，扛大尉尸丢入湖中。

38. 送他江边安息（二重唱　伙夫）

伙夫： 死肉团，
死肉团，
要不要我给你烧火作饭，
烧火作饭？
万恶的大尉，
万恶的大尉，
送他江边安息，
江边安息。

［伙夫显露欣喜之色，快乐的唱着。着中国军服。

39. 战斗的今天（二重唱　伙夫）

伙夫： 战斗的今天，
万里长的火线。
胜利的明天，
离今天不远。
民族的战士呀，
成千成万，
齐唱着凯歌呀，
回到家园。
战斗啊，
战斗啊，
反攻的旗帜在招展。
战斗啊，
战斗啊，
反攻的旗帜在招展。

[江岸国旗飘扬，千万华军入城。

40. 叙事曲（国旗进行曲）

[中国军民，日本军民全体入场。

41. 携手歌（对唱）

伙夫：快放下秋子，
站在我们一道。
胜利道路我们已经走上，
听我们号召，
黎明已在东方，
胜利道路我们已经走上。
中国兵合携手啊，
异国的同胞。
前进啊，
异国的同胞。
看江流月光在那荡漾，
荡漾！
中国军民全体我们已胜利
准备回到家乡，
放下刀枪大家一起欢唱！
快放下刀枪大家一起欢唱，
欢送你们快快回到家乡！
日兵携手啊，
中国的弟兄。
前进啊，
中国的弟兄。
来到这大陆上谁愿意？
谁愿意？

日军民全体家乡的儿女天天在那哭泣，
天天哭泣等候我们回去！
家乡的儿女天天在那哭泣，
天天哭泣等候我们回去！
回去！回去！
回去！回去！

［胜利歌声响彻云霄，于全体欢腾中闭幕。

42. 自由解放胜利歌（大合唱）

宫毅、伙夫、全体：江南的柳花，
铺遍在战场，
我们大家一齐欢唱！
千里江水也欢唱，
月亮在天空也喜气洋洋！
东亚大陆本应该这样，
我们大家一齐欢唱。
宫毅及全体女高音　啦……

宫毅、伙夫、全体：东亚大陆本应该这样，
我们大家一齐欢唱，
你们自由，
我们解放！
你们自由。
我们解放！
自由，
解放，
自由，
解放！（重复）

——幕落

43. 尾曲

（全剧终）

（《秋子》，中国实验歌剧团印刷本，1942 年 10 月。）

附　1946年后表现韩国“慰安妇”滞留上海境遇的作品

营　　妓

大　狂

花怜堕溷絮沾泥，
蝶自疯狂鸟自啼；
此日有家归不得，
料应同悔祸噬脐。

日寇慰安所中之营妓，大半为韩国少女，为日寇胁诱而来者，今以日寇解体，过其飘零生活，日本人诚亦作孽矣哉。

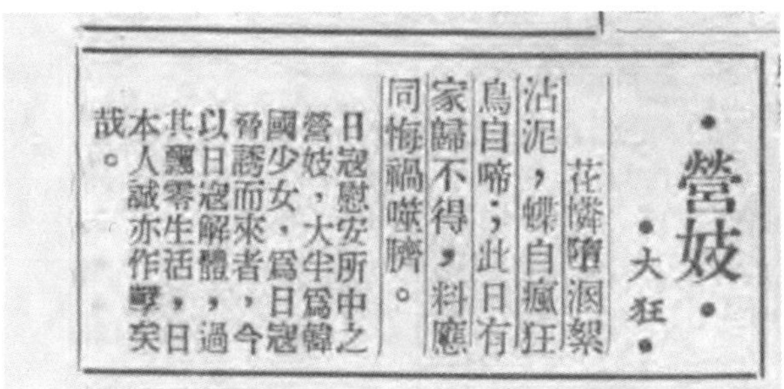

·營妓·

·大狂·

花憐墮溷絮沾泥，蝶自瘋狂鳥自啼；此日有家歸不得，料應同悔禍噬臍。

日寇慰安所中之營妓，大半爲韓國少女，爲日寇脅誘而來者，今以日寇解體，過其飄零生活，日本人誠亦作孽矣哉。

（载上海《风光》1946 年第 9 期）

营　　妓

虎　痴

迫向军营献此身，
狂蜂浪蝶送残春；
而今湖海飘零客，
尽是萱帏梦里人。

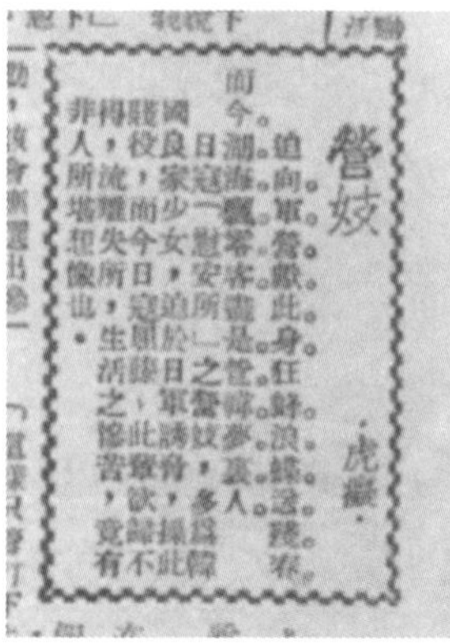
營妓
虎癡
迫向軍營獻此身。狂蜂浪蝶送殘春。而今湖海飄零客。盡是萱幃夢裏人。
日寇慰安所之營妓，多為韓國良家少女，迫於日軍誘脅，操此賤役，而今日寇屈膝，此輩欲歸不得，流離失所，生活之慘苦，竟有非人所堪想像也。

日寇“慰安所”之营妓，多为韩国良家少女，迫于日军诱胁，操此贱役，而今日寇屈膝，此辈欲归不得，流离失所，生活之惨苦，竟有非人所堪想象也。

（载上海新生杂志社《万象》1946 年第 3 期）

高丽姑娘

郑　燕

“东洋姑娘，东洋姑娘……”

东北四川路上，一到晚间，那些“掮客”们到处钉［盯］在行路人后面喊着。

这条街道是富有神秘性的，电车铁轨蜿蜒的伏着像条蛇，一家家夜总会门前霓虹灯的招牌发出光彩像荡妇睐着她底眼睛，一阵阵流俗的爵士音乐从门缝里飘盈在气流，煽起着人们火般底热情。

酒吧女，吉普女郎，在这条路上轻盈的走着，会给路人送来了一阵温柔的香味：喝醉了的烂水手深夜在街心唱着歌；墙上电影院广告牌上那妖艳而有东方面型的玛丽蒙丹底脸对过路人在痴心的笑。

当在路上偶然发现一个东张西望踟蹰的男子汉伫留时，那一些鬼鬼祟祟的领路者，和着露出黯黑面容的黄包车夫，会包围了他；兜上去说：“要到东洋堂子去么？”

他们会领着探艳的路人上几条横马路去，几条横马路里去虬江路和虬江支路的尤其多，在两条路上散布的顺兴里，积善里……是许多在流行周刊上时常披露底密窟所在地。

憧憬着东洋底风光——玲珑的灯笼、垂下来的珠帘、香炉、三味线、像蝴蝶一样穿着和服，高髻上插着精致象牙梳的姑娘；在一家贸易公司做职员的文俊就是这样底一个，他是爱阅十二开本流行底周刊，这些周刊上很多记着北四川路底艳屑，他每常上办公室前，才在报摊上买了一份，在乘电车时有兴趣的看着它。

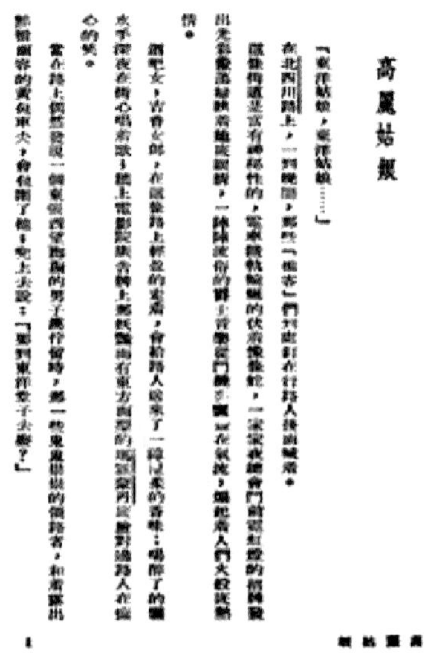

高麗姑娘

「東洋姑娘，東洋姑娘……」

他看到周报上关于记载东洋秘窟的记事，使他动了心，有天在领到薪水后，五时公司停止办公时，他并不像往常一样返家，在路上荡了一回马路，他在四川路上一家弄堂饭店叫着几样菜，喝了几杯高粱酒，酒精从他胃肠被吸收到血液里，燃烧的［得］使血管里血流加速的循环着，他感到全身温暖起来，在天色暗下来时，他付了帐，在马路上看看商店橱窗里摆出的样品。

晚风微微的吹过他有些发烧的脸，他走过了四川路桥，桥下的街亮着盏盏的路灯，在行人道上，他走过了没［足］有十几家门前，在一家玻璃橱窗摆出出售饰物底典当伫停了，他望着那强烈灯光下的各式牌子底手表，正在全神贯注的当口，蓦然背后响着声音：

“东洋堂子去么？有漂亮的东洋姑娘！”

文俊受了一惊的反过身来，在灯光里出现是那样污秽的脸，显然是有着烟瘾的，他退后几步，在这样辉耀光亮的所在，他实在没有勇气去答应着，同这样肮脏的人物谈判着。

他自顾自的走着，过了海宁路有几家咖啡店播送出流行的歌曲，在马路上吉普车里开车底美国水兵挟着艳装的尤物驶过去，他看到这样，心里有些陶醉了。

经过了一家夜总会跳舞厅之后，他在黑暗里被几个“领港”的人包围住。

文俊鼓起了勇气，点了一下头，那一个穿黑衫裤的汉子会意地向前领着路。

这条虬江支路上开设着一家家酒吧间，门前是木制的窗窗棂，还是以前日本咖啡店的门面，虽然现在的老板是换了主人，从门缝里还看到一个个高丽姑娘在侑着酒，火车座里有人高声唱着浪曲。

文俊是跟着那汉子弯进一条狭巷里去，在横的一条支路底洋房前，那汉子在敲着门。

门开了，走上了扶梯，嘈杂的有几批游客等在房门口，他不愿意撞见这其他底猎奇客人，想中途退了下去，那领导的汉子怂恿着，引他到一间房间去，房间里的空洞洞的，只有一张床一双梳妆台和两双圆凳，墙上是新粉饰的，坐在里面，他很感到空虚的难受。

一会儿，穿着不称身西装的窟主进来了，他是中国人，脸上带着邪猥的笑，招呼的拿出着香烟：

“吸一口烟卷吧？”

文俊回绝了，接着三个姑娘跑了进来。

一个是穿着和服，面上摆着一层层厚粉，就是这样也遮掩不住有鸦片瘾的气色，这姑娘并没有笑，从她额上的皱纹看来，是上三十岁了，脸上留着阴阴郁的面色，像是老是过着阴天那样沉重。另一个穿着有背带围裙的洋服，身体臃肿得很，脸上发出青春腺过份分泌而产生的颗粒，矮而肥，从面型上看来好似属于一种痴呆类精神病患者。再有一个稚气地在笑，嘴里露出这金牙齿，在她的指缝里生着寄生性的疥疮。

“是东洋女人？——”文俊故意地发问。

那窟主肩膀一耸：“当然瞒不过你这位先生。”说时他的手指着这一群可怜虫：“她们实在是朝鲜人。”

“你养着他们么？”

“这是拆帐计算的，她们在下午二点来，一直到明天天亮，晚上是供给她们一顿饭，”说到这里，窟主以为自己的话会浪费着宝贵的时间，回到话题：“先生你选一个吧。”

他一把拖了那肥肿底女人：“就是这个吧。”

文俊摇了一下头，他心里汹涌起厌恶的情绪。

※　　※　　※　　※　　※

领路的在唠叨地说，说还有好的地方。

在暗黑的街上，文俊跟着那黑衣的汉子走，从一条弄堂走到那一条弄堂，都是狭湫肮脏贫民窟的房屋，他的幻梦是消失得很快，他跟着进去过的几家，不顾仔细再停留地退了出来，他心里不舒服地想：

“难道周刊上所渲染的，就是这地方么？”

他真没有想到，所说的“艳窟”就是这样的。起初，他甚至不相信这是他亲眼所看见的，弄堂里的水塘、垃圾、以及所发出的一种霉味的恶臭；就是路面也是高低不平的石子，他穿的皮鞋跟几次扳在石头上几乎跌交，敲开了妓院的门，有一家是上海特有的灶间，把它整理了一下用三夹板分隔了三间鸽笼里的小室，每一间里只能搁一张床，此外什么也没有，就是床外的空隙地方也只够一个子［人］转身的地步，每一个小室里坐着一个姑娘，在微弱好似有灯光底光线下，出现在眼前幢幢的如同幽灵一样，她们虽都穿着和服，和服上的花彩色泽早已灰黯的了；这一些，如同痔疮里所排挤出来黄腻而带腥浊的脓含汗，又像着天热起泡沫的霉绿死水面的孑孓，引起他饱实的胃，起着痉挛像要呕吐般难过。

“跑完了没有呢？”文俊恨恨地说，他的兴趣是低降下去。

“还有呢。”黑衣衫裤领路的回头说着。

他又跟着越过广场，在黑暗里有几个大汉在徘徊着，他不禁疑虑起来，“难道——”他想起新闻报纸上社会新闻记事中的劫案，心里像小鹿般跳着，想着怎样会领到这般鬼地方来呢。

“呃，慢慢……”他忍不住的喊了。

领路的懂得他的误会，回过头来低低的说：“这是妓院的望风，没有关系的；因为这些东洋堂子没有向警局领执照，怕引起麻烦，所有叫他们打招呼。”

他又不能够退出去，转了二个弯，领港的回转头来说，“到了，在这里！”

这又是不能想象到的，在旷地上用芦席搭起的草棚，这真是少有这样简陋而丑恶的妓院呀，领路的在叫开门。

他跟到里面，就是这狭长的草棚，也同样分了几间，有一间门掩着，一个穿制服底汉子正手摸着斜横在床上高丽姑娘底胸脯，姑娘看见有客人来就把那个人的手推开，把胸前皱起的绒线衫拉了下来，接着装出笑容来。

“请进来。”那么凄然之笑。

穿制服的汉子也从室里闪出来。一面招呼着：“进去好了，我是没有关系的。”

文俊不好意思的，还是想退出来，刚走出门，看见几个穿制服的嘻嘻哈哈拥挤进草棚里去，接着里面传出了淫浪的笑声。

“这几个姑娘苦了，”领路的汉子说着：“她们一天到晚倒有大半是应酬着这些不付钱的主顾，蹂躏过后就扬长而去。”

※　※　※　※　※

终于文俊在一家比较像样的东洋妓院里选了一个。

这挑中的姑娘是穿牡丹花的和服，虽说质料不好，可是由于新做的粗看上去还是五色缤纷的。她不怎样难看，也没有粗野的姿势。

那姑娘很娴静的一双手放在胸口，恭敬的鞠了一下躬，说着：“里面坐。”

“你能说中国话？”文俊奇讶起来了。

“是的，我在中国有五年多了。”她嫣然一笑。

“你是高丽人吧，叫什么？”

“是的，我是朝鲜人，名字叫顺子。”

她的流利的中国话，引起文俊的好奇心，想不到在这地方会碰上了这么底一个姑娘的，他感到兴趣的问下去：

“你怎么会到中国来的呢？”

“那是五年前的事情了，”说时，她的声音有些发抖：“我是生长在朝鲜的，那朝鲜半岛的天气是多么明朗呀，可是我们恰是受了日本人的高压，在统制制度下透不过气来；那时，我是十六岁的好姑娘，才从初中出来穿着朝鲜服——上身穿的是短衫，腰间裹着一条鼓起的裙，胸脯前结着浅红色的麻布底花朵，二条滑条飘着，谁不说我是漂亮的朝鲜姑娘呢。

“在朝鲜大地主都是日人，我底一家生活租田耕耘所获不够养活家的，于是我看到那时新闻纸上，登着招募到大陆去的职业女性底广告，下面是说明着有一家在中国的日本公司，需要年青的少女前往做职员，待遇从优，并且注明着服务满三年后可以送返故乡，这时候，我年轻无知，瞒着家里去报了名。

“一天，出发了，同行的有三十几个女的，一到了中国，才知道上了当，这时候悔恨也是晚了，你知道他们把我这群没有自由底可怜的羔羊当什么？是当‘营妓’。

“你知道‘营妓’是什么的？是被困在一间间里，房门口是挂着数目字的招牌，里面的女人是没有姓名，但是阿拉伯字底号码，我在里面是‘二十六’号，从下午开始，那些日本的士兵就排列了队，在门口等候，接着一个又一个，挨次的糟蹋底我身子，一直到夜，方才肯放松，这样的折磨，每天我的下身肿胀，耻骨发痛，在三年后，我像老上了十多岁。

“实在我忍不下去了，在三年前我毕竟偷逃出来，到另一个城市里，在一家日本人开的咖啡店里做女招待，这样直到日本败了，我以为我有出头的日子了，不料店铺闭门，我又无处可以寄身，于是只好投到这地方来。”

说时她的眼睛里旋着泪珠，接着她抑制了悲哀，又喃喃的说：“耽搁你时间了。”

接着她就开始卸装，肉体赤裸裸的露出来……

文俊呆在那里，面前是石膏似的肉体，恰丝毫引不起他肉欲的感觉，他似乎做着噩梦，在这一个晚上，他似乎从实际的遭遇里底体验胜过他埋在书本读十年底书，他没有想到人类会这样的丑恶，这样的使一群可怜底儿女过着可怕没有阳光底日子。

※　※　※　※　※

他从北四川路回去时，已经是深夜了。

这条充满神秘的路上，盏盏的路灯像星星，照着他快走近四川路桥时，在后面又跟了一个衣衫褴褛的在低声喊着：

“东洋姑娘，东洋姑娘。”

（载郑燕《上海的秘密》，上海中国出版公司1946年版）

韩国“营妓”访问记

蓝　沄

数十年来，这够悠长的岁月，朝鲜同胞在日欧兽行的蹂躏下，度着非人的生活。据我们知道的，五个人以上的会谈是被禁止的。学生受的完全日本教育，教程中没有朝鲜历史，高等学校则干脆不能立，他们要想求得深造，就只准到日本去，留学别国，是绝对的禁止。每一个村庄，十分之三是日本人，土地随时要被强占去。在那儿，日人广设银行，奖励他们储蓄，可是金钱存入以后，要想支出来，去发展企业、求学等，则必遭制止，只有娶妾，烟土这些不正常的用法，才可以随意提取。从这儿我们可以看到日魔居心的狠毒和阴险。而今法西斯的日魔是投降了，朝鲜在中、美、英、苏，四国的襄助之下，五年以后，即可以独立自主了。八卦式旗帜下的人们，有哪个不感到莫名的欣喜与兴奋。虽然数十年的鞭伤烙创，并不是一时即可平复的，但是一想到以后可以扬眉吐气，正正式式做一个人了，即使遍身再溃烂的灵魂，也不免在那没有血色幽灵似的面容上，涌绘上数十年来第一次真正发自内心的喜笑；当去过虹口，访问过一群悲惨凄楚的可怜虫——韩国营妓以后，很自然的给了我们这么个印象。

日魔的泄欲工具

韩国营妓——这被日魔掳来作为泄欲工具的一群，多少年来，随着敌军到处漂荡，供给这些吃人的野兽糟蹋。现在，不可一世的恶魔屈膝了，她们的生活于是失了凭依，失了给养。在上海的一个角落里，就有着近三四百这样的可怜虫，等待着我们友谊的救济与援助。

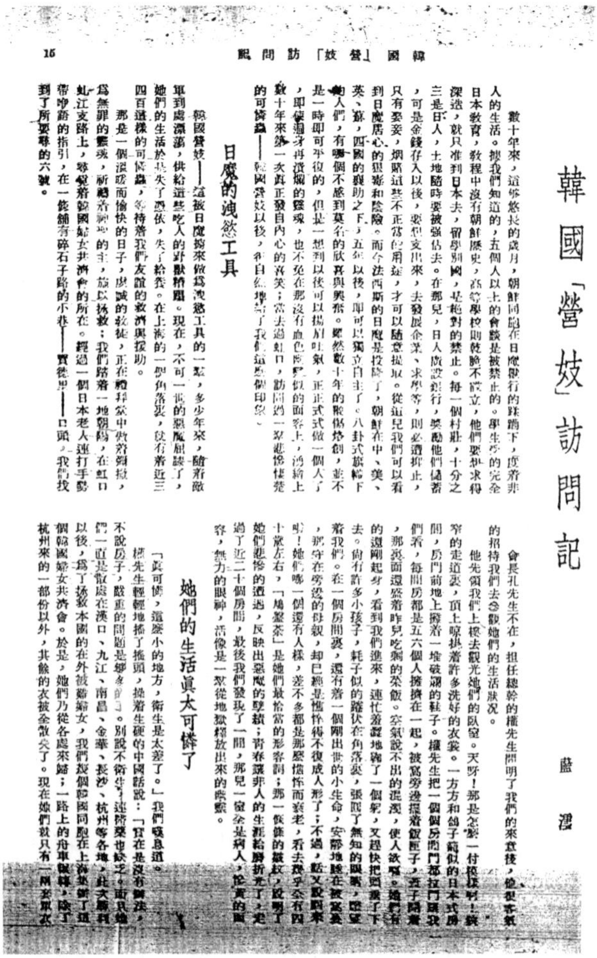

韓國「營妓」訪問記

藍澧

數十年來，這够悠長的歲月，朝鮮同胞在日魔暴行的蹂躪下，度着非人的生活。據我們知道的，五個人以上的會聚是被禁止的。學生們的完全日本教育，教程中沒有朝鮮歷史，高等學校則乾脆不設立，他們要想求得深造，就只准到日本去，留學別國，是絕對的禁止。每一個村莊，十分之三是日人，土地隨時要被強佔去。在那兒，日人廣設銀行，獎勵他們儲蓄，可是金錢存入以後，要想支出來，去發展企業、求學等，則必遭抑止，只有娶妾，賭博這些不正當的用途，才可以隨意提取。從這兒我們可以看到日魔居心的狠毒和陰險。而今法西斯的日魔是投降了，朝鮮在中、美、英、蘇，四國的襄助之下，五年以後，即可以獨立自主了。八卦式旗幟下的人們，有哪個不感到莫名的欣喜與興奮。雖然數十年的瘡傷慘創，並不是一時即可平復的，但是一想到以後可以揚眉吐氣，正正式式做一個人了，即使遍身再潰爛的靈魂，也不免在那沒有血色[illegible]似的面容上，湧綻上數十年來第一次真正發自內心的喜笑；當去過虹口，訪問過一羣悲慘悽楚的可憐蟲——韓國營妓以後，不自然地給了我們這些個印象。

日魔的洩慾工具

韓國營妓——這被日魔擄來做為洩慾工具的一羣，多少年來，隨着敵軍到處漂蕩，供給這些吃人的野獸糟蹋。現在，不可一世的惡魔屈膝了，她們的生活於是失了憑依，失了給養。在上海的一個角落裏，就有着近三四百這樣的可憐蟲，等待着我們友誼的救濟與援助。

那是一個溫暖而愉快的日子，虔誠的教徒，正在禮拜堂中做着彌撒，為無罪的靈魂，祈禱着神聖的主，旋以拯救；我們踏着一地朝陽，在虹口虬江支路上，尋覓着韓國婦女共濟會的所在。經過一個日本老人連打手勢帶咿語的指引，在一條鋪有碎石子路的小巷——寶德里——口頭，我們找到了所要尋的六號。

會長孔先生不在，擔任總幹的權先生問明了我們的來意後，他很客氣的招待我們去參觀她們的生活狀況。

他先領我們上樓去觀光她們的臥室。天呀！那是怎麽一付模樣呀！狹窄的走道裏，頂上晾掛着許多洗好的衣裳。一方方和鴿子籠似的日本式房間，房門前地上擺着一堆破爛的鞋子。權先生把一個個房間門都拉開讓我們看，每間房都是五六個人擠擠在一起，被窩旁邊擺着飯匣子，[illegible]着，那裏面還盛着昨兒吃剩的菜飯。空氣說不出的混濁，使人欲嘔。她們有的還剛起身，看到我們進來，連忙羞澀地鞠了一個躬，又趕快把頭垂了下去。尚有許多小孩子，耗子似的蹲伏在角落裏，張瞪了無知的眼睛，瞪望着我們。在一個房間裏，還有着一個剛剛出世的小生命，安靜地睡在被窩裏，那守在旁邊的母親，卻已經是憔悴得不復成人形了；不過，話又說回來呀！她們哪一個還有人樣，差不多都是那麼憔悴而衰老，看去幾乎全有四十歲左右，「鳩盤荼」是她們最恰當的形容詞；那一條條的皺紋，說明了她們悲慘的遭遇，反映出惡魔的孽績；青春讓非人的生涯給蹂折光了，走過了近二十個房間，最後我們發現了一間，那兒一窩全是病人，蠟黃的面容，無力的眼神，活像是一羣從地獄釋放出來的幽靈。

她們的生活眞太可憐了

「真可憐，這麼小的地方，衛生是太差了。」我們嘆息道。

權先生輕輕地搖了搖頭，操着生硬的中國話說：「實在是沒有辦法，不說房子，嚴重的問題是[illegible]。別說不衛生，連醫藥也缺乏。而且她們一直是散處在漢口、九江、南昌、金華、長沙、杭州等各地，此次勝利以後，為了拯救本國的在外被難婦女，我們幾個韓國同胞在上海組織了這個韓國婦女共濟會。於是，她們乃從各處來歸；一路上的舟車顛簸，除了杭州來的一部份以外，其餘的衣被全散失了。現在她們就只有一兩套單衣

那是一个温暖而愉快的日子，虔诚的教徒，正在礼拜堂中做着弥撒，为无罪的灵魂，祈祷着神圣的主，旋以拯救；我们踏着一地朝阳，在虹口虬江支路上，寻觅着韩国妇女共济会的所在。经过一个日本老人连打手势带咿语的指引，在一条铺有碎石子路的小巷——宝德里——口头，我们找到了所要寻的六号。

会长孔先生不在，担任总干的权先生问明了我们的来意后，

他很客气的招待我们去参观她们的生活状况。

他先领我们上楼去观光她们的卧室。天呀！那是怎么一付模样啊！狭窄的走道里，顶上晾挂着许多洗好的衣裳。一方方和鸽子笼似的日本式房间，房门前地上摊着一堆破烂的鞋子。权先生把一个个房间门都拉门［开］让我们看，每间房都是五六个人拥挤在一起，被窝旁边摆着饭匣子，盖子开着，那里面还盛着昨儿吃剩的茶饭。空气说不出的混浊，使人欲呕。她们有的还刚起身，看到我们进来。连忙羞涩得鞠了一个躬，又赶快把头垂了下去。尚有许多小孩子，耗子似的踡伏在角落里，张圆了无知的眼睛，巴望着我们。在一间房间里，还有着一个刚出世的小生命，安静地睡在被窝里，那守在旁边的母亲，却已经是憔悴得不复人形了；不过，话又说回来啦！她们哪一个还有人样，差不多都是那么憔悴而衰老，看去几乎全有四十岁左右，“鸠盘茶”是她们最恰当的形容词；那一条条的皱纹，说明了她们悲惨的遭遇，反映出恶魔的孽绩；青春让非人的生涯给折磨光了，走过了近二十个房间，最后我们发现了一间，那儿一室全是病容，无力的眼神，活像是一群从地狱释放出来的幽灵。

她们的生活真太可怜了

“真可怜，这么小的地方，卫生是太差了。”我们叹息道。

权先生轻轻地摇了摇头，操着生硬的中国话说：“这实在没有办法，不说房子，严重的问题是够多的了。别说不卫生，连医药也缺乏，而且她们一直是散出在汉口、九江、南昌、金华、杭州等地，此次胜利以后，为了拯救本国的在外被难妇女，我们几个韩国同胞在上海集办了这个韩国妇女共济会。于是，她们乃从各处来归；一路上的舟车辗转，除了杭州来的一部份以外，其余的衣被全散失了。现在她们就只有一两套单衣穿在身上，那里御得了（寒），甚至吃的都很难维持了，所以许多人都病倒了！

“真是够可怜的！已经是严冬了，她们身上还多半穿一件线衫，一条裙子，或者是一件上衣，一条长裤的日本装束，那么单薄。脚上的鞋子，除了套鞋以外，多数是穿着夏季的白鞋。褴褛而又龌龊。但是，维持这么多人的饮食，已不是易事了，主持人实在也无法为他们在张罗衣服啦！”

说到饮食，下了楼以后，权先生把我们领到厨房里。那一间又潮又湿，地上积满了污水的小房间，挤满着将近二十个的朝鲜女人，在那儿切着青菜。桌上摆满了冷饭，她们一面切着盐菜，一面抓着冷饭块和盐菜叶，一起送到嘴里，吞咽下去。权先生领着我们，在她们（当中）挤了进去，他指着那一口和大缸样的大锅说：“我们这儿有一百多个人，每顿就要煮这么一满锅的饭呢！”

“一天足足要两担多米啦！”走出厨房，权先生接着说。

于是，我们就问道：“那么，你们的经费是那儿来的呢？”

“经费？”这位朝鲜人听不懂了，他茫然地重复我们的话。

“嗯！我们的意思，是问您们的经济来源是怎么样的？”

“经济来源？”他还是莫名其妙。

糟了，言语不通，这怎么办呢？我们搔头了。穷极智生，忽然一眼看见许多女人在那儿搬运米面，我们连忙灵机触动的，指着那食堂堆着的数七袋米面问道：

“那么，这些全是从那儿来的呢？”

“呵！这个吗？有许多是外界捐来的。”这位权先生这才恍然大悟的笑了。

一个穿着皮上衣的中国男子，在食堂那边笑着走了过来，说：“还是让我替你们互相传达意思吧！省得你们这么费力。”

这收容所是怎样成立的

这该是多使我们兴奋呢！有人愿意来替我们翻译，我们开心得喜出望外，连忙谢了又谢。

"权先生他们一共四个人，都是很有地位资产的爱国份子，看到自己的同胞无依无靠，他们不惜牺牲了自己的身家来拯救自己的同胞。虽然这儿中国及美国方面，多少也还济助一些，不过还是不够，因此他们几个人的家具衣饰全典卖光了，最近正打算着预备把房子顶掉。他们精神的伟大，是够我们惭愧的。"

"是的，他们几位的确是很可敬的，我们这次回去以后，一定要把这儿的情形，向社会详细地公布出来，让大家知道，还有许多比我们受到日魔更残毒践害的人们，在生活线上挣扎。上海不乏仗义勇为之士，我们的呼吁，虽为不见得能使大众响应，不过最少也许总可以获得一点点的帮助吧！"

"如果能够这样，那是再好没有了。许多人多半是很少对妓女怜悯的，何况她们又是日本人的营妓；在一般人的眼里，她们是人类的渣滓，唉……"周先生叹了口气，不再说下去了，在他的语气中，我们知道他一定是感觉到同情与援助的能否获得，是很难说。

"不会有人这么看法的，她们和我们一样，全是被侵略的弱者；背井离乡，骨肉拆散，供敌人玩弄作践，谁会是甘心情愿的？她们有什么罪？她们是无辜的！只要是个有感情的人，怎么能够不同情她们，怜悯她们。我们坚信，这血淋淋的事实，一定会勾引起无数人对日魔更深的愤怒，湧出无限发自内心的恻隐之情。"

"但愿如此吧！"周先生听了我们坚决的自信后，望了望权先生，把头低了下去。

希望早日归返故国

于是，我们即乃相对无言，及至片刻，会长孔先生和还有一位何先生回来以后，我们中间的短短静默始被打破。

经过了介绍，孔先生很客气的和我们寒暄了一会，随即拿出一份创办这韩国妇女共济会的缘起给我们看。那是用日文书写的，断断续续的再加上他们的解释，约略的我们大概知道了个大意。大概他们是述说韩国妇女受日本人残害无道蹂躏的凄惨的创筹共济会的动机和经过，希望我方有力人士能以免隔阂。他笑了。

据孔先生告诉我们说：“要不是交通不便，没有船只，她们也早就回国了，虽然她们出来很多年，不过多半还有家存在国内。家里是非常盼望她们回来相见，她们当然更是希望早日归返故国，和国内友好重聚，在一起过一点太平岁月。最近一个月以后，也许可以订一只船，把她们运送回去；不过，只够运送一部份，其他的还要再等机会。”

“请问一共有多少人在中国呢？”我们探问道。“内地各处还有许多人没来，现在正陆续的来，向此地奔，所以一时很难知道确数。截至目前，上海一共有八百多个同胞，五百个是男的，他们另有一个共济会在别处，也还有工作做。女的有三百多，除了这儿的一百多以后［外］，三元里还有两处分所，也还容纳着一百多人。”孔先生回答说。

一共有三个收容所

于是，由于我们的请求，孔先生他们又领着我们，跑到离宝德里没几步的三元里去。那儿比宝德里是较为清洁。一号三个房间。住有三十多个人，五号有一百多个人，我们进去时，她们正在吃饭，三五十个围着一只大方柜立着，柜台上只有一两碗菠菜豆腐，及一两碗萝卜汤，大家全是在吃着白饭。

指着她们，我们向孔先生征求意见道：

“她们中可有人会说中国话，让我们和她们亲自个别谈谈好吗？”

“有是有的，待我来问一下看。”他点了点头。

他打着朝鲜话（据周先生说，他［她］们最近已不大讲日本话）咿哩哇啦了一阵后，指着一个瘦瘦的，大眼睛的女人说：

“她会说中国话的，你们问她吧！”。

这小女人笑了笑，怪羞涩地用结结巴巴的扬州话，回答了我们的许多问句。

她叙述着日魔待她们的恶毒，庆幸着今日能够重见天日，盼望着能早日归国，看看多年未见的父母兄弟。当我们说：“以后我们要亲密地联合在一起，把法西斯根绝于世界，建立永世的和平。”“既然我们都是同胞兄弟姐妹，更需要在一起合作，最好你们能学习点中国语言，这样比较可以免掉隔膜。”她笑了。

最后，我们问她对于最近的生活，感觉是苦还是快乐的，她毫不犹豫地回答说：“现在我们都很快乐，虽然我们没有穿，吃得也苦；不过在心灵上，我们是愉快的。只要我们不再是亡国奴，好的日月，快活的日月，渐渐是就会来的，您说不是吗？”

并不麻木只有温暖愉快

是呀！多透澈明白的话。日本数十年来的奴化教育，并不能把他们麻醉。说得不错，有什么比做亡国奴再苦的呢？今后我将是我自己的主人了，暂时苦一点，算得了什么呢？总有熬过去的一日。“严冬既已临，阳春当不远。”这信念将带给她们和今天天气一样的温暖和愉快，抚慰着几经创伤的心灵。

法西斯的毒焰毁不了爱好正义、和平、自由的人们，记得当一此［次］欧战结束后，威尔逊主张民族自决，朝鲜人士是闻风响应。结果在日魔四处逮捕下，红川之东南的水源一个村庄，整个遭到日人的焚毁，烧死一万余人，许多热血志士，全逃到境外，组织了秘密团体，以谋对抗。现在朝鲜终于是河山光复，新生复兴了，今后的当务之急，应当是正当教育的积极实施。

关于这一点，我们不得不佩服孔先生他们。和他们告别以后。我还忘不了那挂在宝德里食堂上的规则，从那上面，你可以看出他们是像教育学生一样，在教育这些营妓。例如：有事外出，必须请准干事许可，下午七时后至上午六时前，则不能请假外出。他们非常注意德育与体育，这皆是无可再对的措施。让她们养成健全的身心，成为一个有用的人，不再是一个畸零可怜的废物、渣滓；循着正当的途径，去寻求她们的新生。——我不禁为这些遍尝过人世心酸惨病的朝鲜姊妹们，深深地庆幸了。

步上归途，礼拜堂的钟又响了，但是我并不预备对上帝有所乞求：我愿以我满腔至诚，来祈求我们素重仁义同胞，伸出同情的手来，救救这些无辜的羔羊吧！

（载上海《女声》1946 年第 4 卷第 2 期）

高丽妓院巡视记

小　方

偶然一个机会，我，冒失地闯进了三十八号的一间石库门里面去，当初还以为这是我所欲找的地方，后来才知道，我找错了场所，于是将错就错的在这里的客室里坐了下来。

要不是这偶然的发现，谁也不会知道这儿是异国人卖淫的所在，用日本式草席铺的地板，低矮的红木小方桌，大家席地而坐，布置得相当整洁，旁边用红木架子装的盆景，用纸屏风隔开两室，我坐在外室，一会儿屏风里出来一个穿西装的高丽少女，她痴笑地对我一看，就挨在我的身边坐了下来，直使我摸不着头，过了一刻在谈话中才知道这儿是妓院，真使我意料不到的。

有心参观一下，就跟她作进一步搭讪，我问她这儿一共有多少女子做这个买卖，她说这儿一共六个人，别的人家只有二三个人，这儿是比较高尚的，再底下是一点的就没有客室，甚至于就在草席上用屏风或白布隔成几间小室，供客人使用，接着她陪我上楼到亭子间，亭子间也是日本室的布置，和底下没有什么两样，接又陪我上楼，楼用格子纸窗隔成三间，前楼靠窗的一间正有客人在那儿。

这所妓院在日本未投降之前，中国人是绝对不准入内的，假使有人冒充日本人，也得挨揍，所以从前是不敢接中国人的，现在呢？她非但不拒绝我，还希望留在这儿呢！

高丽妓女，好看的很少，在这一家五个女子中间只有陪我参观的少女，比较过得去一点，其他的不是胖就是粗野，瘦的却没有，穿的衣服，并不十分整洁，礼貌也并不周到，跟我国的妓女，具同样的风格，并没有什么区别。

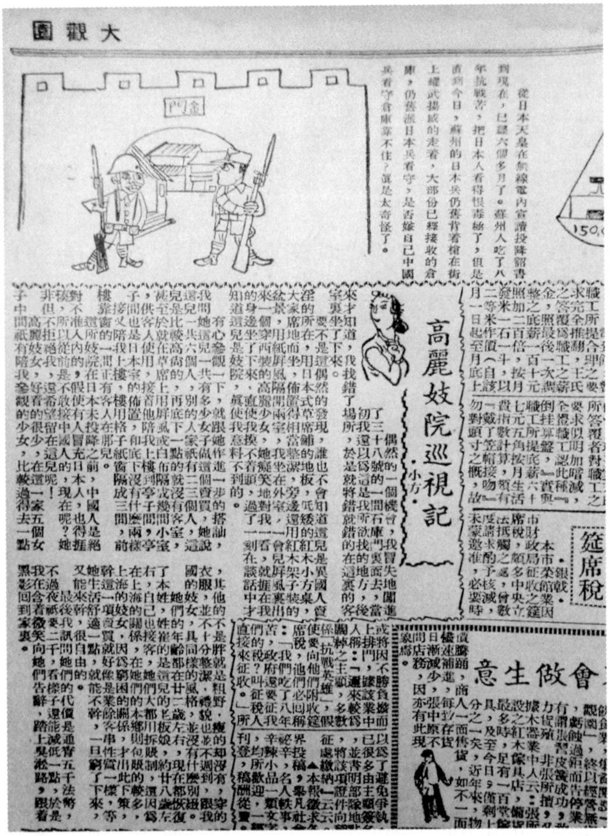
大觀園

高麗妓院巡視記

·小方·

她们的年龄都在廿二岁左右，现在都恢复了本姓，姓崔的是这儿的老板娘，约廿八岁左右，自己也接客，她们大都用拆账制，这因为在上海的关系，在她们本乡则包账的较多，上海的妓女，因为穷困的关系，才出此下策，干这一项买卖就好像是业余客串性质一样，等她生活舒适一点，就能不干，一旦穷了下来，又能来干，很自由的。

最后我讯问她们的代价是通宵五千法币，不过夜只要二千，看样子还能减低一点，于是我在含着微笑向她们告辞，踏上吴淞路，跟着黑影回到家里。

（载上海《大观园周报》1946 年第 13 期）

韩国卖淫女郎在上海

伊　人

在上海有一批可怜的韩国女孩子，只有警察局正俗科里有着她们身世的记录，在有照片的卡纸上，载满了她们的血和泪，直到现今，她们为了生活，还在挣扎着。

这批女孩子的过去，大多是日军从韩国征来的军妓。记得刚刚胜利的时候，在缅甸的我新军，接到一封奇怪的呈文，这是敌军一团军妓发出来的，内说，我们个个体格健美，注重卫生，一向过惯军妓的生活，现今愿意投降到贵军来，继续为贵军服务。新军的长官接到这一封信，看了发呆，我方军队中并没有这种残忍的制度，安插不下，所有别的都接收了，惟有对这一批人，只能敬谢不敏地婉却了之。

在上海也是这样，军妓中日籍的，都遣送回去，只有韩国人，让她们自生自灭。她们被遗留下来。为了温饱着肚子，又重以色相来诱惑人。

有着姿色的，她们穿着女洋服，活跃在百老汇路一带的酒吧间里，人数最多，是在现今业已闭了门的虹口“福罗拉”酒吧间，这以异国情调驰名的小小酒吧间，有以下几个韩国的舞女：尹正林、权实伊、崔锦珠、李南顺、姜玉花、高加顺、洪福顺、金福伊、姜贞玉、韩福来、金善禧、赵英子、吉迁显及白云等等。

白云现今是韩国舞女中最走红的了。她住在余杭路二十六号，生得一副雍华的鸡蛋脸，在那时候，她并不生意好，不像目前，天天在凯福饭店，周旋于好多熟客之间，算是韩籍的红舞女。

在过去，斜桥路五十二号，有一所韩籍的妓院，里面有个金福伊，年纪看上去有三十多岁，扁扁的脸，从妓院闭门后，也一度在“福罗拉”做舞女，回去，还住在斜桥弄的老屋子。所以她们中间，有时做舞女，有时做妓女，并没有贱格的分别。并且还有一个例子，在“福罗拉”有一个叫顺子的，不知怎样，被虬江路一家下等的妓院院主看中了意，把她论钟点包了下来，她是一个娇小玲珑，面目尚清秀的三十岁女孩子，臂上还刺着花，是一只蓝色的铁锚。于是白天（女）孩子就在“福罗拉”做茶舞，晚上上妓院接客。这是多悲惨的生活，幸亏，不久前被韩侨协会把她移送回国了。

韩籍舞女中，有一个叫孙琴香的，依她的身世，可以证明旅沪的她们同伴底可哀。她在二年前，还在百老汇路做吧嬷，后来不惯和洋水兵们胡搅，在一年前到纽约夜总会，可是为了她的姿色并不漂亮，做舞女的生活并无起色，于是索性沉沦下去。现今在斜桥弄七十三号做着妓女，从吧嫔，舞女、而妓女、到今年三十岁了。她除了糊一口饭吃之外，还能巴望些什么？

有几个韩籍妓女，到警局正俗科去登记时，填表时往往也有很苦痛的身世，有一个有了韩籍丈夫外，还生了一个孩子，可是为了丈夫失业，于是只好把她身体出卖。在正俗科的表格，像以上的遭遇，可以发现好几个例子。

韩国的舞女，以前活跃在虹口，后来一度也到中区，像大沪、高士满舞厅都做过，为了她们不大会讲中国话，所以不受欢迎，现今集中在三个地区，一是提篮桥，一是百老汇路，另一是北四川路的纽约夜总会和凯福饭店。至于妓女呢，在苏州河以南，只有两处，一在威海卫路，一在斜桥弄，而在虹口里，有五、六处，都是最简陋的，举一个例子，依虬江支路顺兴里二十五号来说吧，里面有四个，是权占尹、朱福顺、春英、花英。她们全是开妓院老板的俘虏，包了下来，给她们吃，给她们穿，她们所赚得的，全归老板的腰包。是充满了垃圾的龌龊弄堂，简陋的，靠门口再放一张桌子，几张凳子，就是妓院的全貌，几个妓女在五支光灯泡萎弱光线下，涂满了粉，穿着红红绿绿的衣服，简直像幽灵一样。她们出卖肉体的代价，不及马路上拉客野鸡的一半代价，合起美金来，一度销魂，仅是一角、二角的代价，是女界最低贱最便宜的人肉市场。而进出的，也多是神貌离奇底主顾。

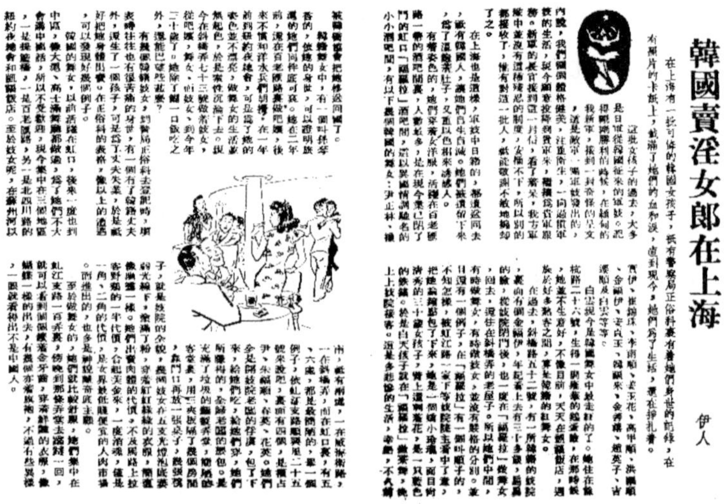

韓國賣淫女郎在上海

伊人

至于做舞女的，她们就比较舒服，她们集中在虬江支路一百弄里，傍晚到那条弄堂去溜达一回，就可以看到个个镶着金牙齿，穿着鲜艳的衣服，像蝴蝶一样的出去，有几个亦着旗袍，不过有些异样，一眼就看出不是中国人。

（载上海《七日谈》1949年第4期）

资　料

1938—1949年“慰安妇”题材作品系年目录索引

上海的地狱（通讯） 章国康

——敌寇的行乐所

载《大公报》1938年2月27日“敌寇万恶录（三）”。收入范式之等著《“皇军”的兽行》，广州战时出版社，“战时小丛刊之八十五”，1938年，题为《上海地狱》。收入江平等著《民族大仇记　战区特辑》，新汉出版社，1938年，题为《敌寇行乐所》，作者误署“江平”；秋江等著《敌寇暴行录》，文艺社，1938年，题为《敌寇行乐所》，作者误署“秋江”。选入孙震编《暴行——侵华日军罪恶实录》，海口三环出版社，1991年10月，题为《敌寇的行乐所》。

在敌人践踏下的女同胞（通讯） 梅　兰

——淇县通讯

载汉口《群众》第1卷第12期，1938年3月5日。收入范式之等著《“皇军”的兽行》，广州战时出版社，“战时小丛刊之八十五”，1938年。选入贺圣遂、陈麦青编选《抗战实录之二：沦陷痛史（下）》，复旦大学出版社，1999年7月；伯夷等著《鬼子来了——日军暴行记》，上海科学技术文献出版社，“上海图书馆馆藏拂尘·抗战档案”，2005年6月，题为《受辱前写给亲人的一封信》；

福山的女人（纪实）　　映　光

载曹乃珉编《沦陷区域的非人生活》，广州新生书局，“大时代丛书”，1938年4月。

扬州的日兵在自杀（通讯）　　鲍　雨

载《抗战文艺》第1卷第9期，1938年6月18日。收入孙震编《暴行——侵华日军罪恶实录》，海口三环出版社，1991年10月。选入《中国抗日战争时期大后方文学书系》第四编　报告文学　第三集，重庆出版社，1989年6月。

第三百零三个（小说）　　布　德

载《大公报·战线》汉口版，1938年8月23、24日。又载上海《杂志》第2卷第3期，1938年10月1日；福建永安《公余》1938年复字第1期，1938年9月30日。收入布德著《第三百零三个》，重庆，上海杂志公司，1940年1月。

南京一少女（旧体诗）　　冯玉祥

1938年9月作。初刊不详。收入陈汉平编注《抗战诗史》，北京，团结出版社，1995年7月。

第三百零三个（独幕剧）　　林心平

载福州《抗敌戏剧》第7—8期合刊，1938年11月20日。

按：本剧据布德的短篇小说《第三百零三个》改编。

“慰安所”十日记（纪实）　　爱　媛

载上海《文画周刊》第7期，1938年11月。

日军在浙西诱骗良家妇女（通讯）　　翁北溟

节选自《血债——一年来敌人在浙暴行·（八）其他》，载浙江《胜利》第7号，1938年12月24日。收入李忠杰主编《浙江省抗日战争时期人口伤亡和财产损失》，中共党史出版社，2014年8月；苏智良、姚霏、陈丽菲编《侵华日军“慰安妇”问题研究·十一浙江》14，中共党史出版社，2016年1月，题为《日军在浙西诱骗良家妇女》。淇县在河南北部，现属鹤壁市。

上海兽军的一笔血帐（纪实）　伯　南

收入范式之等著《“皇军”的兽行》，广州战时出版社，“战时小丛刊之八十五”，1938年，题为《上海兽军的一笔血帐》。选入孙震编《暴行——侵华日军罪恶实录》，海口三环出版社，1991年10月，题为《一个少女被污记》。苏智良、陈丽菲、姚霏著《上海日军慰安所实录》（上海三联书店，2005年5月）卷首苏智良撰《上海慰安所解析》录入该文全文，题为《阿珠的遭遇》（第11－14页）。

慰安所里（小说）　小　蜂

——湖州城

载上海《巨轮》第1卷第3期“创作”，1939年4月。

当营妓（诗歌）　沙雁　词、鸿基　刻

载《抗战画刊》（重庆版）第26期，1939年4月20日。

血的短曲之八（小说）　舒　群

载《中学生》战时半月刊第3期，1939年6月5日。收入《舒群文集》2，春风文艺出版社，1983年2月。

新的信念（小说）　丁　玲

载《文艺战线》第1卷第4号“小说”，1939年9月16日，题为《泪眼模糊中的信念》。

丁玲著《泪眼模糊中的信念》，未明社，“中篇小说丛书之二”，1942年7月。

收入丁玲《我在霞村的时候》，远方书店，1944年3月；冯雪峰编《丁玲文集》，开明书店，1947年10月；丁玲《延安集》，人民文学出版社，

1954 年 3 月；《丁玲文集》第 3 卷，湖南人民出版社，1983 年 12 月；周鹏飞主编《中国现代小说精品　丁玲卷》，陕西人民出版社，1995 年 3 月；陈明编《我在霞村的时候　丁玲延安作品集》陕西人民教育出版社，1999 年 8 月；《丁玲全集》4，河北人民出版社，2001 年 12 月。均题《新的信念》。

收入《丁玲选集第 2 卷　短篇小说》，四川人民出版社，1984 年 8 月；《红色档案　延安时期文献档案汇编》编委会编《红色档案　延安时期文献档案汇编：文艺战线》第 1 卷第 4 号，影印本，陕西人民出版社，2013 年。均题为《泪眼模糊中的信念》。

花子的哀怨

——一个女俘虏的遭遇（小说）　碧　野

载香港《大公报·文艺》，1939 年 10 月 27 日。

南京慰安所里（纪实）　任　重

载丽水《浙江妇女》第 1 卷第 4 期，1939 年 10 月。

按：本文“二　兄妹重逢”表现日本“慰安妇”。

慰安所（独幕剧）　王澧泉

载广东梅县《抗战周刊》第 38 期，1940 年 5 月 26 日。

受辱者（小说）　草　明

载南京《中苏文化》第 6 卷第 6 期，1940 年 6 月。收入《草明短篇小说集》，作家出版社，1957 年 9 月；《草明选集》，人民文学出版社，1959 年 1 月；草明著《绝地》，花城出版社，1983 年 5 月；《草明文集》第 1 卷，光明日报出版社，1992 年 10 月；《草明文集 1：短篇小说》，中国青年出版社，2012 年 1 月。

棕色的故事（小说）　卜　宁（无名氏）

——一个陈旧的插曲

载《文艺月刊·战时特刊》第 4 卷第 5、6 期合刊（小说专号）“小说”，1940 年 8 月 16 日。

按：此专号分为四个栏目：创作小说、报告小说、小说、翻译小说。

幽灵（小说） 令狐青[1]

载《大公报》重庆版，1940 年 9 月 24、26 日“战线”。

朝鲜少女吟（诗歌） 王季思

载王季思著《越风》，金华国民出版社 1940 年 9 月。收入《王季思诗词录》，浙江人民出版社，1981 年 3 月；王季思著《玉轮轩前集》，中山大学出版社，1993 年 3 月；《王季思全集第 6 卷：韵文集》，河北教育出版社，2005 年 12 月。

最初的闪烁（小说） 钱庆燕

载《大公报·文艺》香港版，1941 年 3 月 19、20 日；《大公报·文艺》桂林版，1941 年 3 月 24、26 日。

梅子姑娘（小说） 谢冰莹

1941 年 5 月作。载谢冰莹著《梅子姑娘》，西安新中国文化出版社，“新中国文化丛书”，1941 年 6 月。又载桂林《文学创作》第 2 卷第 1 期，1942 年 12 月 15 日。选入《中国抗日战争时期大后方文学书系》第三编 小说 第四集，重庆出版社，1989 年 6 月；《中国新文学大系》编辑委员会编《中国新文学大系 1937—1949·第三集 短篇小说卷一》，上海文艺出版社，1990 年。

重载《台港文学选刊》1985 年第 1 期；《西北军事文学》1988 年第 6 期。

我在霞村的时候（小说） 丁 玲

1941 年 5 月作。载延安《中国文化》第 2 卷第 1 期，1941 年 6 月 20 日；又载重庆《学习生活》第 3 卷第 1、2 期，1942 年 1、3 月；张家口

① 文艺理论家徐中玉教授曾用笔名“令狐青”，此作疑他所作。——本书编者注

《北方文化》第1卷第1期“小说转载”1946年3月1日。收入丁玲著《我在霞村的时候》，桂林远方书店，“七月文丛”，1944年3月，作者署“冰之”；生活·读书·新知三联书店，1950年8月。此后，收入丁玲多种小说集。作为丁玲代表作，选入周扬编《解放区短篇创作选》第一辑（东北书店，“新文艺丛刊”，1947年9月）、《丁玲文集》（上海春明书店，“现代作家文丛第八集”，1949年3月）、新文学选集编辑委员会编辑《丁玲选集》（开明书店，1951年7月）等数十种书籍。

按：远方书店1944年3月版对《中国文化》初刊本作了六十余处修改，主要是文字上的修饰、润色和校正衍文、脱字、错字。1947年9月东北书店版周扬编《解放区短篇创作选第一辑》据《中国文化》初刊本作了少数标点、字词的修订。1950年8月生活·读书·新知三联书店版经丁玲本人校阅，在远方书店版的基础上又作了大小计一百余处的改动，除修改了许多书面化、欧化的、冗长的句子外，有些改动涉及内容，不只是字词上的修饰。此版是小说自发表后修改得最多的一次。1951年开明书店版《丁玲选集》、1981年人民文学出版社版《丁玲短篇小说选》、1983年湖南人民出版社版《丁玲文集》和2001年河北人民出版社版《丁玲全集》，都基本依据“三联本”。（以上内容出自陈扬《〈我在霞村的时候〉版本与修改》，载《中国现代文学研究丛刊》2015年第2期。）

被侮辱了的女人（小说）　　柳　青

载延安《解放日报》1941年9月2、3日。收入武汉师院中文系文艺理论组编《〈在延安文艺座谈会上的讲话〉学习参考资料》“二、讲话发表前后，解放区文艺理论和文艺创作选”，武汉师院中文系文艺理论组，1977年8月。

梅子姑娘（五幕剧）　　冷　波

第1—3幕载西安《黄河》第2卷第9、10、11—12期，1941年11月30日、1942年1月15日、5月30日。谢冰莹原著、冷波编剧《梅子姑娘》（五幕剧），西安广化出版社，1942年7月，共126页。

按：本剧据谢冰莹的短篇小说《梅子姑娘》改编。

慰安所里的女同胞（通讯）　　王璧珍

载桂林《广西妇女》第17—18期，1941年10月20日。

春雷（长篇小说，节录） 陈瘦竹

重庆，华中图书公司，1941年11月。《春雷》，江苏文艺出版社，“中国现代中长篇小说选读丛书”，1986年1月。全书共20章，约19万字。

香港四（旧体诗） 徐信符

1942年作。载徐信符《南州吟草》（何氏至乐楼丛书 第33种），香港，何氏至乐楼，庚午（1990年）春仲刊印，第10页。收入《岭峤春秋——徐信符研究文献集》“（二）徐信符先生遗著选辑”，广东人民出版社，2004年3月。

秋子（歌剧） 陈 定

中国实验歌剧团发行，南京益世印刷厂印刷，1942年10月初版，1944年10月二版，1946年11月三版。收入曹禺主编《中国抗日战争时期大后方文学书系》第七编 戏剧 第二集，重庆出版社，1989年6月。

中国实验歌剧团1942年1月31日至2月7日在重庆国泰大剧院首演，1943年1月19日至2月3日下重庆炕建堂第二次演出，1944年10月15日至2月3日在成都国民大戏院第三次演出。2014年国家首个“南京大屠杀死难者国家公祭日”前，南京艺术学院师生复排此剧并在南京公演。

按：本歌剧由陈定编剧，臧云远、李嘉作词，黄源洛作曲。

敌随军营妓调查（报告文学） 潘世征

——腾冲城内的一群可怜虫

载潘世征著《远征军滇西反攻战》，昆明扫荡报社，1945年3月。

高丽姑娘（报告文学） 郑 燕

载郑燕著《上海的秘密》，“报告文学丛刊”，上海中国出版公司，1946年1月。

粉墨筝琶（小说） 刘云若

载北平《一四七画报》，1946年2月21日第1卷第7期至1949年1

月 11 日第 23 卷第 11 期“社会长篇小说”。共载 207 次。

《粉墨筝琶》（社会长篇）卷一（139 页）、卷二（104 页）、卷三（136 页）、卷四（100 页），北平一四七画报社，1946 年 12 月起陆续出版。《粉墨筝琶》，百花文艺出版社，《现代通俗小说研究资料》，1987 年 6 月；中国文史出版社《民国通俗小说典藏文库 刘云若卷》，2017 年 1 月。全书共七回，约 43 万字。

按：这部小说 1948 年改编为同名电影，中央电影摄影场第三场出品。梅阡编剧，刘国权导演，童芷苓、魏鹤龄、周婷、李景波等主演。电影曾改编为连环画《女中丈夫》。1996 年改编为 19 集电视连续剧《如烟旧事》，北京中北电视艺术中心摄制。许瑞生、许瑞祥编剧，许瑞生、张旗导演，郑爽、刘涛、刘辉、郑天庸等主演。电影略去了小说中涉及“慰安妇”的情节。电视剧第 16—19 集四集集中表现日寇爪牙强抓妇女充当慰安妇的恶行和大巧儿杀死汉奸的抗争，以及被虏妇女获救。

韩国“营妓”访问记（报告文学） 蓝 沄

载上海《女声》第 4 卷第 2 期，1946 年 3 月。

高丽妓院巡视记（特写） 小 方

载上海《大观园周报》第 13 期，1946 年 3 月 15 日。

营 妓（旧体诗） 大 狂

载上海《风光》第 9 期，1946 年 5 月 6 日。

营 妓（旧体诗） 虎 痴

载上海新生杂志社《万象》第 3 期，1946 年 6 月 10 日。

突入魔窟（小说） 叶劲风

节自长篇小说《一寸山河一寸血》第五章，载上海《申报·春秋》，第 24669—24684 号，1946 年 10 月 19 日—11 月 3 日。长篇全文载 1946 年 8 月 13 日—1947 年 12 月 31 日（11 月 30 日《春秋》停刊，12 月 3 日起的最后 5 次载于新开的副刊《文学周报》）。共十章，载 438 次（次数编号有误署和重复）。

韩国卖淫女郎在上海（通讯） 伊 人

载上海《七日谈》第 4 期，1949 年 1 月 23 日。

“慰安妇”题材文学作品评介目录索引（1938—2019）

读《第三百零三个》

载《大公报》汉口版，1938 年 8 月 24 日“社评”。节载福建永安《公余》1938 年复字第 1 期，1938 年 9 月 30 日。

按：本文系主持《大公报》笔政的王芸生执笔。

《第三百零三个》序 陈纪滢

载布德著《第三百零三个》，重庆，上海杂志公司，1940 年 1 月。

《第三百零三个》 廉　岸

载《大公报·文艺》香港版，1940 年 4 月 28 日“书评”。

歌剧《秋子》第一次演出 学　鸯

载重庆《青年音乐》1942 年第 1 卷第 1 期。

歌剧《秋子》拔粹：我们永远在一起［歌曲］

陈定、臧云远、黄源洛

载重庆《青年音乐》1942 年第 1 卷第 1 期。

评《秋子》　晏　青

载重庆《音乐月刊》1942 年第 1 卷第 2—3 期。

在《秋子》的歌唱里　沈　慧

载重庆《反攻》1942 年第 11 卷第 4 期"剧评"。

二月陪都剧讯:《秋子》

载重庆《图书月刊》1942 年第 2 卷第 2 期"文化界"。

《梅子姑娘》(五幕剧)序　冰　莹

载谢冰莹原著、冷波编剧《梅子姑娘》(五幕剧),西安广化出版社,1942 年 7 月。

歌剧"荆轲"?歌剧"秋子"?　冷湘裙

载成都《歌剧研究与舞蹈》1943 年第 1 期。

大风暴中的人物　骆宾基

——评丁玲《我在霞村的时候》

载《抗战文艺》第 9 卷第 5—6 期合刊,1944 年 12 月。

丁玲的《泪眼模糊中的信念》　许　杰

载许杰著《现代小说过眼录》,立达书店,"立达文艺丛书",1945 年 7 月。

《我在霞村的时候》　以　真

载上海《妇女》1946 年第 4 期"书报介绍"。

《秋子》双十节在京上演　史霞珍

载上海《国际新闻画报》1946 年第 57 期。

《一寸山河一寸血》预告　　《春秋》编辑部

载上海《申报·春秋》1946年8月9日。

战时轰动大后方的歌剧《秋子》　　音乐教育社

载上海《艺文画报》第1卷第11期，1947年5月。

柳青早期短篇小说的现实主义特色　　徐文斗、孔范今

——《柳青研究》之一

载《中国当代文学研究资料　柳青专集》，福建人民出版社，1982年3月。

按：本文论及短篇小说《被侮辱了的女人》。本文收入《柳青专集》时，据作者《评柳青的短篇小说集〈地雷〉》（载《鲁风》1979年第2期）作了较大修改补充并更换了题目。

刘若云笔下的慰安妇　　田　黄（张元卿）

载《旧书信息报》2000年6月26日。收入张元卿著《望云谈屑》，天津古籍出版社，“通俗文学研究集刊第一种”，2014年8月，改题《〈粉墨筝琶〉中的强征慰安妇情节》。

贞贞是个“慰安妇”[①]　　董炳月

——丁玲《我在霞村的时候》解析

载《中国现代文学研究丛刊》2005年第2期。

试论布德的日兵反战小说　　李本东

载《黔南民族师范学院学报》2006年第2期；又载《现代中国文化与文学》第3辑，2006年8月15日。

① 丁玲的短篇小说《我在霞村的时候》问世以来，仅单篇评论文（含批判文）已逾百篇以上，本目录只列举从“慰安妇”视角展开探讨的几篇主要论文，其他论文不一一罗列。——本书编者注

首次出现在文学作品中的中国慰安妇　倪斯霆
——从社会小说《粉墨筝琶》看刘若云写作观的转变
载倪斯霆著《旧人旧事旧小说》，上海远东出版社，2010年3月。

丁玲笔下慰安妇形象的时代意义　陆行良
载中国丁玲研究会选编小组《丁玲与中国当代文学——第十一次（国际）丁玲学术研讨会论文集》，厦门大学出版社，2012年1月。

抗战文学中的慰安妇题材　王学振
载《南京师范大学文学院学报》2012年第4期。

"被强暴的女性"：丁玲有关性别与革命的叙事和隐喻
——再解读《我在霞村的时候》及《新的信念》　吴晓佳
载《中山大学学报》2013年第1期。

侵华日军强征"慰安妇"的文学证言　张元卿
——以《粉墨筝琶》为例
载《日本侵华史研究》2013年第4辑。

《我在霞村的时候》版本与修改　陈　扬
载《中国现代文学研究丛刊》2015年第2期。

"慰安妇"文学：血泪的见证　王学振
载《中国社会科学报》2015年12月11日。

媒体中的"慰安妇"话语　宋少鹏
——符号化的慰安妇和慰安妇叙事中的记忆/忘却机制
载《开放时代》2016年第3期"法学与政治"。

徐信符：首位用诗歌揭露日军慰安妇制度的诗人　　周生杰

载《石家庄学院学报第》18 卷第 5 期，2016 年 9 月。

按：详见本文第四节　“刀光剑影怨日斜”：揭露日军“慰安妇”罪行。

中国现代文学中的韩人“慰安妇”题材作品考察

韩晓、牛林杰

韩文本载《亚洲文化研究》第 42 辑，韩国嘉泉大学亚洲文化研究所，2016 年 12 月。中文本载李存光、金宰旭编《“中国现代文学与韩国”资料丛书·文献补编》，社会科学文献出版社，2019 年 6 月。

中国现代作家塑造的韩国“慰安妇”形象

——舒群、碧野的小说和王季思的叙事诗

李存光、[韩国] 金宰旭

载《当代韩国》2018 年第 4 期。

文史互动视域下的异质书写

——重读丁玲《我在霞村的时候》　　李超杰、张均

载《山西大学学报》2019 年第 5 期。

中国现代文学中的“慰安妇”形象研究　　韩　晓

载韩国《中国文化研究》第 44 辑，2019 年 12 月 6 日。

【附】大歌剧《秋子》评介选[①]

戴鹏海：要存真求实：也谈《秋子》和我国第一部大歌剧

载《中国音乐》1982 年第 3 期“艺坛轶事”。

① 20 世纪 80 年代以来对歌剧《秋子》的评介，多从音乐方面探讨，本目录仅摘要举出，未一一罗列。——本书编者注

包明廉：我国第一部大歌剧《秋子》
载《四川音乐》1982 年第 4 期。

徐志武：我国较早的一部大歌剧《秋子》
载《黑龙江戏剧》1984 年第 1—2 期。

叶　语：大歌剧《秋子》演出的前前后后
载《新文化史料》1994 年第 2 期。

刁其俭：大歌剧《秋子》纵横谭
载《四川戏剧》1994 年第 4 期。

蒲涛、王珊铭：抗战新歌剧《秋子》的创作与演出
载《戏剧文学》2005 年第 9 期。

刘再生：歌剧《秋子》文本分析及其他
载《音乐研究》2010 年第 2 期。

蒋　力：复活的《秋子》
载《歌剧》2015 年第 3 期。

歌剧《秋子》在南京艺术学院公演
载《当代音乐》2015 年第 4 期。

李珂、倪振林：中国反战歌剧《秋子》将赴美公演
中新网南京 2017 年 9 月 26 日电。

钱庆利：侵略战争摧残下的人性悲歌
——对两版歌剧《秋子》的比较研究
载《中国音乐学》2017 年第 4 期。

编后杂记

这本书的选编，既非接受任务，也不是预先自拟的课题，实在是意外的收获。

2014 年年底我参与主持的十卷本《“中国现代文学与韩国”资料丛书》出版后，因未能收入旧体诗词和文言小说、章回小说等，回应中韩学者的期待，接着做补编工作。其间偶晤几位中韩学者，他们对“丛书”中表现韩国“慰安妇”的作品十分关注，希望我能再搜集披露一些除韩国籍“慰安妇”以外的同类作品。正好我在编丛书和补编时，所获篇目中存有一些表现中国和日本籍“慰安妇”的篇章。于是在此基础上拓宽范围，扩大视野，搜集现代文学中描写“慰安妇”的所有作品，同时又遍阅 20 世纪 90 年代以来国内有关“慰安妇”的文献史料和研究论文。

日军在“二战”期间推行强征“慰安妇”的罪恶制度，使中国、韩国等国众多女性沦为性奴隶，受虐妇女及其家庭蒙受了巨大的身心创伤和深重的灾难。这是不容置辩的史实。20 世纪 90 年代以来，国内有关抗战期间日军“慰安妇”的书籍，或为报刊报道的汇集，或为历史档案的挖掘整理，或为健在幸存者的采访口述，或为文学和影视创作，可谓洋洋大观。令人遗憾的是，唯独缺少对抗战时期写作和发表的相关文学作品的关注。事实上，有关抗战期间日军在中国推行“慰安妇”制度的史实，除了种种信实的历史文献，也反映在当时各种体裁的文学作品中。这些作品生动地描写了慰安妇的惨痛经历，塑造出不同国别和性格的“慰安妇”形象，控诉了侵略战争的罪恶，表达了对“慰安妇”悲惨遭遇的深切同情。其中对韩国和日本慰安妇的描写，更体现出超越民族和国家的人道主义情怀。文学作品对历史真相所作的形象演绎，所塑造的不同国别和性格的鲜明“慰安妇”个体形象和表达的作者情怀，不仅给读者带来的感情波动、心灵震撼，具有审美意义，同时也从一个侧面反映了历史的真相，不啻侵华日军强征“慰安妇”史实的文学证言。这些兼具艺术价值与文献价值的作品，有助于唤起当代人对战争灾难的历史记忆和对和平生活的百倍珍惜。怎能让这些珍贵的文学史料遗缺呢？因此我决意编辑本书。我的意愿得到能联系到的诸多著名作家亲属首肯，如吴纳嘉女士（草明之女）、黄铮女士（碧野之女）、蒋祖林先生（丁玲之子）、李霄明先生（舒群之子）、陈子健先生（陈瘦竹之子）、王则柯先生（王季思之子）等。在此，对他们的支持再次表示诚挚的敬意和由衷的感谢！

由于表现这一历史的文学史料没有得到全面的整理披露，学界出现了两种情况：一是表现“慰安妇”的文学作品未得到应有的汇集彰显。证据便是据档案或口述文献、报刊书籍史料的文献和研究论文数以千计，而着眼于文学作品的文献汇总阙如。二是研究不尽人意。寥寥数篇评析解读单篇作品的论文，其论断出现文献失误。比如，关于小说，有学者在 2005 年表示：丁玲 1941 年 6 月发表的短篇小说《我在霞村的时候》“有可能是抗日战争时期的新文学作品中绝无仅有的一篇以慰安妇为主人公的作品”。[1]

---

① 董炳月：《贞贞是个“慰安妇”——丁玲〈我在霞村的时候〉解析》，《中国现代文学丛刊》2005 年第 2 期。

有学者在2010年和2013年说，刘若云1946年写作和发表的长篇小说《粉墨筝琶》“是目前所知最早正面描写日军强征‘慰安妇’的小说”。[①] 关于诗作，有学者在2016年断言：学者、藏书家徐信符1942年“创作的《香港》组诗，多角度反映日军暴行，其中一首专门揭露日军‘慰安妇’制度罪行，成为诗歌史上第一位接触这一题材的诗人”，此诗“是第一首揭露日军‘慰安妇’制度的诗歌”。[②] 在中国现代文学研究中，因文献不足材料匮乏而误作论断或妄作论断的情况，当然不止此例。

本书作为抗战文学中“慰安妇”题材作品的首次整理汇集，编者意在使之既具审美性，又具文献性。作为彰显抗战文学中“慰安妇”题材的文学读物，可供普通读者阅读；作为“慰安妇”专题文献史料之一，可供学界深入研讨。收入的作品中，小说最为厚重，有丁玲、草明、舒群、碧野、谢冰莹、卜宁（无名氏）、柳青、布德等现代重要作家的短篇小说，陈瘦竹、刘云若、叶劲风的长篇小说节录；诗歌的篇目虽少，但四位作者冯玉祥、王季思、沙雁、徐信符，一位抗敌将领，一为戏曲研究家，一为作家，一为藏书家，颇有代表性；纪实作品中的潘世征、鲍雨、任重、王璧珍等多为报纸名记者，其中以潘世征最著；陈定、冷波、王澧泉三位则是抗战期间活跃的剧作家。除编者未发掘到的作品外，在已搜集到的作品中，有的或因内容单薄且重复，或因人物形象概念化，未予纳入。比如，王平陵著独幕剧《俘虏》（重庆国民图书出版社1942年版，“国民常识通俗小丛书”）中出场的9个人

① 倪斯霆：《首次出现在文学作品中的中国慰安妇——从社会小说〈粉墨筝琶〉看刘若云写作观的转变》，载倪斯霆《旧人旧事旧小说》，上海远东出版社2010年版，第150页；张元卿：《侵华日军强征“慰安妇”的文学证言——以〈粉墨筝琶〉为例》，《日本侵华史研究》2013年第4辑，第92页。

② 周生杰：《徐信符：首位用诗歌揭露日军慰安妇制度的诗人》，《石家庄学院学报》2016年第5期。

物中有 3 个日本俘虏，其中之一秋子，剧作者这样介绍她："日本女学生，被军部派任为派遣军的营妓。有正直的思想和行动。"她一出场就表现出明确的厌战反战思想，不多的对白也是标语口号。

我深感幸运的是，在本书编选过程中，得到海南师大王学振教授的大力支持和无私帮助。在抗战文学研究方面硕果累累的学振教授，2012 年发表的《抗战文学中的慰安妇题材》,[①] 是国内第一篇综合论述"慰安妇"题材且涉及作品最多的学术论文。三年后发表的《"慰安妇"文学：血泪的见证》,[②] 又对这类作品的状貌、特点和价值意义作了精练独到的评述。因此，我向他讨教。他迅速提供了我未知的一些篇目，还慷慨寄赠我未找到的一些作品的原刊件，这使本书的内容得以充实，学术质量得到提高，更令我看到他作为学者的胸怀。学振教授还应我之请为本书作序，他的序文实际上是本书的"导读"。

在四十余年的学术研究中，我虽非"述而不作"，但确是"编"多"著"少。我竭力在巴金研究、中韩文学交流研究、回族现代文学研究三个领域耕耘文献史料，先后完成了《巴金著译六十年目录》(1981)《巴金研究资料》(1985)、《世纪良知——巴金》(2000)、《百年巴金》(2003)、《佚简新编》(2003)、《克鲁泡特金在中国》(2009)、《巴金研究文献题录》(2010)、《巴金研究史料汇编（1922—1965）》(待出版)，十卷本《"中国现代文学与韩国"资料丛书》（与金柄珉合主编，2014)、卜宁（无名氏）未完成的长篇小说《荒漠里的人》(发掘整理，2015)、《"中

① 王学振：《抗战文学中的慰安妇题材》，《南京师范大学文学院学报》2012 年第 4 期。

② 王学振：《"慰安妇"文学：血泪的见证》，《中国社会科学报》2015 年 12 月 11 日。

国现代文学与韩国”文献补编》（与金宰旭合编，2020），《马宗融专集》（与李树江合编，1992）、《拾荒与拓荒：马宗融文存》（2017）、《回族现代文学文献题录初编》（2019）等。我所梳理的不过是现代文学广袤大地的局部或边角，之所以不遗余力打捞这些实际存在却有意无意被忘却、忽视或遮蔽、掩埋的部分史实和文献，一言以蔽之：尽力还原历史生态丰富多彩的状貌一角。对我而言，这难道不是一件值得为之付出辛劳的欣慰之事？

李存光

2020 年 4 月